中国社会科学院学部委员专题文集
ZHONGGUOSHEHUIKEXUEYUAN XUEBUWEIYUAN ZHUANTI WENJI

史诗学论集

朝戈金◎著

中国社会科学出版社

图书在版编目（CIP）数据

史诗学论集／朝戈金著 . —北京：中国社会科学出版社，2016. 12
ISBN 978 - 7 - 5161 - 9439 - 3

Ⅰ. ①史… Ⅱ. ①朝… Ⅲ. ①史诗—诗学—中国—文集
Ⅳ. ①I207. 2 - 53

中国版本图书馆 CIP 数据核字（2016）第 280448 号

出 版 人	赵剑英
责任编辑	张　林
特约编辑	文一鸥
责任校对	李　莉
责任印制	李寡寡

出　　版	中国社会科学出版社
社　　址	北京鼓楼西大街甲 158 号
邮　　编	100720
网　　址	http：//www. csspw. cn
发 行 部	010 - 84083685
门 市 部	010 - 84029450
经　　销	新华书店及其他书店

印刷装订	环球东方（北京）印务有限公司
版　　次	2016 年 12 月第 1 版
印　　次	2016 年 12 月第 1 次印刷

开　　本	710×1000　1/16
印　　张	20. 5
插　　页	2
字　　数	328 千字
定　　价	78. 00 元

前　言

　　哲学社会科学是人们认识世界、改造世界的重要工具，是推动历史发展和社会进步的重要力量。哲学社会科学的研究能力和成果是综合国力的重要组成部分。在全面建设小康社会、开创中国特色社会主义事业新局面、实现中华民族伟大复兴的历史进程中，哲学社会科学具有不可替代的作用。繁荣发展哲学社会科学事关党和国家事业发展的全局，对建设和形成有中国特色、中国风格、中国气派的哲学社会科学事业，具有重大的现实意义和深远的历史意义。

　　中国社会科学院在贯彻落实党中央《关于进一步繁荣发展哲学社会科学的意见》的进程中，根据党中央关于把中国社会科学院建设成为马克思主义的坚强阵地、中国哲学社会科学最高殿堂、党中央和国务院重要的思想库和智囊团的职能定位，努力推进学术研究制度、科研管理体制的改革和创新，2006 年建立的中国社会科学院学部即是践行"三个定位"、改革创新的产物。

　　中国社会科学院学部是一项学术制度，是在中国社会科学院党组领导下依据《中国社会科学院学部章程》运行的高端学术组织，常设领导机构为学部主席团，设立文哲、历史、经济、国际研究、社会政法、马克思主义研究学部。学部委员是中国社会科学院的最高学术称号，为终生荣誉。2010 年中国社会科学院学部主席团主持进行了学部委员增选、荣誉学部委员增补，现有学部委员 57 名（含已故）、荣誉学部委员 133 名（含已故），均为中国社会科学院学养深厚、贡献突出、成就卓著的学者。编辑出版《中国社会科学院学部委员专题文集》，即是从一个侧面展示这些学者治学之道的重要举措。

　　《中国社会科学院学部委员专题文集》（下称《专题文集》），是中国社会科学院学部主席团主持编辑的学术论著汇集，作者均为中国社会科学院学部委员、荣誉学部委员，内容集中反映学部委员、荣誉学部委员在相关学科、专业方向中的专题性研究成果。《专题文集》体现了著作者在科学研究实践中长期关注的某一专业方向或研究主题，历时动态地展现了著作者在这一专题中不断深化的研究路径和学术心得，从中不难体味治学道路之铢积寸累、循序渐进、与时俱进、未有穷期的孜孜以求，感知学问有道之修养理论、注重实证、坚持真理、服务社会的学者责任。

2011年，中国社会科学院启动了哲学社会科学创新工程，中国社会科学院学部作为实施创新工程的重要学术平台，需要在聚焦高端人才、发挥精英才智、推出优质成果、引领学术风尚等方面起到强化创新意识、激发创新动力、推进创新实践的作用。因此，中国社会科学院学部主席团编辑出版这套《专题文集》，不仅在于展示"过去"，更重要的是面对现实和展望未来。

这套《专题文集》列为中国社会科学院创新工程学术出版资助项目，体现了中国社会科学院对学部工作的高度重视和对这套《专题文集》给予的学术评价。在这套《专题文集》付梓之际，我们感谢各位学部委员、荣誉学部委员对《专题文集》征集给予的支持，感谢学部工作局及相关同志为此所做的组织协调工作，特别要感谢中国社会科学出版社为这套《专题文集》的面世做出的努力。

《中国社会科学院学部委员专题文集》编辑委员会

2012年8月

目　　录

一　史诗学术的反思与批评

二　口头诗学的理论与方法

三　口头诗学的本土化实践

一　史诗学术的反思与批评

从荷马到冉皮勒:反思国际
史诗学术的范式转换

啊，愿阿波罗保佑你们所有的人！因此，
可爱的姑娘们，再见了——告诉我，其实我并未走出
你们的心房；倘若有朝一日，
我们人世间其他的漫游者
踏上这个岛屿，询问你们这些姑娘：
所有的流浪歌手中，谁的歌声最甜蜜？
那时你们就会想起我，并且微笑作答：
"一位来自岩石嶙峋的开俄斯岛的盲目老人。"①

　　　　　　——《荷马诗颂·阿波罗颂》（*Homeric Hymn to Apollo*）

　　史诗学术研究的历史，大抵可以追溯到古希腊的亚里士多德。他关于
"荷马史诗"的议论，是我们历时地考察国际史诗学术的最佳"起点"。原
因至少有三：第一，"荷马问题"（Homeric Question）可以说是贯穿19世纪
的古典学论战的焦点，直接影响了20世纪史诗学术的格局和走向；第二，
荷马研究上承亚历山大时期（公元前3世纪）以来的古典语文学传统，下启
20世纪以"口头程式理论"为核心的史诗理论。这上下两千多年间还经历
过中世纪文论、文艺复兴、新古典主义、浪漫主义、历史主义、象征主义、
结构主义、解构主义到后现代形态等此起彼伏的文学思潮的洗礼，积累的研

---

　　①　译文引自修昔底德《伯罗奔尼撒战争史》，徐松岩、黄贤全译，广西师范大学出版社2004年版，
第190—191页。"开俄斯岛"即"基俄斯岛"的另一译法。

究成果不计其数，影响也最大。可以说，荷马研究承上启下的地位和作用罕有其匹；第三，在晚近的口头及非物质遗产保护热潮中，荷马史诗及其关联研究再次成为人们找寻人类表达文化之根的一个"历史书写"的关捩点。可以说，从"谁是荷马"到"谁杀死了荷马"，[①] 我们似乎可以从一连串的"追问"中梳理出一部由"荷马"导引出来的史诗学术史。

口传史诗的歌手群体，在不同民族和不同传统中，其角色、地位和作用彼此有别。首先是成为歌手的方式和过程就不同。拥有"家传歌手"头衔的人在一些民族中普遍受到尊重，例如在蒙古族和彝族等民族中就是这样。也有通过专门的"歌手学校"从小定向培养史诗演唱艺人的，如在乌兹别克地区所见的那样。在藏族地区，通过"梦托神授"而神奇地成为歌手的传说，则是当地人们所深信不疑的。史诗歌手有专业的和业余的之别。有以演唱史诗为生的，也有主要依靠演唱兼及其他副业的歌手，完全业余的歌手也比较常见。另外，在有些演唱传统中，史诗歌手还和其他社会角色结合，如史诗歌手同时身兼民间宗教仪式活动的祭司等。一些演唱曲目丰富、作品篇幅庞大、语言艺术造诣很高的歌手被陆续发现和研究。如卡尔梅克歌手鄂利扬·奥夫拉，南斯拉夫歌手阿夫多，西非洲歌手法—迪基·斯索阔，我国的柯尔克孜族歌手居素甫·玛玛依、藏族歌手扎巴和桑珠，以及出现在我们文章标题中的卫拉特蒙古族史诗歌手冉皮勒等。他们中多数人与书写传统无缘，却有不少歌手演唱史诗诗行的总长度数倍于"荷马史诗"。一般而言，著名的史诗歌手大都熟谙本民族的口头传统，在演述尺度和创编技巧上经验丰富，在现场演述中往往能够针对听众的种种反应来即兴创编或调整自己的演唱内容和叙事策略，日渐形成各自独特的语言风格，也就能动地参与了口头传统的继承与发展。

今天回顾国际史诗学术史，我们在很大程度上也是为了反思中国史诗研究自身的问题，回应本土史诗传统所面临的现实遭遇，进而更好地参与国际学术对话。因此，在东西方学术传统的链环上，我们"追问"的落脚点必然是与我们多民族活形态的口头史诗息息相关的"21 世纪中国史诗学术"

---

① Victor Davis Hanson and John Heath, *Who Killed Homer? The Demise of Classical Education and the Recovery of Greek Wisdom*, New York：The Free Press, 1998.

及其将来的道路，因此，我国新疆卫拉特蒙古史诗歌手"冉皮勒"在这里成为我们本土史诗传统的一个象征。

在不很长的篇幅中，试图纵论长达数千年的史诗学术流脉，唯有究其大端，把握关捩，方能以点带面，透射整个学术嬗替演进的草图。所以，这里选取了从古希腊荷马到当代中国冉皮勒共六位史诗歌手，通过聚焦于围绕他们而生的"问题"，描摹史诗学术演进中的若干标志性转折。这样的"学术史纵论"也就远离了按照时间线索盘点材料和观点的常见做法。其间得失，有赖于学界方家的评判和指正。

一 "荷马问题"：从作者身份的质疑到学术传统的嬗变

让我们从开篇那一位来自基俄斯岛的盲者说起。这首颂神诗是出自古希腊大名鼎鼎的历史学家修昔底德的"春秋笔法"，他认为此诗系荷马本人所作，并称其中的那位盲歌手所言就是荷马对自己的评价。① 基俄斯岛在"七城争荷马"的纷扰中占尽优势，缘由便是这个岛以"荷马立达"即"荷马的儿子"或"荷马的后代"（史诗吟诵人群体）且他们扬名于"泛雅典娜赛会"② 而名垂青史。被归到荷马名下的《荷马诗颂》（Homeric Hymns）是用英雄六音步格律写成的，共有 34 首赞美诸神的颂诗（ode）传了下来。应当承认，后世学者多认为这些诗出自无名氏之手。可要说到《伊利亚特》和《奥德赛》的"作者身份"问题，情形就大不一样了。因为围绕这个"追问"自古以来就聚讼纷纭，往前可以上溯到亚历山大时期。那时的古希腊学者中被称为"离析者"（Separators）的克塞农（Xenon）和海勒尼科斯（Hellenicus）就指出《伊利亚特》和《奥德赛》存在差异和内在不一致问

① 修昔底德：《伯罗奔尼撒战争史》，徐松岩、黄贤全译，广西师范大学出版社 2004 年版，第190—191 页。

② "泛雅典娜赛会"（the Panathenaia）：希腊一个十分古老而重要的节日，又译作"泛雅典娜节"。每年夏天在雅典举行一次的称"泛雅典娜节"（The Festival of the Panathenaia），每四年举行一次的称"泛雅典娜大节"（The Great Panathenaia）；节日举行日期为雅典历的头一个月里，相当于公元历的 7 月下旬到 8 月上旬之间，持续数天，旨在颂扬雅典城的保护神雅典娜，并在祭典上进行献祭和仪式。在节日期间，主要举行三项活动：一是祭祀，二是游行，三是竞赛，田径比赛只是其中一项，还有诗歌朗诵比赛，后被音乐竞赛取代。

题，从而认为《奥德赛》不是荷马所作。[①] 就连系统论述过史诗特性的古希腊文论家亚里士多德（生于公元前 384 年），和断定荷马是口头诗人的犹太牧师弗拉维斯·约瑟夫斯（Flavius Josephus，生于公元 37/38 年），也都没能给我们提供多少信息，虽然二人谈论过荷马，且生活时代距离"荷马"较近。

18 世纪的荷马研究主要围绕着所谓的"荷马问题"而延伸，其发展开启并影响了 19 世纪乃至 20 世纪的史诗学术。从本质上讲，"荷马问题"主要是对荷马史诗的作者身份（一位或多位诗人）的探寻，连带涉及荷马和他的两部史诗之间的其他关联性问题。类似的"追问"或"质疑"也跟随着荷马史诗的传播，从希腊扩布到整个西方世界。从"荷马问题"到"荷马诸问题"，[②] 这种"追问"的线索凝结了国际史诗的学术走向，也映射出这一领域最为重要的学术开拓。

18 世纪的浪漫主义运动不仅关注通俗流行的短叙事诗和民间故事，还逐步形成了这样一种看法，就是认为荷马史诗在被写定之前一定经历过口头传播阶段，而且这个阶段很可能比"荷马"时代要晚许多。意大利启蒙主义哲学家维柯（Giovanni Battista Vico）就坚决主张，与其说史诗是个别天才诗人的作品，毋宁说是一切诗性民族的文化成果。英国考古学者伍德（Robert Wood）发表于 1769 的《论荷马的原创性天才》（An Essay on the Original Genius of Homer）更径直提出荷马目不识丁，史诗一直是口耳相传的。1795 年，德国学者沃尔夫（Friedrich August Wolf）刊印了一篇论文《荷马引论》（*Prolegomena ad Homerum*），随即成为一根长长的导火索，不仅引发了 19 世纪发生在"分辨派"（Analysts）和"统一派"（Unitarians）之间的论战，同时也成为 20 世纪"口头程式理论"学派崛起的一个重要远因。

"分辨派"和"统一派"这两个彼此对立的阵营，通俗一点讲，就是"荷马多人说"和"荷马一人说"两派。以沃尔夫为代表的学者认为，荷马

---

① ［英］吉尔博特·默雷（Gillbert Murray）:《古希腊文学史》第二章，孙席珍、蒋炳贤、郭智石译，上海译文出版社 1988 年版，第 11 页及该页的注释①。

② 参见［匈］格雷戈里·纳吉（Gregory Nagy）《荷马诸问题》，巴莫曲布嫫译，广西师范大学出版社 2008 年版。该著的导论对单数的"荷马问题"和复数的"荷马诸问题"有专门的阐释。

史诗出自多人之手。其主要依据是，荷马史诗里存在的前后矛盾之处，很难认为是发生在由一个人构思完成的作品中；荷马史诗中使用的方言分别属于古希腊的几个方言区；荷马语言现象所显示的时间跨度，远超过一个人的生命周期，等等。① 因他们对荷马史诗的内容和结构进行了分解（analysis），故被称为"分辨派"（又译作"分解派"）。在"荷马多人说"阵营中，还有赫尔曼（Johann Gottfried Jakob Hermann）提出的"核心说"②（kernel theory）和拉赫曼（Karl Lachmann）提出的"短歌说"（Liedertheorie，或叫作"歌的理论"）③ 作为声援。"统一派"的前身是尼奇（Gregor Wilhelm Nitzsch）提出的"荷马一人说"（a single poet Homer），后来的代表人物是美国学者司各脱（John A. Scott）等人。他们力主荷马史诗是某位天才独自完成的一部完整作品，有统一的结构和中心化的戏剧冲突观念（比如说阿基琉斯的"愤怒"）。由于他们始终捍卫荷马史诗的完整性与统一性，坚持荷马史诗的"原创性"，因而被称为"统一派"（又译作"整一派"）。此派人数上不多，学术上也不够严密，其学说更多地建立在主观臆断之上。

正是两派之间的口诛笔伐，构成了几近纵贯整个19世纪的"荷马问题"的主要内容。"分辨派"和"统一派"都试图对"荷马问题"作出解答，只不过学术立场不同（实则为语文学立场与文学立场之抵牾），所持方法各异，追问路径分歧，观点也就相左。当然，还有一些介乎两端之间的取态，认为荷马史诗不是诗人荷马独自完成的，但"他"在史诗定型中发挥过相

---

① "荷马多人说"的论据在这里得到很好的概括："至于希腊许多城市都争着要荷马当公民的光荣，这是由于几乎所有这些城市都看到荷马史诗中某些词，词组乃至一些零星土语俗话都是他们那个地方的。""关于年代这一点，意见既多而又纷纭，分歧竟达到460年之长，极端的估计最早到和特洛伊战争同时，最迟到和弩玛（罗马第二代国王——中译注）同时。"［意］维柯：《新科学》，朱光潜译，人民文学出版社1997年版，第416、439页。

② 核心说：赫尔曼等人认为最早的荷马史诗只不过是《伊利亚特》和《奥德赛》的核心部分，后来在此基础上不断添加、修订、删改，最终才形成今天我们见到的荷马史诗。比如说，"阿基琉斯纪"是《伊利亚特》的核心部分；"奥德修斯纪"是《奥德赛》的核心。"忒勒马科斯之歌"和"尼基亚"则是他人所作。

③ 短歌说：拉赫曼认为荷马史诗与德国史诗《尼贝龙根之歌》一样，是由18首古老的短歌（lays）组成的；其他人则认为《奥德赛》由"忒勒马科亚"（Telemacheia）和"尼基亚"（Nykia，即鬼魂篇）等四五首独立的史诗拼凑而成。

当大的作用。在古典学领域的后期争论中，有分量的著述是威拉摩维支－墨连多尔夫（Ulrich von Wilamowitz－Moellendorff）的《荷马考辨》（*Homerische Untersuchungen*，1884），其精审翔实的考据充分显示了"分辨派"学术的顶级功夫。他以语文学考释的绵密和对史诗的历史、传播和语体风格变化的出色把握，对《奥德赛》进行了精细透彻的剖析，加之他较为开放的学术视野，在不经意间搭接起了一座"看不见的桥梁"——在某种程度上缩小了长期横亘在论战双方之间的"沟壑"。随着时间的推移，尤其是统一派学者艾伦（Thomas W. Allen）的《荷马：起源与传播》（*Homer：the Origins and the Transmission*，1924）出版，促使同阵营中的其他学者也开始正视并部分地接受分辨派学者的某些观点。两派学者逐步调整自己的立场并吸纳对方的意见，一步步走向了学术上的某种建设性的趋同，随后便形成了"新分辨派"（Neoanalysts）和"新统一派"（Neounitarians）。于是，长期困扰荷马研究界的"针锋相对"走向缓和。不过，古典学界多持此见解："分辨派这一学派以复杂而多相的形态在继续发展，而统一派实质上已成为历史的陈迹。这一微妙的演进走势，在某种程度上而言，是由于口头理论的出阵褫夺了统一派的立足之地，另外，也还由于分辨派和新分辨派几乎没有注意到口头理论。"[1]

荷马与荷马史诗一直被看作西方文学的滥觞，其人其作就成了相互依存的文学史上最重要的两个问题。但是，倘若将时空场景置换到今天任何一个活形态的口头史诗传统中，我们就很难去锁定这样的关联，你在民间常常会听到人们这样说："这里的每一个人都是诗人，因为人人都会歌唱。"在古希腊的传统中，我们也可以看到这种歌者（aoidós）和诗人（poiētēs，其初始语义为"诗歌制作者"）两个概念的联结。希腊史诗专家陈中梅对这两个希腊词做出的语义分析是：荷马不仅称诗人为 aoidós（意为"诵者""歌手""游吟诗人"，该词后来渐被 rhapsōidoi 即叙事诗的编制者、史诗吟诵人所取

---

① ［美］约翰·迈尔斯·弗里（John Miles Foley）：《口头诗学：帕里—洛德理论》，朝戈金译，社会科学文献出版社 2000 年版，第 11—12 页。

代);还把歌者或诗人归入 dēmioergoi 之列,即为民众服务的人。① 在荷马史诗中,具体提到过的歌者主要有两位,菲弥俄斯和德摩道科斯。Phēmios(菲弥俄斯)② 一词的本义有可能是"司卜之言"或"预言";Dēmodokos(德摩道科斯)③ 则是"受到民众尊敬的人"。也就是说,歌者或诗人(aoidós)是凭借自己的技艺为民众(dēmos)服务的人。哈佛大学的古典学者格雷戈里·纳吉(Gregory Nagy)更是以他术有专攻的语文学功力,阐发了古希腊关于歌者、关于歌诗制作、关于荷马之名的词源学含义,同时也令人信服地重构了荷马背后的演述传统、文本形成及其演进过程等诸多环节的可能形态。④ 其间他广征博引的若干比较研究案例都深涉歌与歌手、诗与诗人的内部关联,也为我们遥想文本背后的古希腊歌手或诗人提供了一个支点。当我们的遐思从远古回到现实,从奥林波斯回到喜马拉雅或天山,便会发现菲弥俄斯或德摩道科斯离我们并不遥远:桑珠、朱乃、居素甫·玛玛依等中国当代的杰出歌手或曰口头诗人,也都堪称我们时代的"荷马"!

总之,从"荷马问题"到"荷马诸问题"的研究构成了特定的荷马学术史(Homeric scholarship),这一研究主题既是古典学(Classics)作为一个学科的组成部分,又是传统人文学术最古老的话题之一。从"谁是荷马"到"谁杀死了荷马"的追问,也为我们大致地勾勒出了国际史诗学术发展的脉络。换言之,正是在这种"追问"的背后,始终贯穿着一种质疑和探求的取向,引导着史诗学术的格局和走向:从作者身份到文本校

---

① 陈中梅对 aoidós 一词做出了语义分析:至少从公元前 5 世纪起,人们已开始用派生自动词 poiein(制作)的 poiētēs(复数 poiētai)指诗人(比较 poiēsis, poiētikē)。比较 poiein muthon(作诗、编故事,参较柏拉图《斐多篇》61b)。与此同时,melopoios(复数 melopoioi)亦被用于指"歌的制作者",即"抒情诗人"。在亚里士多德的《诗学》里,poiētēs 是"诗人"(即诗的制作者)的规范用语。在公元前 5 世纪至 4 世纪的古希腊人看来,诗人首先是一名"制作者",所以他们用 tragōidopoioi 和 kōmōidopoioi 分指悲剧和喜剧诗人(即悲剧和喜剧的制作者)。详见陈中梅《伊利亚特·译序》,译林出版社 2000 年版,第 15—41 页。

② 菲弥俄斯(Phēmios):忒耳皮阿斯之子,《奥德赛》中出现的一位歌者,为求婚者歌唱,1.154;奥德修斯对其开恩不杀,22.330—331, 371—377。

③ 德摩道科斯(Dēmodokos):法伊阿基亚人中的盲歌手。《伊利亚特》8.44,《奥德赛》8.63 - 64。

④ [匈] 格雷戈里·纳吉(Gregory Nagy):《荷马诸问题》,巴莫曲布嫫译,广西师范大学出版社 2008 年版,第三章。

勘，从跨语际迻译到多学科研究，一代代学者义无反顾地投身其间，以急速增长的学术成果和永不衰竭的探求精神回应着"荷马"从遥远的过去发出的挑战——为什么人们需要叙事，为什么需要同类的叙事，为什么总是需要叙事？只要史诗还存在，有关荷马的"追问"就不会停止，因为这一系列的问号会一直激发人们去索解人类口头艺术的精髓和表达文化的根底。

时间转眼到了 20 世纪 30 年代，一位深爱荷马史诗的青年米尔曼·帕里（Milman Parry，1902—1935）也投身于这一"追问"者的行列，为古典学乃至整个传统人文学术领域带来了前所未有的"声音"。

二 阿夫多：从歌手立场到口头诗学建构

帕里对荷马问题的索解，引发了古典学领域的一场风暴。他与他的学生和合作者艾伯特·洛德（Albert B. Lord，1912—1991），共同开创了"帕里—洛德学说"，也叫"口头程式理论"（Oral Formulaic Theory）。这一学派的创立，有三个前提条件和三个根据地。三个前提是语文学（philology）、人类学和"荷马问题"（古典学）；三个根据地是古希腊、古英语和南斯拉夫。19 世纪的语文学，特别是德国语文学的成就，以及西方人类学的方法，特别是拉德洛夫（F. W. Radloff）和穆尔库（Matija Murko）的田野调查成果，开启了帕里的思路。通过对荷马文本作精密的语文学分析，从"特性形容词的程式"问题入手，帕里认为，分辨派和统一派都没有触及问题的实质。荷马史诗是传统性的，而且也"必定"是口头的。为了求证学术推断的可靠程度，帕里和洛德从 20 世纪 30 年代开始，在南斯拉夫的许多地区进行了大量的田野调查。通过"现场实验"（in‐site testing），他们证实了拉德洛夫的说法，即在有一定长度的民间叙事演唱中，没有两次表演会是完全相同的。[①] 通过对同一地区不同歌手所唱同一个故事记录文本的比较，和同

---

① "每一位有本事的歌手往往依当时情形即席创作他的歌，所以他不会用丝毫不差的相同方式将同一首歌演唱两次。歌手们并不认为这种即兴创作在实际上是新的创造。"See Vasilii V. *Radlov*, *Proben der Volkslitteratur der nordlichen turkischen Stamme*, Vol. 5: *Der Dialect der Kara‐kirgisen*, St. Petersburg: Commissionare der Kaiserlichen Akademie der Wissenschaften, 1885。

一位歌手在不同时候演唱同一部故事的记录文本的比较,他们确信,这些民间歌手们每次演唱的,都是一首"新"的故事。这些"歌"既是一首与其他歌有联系的"一般的"歌(a song),又是一首"特定的"歌(the song)。口头史诗传统中的诗人,是以程式(formula)的方式从事史诗的学习、创编和传播的。这就连带着解决了一系列口传史诗中的重要问题,包括得出史诗歌手绝不是逐字逐句背诵并演述史诗作品,而是依靠程式化的主题、程式化的典型场景和程式化的故事范型来结构作品的结论。通俗地说,歌手就像摆弄纸牌一样来组合和装配那些承袭自传统的"部件"。因此,堪称巨制的荷马史诗就是传统的产物,而不可能是个别天才诗人灵感的产物,等等。

在帕里和洛德所遇到的歌手中,阿夫多·梅迭多维奇(Avdo Medjedović)是最为杰出的一位,他有很高的表演技巧和水平,被称作"当代的荷马"。洛德写过专文介绍他的成就。[①] 根据洛德所说,在 1935 年时,没有受过学校教育的阿夫多,在记忆中贮存了大约 58 首史诗,其中经他口述而被记录的一首歌共有 12323 诗行(《斯麦拉基齐·梅霍的婚礼》,*The Wedding of Smailagic Meho*,见"英雄歌"卷 3 – 4);他演唱的另一首歌则达 13331 诗行(即《奥斯曼别格·迭里别果维奇与帕维切维齐·卢卡》,*Osmanbeg Delibegovic and Pavicevic Luka*,见"英雄歌"卷 4)。换句话说,这两首歌各自的篇幅都与《奥德赛》的长度相仿佛。在以例证阐述了这位歌手的修饰技巧和倒叙技巧之后,洛德又详细叙述了帕里的一次实验:让这位杰出的歌手阿夫多出席另一位歌手的演唱,而其间所唱的歌是阿夫多从未听到过的。"当演唱完毕,帕里转向阿夫多,问他是否能立即唱出这同一首歌,或许比刚才演唱的歌手姆敏(Mumin)唱得还要好。姆敏友好地接受了这个比试,这样便轮到他坐下来听唱了。阿夫多当真就对着他的同行姆敏演唱起刚学来的歌了。最后,这个故事的学唱版本,也就是阿夫多的首次演唱版本,达到了6313 诗行,竟然几近'原作'长度的三倍。"[②] 洛德在十几年后进行的再次

---

① Lord, Albert B., "Avdo Medjedovic, Guslar", *Journal of American Folklore*, 69:320 – 330.

② 关于这两次表演的比较分析,参见艾伯特·洛德(Albert B. Lord)《故事的歌手》,尹虎彬译,中华书局 2004 年版,第四章和第五章。

调查中，又记录下了阿夫多的一些史诗，包括那首《斯麦拉基齐·梅霍的婚礼》。虽然当时身在病中，这位演唱大师还是在大约一周之内演唱了多达14000 诗行的作品。帕里和洛德的田野作业助手尼考拉·武依诺维奇（Nikola Vujnovic）曾恰如其分地赞誉这位堪称荷马的歌手说："在阿夫多谢世之后，再也没有人能像他那样演唱了。"①

帕里和洛德在南斯拉夫搜集到的"英雄歌"，总共有大约 1500 小时。现收藏于哈佛大学威德纳图书馆的"帕里口头文学特藏"（The Parry Collection of Oral Literature）。以阿夫多为代表的南斯拉夫歌手们的诗歌，成为"口头程式理论"获得发展的重要支点。洛德多年来的史诗研究工作，大量使用了这里的材料。

洛德在 1956 年完成的论文《塞尔维亚—克罗地亚英雄史诗中语音范型的功用》（The Role of Sound Patterns in Serbo – Croatian Epic）切中了口头传统最基本的一个层面。他指出，不仅是句法的平行式，② 而且还有头韵③和元音押韵范型，④ 都在诗人运用程式、调遣程式的过程中起到了引导作用。这些声音音丛（sound clusters），以音位的冗余或重复来标志一簇或一组的集合，它看上去是由一个"关键词"来组织的，这个关键词"就是，正如它本来就是，意义和声音之间的桥梁"。在对萨利·乌格理亚宁（Salih Ugljanin）的《巴格达之歌》（The Song of Bagdad，见《塞尔维亚—克罗地亚英雄歌》卷 1—2）进行详尽阐述的一段文字里，洛德专门谈论了语音范型的

①　［美］约翰·迈尔斯·弗里：《口头诗学：帕里—洛德理论》，朝戈金译，社会科学文献出版社2000 年版，第 95 页。

②　Parallelism，平行式，在一般文学批评中，也有汉译作"对应"的，指句子成分、句子、段落以及文章中较大单元的一种结构安排。平行式要求用相等的措辞、相等的结构来安排同等重要的各部分，并要求平行地陈述同一层次的诸观念。

③　Alliteration，一译"头韵法"，是指在一系列连续的或紧密相关的词或音节中重复使用第一个相同的辅音或元音。

④　Assonance pattern，这种元音押韵是无须与音节对应的元音重复。例如在某给定的诗行里，元音 a 可以不合韵律地出现在两三个词里，从而使该诗行成为一个单元。这些元音不构成完整韵律，但起到支撑该诗行的作用。从另一个角度说，南斯拉夫歌手往往在"小词"的基础上生成"大词"。一旦整个诗行被运用这种元音押韵或另一种声学技巧而比较紧密地联系为一个整体时，那它就会发挥独立单元的作用，并会固定下来。

构成问题,勾勒出语音范型是怎样与通过程式来加以传达的基本意义交相连接的;而且,语音的作用非但不会与程式发生颉颃,而且有助于歌手运用传统的方法,在其完成创作布局的过程中增加另一个维度(听觉方面)。这篇相当短的文章,由此在两个方面显示出其重大意义:一是对以后的理论产生了深远的影响,二是将关注的焦点定位到了传统叙事歌的口头/听觉的本质上。①

三年以后,洛德刊行了他的文章《口头创作的诗学》(*The Poetics of Oral Creation*,1959),再一次探究了口头史诗创作中的语音范型及其功能作用。在论及程式、主题、声音序列和句法平衡之后,他还论述了神话在史诗中的持久延续力。那些传世古远的神话,通过歌手的艺术保持着勃勃生机;而口头史诗的创作也从其持久恒长的影响力中受益匪浅。这一考察颇具代表性地传达了洛德的观念,即口头史诗传统在本质上是历时性的,只要对于传播这一传统的人们而言,保存它依然有着重要意义,它就会作为一个演进的过程持续发展下去。

口头程式理论有着巨大的影响力,据数年前的不完全统计,使用该理论的相关成果已经有 2207 种,涉及全球超过 150 种不同的语言和文化传统,涵盖不同的文类和样式分析。它的概念工具,从"歌"发展到"文本",再到"演述",逐层深化;它的术语系统——程式、典型场景和故事范型,迄今已经成为民俗学领域最具有阐释力的学说之一;就理论命题而言,对荷马史诗是"口述录记本"的推定,对"演述中的创编"的深刻把握,对古典学和民俗学领域的演述和文本分析,带来了新的学理性思考;在技术路线上,该学派强调文本与传统的关联,强调歌手个体与歌手群体的关系,强调田野观察与跨文类并置,特别是类比研究,都使该理论历久弥新、薪火相传。

由此,南斯拉夫的口头传统研究就有了学术史上的非凡意义。自 1960 年"口头程式理论"的"圣经"《故事的歌手》(*The Singer of Tales*)面世

---

① 艾伯特·洛德:《故事的歌手》,尹虎彬译,中华书局 2004 年版,第三章。

以来，随后出现的"民族志诗学"（Ethnopoetics）[1] 和"演述理论"（Performance Theory）[2] 学派的勃兴，也与之有或隐或显的关联。口头诗学在近年的深化，集中体现在两位学者的理论贡献上，一个是口头程式理论当今的旗手约翰·迈尔斯·弗里（John Miles Foley）有关"演述场域"（Performance arena）、"传统性指涉"（Traditional referentiality）和歌手的"大词"（large word）的理论总结；一个是承袭帕里古典学脉络，堪称继洛德之后哈佛大学口头诗学研究第五代学者中翘楚的纳吉对荷马史诗传统及其文本化过程的精细演证，例如其"交互指涉"（Cross - Reference）的概念、"创编—演述—流布"（Composition - Performance - Diffusion）的三位一体命题及其间的历时性与共时性视野融合，以及"荷马的五个时代"（the five ages of Homer）的演进模型，都在推进史诗学方面作用巨大。

口头诗学得益于对阿夫多们的田野研究，也转而对古典史诗的研究，提供了精彩生动的类比和烛照，并对民俗学的理论建设，发挥着重要的作用。

---

[1] 民族志诗学：丹尼斯·特德洛克（Dennis Tedlock）和杰诺姆·鲁森伯格（Jerome Rothenberg）联手创办的《黄金时代：民族志诗学》（*Alcheringa：Ethnopoetics*）在 1970 年面世，成为该学派崛起的标志，先后加盟的还有戴维·安亭（David Antin）、斯坦利·戴尔蒙德（Stanley Diamond）、加里·辛奈尔（Gary Snyder）和纳撒尼尔·塔恩（Nathaniel Tarn）等人。泰德洛克对祖尼印第安人的口传诗歌做了深入的调查分析，他的民族志诗学理论侧重于"声音的再发现"，从内部复原印第安诗歌的语言传达特征，如停顿、音调、音量控制的交错运用等。作为语言人类学家和讲述民族志的创始人，海默斯的研究代表着民族志诗学在另一方向上的拓展，即"形式的再现"。他在西北海岸的印第安部落进行田野调查，关注的文学特征是土著诗歌结构的多相性要素，如诗行、诗句、诗节、场景、动作、音步等。后来，伊丽莎白·法因（Elizabeth C. Fine）则提出了文本制作模型，等等。通过对文本呈现方式及其操作模型的探究，对口语交际中表达和修辞方面的关注，以及对跨文化传统的审美问题的索解，民族志诗学能够给人们提供一套很有价值的工具去理解表达中的交流，并深化人们对自身所属群体、社区或族群的口头传承的认识和鉴赏。参见朝戈金、巴莫曲布嫫《民族志诗学》，《民间文化论坛》2004 年第 5 期；杨利慧：《民族志诗学的理论与实践》，《北京师范大学学报》（社会科学版）2004 年第 6 期。

[2] 演述理论：又译作"表演理论"。概括来说，这一学派有下述特点：与以往关注"作为事象的民俗"的观念和做法不同，演述理论关注的是"作为事件的民俗"；与以往以文本为中心的观念和做法不同，演述理论更注重文本与语境之间的互动；与以往关注传播与传承的观念和做法不同，演述理论更注重即时性和创造性；与以往关注集体性的观念和做法不同，演述理论更关注个人；与以往致力于寻求普遍性的分类体系和功能图式的观念和做法不同，演述理论更注重民族志背景下的情境实践（situated practice）。这一学派的出现，从根本上转变了传统的思维方式和研究角度，它的应用所带来的是对整个民俗学研究规则的重新理解，因此被一些学者称作是一场方法论上的革命。参见杨利慧《表演理论与民间叙事研究》，《民俗研究》2004 年第 1 期。

现今的史诗研究，从非洲到南美，从印度到中国，都因之而大有改观。古典学的（主要是"语文学"的）史诗研究视角和方法，渐次被更为综合的、更加贴近对象的剖析手段和技术路线所取代。帕里和洛德的研究开启了一个重要的范式转换，而且日益勃兴。

三　伦洛特：从文本类型到传统阐释

埃利亚斯·伦洛特（Elias Lönnrot，1802－1884），芬兰语文学家和口头诗歌传统搜集者，尤其以汇编来自民间的芬兰民族史诗《卡勒瓦拉》著名。他学医出身，后在芬兰中部地区长期行医。其间走访了许多地方，收集民间叙事，并陆续结集出版。这些成果是：《康特勒琴》（Kantele，1829－1831）（kantele 是芬兰传统弦乐器），以及《卡勒瓦拉》（Kalevala，1835－1836，被叫作"老卡勒瓦拉"）。随后出版的有《康特勒琴少女》（Kanteletar，1840），《谚语》（Sananlaskuja，1842），扩充版的《卡勒瓦拉》（又叫"新卡勒瓦拉"，1849）。还有《芬兰语—瑞典语辞典》（Finske－Svenskt lexikon，1866－1880）。

在所有这些工作中，给他带来崇高声誉的，是史诗《卡勒瓦拉》的整理编辑工作。他的具体做法是，把从民间大量搜集到的民间叙事——其中有些成分被认为有上千年历史——例如神话和传说，抒情诗和仪式诗，以及咒语等，都编入《卡勒瓦拉》之中，形成为一个完整的史诗诗篇。《卡勒瓦拉》已经成为世界文学经典之一。世界上主要语言都有译本，仅英语译本在百年之间就有 30 种之多。

伦洛特虽然属于"受过教育的阶级"，但是具有浓厚的芬兰民间文化情怀，他对一般民间知识有超乎寻常的兴趣，而且身体力行。根据学者约尼·许沃宁（Jouni Hyvönen）的研究，"老卡勒瓦拉"中 17％—18％ 篇幅来自咒语材料。伦洛特毕生对魔法思想及其操演相当关注；他热衷探讨人类意识和无意识的各个方面，一贯不赞成科学对魔法的漠视态度；他对民间的植物知识和植物应用也有着相当的兴趣。

伦洛特对《卡勒瓦拉》的编纂，很值得总结。例如，在编辑"老卡勒瓦拉"时，他试图创用一套格式，专门用来整理民间诗歌。这种格式就是用

"多声部对话"（Multiple - Voiced dialogue）呈现史诗文本。大略说来，他追求古朴的"语体"，将他本人也放置到文本中，以叙述者的角色出现等。而且，他在史诗中的角色具有三重属性：首先，他是神话讲述者，置身远久的过去；其次，他是个中间人，组织和出版史诗文本；最后，他是阐释者，通过他的神话知识和民间信仰，阐释芬兰人的观念意识。也有学者指出，作为叙述者的伦洛特，有着"伦洛特的声音"。在他编辑的"新卡勒瓦拉"中，读者可以看到这样一个讲述者的身影——他属于路德教派，具有浪漫主义思想，拥护启蒙运动的理念，从政治和意识形态维度上看，新版《卡勒瓦拉》描摹了一幅甜美的芬兰画卷，不仅告诉芬兰人他们的历史，也描绘了他们的未来。在伦洛特的笔下，芬兰人为了美好的未来辛勤工作，向着启蒙主义的关于自由和进步的法则大步迈进，并极力奉行基督教的道德规范（当时正值沙皇尼古拉一世的严酷统治时期）。总之，伦洛特既是过去的复活者，也是未来的幻想家。他还是将主要来自芬兰东部和卡累利阿地区的民间诗歌与西欧社会文化思潮结合起来的诗歌编纂者。[①]

伦洛特的史诗编纂给他带来了巨大的声望，其原因之一，是他的做法顺应了芬兰的民族意识觉醒和族群认同的潮流。芬兰文学学会在将他神圣化或者说神话化方面，也发挥了很大的推进作用。他成为芬兰民族认同的一个偶像和标志——他的头像甚至出现在芬兰 500 马克纸币上。不仅如此，有人说，"是西贝柳斯（他的音乐受到《卡勒瓦拉》的很大影响）和伦洛特一道歌唱着使芬兰进入世界地图"，也就是说，史诗建构与民族性的建构，乃至国家的独立有着莫大的关联。[②] 史诗研究中政治诗学问题也成为一个关注点。

在许多族群中，史诗总是以一个演唱传统，而不单是一篇作品的面目出现。这从史诗文本的复杂形成过程中可以看出来。史诗文本的存在形态也是五花八门，手抄本、木刻本、石印本、现代印刷本、改编本、校勘本、口述记录本、录音整理本、视频和音频文本等不一而足。一些古典史诗的文本得

---

① Maria Vasenkar，"A seminar commemorating the bicentennial of Elias Lönnrot's birth，April 9，2002."FFN 23，April 2002：2 - 4.

② Ibid. .

以流传至今，如荷马史诗和《尼贝龙根之歌》，整理和校订者功不可没。某些被普遍接受的文本，长期给人以"权威本"的印象。但就依然处于活形态传承之中的史诗文本而言，试图建构或者追求所谓"权威"或"规范"的文本是不现实的。另一方面，史诗又不会无限制地变化，历史悠久的演唱传统制约着文本的变异方向和变异限度。

《卡勒瓦拉》史诗文本的"制作"，不同于古典史诗文本的形态，向史诗研究者提出了新的挑战，也引发了新的思考。美国史诗研究专家弗里和芬兰民俗学家劳里·杭柯（Lauri Honko）教授等人，相继对史诗文本类型的划分与界定做出了理论上的探索，他们认为：从史诗研究对象的文本来源上考察，一般可以划分为三个主要层面：一是"口头文本"（Oral text）；二是"来源于口头传统的文本"（Oral – Derived text）；三是"以传统为导向的口头文本"（Tradition – Oriented text）。① 以上史诗文本的基本分类，原则上依据的是创编与传播中文本的特质和语境，也就是说，从创编、演述、接受三个方面重新界定了口头诗歌的文本类型：

从创编到接受 文本类型	创编 Composition	演述 Performance	接受 Reception	史诗范型 Example
1. 口头文本或口传文本 Oraltext	口头 Oral	口头 Oral	听觉 Aural	史诗《格萨尔王》 Epic *King Gesar*
2. 源于口头的文本 Oral – derived Text	口头/书写 O/W	口头/书写 O/W	听觉/视觉 A/V	荷马史诗 Homer's peotry
3. 以传统为取向的文本 Tradition – oriented text	书写 Written	书写 Written	视觉 Visual	《卜勒瓦拉》 *Kalevala*

因而，口头诗学最基本的研究对象，也大体上可以基于这三个层面的文本进行解读和阐释。这样的划分，并不以书写等载体形式为界。那么，在此

---

① 美国学者马克·本德尔（Mark Bender）在《怎样看〈梅葛〉："以传统为取向"的楚雄彝族文学文本》一文中也作过相关介绍和讨论。该文载于《民俗研究》2002 年第 4 期。

我们对以上三种史诗文本的分类观作一简单介绍：①

"口头文本"或"口传文本"：口头传统是指口头传承的民俗事象，而非依凭书写。杭柯认为在民间文学范畴内，尤其像史诗这样的口头传承，主要来源于民间艺人和歌手，他们的脑子里有个"模式"，可称为"大脑文本"（Mental texts）。当他们演述之际，这些"大脑文本"便成为他们组构故事的基础。口头史诗大都可以在田野观察中依据口头诗歌的经验和事实得以确认，也就是说，严格意义上的口头文本具有实证性的经验特征，即在活形态的口头表演过程中，经过实地的观察、采集、记录、描述等严格的田野作业，直至其文本化的过程中得到确证。这方面的典型例证就是南斯拉夫的活态史诗文本。口头文本既有保守性，又有流变性。因此，同一口头叙事在不同的演述语境中会产生不同的口头文本，因而导致异文现象的大量产生。中国的"三大史诗"皆当划为口头史诗。

"源于口头的文本"：又称"与口传有关的文本"（Oral‐connected ／ O-ral‐related text）。它们是指某一社区中那些跟口头传统有密切关联的书面文本，叙事通过文字而被固定下来，但文本以外的语境要素则往往已无从考察。由于它们具有口头传统的来源，也就成为具备口头诗歌特征的既定文本。其文本属性的确定当然要经过具体的文本解析过程，如荷马史诗文本，其口头演述的程式化风格和审美特征被视为验证其渊源于口头传统的一个重要依据。纳西族东巴经的创世史诗《创世纪》、英雄史诗《黑白之战》，彝族经籍史诗中的大量书写文本皆属于这种类型，比如创世史诗《阿赫希尼摩》、《尼苏夺节》、《洪水纪》、迁徙史诗"六祖史诗"（三种）和英雄史诗《俄索折怒王》、《支嘎阿鲁王》。也就是说，这些史诗文本通过典籍文献流传至今，而其口头演述的文化语境在当今的现实生活中大都已经消失，无从得到实地的观察与验证。但是，从文本分析来看，这些已经定型的古籍文献依然附着了本民族口头传统的基本属性。

"以传统为取向的文本"：按照杭柯的定义，这类文本是由编辑者根据某一传统中的口传文本或与口传有关的文本进行汇编后创作出来的。通常所见的情形是，将若干文本中的组成部分或主题内容汇集在一起，经过编辑、

① 参见巴莫曲布嫫《史诗传统的田野研究》，博士学位论文，北京师范大学，2003 年。

加工和修改，以呈现该传统的某些方面。文本的形成动机常常带有民族主义或国家主义取向。最好的例子就是伦洛特搜集、整理的芬兰民族史诗《卡勒瓦拉》。杭柯一再强调《卡勒瓦拉》这部作品并不是哪一位作者的"创作"，而是根据民族传统中大量的口头文本编纂而成的。伦洛特的名字与史诗相连，但并非是作为一位"作者"，而是作为传统的集大成者。《卡勒瓦拉》对芬兰民族的觉醒产生了深远的影响。因此，杭柯将之归为"以传统为取向的文本"，也有其特定的含义。

在杭柯的史诗研究中，特别在史诗定义的表述中，强调了史诗对"民族认同"具有很大作用，这与他和伦洛特同为芬兰人，曾经亲身感受和就近观察史诗《卡勒瓦拉》与民族国家建构和民族认同强化过程之间的联系有绝大关系。从积极意义上说，这种"建构"史诗传统的过程，也是一个寻找自身文化支点的过程，而恰恰是史诗这种一向被认为是在崇高的声调中叙述伟大人物和重大事件的文体，非常适合扮演这种角色，发挥这种功能。杭柯还积极地评价了这种"书面化"口头传统的另一重作用，就是让已经濒临消亡的口头传统通过文字载体和文学阅读获得第二次"生命"。荷马史诗无论从哪个角度说，都是成功地、长久地获得了这"第二次生命"的范例。

当然，在进行史诗文本——不只是史诗，也包括其他民间样式的建构之际，学者们一定要保持很清醒的认识，那就是，注意仔细区分这种"建构"与居高临下地恣意改编民间口头传统做法之间的区别。我们无数次看到这种汇编、增删、加工、顺序调整等后期编辑手段和"二度创作"——或者说在某种理念制导下的"格式化"① 问题所导致的背离科学精神和学术原则的后果了。

---

① 巴莫曲布嫫：《民间叙事传统"格式化"之批评》（上、中、下），《民族艺术》2003 年第 4 期，2004 年第 1 期及第 2 期连载。作者意在借用英文 format 一词来作为这一概念的对应表述；同时，在批评所指上，则多少取义于"电脑硬盘格式化"的工作步骤及其"指令"下的"从'新'开始"。硬盘格式化必然要对硬盘扇区、磁道进行反复的读写操作，所以会对硬盘有一定的损伤，甚至会有丢失分区和数据簇、丛的危险。"格式化"给民间叙事带来的种种问题也与此相近，故曰"格式化"。正如作者所说："格式化"问题的提出，是用一个明晰的办法来说明一种文本的"生产过程"，即以简练的表述公式将以往文本制作过程中存在的主要问题抽绎出来，以期大家一同讨论过去民间叙事传统文本化过程中的主要弊端，从学术史的清理中汲取一些前人的经验和教训，同时思考我们这代学人应持有怎样的一种客观、公允的评价尺度，有助于使问题本身上升到民间文艺学史的批评范畴中来进行反观和对话。

从荷马史诗和欧洲中世纪史诗文本的语文学考订到《卡勒瓦拉》的文本属性研究，史诗文本研究实现了重大的学术跨越。将史诗作为民俗过程的综合视角，成为主导性取向。

四　毗耶娑：从大史诗的编订到史诗传统的重构

让我们将目光转向古老的东方。印度大史诗《摩诃婆罗多》，据推断形成于公元前4世纪到公元4世纪的大约800年间。在古代印度，史诗以口头吟诵的方式创作和流传。因而，文本是流动性的，经由历代宫廷歌手和民间吟游诗人苏多①不断加工和扩充，才形成目前的规模和形式。学者们经过探讨，倾向于认为它的形成大体经历了三个阶段：（1）八千八百颂的《胜利之歌》（*Jaya*）；（2）二万四千颂的《婆罗多》（*Bhārata*）；（3）十万颂的《摩诃婆罗多》（*Mahābhārat*）。今天所见的史诗作者毗耶娑（Vyāsa）很可能只是一个传说人物，永远无法考订清楚，就像荷马身份是一团迷雾一样。毗耶娑这个名字有"划分""扩大""编排"的意思，② 也与"荷马"一词的希腊语 Hómēros 所具有的"歌诗编制"含义不谋而合，向我们昭示着文本背后的传统之谜。

对史诗"作者"姓名的考订，首先可以举出纳吉从词源学的角度对"荷马"所做的详密阐释。他认为，Hómēros（荷马）名字的构成：前一部分 Hom 源于 homo（"一起"）；后一部分 ēros 则源于 aráriskō（"适合、联结"）。Hómēros 可理解为"把［歌诗］拼接在一起"。另一位古希腊诗人赫西俄德的名字 Hēsíodos 也同样耐人寻味（《神谱》22）：前一部分 Hēsí 从 Híēmi（"发出"）派生，正如形容缪斯："发出美妙的/不朽的/迷人的声音"（óssan hieîsai，《神谱》10、43、65、67）。与赫西俄德一样，荷马的名字也符合了对缪斯的形容所具有的语义要求。Homo-（"一起"）与 aráriskō（"适合、联结"）合并为 homēreûsai，亦即"用声音配合歌唱"（phōnêi

────────────

① 苏多（Sūta）通常是刹帝利男子和婆罗门女子结婚所生的男性后代。他们往往担任帝王的御者和歌手，经常编制英雄颂歌，称扬古今帝王的业绩。参见黄宝生《〈摩诃婆罗多〉导读》，中国社会科学出版社2006年版，前言部分，第8页注①。

② 黄宝生：《〈摩诃婆罗多〉导读》，中国社会科学出版社2006年版，前言部分，第5—11页。

homēreûsai),正好与《神谱》第 39 行对缪斯的描述相呼应。因此,纳吉认为,无论荷马还是赫西俄德,诗人的名字涵盖了授予诗人权力的缪斯执掌诗歌的职责。荷马与赫西俄德各自与缪斯相遇,这种对应平行关系也体现在两位诗人各自的身份认同上。就对"荷马"一词的考证而言,默雷认为是"人质"的意思,是说荷马大概本是异族俘虏;① 巴德(F. Bader)也曾试图将词根 ∗seH-("缝合")与 Hómēros 的 Hom-联系起来,但她遇到了词源上的音位学难题。纳吉同意巴德所说的 Hómēros 在"人质"的含义上可能符合词根 ∗seH-的隐喻范围,但他同时指出 homo-("一起")与 aráriskō("适合、联结")的词根并合,从词源学的考证上讲比意为"人质"的名词更合理。②

　　在古代传统中,用一个颇有"含义"的姓名来指代歌手群体,大概也是常见之事。从最初的故事基干发展出来的庞大故事丛,必定经过了许多歌手的参与和努力,方能逐步汇集而成。传说毗耶娑将《胜利之歌》传授给自己的五个徒弟,由他们在世间漫游吟诵。这些徒弟在传诵过程中,逐渐扩充内容,使《胜利之歌》扩大成各种版本的《婆罗多》。现存《摩诃婆罗多》据说是护民子传诵的本子。毗耶娑的这五个徒弟可以看作是宫廷歌手苏多和民间吟游诗人的象征。据此我们可以想象《摩诃婆罗多》的早期传播方式及其内容和文字的流布。《摩诃婆罗多》精校本首任主编苏克坦卡尔令人信服地证明,这二万四千颂左右的《婆罗多》曾经一度被婆罗门婆利古族垄断。由于《婆罗多》是颂扬刹帝利王族的英雄史诗,因而婆利古族竭力以婆罗门观点改造《婆罗多》,塞进大量颂扬婆利古族和抬高婆罗门种姓地位的内容。此后,原初的《婆罗多》失传,《摩诃婆罗多》则流传至今。③比较有意思的现象是,古代印度往往把史诗《摩诃婆罗多》的作者毗耶娑

---

　　① 默雷:《古希腊文学史》,孙席珍、蒋炳贤、郭智石译,上海译文出版社 1988 年版,第 6 页。

　　② 详见纳吉的三部著作: (1)*Greek Mythology and Poetics*, Ithaca and London: Cornell University Press, 1990, pp. 47 - 48. (2)*Pindar's Homer*: *The Lyric Possession of an Epic Past.* Baltimore: Johns Hopkins University Press, 1990, pp. 47 - 48; 52 - 81. (3)*Poetry as Performance*: *Homer and Beyond*, Cambridge: Cambridge University Press, 1996, pp. 74 - 78; 有关 Hómēros 和 "歌者"(aoidós)、"史诗吟诵人"(rhapsodes)的语义及相关的词源学考证,参见《荷马诸问题》,第三章。要言之,这些词都指向了 "将歌诗编制在一起"的语义。

　　③ 参见黄宝生《〈摩诃婆罗多〉导读》,中国社会科学出版社 2006 年版,前言部分。

尊称为"Krsna Dvaipāyana Vyāsa"（黑岛生毗耶娑），也就是说，传说中的史诗作者，同时也是史诗中的人物。这种现象在其他口头史诗传统中也能见到。

流传至今的口传的或者有口头来源的比较著名的外国史诗有：以楔形文字刻在泥板上的古巴比伦的《吉尔迦美什》、抄本众多的古印度的《摩诃婆罗多》、文字文本形成过程复杂曲折的古希腊"荷马史诗"《伊利亚特》和《奥德赛》，只有抄本、对当初传承情况不甚了了的盎格鲁—撒克逊的《贝奥武甫》，以及有三个重要抄本传世的古日耳曼的《尼贝龙根之歌》等。在举凡有文本流存的史诗传统中，大都出现有关于"作者"的种种传说，其中波斯史诗《王书》（*Shāhnāma*，the Book of Kings）的形成过程，则颇有象征意义。菲尔多西（Ferdowsi，940－1020）是波斯中世纪诗人，以创作《王书》留名于世。在中古波斯文学史上，他首次尝试以达里波斯语进行叙事诗创作，并取得了恢宏的成就。① 纳吉在重构荷马史诗的文本传统时为我们转述了这样一个"故事"：根据这部《王书》本身的记载（I21. 126－136），一位高贵的维齐尔大臣召集来自王国各地的智者，他们都是《琐罗亚斯德法典》的专家，每一位智者都随身带来一段《王书》的"残篇"，他们被召来依次复诵各自的那段残篇，然后维齐尔大臣从这些复诵中创编了一部书。维齐尔大臣就这样把早已丢失的古书重新结集起来，于是就成了菲尔多西的《王书》的模本（I21. 156－161）。我们在这里看到一个自相矛盾的神话，它根据书写传统清晰地讲述了口头传统的综合过程。②

回溯"荷马问题"的学术史，可以看到，拉赫曼当年提出的"短歌说"也有其合理性。他认为长篇史诗是由较短的起源于民间的叙事歌（lays）汇编而成的，这一论见与沃尔夫的观点相呼应，他们试图证明《伊利亚特》

---

① 《王书》，又译作《列王纪》，共12万行，分50章，记述了50位波斯神话传说中的国王和历史上萨珊王朝统治时期的国王；其内容包括神话传说、勇士故事和历史故事。虽是文人史诗，但在艺术上又富有口头文学的特色。应该提及的是，在菲尔多西《王书》问世之前，波斯已有5部同名著作，但因年深岁久，均已失传。此据郁龙余、孟昭毅主编《东方文学史》，北京大学出版社2001年版，第178—187页。

② ［匈］格雷戈里·纳吉（Gregory Nagy）：《荷马诸问题》，巴莫曲布嫫译，广西师范大学出版社2008年版，第92—93页。

和《奥德赛》就是由这样的部件和零散的歌汇编而成的。在当时的时代精神背景下，浪漫主义热情体现为关注于口头叙事歌的收集，重视它们对民族精神（national ethos）的认同作用。到了 19 世纪后期，一个新的学术趋向勃兴而起，这就是试图搜寻并确定这个或那个诗人抑或编纂者，及其推定出自他们之手的著作。值得肯定的是，分辨派学者秉持着牢固扎根于语文学的方法论，从考察语言上的和叙述中的不规则现象入手，将其归结为是不同的诗人和编辑者们参与所致。于是，荷马的复合文本便被理解为是在长达许多个世纪的过程中经由反复创作而完成的产物。① 如果我们回溯荷马史诗在泛雅典娜赛会上的演述传统，这样的推论就不是空穴来风，在古希腊文献资料中早有种种记述，② 表明荷马史诗的书面文本与其口头来源之间存在着难分难解的关联。

　　纳吉正是立足于希腊文献传统的内部证据，通过比较语言学和人类学方法在荷马学术近期的发展中，做出了继往开来的又一次大推进。针对荷马史诗的文本演成，他从历时性与共时性的双重视野，令人信服地论证了他这些年一直在不断发展的"三维模型"，即从"创编—演述—流布"的互动层面构拟的"荷马传统的五个时代"，出色地回答了荷马史诗怎样/何时/何地/为什么最终被以书面文本形态保存下来，并且流传了两千多年的缘由。在借鉴帕里和洛德创立的比较诗学与类比研究的基础上，他的"演进模型"（evolutionary model）还吸纳了诸多活形态口头史诗传统所提供的类比证据，其辐射范围包括印度、西非、北美、中亚等。最后归总为，荷马文本背后潜藏的口头创编和传播过程相当漫长，大约最迟在公元前 550 年史诗文本才趋于定型。③ 现在我们回到《摩诃婆罗多》的文本上来。班达卡尔精校本所用的校勘本就达 700 种之多，可见历史上人们将其用文字记录下来的努力一直就

---

　　① ［美］约翰·迈尔斯·弗里：《口头诗学：帕里—洛德理论》，朝戈金译，社会科学文献出版社 2000 年版，第 10 页。

　　② 伊索克拉底的《庆会词》159，"柏拉图"的《希帕科斯篇》228b，以及利库尔戈斯的《斥莱奥克拉特斯》102 都有记载。参见纳吉《荷马诸问题》，第二章。

　　③ "保守主义"的古典学家往往认为荷马生活在公元前 8 世纪前后，而这种臆测性的观点长期以来主导了荷马史诗研究，尤其是关于史诗"作者身份"的"认定"。参见纳吉《荷马诸问题》，第二、三章。

没有停止过。不过，在史诗形成及兴盛的那个时代，它的研习、演唱和播布，当全凭口耳相传。所以说，尽管后来经过许多梵语诗人歌者的整理和修订，它在本质上还是一部"口头的诗歌"，带有浓厚的口头诗歌的色彩。这些色彩表现在许多方面，读者们在阅读中或许能够感悟得到……印度从事精校本汇编工作的学者们，以恢复史诗"尽可能古老"的"原初形式"为目的，这本身就是件史诗般的"远征"。中国梵语文学界的专家学者集十余年之心血，潜心译事，也当赢得称誉。①

在中国本土的案例中，关于蒙古族史诗歌手冉皮勒究竟会演唱多少部（诗章）《江格尔》的追问，得到的是彼此差别甚大的回答：有"9 部"的说法，有"15 部"的说法，还有"17 部"的说法，②令人颇为狐疑。在我看来，这主要是因为江格尔奇在不同的搜集者面前，往往没有将所会诗章全部唱出，或者是由于新增添了某些部分，或者是由于长久没有演唱，而忘记和丢失了某些部分，却又在以后的演唱之际想起了某些部分，因而使不同的搜集者得出不同说法。这个现象恰巧说明，歌手的曲目库可能处于"动态"的平衡中，增减成为正常现象。不过对于文本分析而言，了解歌手演唱曲目的大体情况，是很有帮助的。虽然追根究底地想要知道某位歌手到底会多少曲目，不见得能有明确的结论。但是，从另一方面说，曲目的规模，却是一个歌手艺术上成熟程度的主要标志。民间歌手掌握作品的数量，往往是与他掌握程式的规模成正比例关系的。一旦程式以及典型场景等传统性创作单元的储备达到了相当的程度，学习一首新的作品就成了易如反掌的事情。因为那些构筑作品的"部件"越充分，即兴的创编就越轻松。

在当代的史诗学学术反思和理论建构中，基于对文本誊录和制作的深入思考，田野与文本的关系、文本与语境的关系、演述事件与社群交流的关系、传承人与听众的关系、文本社区与学术研究的关系，也得到了全面的强调。这种强调，当然有其历史渊源。一则这是因为，不论荷马史诗还是印度史诗，历史上经过无数代人的编订、校勘，已成为书面化的"正典"，唯远

① 朝戈金：《〈摩诃婆罗多〉：百科全书式的印度史诗》，《中华读书报》2006 年 2 月 15 日。
② 上述几种数字，来自以下材料：《江格尔资料本》一卷 6 页上的冉皮勒简介；巴图那生：《〈江格尔〉史诗与和布克赛尔的江格尔齐》，载《〈江格尔〉论文集》，新疆人民出版社 1988 年版；贾木查：《〈江格尔〉的流传及蕴藏情况》，同上。

古时代那气韵生动的演述信息大都流失在苍苍岁月之中。"口头诗学"所做出的努力，无疑也是在力图重构文本的音声，给当代口头史诗的文本制作提供思考的前例，并进而为"演述理论"和"民族志诗学"所继承。二则，在史诗传承传播的原生态链条上，在史诗的"第二次生命"（杭柯语）得以延续的可能性方面，在史诗的学术研究深拓的向度上，这些层层叠叠的关联之间都有高度相互依存的关系。

因此，我们在古老的史诗文本与鲜活的史诗传统之间应该看到，从演述者、誊录者、搜集者、编订者、制作者、校勘者、翻译者、研究者，一直到阅读者，都是学术史链环上的一个个环节。史诗研究，越来越从琐细的考证传统中摆脱出来，越来越接近史诗演述传统作为一个整体的综合面貌和一般特征。以纳吉为杰出代表的学者对古典史诗传统的重构，不仅是史诗学的重大推进，而且也是整个人文学术的厚重成果，已经对相邻学科产生了影响。纳吉对 Hómēros 原初语义的考证，对史诗文本"演进模型"的建构等工作，应当认为是对因循守旧的保守观点的反拨与超越，是古典学的某种"新生"。国际史诗学术正是经过这些学术上的追问与回应、建构和解构、肯定和否定，才让死寂无声的文本响起多声部的合唱，才让远古的荷马永远地驻留在热爱诗歌精神、热爱文化遗产的当代人中，从而永葆史诗传统的生命活力。因此，或许我们永远无法确切地知道"谁是荷马"，但我们有自信反问："谁又能杀死荷马？"

五　莪相：从"知识赝品"的挞伐到口头诗歌的解读

这里接着说一桩文学批评公案。苏格兰诗人、翻译家麦克菲森（James Macpherson，1736—1796）最早出版的诗集《苏格兰高地人》（1758）在读者中没有引起多少反响。1760 年发表《古诗片段》（搜集于苏格兰高地，译自盖尔语或埃尔斯语），却轰动一时。他随后又发表了两部史诗《芬歌儿：六卷古史诗》（*Finga*，1762）和《帖莫拉》（*Temora*，1763）。并于 1765 年将这两部史诗合集出版，定名《莪相作品集》，① 假托是公元 3 世纪一位苏

---

① J. Macpherson, *The Poems of Ossian*, AMS. Press, 1974 [1805].

格兰说唱诗人莪相（Ossian，又作 Oisin）的作品。实际上，他只是把关于莪相的传说综合起来，用无韵诗体加以复述。他的语言风格脱胎于 1611 年《圣经》英译本，比喻丰富、情调忧郁，因而大受欢迎，对早期欧洲浪漫主义运动影响很大，也在全欧洲引起了人们对古代英雄故事的强烈兴趣。法国女作家斯塔尔夫人把欧洲文学分为南北两支，南支始祖是古希腊荷马，北支的就是莪相。

后来学者们对其"作者身份"产生了怀疑，尤其是塞缪尔·约翰逊（Samuel Johnson）。最终，现代学者们将之断定为麦克菲森的"伪作"，并演证出麦克菲森是怎样将其个人的诗作建立在原来的盖尔人叙事诗之上，但却通过修改原来的人物和观念，注入许多他个人的想法，以适从当时的时代感和兴趣。① 尽管如此，这些诗在风格上沉郁、浪漫，表现了对自然的热爱，对欧洲不少诗人包括歌德（Johann Wolfgang von Goethe）和小沃尔特·司各特（the young Walter Scott）都产生过影响。

至于历史上的莪相，据推测他是公元 3 世纪左右苏格兰盖尔人的传奇英雄和吟游诗人，是英雄芬尼（Finn mac Cumhail）之子，关于这位英雄有一系列的传说和叙事诗。这些传统的故事主要流传在爱尔兰和苏格兰高地，且因莪相作为吟游诗人演唱其父芬尼开拓疆土的故事及其芬尼亚军团的传说，因而莪相及其父亲一道成为爱尔兰"芬尼亚诗系"（Fenian Cycle）叙事中的主人公。莪相通常被描述为一位老者、盲人，而且他活着的时间比他父亲和儿子都要长久。

关于"莪相"诗篇真伪问题一直是批评家研究的课题，他们直到 19 世纪末才大致搞清，麦克菲森制作的不规则的盖尔语原文只不过是他自己英文作品的不规则的盖尔语的译作。至此，关于莪相的争论才得以解决。学术界一致认为，被浪漫化了的史诗《莪相作品集》并非真正是莪相的作品，于16 世纪前期整理出版的《莪相民谣集》才是真正的爱尔兰盖尔语抒情诗和叙事诗。歌德当时读到的莪相诗是麦克菲森的创作，不应与真正的莪相诗篇《莪相民谣集》相混淆。

在 20 世纪的后现代主义思潮中，科学传统与人文传统发生颉颃，"莪

---

① Derick Thomson, *The Gaelic Sources of Macpherson's "Ossian"*, Edinburgh: Oliver & Boyd, 1952.

相"也被卷入"索克尔/《社会文本》事件"①与"知识赝品"的批判中，再次成为众矢之的。诺贝尔物理学奖获得者温伯格1996年8月8日在《纽约书评》发表的长篇评论《索克尔的戏弄》说，此事件使人想起学术界其他一些有名的欺骗案件，如由陶逊（Charles Dawson）制造的辟尔唐人（Piltdownman）伪化石事件和麦克菲森导演的伪盖尔人史诗《莪相作品集》（Ossian Poems）事件。区别在于索克尔为的是公众利益，为了使人们更清楚学术标准的下降，他自己主动揭穿欺骗行为。而那两起事件是有人为了私利故意作伪，是由别人加以揭露的。温伯格说："科学家与其他知识分子之间误解的鸿沟看起来，至少像斯诺若干年前所担忧的那样宽。"②殊不知，几年之后，韩国的功勋级科学家就在克隆技术上撒下弥天大谎。因此，"莪相"事件的重新评价或许也应成为科学与人文分裂之后共同反思的一个"桥梁"。

　　回顾传统，在希腊文学史上"史诗拟作"也是一种传统：阿波罗尼乌斯（Apollonius，约公元前295—215），古希腊诗人和学者，生于亚历山大城，但自称罗得岛人，因与诗人和学者卡利马科斯争吵后移居罗得岛。卡利马科斯认为写作长篇史诗的时代已经过去了，诗人如果再想模仿荷马，写出一部史诗，那是无益的。阿波罗尼乌斯则不以为然，极力反对这一主张，他写了不少诗，其中最为著名的史诗是《阿耳戈船英雄记》（Argonautica），主要叙述有关伊阿宋（Jason）和阿耳戈英雄寻找"金羊毛"的故事，共4卷。阿波罗尼乌斯还改写了荷马的语言，使之适合传奇史诗的需要。他对旧情节所做的新处理、启发性的明喻，以及对大自然的出色描写，常能牢牢抓住读者。③稍后还有雅典的阿波罗多罗斯（Apollodorus of Athens，活动时期公元前140），他是一位学者，以著《希腊编年史》而驰名。此书用诗体写成，叙事包括从特洛伊城陷落（公元前1184）至公元前119年的时期。在后来的文人书面史诗中，大家公认的还有古罗马诗人维吉尔模仿"荷马史诗"，以罗马古代传说为素材，结合罗马帝国初期的政治需要创作的《埃涅阿斯

---

① 论战网址：http://www.physics.nyu.edu/faculty/sokal/index.html。

② 《中华读书报》1998年1月14日。斯诺在1959年5月描述过人文文化与科学文化的对立。

③ 参见默雷《古希腊文学史》，孙席珍、蒋炳贤、郭智石译，上海译文出版社1988年版，第400页。

纪》，意大利诗人塔索的长篇叙事诗《被解放的耶路撒冷》，但丁的《神曲》和弥尔顿的《失乐园》等诗作。再到后来，这样的事例更是俯拾即是。比如英国诗人埃德蒙·斯宾塞（Edmund Spenser，1552？—1599）名气较大的作品，就有史诗传奇《仙后》（*The Faerie Queene*，1590—1596）；他的其他作品包括牧歌《牧羊人的日历》（*Shepeardes Calendar*，1579）和抒情婚姻诗《祝婚歌》（*Epithalamion*，1595）。从这些诗作中可以发现，他同样充分汲取了口头传统的养分。拟作、仿作还是假托，也要看诗人自己是怎样"声称"的，比如，或声称"效仿"荷马，或声称"发现"羲相，其间差别甚大；应该更多地去追问他们为什么要那样"声称"，去思考其"声称"背后的社会文化语境又是什么。让我们稍后再回到"羲相事件"上来。这里先谈一谈来自塞尔维亚的一个案例：

彼得罗维奇·涅戈什（Petrović Njegoš，1813—1851），塞尔维亚的门的内哥罗诗人。[①] 洛德对他有过介绍。他童年在乡村放牧，熟悉民间叙事。后被叔父——门的内哥罗君主佩塔尔一世（也是一位诗人）选为王位继承人，1830 年继承王位；19 世纪前半期他还充当门的内哥罗主教。为了完满做好落到他身上的名分和职责，他竭尽全力，最终不仅自己青史留名，还把门的内哥罗引向光明之路。他至今受到门的内哥罗人的敬仰，并被公认为是塞尔维亚文学中最伟大的诗人。涅戈什出版了《山地人之歌》（*The Voice of Mountaineers*，1833）和《塞尔维亚的镜子》（*The Serbian Mirror*，1845）等四部诗集和代表作诗剧《山地花环》（*The Mountain Wreath*，1847），足以证明诗歌在他的思想和心灵中占有至高无上的位置，甚至在他身为王储的繁忙年代，他也从未放弃过他的"歌唱"。他的一生从开始就浸润在南斯拉夫口头传统和英雄故事的甘露中，他还曾亲自向古斯勒歌手学习史诗演唱，因此我们不难在他的诗歌创作中看到以下四种要素：（1）既有穆斯林的口头传统，又有基督教的口头传统；（2）精通两种语言；（3）传统的老歌和新作的诗篇；（4）具备口头传统与书面文本两方面的能力和特长。弗里指出，尽管有研究者称其诗作为"模仿口头的"，这似乎是在质疑这些作品的品质和真实性，而实际上应当说，涅戈什是在纸页上"唱歌"，他"写"口头诗

---

① 　见《中国大百科全书·外国文学》卷，第 758—759 页。也有汉译为"尼业果斯"的。

歌。他是手握铅笔创编口头诗歌,为文人雅士和阅读群体的文学消费服务。弗里进一步分析出,涅戈什的诗歌创作几乎涉及了所有的表达形式,某些诗篇是人们耳熟能详的传统故事的重新演述,某些又是"新"的歌诗,还有一些诗作已经开始将文学惯例引入传统的歌诗创作中。"新"的诗篇定位于题旨和本土性上,但总是按照程式化风格和十音步格律来进行创作。通观涅戈什的创作,可以看到他展示出"语域"(即表达策略)的领悟力来自他对口头传统和文学文本的精深知识,他的人生也映射出口承文化与书写文化的交织,而那正是19世纪门的内哥罗的时代特征。归总起来说,涅戈什的案例告诉我们,把握口头诗歌的多样性及其重要意义,在一定程度上需要穿越传统、文类,尤其是穿越诗歌的载体形式——介质。①

　　根据这一主张,弗里在其《怎样解读一首口头诗歌》一书中依据其传播"介质"的分类范畴,提出了解读口头诗歌的四种范型:②

弗里:口头诗歌分类表

Media Categories 介质分类	Composition 创编方式	Performance 演述方式	Reception 接受方式	Example
Oral Performance 口头演述	ORal 口头	ORal 口头	Aural 听觉	Tibetan paper – singer 西藏纸页歌手
Voiced Texts 声音文本	Written 书写	Oral 口头	Aural 听觉	Slam peotry 斯拉牧诗歌
Voices from the Past 往昔的声音	O/W 口头/书写	O/W 口头/书写	A/W 听觉/书面	Homer's *Odyssey* 荷马史诗《奥德赛》
Written Oral Poems 书面的口头诗歌	Written 书写	Written 书写	Written 书面	Bishop Niegoš 涅戈什主教

　　那么根据弗里以上的解决方案,文学史上许许多多的"经典"史诗、

---

① John M. Foley, *How to Read an Oral Poem*, Urbana and Chicago: University of Illinois Press, 2002, p. 50.

② Ibid., p. 40.

乃至其他诗歌的典范之作都可以重新纳入这一开放的解读谱型之中。这里我们不妨对麦克菲森的"莪相事件"进行再度审视。公允地说，莪相的名字之所以被大多数人记住，还是凭借麦克菲森的炮制"知识赝品"做法，这或许也是我们需要进行深思的地方。正如韦勒克和沃伦所说，"在文学史上鉴定伪作或揭穿文坛骗局是一个重要的问题，对进一步的研究是很有价值的。因此麦克菲森伪作的《莪相集》所引起的争论，便促使很多人去研究盖尔人的民间诗歌。"① 真可谓"祸兮福所伏，福兮祸所倚"（《老子》）。据说麦克菲森之所以去收罗"古董民谣"，是因为最后一位斯图亚特王室查利王子外逃，导致当时苏格兰文化"前景黯淡"。我们注意到弗里将麦克菲森作为一个特定的研究案例，将其诗歌创作活动与前文所述的伦洛特和刚刚提到的涅戈什进行并置，他没有继续沿用一般文学批评界常用的"伪作"和"骗局"等术语，而是从"资源"和创作技巧上具体分析麦克菲森诗作的性质。"赝品"中可见三种主要成分：（1）依据田野调查中对实际发生的口头演述所进行的口述记录；（2）从当时存在的手稿中临摹诗句和诗歌；（3）纯属他个人的创作。而这一切又全在他精巧的安排和布局之中得以呈现，而且他发掘了口头传统的文化力量和政治动力，并通过他自己文本的声音去表达。尽管他在很大程度上过滤或筛选了自己搜集到的民间诗歌，而且在田野誊录文本上添加的成分要远远地超过伦洛特，但是，他的作品依然属于书面的口头诗歌。②

从弗里的一系列著述中可以发现，他的学术视野早已不局限于"口头程式理论"，他已将"讲述民族志""演述理论""民族志诗学"等20世纪最为重要的民俗学理论，创造性地熔铸于口头传统的比较研究中，先后系统地提出了"口头传统的比较法则""演述场域""传统性指涉"等学说，从而构造出独具学术个性的口头诗学体系和口头诗歌文本的解析方法。他曾多次前往塞尔维亚的乌玛迪安地区从事田野调查工作，翻译了帕里和洛德于1935年采录的南斯拉夫歌手哈利利·巴日果利奇演唱的史诗《穆斯塔伊贝

---

① ［美］勒内·韦勒克、［美］奥斯汀·沃伦：《文学理论》（修订版），刘象愚等译，江苏教育出版社2005年版，第67页。

② John M. Foley, *How to Read an Oral Poem*, Urbana and Chicago: University of Illinois Press, 2002, p. 52.

之子别齐日贝的婚礼》。弗里还将当代中国的说书艺术进行了"跨文化的并置"，将这种古老而常新的口头艺术纳入了国际口头传统的比较研究框架中。他客观公允地评价了瓦尔特·翁（Walter Ong）等人早期的口承/书写二分法的理论预设，认为二元对立的分析模型是通向正确理解并鉴赏口承传统及其多样性的第一步。同时，弗里也指出，对口头传统的深度理解，导致了对口承与书写之间壁垒的打通，并在二者之间假设的"鸿沟"上架设了一道通向正确认识人类表达文化的桥梁。弗里一再重申"传统性指涉"（traditional referentiality）的理论见解，强调传统本身所具有的阐释力量，提醒我们要去发掘口头传统自身的诗学规律，而不能以一般书面文学批评的诗学观念来考察口头传统。

追问麦克菲森与涅戈什的不同命运有其积极的学术意义。从以上的案例中我们也看到了口头诗学的理念是怎样从史诗研究扩大到口头诗歌的解读，进而也当在认识论层面上从口承与书写、知识与记忆、大传统与小传统的沟通与互动中来理解弗里提出的口头诗歌解读谱型，让学术走向多元与开放，从而更好地复归人类表达文化的原初智慧与诗歌精神。"篱笆紧，结芳邻"（"Good fences make good neighbours"），这句谚语在美国诗人弗罗斯特（Robert Frost Lee，1874—1963）的名诗《修墙》（Mending Wall）中得到了最完整的体现。正如一位学者所言，中国是一个"墙文化"盛行的国家，这种"墙"既是有形的也是无形的。在我们的学科壁垒中，形形色色的"墙"又有多少？因此，就需要更开放的学术视野来容纳我们的研究对象，来理解共享的口头诗歌及其艺术真谛。那么我们或许就可以说"篱笆开，识芳邻"。

六　冉皮勒：从"他者"叙事到"自我"书写

"史诗"一词的英文 epic 直接来自希腊语的 epikos 和拉丁语的 epicus，从词源上讲则与古希腊语 epos 相关，该词的原义为话、话语，后来引申为初期口传的叙事诗，或口头吟诵的史诗片段。"史诗"这一概念传入中国当在 19 世纪末期。1879 年，清廷大员郭嵩焘出使英国时就在日记中记述了《荷马史诗》里的特洛伊战争，但据目前笔者所见资料，中国最早使用"史诗"术语的人大概是章太炎（炳麟）。他在《正名杂义》中已径直使用"史诗"："盖古者文字未兴，口耳之传，渐则亡失，缀以韵文，斯便吟咏，而易记忆。意者苍、沮以前，亦直有史诗而已。"他认为"韵文完备而有笔语，史诗功善而后有舞诗"，史诗包含民族大史诗、传说、故事、短篇歌曲、历史歌等。该文附入其著作《訄书·订文》（重订本）。① 后来胡适曾将 epic译为"故事诗"。② 1918 年，周作人在《欧洲文学史》中介绍古希腊文学。1922 年，郑振铎在《小说月报》专门介绍《荷马史诗》，认为《荷马史诗》表达了古希腊民族早期的新鲜与质朴；接着在 1923 年《文学周报》第 87 期上，他发表了《史诗》一文，开卷便说："史诗（Epic Poetry）是叙事诗（Narrative Poetry）的一种。"但他断然地说："中国可以说没有史诗——如果照严格的史诗定义说起来，所有的仅零星的叙事诗而已。"③ 但是到了后来他的观点就变得犹疑了。④ 1929 年傅东华以散文体翻译的《奥德赛》全本出版。在中国读者开始完整了解荷马史诗的同时，许多学者也围绕着中国文学史上到底有没有史诗展开了争论，并且一直持续到 1985 年前后。⑤

20 世纪 50 年代以来，尤其是 80 年代以后，中国少数民族史诗的发掘、搜集、记录、整理和出版，不仅驳正了黑格尔关于中国没有史诗的著名论断，也回答了"五四"以后中国学界曾经出现过的"恼人的问题"，那就是"我们原来是否也有史诗"？⑥ 我们今天知道，在中国的众多族群中，流传着上千种史诗，纵贯中国南北民族地区。⑦ 其中，藏族和蒙古族的《格萨（斯）尔》、蒙古族的《江格尔》和柯尔克孜族的《玛纳斯》已经成为饮誉

---

① 《訄书》于 1899 年编订，由梁启超题写书名，木刻印行；1902 年重订，由邹容题写书名；1904年由日本东京翔鸾社印行。

② 胡适：《白话文学史》第六章"故事诗的起来"，载《胡适文集》第 8 卷，北京大学出版社 1998年版，第 150 页。

③ 郑振铎：《郑振铎全集》第 15 卷，花山文艺出版社 1998 年版，第 362—365 页。

④ 参见陈泳超《中国民间文学研究的现代轨辙》，北京大学出版社 2005 年版，第 164—165 页。

⑤ 参见叶舒宪《英雄与太阳——中国上古史诗的原型重构》，陕西人民出版社 2005 年版，第 76页，注释②。

⑥ 闻一多：《歌与诗》，载《神话与诗》，华东师范大学出版社 1997 年版，第 209 页。

⑦ 具体数字尚无人做过详细统计。考虑到突厥语诸民族有数百种史诗的说法，以及蒙古史诗有至少 550 种的大致记录，加上南方诸民族的史诗传统，上千种就是一个相当保守的估计。

世界的"中国三大英雄史诗"。此外，在中国北方阿尔泰语系各族人民中，至今还流传着数百部英雄史诗；在南方的众多民族中同样也流传着风格古朴的创世史诗、迁徙史诗和英雄史诗。这些兄弟民族世代相续的口传史诗，汇聚成了一座座口头传统的高峰，成为世界文化史上罕见的壮阔景观，也是令中华民族自豪的精神财富。

　　然而，回顾中国史诗研究的历程，我们不难发现最早在学科意义上开展科研活动的，大多是域外的学者，时间可以上溯到 18 世纪。国外最早介绍《格萨尔》的，是俄国旅行家帕拉斯（P. S. Palls）《在俄国奇异地方的旅行》，时间是 1776 年。[①] 19 世纪和 20 世纪的两百年中，作为东方学研究的一个分支，中国各民族的史诗逐步引起了国外学者的注意，其中成果影响较大的学者，按国别而论，有法国的大卫·尼尔（David Neel）和石泰安（R. A. Stein），有德国的施密特（I. J. Schmidt）、拉德洛夫（F. W. Radloff，德裔，长期居留俄国）、海西希（W. Heissig）、夏嘉斯（K. Sagaster）和莱歇尔（K. Reichl），有俄苏的波塔宁（G. N. Potanin）、科津（S. A. Kozin）、鲁德涅夫（A. Rudnev）、札姆察拉诺（Zhamcarano）、波佩（N. Poppe，后移居美国）、弗拉基米尔佐夫（B. Ya. Vladimirtsov）、日尔蒙斯基（V. Zhirmunsky）和涅克留多夫（S. J. Nekljudov）等，有芬兰的兰司铁（G. J. Ramstedt），有英国的鲍顿（C. R. Bawden）和查德威克（Nora K. Chadwick）等。应当提及的两件事情，一个是大约从 1851 年开始，西欧的蒙藏史诗研究悄然勃兴，肖特（W. Schott）等多人的专论，在《柏林科学院论文集》上连续发表。[②] 再一个是首个蒙古《格斯尔》史诗的外文译本，出现于 1839 年，译者为施密特，题为《神圣格斯尔的事迹》[③]（德文，所本为 1716 年北京木刻版蒙古文《格斯尔》）。随后又有多种译本的《格斯尔》刊行。其中较出名的还有德国弗兰克（A. H. Franke）的《格萨尔传的一个下拉达克版本》。[④] 总之，我们可以大体将这一阶段概括为"他者"叙事。

　　诚然，我国史诗研究的"端倪"，可以上溯到数百年前。1779 年，青海

---

① P. S. Palls, *Reisen durch verchiedene Provinzen des urssischen Reiches*, St. Petersburg, 1771–1776.

② *Abhandlungen der Berliner Akademie*, 1851 年及以后。

③ *Die Thaten Bogda Gesser chan's*, St. Petersburg：1839.

④ *A Lower Ladakhi Version of the Kesar Saga*, Calcutta：1905.

高僧松巴·益喜幻觉尔（1704—1788），在与六世班禅白丹依喜（1737—1780）通信的过程中谈论过格萨尔的有关问题。① 一个有趣的现象是，关于松巴的族属，一向有蒙藏两说，难以遽断。这就如"格萨（斯）尔"史诗一样，一般认为是同源分流，在藏族和蒙古族中各成大观。流传地域不同，不仅内容上差别颇大，而且连史诗的名字，在发音上也有区别。藏族叫《格萨尔》，蒙古族叫《格斯尔》。这一大型史诗后来还传播到其他民族中，例如，今天见到的其他文本，有土族《格赛尔》，图瓦人《克孜尔》，与此同时在云南与藏族杂居、交往密切的一部分普米族、纳西族、傈僳族中也有口头流传，且同样有手抄本和少量木刻本。② 这种跨族际传通的文化现象，颇为特别。而以汉文刊发国内少数民族史诗介绍性文字的，当推任乃强先生为早。他1929年考察西康藏区，历时一年；在1930年12月《四川日报》副刊上，先后发表了题为《藏三国》和《藏三国举例》两文，认为"记载林格萨事迹之书，汉人叫作藏三国，藏语曰格萨郎特，译为格萨传。或译为格萨诗史，因其全部多用诗歌叙述，有似我国之宣卷弹词也"③。这种以历史的眼光来评价史诗文本的现象，在后来其他学者讨论今天我们所说的"史诗传统"时多有发生。

中国大规模的史诗搜集和整理工作起步于20世纪50年代，其间几经沉浮，大致厘清了各民族史诗的主要文本及其流布状况。较为系统的史诗研究到80年代方初具规模，形成了一批梳理资料全面、论述有一定深度的著作。其中以中国社会科学院少数民族文学研究所（现名民族文学研究所）学者主编的"中国史诗研究"丛书，④ 比较集中地体现出了这一时期的整体水

---

　　① 后来松巴（其全名又译作松巴堪布·益喜班觉）将有关专题汇集成册，题为《关于格萨尔问答》，收入甘肃拉卜楞寺所藏松巴全集中的《问答》之部第11—16页，参见《格萨尔学集成》第一卷，甘肃民族出版社1990年版，第286—290页。

　　② 同上书，第299—306页。

　　③ 任乃强：《"藏三国"的初步介绍》，《边政公论》第4卷4、5、6合刊，1944年；另见降边嘉措等编《〈格萨尔王传〉研究文集》，四川民族出版社1986年版。

　　④ 这套丛书由内蒙古大学出版社推出，包括仁钦道尔吉的《〈江格尔〉论》（1994）、《蒙古英雄史诗源流》（2001）、郎樱的《〈玛纳斯〉论》（1999）、降边嘉措的《〈格萨尔〉论》、刘亚虎的《南方史诗论》（1999）、斯钦巴图的《〈江格尔〉与蒙古族宗教文化》（1999）等。限于篇幅，下文涉及的中国史诗研究格局与相关理论成果主要以中国社会科学院民族文学研究所的学术实践为主线。

平。代表性成果有仁钦道尔吉的《江格尔》研究，郎樱的《玛纳斯》研究，降边嘉措和杨恩洪的《格萨尔》研究，以及刘亚虎的南方创世史诗研究，等等。这些专著较为全面和系统地论述了中国史诗的总体面貌、重点史诗文本、重要演唱艺人，以及史诗研究中的一些主要问题，并再次提出了创建中国史诗理论体系的工作目标。可以说，从"他者"叙事到"自我"书写的转化这时已初露端倪。其最重要的表征是：在文类界定上，摆脱了西方史诗理论的概念框架，从"英雄史诗"拓展出"创世史诗"和"迁徙史诗"，丰富了世界史诗宝库；在传播形态方面，突破了经典作品或曰书面史诗的文本桎梏，将研究视野投向了植根于民俗文化生活的活形态史诗传承；在传承人的分类上，从本土特定的社会文化语境中考察歌手习艺及其传承方式，仅是藏族史诗歌手，就可以分出至少五种类型来。①

那么，回到歌手这条线索上来看，坡·冉皮勒（P. Arimpil, 1923 - 1994）应该名列当今时代最伟大的史诗歌手。② 如果不算出现在传说中的江格尔奇，他是我们所确切地知道会唱最多《江格尔》诗章的文盲歌手。对他的首次现代学术意义上的科学采录工作，是在 1980 年，语言学家确精扎布教授到和布克赛尔，最先采访的就是他。继之，冉皮勒的外甥塔亚博士对采录和保存他的口头演述，乃至展开研究，也发挥了重要作用。此后从口头诗学的立场出发，围绕冉皮勒的个案研究、文本诠释和传统重构，③ 与其他一些学者的实证研究一道，构成了中国史诗学术的新图景，由此成为中国史诗研究的学术转型和范式转换的一个标志。对此，钟敬文先生曾指出："所谓转型，我认为最重要的，是对已经搜集到的各种史诗文本，由基础的资料汇集而转向文学事实的科学清理，也就是由主观框架下的

---

① 大致有托梦神授艺人、闻知艺人、吟诵艺人、圆光艺人、掘藏艺人。参见降边嘉措《〈格萨尔〉与藏族文化》，内蒙古大学出版社 1994 年版；杨恩洪《民间诗神——格萨尔艺人研究》，中国藏学出版社 1995 年版。

② 详见以下材料：《冉皮勒小传》，载《江格尔（三）》，内蒙古古籍整理办公室、新疆民间文艺家协会编，格日勒图转写注释，内蒙古科学技术出版社 1996 年版，第 319—320 页；仁钦道尔吉《〈江格尔〉论》，内蒙古大学出版社 1999 年版，第 41—42 页；贾木查《史诗〈江格尔〉探渊》，新疆人民出版社 1996 年版；塔亚采录、注释《歌手冉皮勒的〈江格尔〉》，日本千叶大学 1999 年版；以及塔亚的口述材料。

③ 朝戈金：《口传史诗诗学：冉皮勒〈江格尔〉程式句法研究》，广西人民出版社 2000 年版。

整体普查、占有资料而向客观历史中的史诗传统的还原与探究。"① 也就是说，针对冉皮勒的口头演述、民族志访谈和程式句法分析的复原性研究具有了某种风向标的含义，指向了当代中国学人的方法论自觉及其"自我"书写。

因此，这里我们将两代史诗学者所追踪的冉皮勒这一个案纳入学术史的视野来加以定位，就会发现在刚刚过去的十多年间，"冉皮勒研究"作为中国民间文艺学从书面范式走向口头范式的一个特定案例，确实在两代学者之间桥接起了学术史上一个关键的转型阶段。以往我们的史诗研究与民间口头传统有相当疏离，偏重研究的是"作为文学文本的史诗"，并没有把史诗看作口传形态的叙事传统，没有考虑它同时也是一种动态的民俗生活事象、言语行为和口头表达文化。这正是既往研究的症结所在。那么，在"口头性"与"文本性"之间深掘史诗传承的特殊机制，尤其是根据冉皮勒的演述本所进行的口头程式句法分析，就深刻地启迪了我们。从认识论上说，口头诗歌与文人诗歌有着很大的差异，绝不可以简单套用研究文人书面作品的方法来解读这些口头创作、口头传播的文本。同样，以书面文学的诗学规则去阐释口传史诗的特质，也会影响到读者的正确评价和学界的科学判断。因而以问题意识为导向，以矫正史诗传统的"误读"为出发点，进而在积极的学术批评意义上进行学术史反思和学者之间的代际对话，也促成了我国史诗研究界的方法论自觉。②

从 20 世纪末到 21 世纪初，中国史诗的研究格局确实发生了一些新的变化。简单概括起来，出现了这样几个学术转向：从文本走向田野，从传统走向传承，从集体性走向个人才艺，从传承人走向受众，从"他观"走向"自观"，从目治之学走向耳治之学。

所谓从文本走向田野，就意味着对一度占支配地位的"文学"研究法的扬弃，对史诗文本的社会历史的和美学的阐释，逐步让位于对史诗作为民间叙事传统和口头表达文化的考察；对史诗在文学史上的意义发掘，逐步让

① 引自钟敬文教授为拙作《口传史诗诗学：冉皮勒〈江格尔〉程式句法研究》所写的"序"，广西人民出版社 2000 年版，第 5 页。此外，钟老在《南方史诗传统与中国史诗学建设》的访谈中，对中国南北史诗的研究及其格局都提出了前瞻性的意见，见《民族艺术》2002 年第 4 期。

② 有关论述参见《口传史诗的"误读"——朝戈金访谈录》，《民族艺术》1999 年第 1 期。

位于对史诗在特定群体中的口头交流和族群记忆功能的当下观察。公允地说，这些年中国民间文艺学领域的若干前沿性话题正是围绕着中国史诗学研究格局的深刻变化而展开的，而这种变化主要是以"文本与田野"的反思为转机。① 至于从传统走向传承，则更多关注史诗演述传统的流布和传承，关注史诗的纵向发展轨迹和延绵不绝的内驱力。在不同的传统中，史诗演述也有与其他仪式活动结合起来进行的，例如通过长期的田野观察和民俗生活体验，我们的学者发现彝族诺苏支系的史诗演述从来就是民间口头论辩的一个有机部分，往往发生在婚礼、葬礼和祭祖送灵的仪式上。② 说到从集体性走向个人才艺，这对于以往的民间文艺学的学科典律——民间叙事的"集体性""匿名性"是一种补正。有天分的个体，对于传统的发展，具有某种特殊的作用。在今天的中国活形态史诗演述传统中，不乏这样伟大的个体，像藏族的扎巴、桑珠，柯尔克孜族的居素甫·玛玛依，蒙古族的琶杰、金巴扎木苏、朱乃和冉皮勒，彝族的曲莫伊诺，等等。他们都以极为鲜明的演述个性和风格，为口头传统文类的发展做出了显见的推动。而机警的学者们也都纷纷走向田野，走向民俗生活实践的体认，走向目标化的史诗艺人跟踪研究。③ 从传承人走向受众，强调的是把史诗演述作为一个整体，作为信息传递和接受的过程进行观察的取向。受众的作用，就绝不是带着耳朵的被动的"接受器"，而是能动地参与到演述过程中，与歌手共同制造"意义"的生成和传递的不可分割的一个环节。从"他观"走向"自观"，则与学术研究主体的立场和出发点紧密相关，与本土学者的文化自觉和自我意识相关。例如，从母族文化的本体发现和母语表述的学术阐释中，学者们掌握了更为复杂的史诗文本类型，除了一般学术分类之外，还有若干属于本土

---

① 相关的辩论，参见陈泳超主编《中国民间文化的学术史观照》（民间文化青年论坛第一届会议论文集），黑龙江人民出版社 2004 年版。

② 巴莫曲布嫫：《叙事语境与演述场域——以诺苏彝族的口头论辩和史诗传统为例》，《文学评论》2004 年第 1 期。

③ 有关传承人及其群体的田野研究著述有杨恩洪的《民间诗神——格萨尔艺人研究》（民族出版社 1995 年版）和《人在旅途——藏族〈格萨尔王传〉说唱艺人寻访散记》（广西人民出版社 2007 年版），阿地里·居玛吐尔地与托汗·依莎克的《当代荷马〈玛纳斯〉演唱大师居素普·玛玛依评传》（内蒙古大学出版社 2002 年版），朝戈金的《千年绝唱英雄歌——卫拉特蒙古族史诗传统田野散记》（广西人民出版社 2004 年版）；此外还有巴莫曲布嫫近年关于彝族史诗演述人和口头论辩家的系列论文。

知识系统的分类系统，例如藏族的伏藏文本，① 彝族的公/母文本和黑/白叙事等，② 不一而足。对一个传统的考察，如果既能从外部也能从内部进行，那我们对这种考察的深度就有了一定的信心。最后，我们说目治和耳治的时候，并不是强调对于民间叙事的"阅读"，从阅读文字记录本转向了现场聆听这样简单，而是建立口头诗学法则的努力，③ 使人们认识到大量的口头文学现象其实需要另外的文化阐释和新的批评规则来加以鉴赏。

诚然，中国史诗学术的自我建构也逐步融入了国际化的学术对话过程中，④ 这与一批功底较为深厚、视野较为开阔，同时又兼具跨语际研究实力的本民族史诗学人及其创造性和开放性的学术实践是密切相关的。十多年来，西方口头诗学的理论成果，民俗学"三大学派"的系统译介，⑤ 以及在中国的本土化实践对我国的史诗学理论建设和学术反思与批评也起到不可低估的作用。这批本土学者的史诗学理论思考建立在学术史反思的基础上，在若干环节已取得了令人瞩目的成绩。例如，对史诗句法的分析模型的创用，对既有文本的田野"再认证"工作模型的建立；⑥ 对民间文学文本制作中的

---

① 诺布旺丹：《伏藏〈格萨尔〉刍议》，《格萨尔研究集刊》第6集，民族出版社2003年版。

② 巴莫曲布嫫：《叙事型构·文本界限·叙事界域：传统指涉性的发现》，《民俗研究》2004年第3期。

③ 朝戈金：《关于口头传唱诗歌的研究——口头诗学问题》，《文艺研究》2002年第4期。另参见朝戈金与弗里合作完成的《口头诗学五题：四大传统的比较研究》，《东方文学研究集刊》（1），湖南文艺出版社2003年版，第33—97页。

④ 2003年国际学刊《口头传统》（Oral Tradition）出版了《中国口头传统专辑》，收入中国社会科学院民族文学研究所老中青三代学者的13篇专题研究论文，分别探讨了蒙古、藏、满、纳西、彝、柯尔克孜、苗、侗等民族的史诗传统和口头叙事等文类。这是国际学界首次用英文集中刊发中国少数民族口头叙事艺术的论文专辑，在国内外引起较大反响。

⑤ 20世纪80年代，中国社会科学院少数民族文学研究所就系统编印过两辑以史诗研究为主的内部资料《民族文学译丛》；此后有［俄］谢·尤·涅克留多夫著，徐诚翰、高文风、张积智译《蒙古人民的英雄史诗》（内蒙古大学出版社1991年版）；［法］石泰安著，耿昇译《西藏史诗与说唱艺人的研究》（西藏人民出版社1994年版）；［美］约翰·迈尔斯·弗里著，朝戈金译《口头诗学：帕里—洛德理论》（社会科学文献出版社2000年版）；［美］阿尔伯特·洛德著，尹虎彬译《故事的歌手》（中华书局2004年版）；［匈］格雷戈里·纳吉著，巴莫曲布嫫译《荷马诸问题》（广西师范大学出版社2008年版）等。在个人陆续推出系列化译文的同时，中国社会科学院民族文学研究所组织翻译的北美口头传统研究专号（《民族文学研究》2000年增刊）也在科研和教学中发挥了重要作用。

⑥ 朝戈金：《口传史诗学：冉皮勒〈江格尔〉程式句法研究》，广西人民出版社2000年版。

"格式化"问题及其种种弊端进行反思，进而在田野研究中归总出"五个在场"的基本学术预设和田野操作框架；① 对运用口头传统的理论视域重新审视古代经典，生发出新的解读和阐释，同时利用古典学的方法和成就反观活形态口头传统演述的内涵和意蕴；② 对特定歌手或歌手群体的长期追踪和精细描摹及隐藏其后的制度化保障；③ 对机构工作模型和学者个人工作模型的设计和总结；④ 在音声文档的整理、收藏和数字化处理方面，建立起符合新的技术规范和学术理念的资料库和数据库工作，⑤ 等等。应当特别提及的是，近些年在史诗资料学建设方面，例如科学版本的校勘和出版方面，成绩斐然，多种资料本赢得了国际国内同行的普遍赞誉和尊重。⑥总之，这些以传统为本的学术实践已经在国际史诗学界产生了良好的影响。

综上所述，一批以民俗学个案研究为技术路线，以口头诗学理念为参照

① 这"五个在场"是从田野研究的具体案例中抽象出具有示范意义的研究模型和理论思考，包括史诗传统的在场、表演事件的在场、演述人的在场、受众的在场，以及研究者的在场；同时要求这样五个起关键性作用的要素"同时在场"，以期确立"叙事语境—演述场域"这一实现田野主体间性的互动研究视界，在研究对象与研究者之间搭建起一种可资操作的工作模型。详见廖明君、巴莫曲布嫫《田野研究的"五个在场"》（学术访谈），《民族艺术》2004 年第 3 期。

② 参见尹虎彬《古代经典与口头传统》（中国社会科学出版社 2002 年版）及其若干史诗研究论文。

③ 中国社会科学院民族文学研究所在西部民族地区建立了 10 个口头传统田野研究基地，大多定位于史诗传统的定点观察和跟踪研究。

④ 中国社会科学院民族文学研究所：《联合国教科文组织紧急委托项目课题组项目阐释》，2003 年 9 月。调研成果报告见朝戈金主编《中国西部的文化多样性与族群认同：沿丝绸之路的少数民族口头传统现状报告》，社会科学文献出版社 2008 年版。

⑤ 参见多人笔谈《构筑中国少数民族文化遗产的生命线》，《中国民族报》2006 年 4 月 11 日。

⑥ 例如，斯钦孟和主持的《格斯尔全书》（第 1—5 卷，民族出版社 2002—2008 年版）；丹布尔加甫的《卡尔梅克〈江格尔〉校注本》（古籍整理本，民族出版社 2002 年版），《汗哈冉贵——卫拉特英雄史诗文本及校注》（民族出版社 2006 年版）；郎樱、次旺俊美、杨恩洪主持的《格萨尔艺人桑珠说唱本》（全套计 40 余卷，已刊布近半）（西藏藏文古籍出版社）；降边嘉措主持的《格萨尔精选本》（计划出 40 卷，已刊布十几种，民族出版社）；仁钦道尔吉和山丹主持的《珠盖米吉德/胡德尔阿尔泰汗》（民族出版社 2007 年版）和《那仁汗胡布恩》（民族出版社 2007 年版），仁钦道尔吉、朝戈金、斯钦巴图、丹布尔加甫主持的 4 卷《蒙古英雄史诗大系》（卷 1—2，民族出版社 2007—2008 年版）等。

框架的史诗传统研究成果相继面世，① 表明中国史诗学术格局的内在理路日渐清晰起来。尤其是在田野与文本之间展开的实证研究得到提倡，且大都以厚重的文化深描和细腻的口头诗学阐释来透视社会转型时期中国少数民族的史诗传承及其口头传播，在族群叙事传统、民俗生活实践及传承人群体的生存状态等多向性的互动考察中，建立起本土化的学术根基：（1）了解当代西方民俗学视野中如何通过田野作业和民族志表述来深究口头叙事传统的文化制度特征、现实脉络及变迁轨迹；（2）熟悉西方史诗学界研究中国史诗问题的概念工具与理论背景，了解海外史诗研究的典型个案、多学科视界融合及其口头诗学分析的思考架构和学理论证的新动向；（3）意识到了"唯有在走向田野的同时，以对民间口头文本的理解为中心，实现从书面范式、田野范式向口头范式的转换，才能真正确立民间文艺学和民俗学的学科独立地位"②。这批史诗研究成果，可以说已经实现了几个方面的学术转型：（1）以何谓"口头性"和"文本性"的问题意识为导向，突破了以书面文本为参照框架的文学研究模式；（2）以"史诗传统"而非"一部史诗作品"为口头叙事研究的基本立场，突破了苏联民间文艺学影响下的历史研究模式；（3）以口头诗学和程式句法分析为阐释框架，突破了西方史诗学者在中国史诗文本解析中一直偏爱的故事学结构或功能研究；（4）以"自下而上"的学术路线，从传承人、受众、社区乃至传承人家族的"元叙事"与研究者的田野直接经验抽绎出学理性的阐释，改变了既往田野作业中过分倚重

---

① 这里仅举中国社会科学院民族文学研究所中青年学者史诗研究成果为例，以窥其学术梯队的形成及其当下大致的工作方向：朝戈金的《口传史诗诗学：冉皮勒〈江格尔〉程式句法研究》（广西人民出版社 2000 年版），尹虎彬《古代经典与口头传统》（中国社会科学出版社 2002 年版），斯钦巴图的《蒙古史诗：从程式到隐喻》（民族出版社 2006 年版），阿地里·居玛吐尔地的《〈玛纳斯〉史诗歌手研究》（民族出版社 2006 年版），丹布尔加甫的《卫拉特英雄故事研究》（民族出版社 2006 年版），黄中祥的《哈萨克英雄史诗与草原文化》（中央编译出版社 2007 年版）；还有巴莫曲布嫫的《史诗传统与田野研究》和李连荣的《藏族史诗〈格萨尔〉学术史》即将出版。与此方向高度契合的，还有内蒙古的塔亚博士近年所发表的关于蒙古史诗的专题研究，以及北京大学陈岗龙博士等人关于东蒙古蟒古思故事和说书艺术的系列研究。纳钦博士的《口头叙事与村落传说——公主传说与珠腊沁村信仰民俗社会研究》（民族出版社 2004 年版）也可以看作是受到史诗学和口头传统新趋势影响的成果，虽然该著作所讨论的话题与史诗没有直接关联。

② 刘宗迪：《从书面范式到口头范式：论民间文艺学的范式转换与学科独立》，《民族文学研究》2004 年第 2 期。

文本搜集而忽略演述语境和社会情境的种种偏颇,推动了从田野作业到田野研究的观念更新。这里值得一提的是,本土学者的努力,让我们这个学术共同体从西方理论的"消费者"转变成本土理论的"生产者"有了可能。例如,从对话关系到话语系统,从田野研究到文本制作,我们的学者已经在本土化实践中产生了学术自觉。一方面,通过迻译和转换西方口头诗学的基本概念,结合本土口头知识的分类体系和民间叙事语汇的传统表述单元,提炼中国史诗研究的术语系统和概念工具,以契合国际学术对话与民族志叙事阐释的双向要求;① 另一方面,在方法论上对史诗传统的田野研究流程、民俗学意义上的"证据提供"和文本制作等问题做出了可资操作的学理性归总。② 毋庸置疑,这些思考是在西方口头诗学的前沿成果与本土化的学术互动中应运而生的,并将随着史诗学术的深拓,而获得更为普泛的阐释意义,并继续对相邻学科,产生这样或那样的影响。

余论:朝向 21 世纪的中国史诗学术之反思

> 江格尔的宝木巴地方
> 是幸福的人间天堂
> 那里的人们永葆青春
> 永远像二十五岁的青年
> 不会衰老,不会死亡……
>
> ——蒙古史诗《江格尔》之序诗

---

① 诸如朝戈金借鉴民俗学"三大学派"共享的概念框架,结合蒙古族史诗传统表述归纳的《史诗术语简释》和史诗文本类型;尹虎彬对西方史诗学术的深度省视和中国口头传统实践的多向度思考;巴莫曲布嫫提炼的"格式化"、演述人和演述场域、文本性属与文本界限,叙事型构和叙事界域,特别是"五个在场"等,则大都来自本土知识体系与学术表述在语义学和语用学意义上的接轨,以及在史诗学理论建构上东西方融通的视域。

② 详见廖明君、巴莫曲布嫫《田野研究的"五个在场"》(学术访谈),《民族艺术》2004 年第 3 期。

　　中国口传史诗蕴藏之丰富、样式之繁复、形态之多样、传承之悠久，在当今世界上都是少有的。史诗演唱艺人是口承史诗的传承者和传播者，也是史诗的创作者和保存者。但是，由于人力物力资源的限制，由于某些不能挽回的时间损失，我们不得不与许多口头传统的伟大歌手和杰出艺人失之交臂，无从聆听那些传唱了千百年的民间口头文化遗产。随着中国现代化进程与西部开发步伐的加快，口承史诗面临着巨大的冲击，史诗演唱艺人的人数也在锐减。目前，中国能够演唱三大史诗的艺人大多年迈体弱，面临"人亡歌息"的危境。在民间还有许许多多才华横溢的史诗传承人，由于种种原因，他们演唱的史诗尚未得到记录，其中一些艺人已经去世，史诗传承也面临着断代的危险，如果不及时抢救，许多传承千百年的民族史诗，会随着他们的去世而永远消失，造成民族文化难以弥补的损失。因此，史诗传统的保护、史诗歌手的扶助、史诗文本的抢救和史诗研究的推进都刻不容缓。

　　史诗往往是一个民族精神的载体，是民族文学生生不息的源头活水。1994 年在美国出版的《传统史诗百科全书》收录了全球范围内近 1500 种史诗。[①] 依我看，这是个很保守的和不全面的统计。据悉仅近邻越南的史诗传承就相当丰富可观，且尚不大为外界所知。[②] 非洲史诗传统的研究，仅局限在数个区域之内。我国的史诗普查工作，也没有完结。等到比较完整的资料收集上来后，大家一定会对中国史诗蕴藏量之丰富大为惊叹的。然而，诚如钟敬文先生在世纪之交时曾指出的那样："迄今为止，我们确实在资料学的广泛收辑和某些专题的研讨上有了相当的积累，但同时在理论上的整体探究还不够系统和深入，而恰恰是在这里，我们是可以继续出成绩的。尤其是因为我们这二三十年来将工作重心主要放到了搜集、记录、整理和出版等基础环节方面，研究工作也较多地集中在具体作品的层面上，尚缺少纵向横向的联系与宏通的思考，这就限制了理论研究的视野，造成我们对中国史诗的观

---

　　① Guida M. Jackson, *Encyclopedia of Traditional Epics*, New York: Reed Business Information, Inc. 1994.

　　② 越南社会科学院从 2002 年立项，到 2007 年完成的"西原"史诗搜集出版成果，就有 62 卷（75 种史诗 作品）之多，可见在越南中部的西原地区史诗蕴藏量何其惊人。

感上带有'见木不见林'的缺陷。不改变这种状况，将会迟滞整个中国史诗学的学科建设步伐。"①

　　应当承认，史诗学术事业在近几年的发展不尽如人意，尤其是在国际史诗学术格局中去考量的话，我们存在的问题依然不少。概括起来，包括这么几个方面：传承人方面，我们对全国范围内的史诗歌手和演述人状况的普查还未完成；对传承人类型、谱系和分布也就尚未形成更系统、更深入的描述与分析；定向跟踪的传承人数量和档案建设离学科要求还有相当的距离。文本方面，在既有的校勘、迻译、保存、出版和阐释等环节上，可以改进的余地还很大；对口头文本的采集、誊录、转写需要从田野研究、民俗学的文本制作观念及其工作模型上进行更为自觉的反思和经验积累。理论建设方面，我们已经做出的规律性探讨和学理阐发，与我国史诗传统的多样性还不相称；跨文化谱型、多形态资源的描述和阐释还远远没有到位；对中国三大类型及其亚类型（比如创世史诗中的洪水史诗）的史诗传统，尚未进行科学的理论界定和类型阐释；在概念工具、术语系统、理论方法论和研究范式的抽绎和提升上体系化程度还不够。学术格局方面，南北史诗研究的力量分布不均匀，个案研究的发展势头要远远超过综合性、全局性的宏观把握；我们的史诗学术梯队建设和跨语际的专业人才培养，离我们设定的目标还比较遥远。学科制度化建设方面，在田野基地、数字化建档、信息共享、资源整合、协作机制、学位教育、国际交流等层面仍有大量工作要做。史诗学术共同体的形成还需破除学科壁垒，进一步加强民俗学、民间文艺学、民族文学与古典学、语言学、人类学之间的对话与交流，方能开放视野，兼容并蓄，真正实现学术范式的转换。

　　诚然，中国史诗学建设是一个长期的系统工程，面临着诸多的挑战。在国际史诗学术格局中，怎样才能更多地发出中国学人的"声音"，怎样才能让更多的各民族传承人在史诗传统的文化生态系统中得以维系和赓续，让中国史诗多样性的复调之歌"不会衰老，不会死亡"，我们确实需要进一步去

---

① 引自钟敬文教授为《口传史诗诗学：冉皮勒〈江格尔〉程式句法研究》所写的"序"，广西人民出版社 2000 年版，第 7 页。

"追问"，也要去积极地"回答"这种追问。

（原载《中国社会科学院文学研究所学刊》（2008），中国社会科学出版
社 2008 年版，第 1—39 页）

国际史诗学术史谫论

一

西方文学批评家在使用"史诗"这一术语时，是指一部大体符合下列"尺度"的诗作：以崇高风格描写伟大、严肃题材的叙事长诗；主人公是英雄或半神式的人物，他的行为决定一个部落、一个国家乃至全人类的命运；史诗故事多具有神奇幻想的色彩，也有一些直接取材或描述真实历史事件的。学术界近年逐步在史诗分类方面形成了共识，认为史诗可以分为：（1）民间口传史诗；（2）文人书面史诗；（3）介乎这两者之间的"以传统为导向"的或"准书面"的史诗。流传至今的口传的或有口头来源比较著名的外国史诗有：古巴比伦的《吉尔伽美什》、古印度的《摩诃婆罗多》和《罗摩衍那》、古希腊的"荷马史诗"《伊利亚特》和《奥德赛》、盎格鲁—撒克逊的《贝奥武甫》、古日耳曼的《尼贝龙根之歌》、古法兰西的《罗兰之歌》、冰岛的《埃达》和西非洲的《松加拉史诗》等。在文人书面史诗中，大家公认的有古罗马诗人维吉尔的《埃涅阿斯纪》，意大利诗人塔索的《被解放的耶路撒冷》和但丁的《神曲》，英国弥尔顿的《失乐园》等诗作。芬兰的《卡勒瓦拉》则是典型的"准书面"史诗。

虽然今天所见最早的史诗文本，是两河流域的《吉尔伽美什》，但荷马史诗公认是西方文学的滥觞，影响最为巨大，研究成果也最多。归在荷马名下的史诗《伊里亚特》和《奥德赛》，其文本大约成形于公元前六世纪的古希腊。[①] 在随后的几个世纪中，荷马史诗在希腊获得了广泛传播，在每年一

---

① 详见格雷戈里·纳吉《荷马诸问题》，巴莫曲布嫫译，广西师范大学出版社 2008 年版。

度的"泛雅典娜节"（Panathenaea）上行吟诗人们争相竞赛演唱荷马史诗。[①]
我们今天所见到的荷马史诗文本，有比较复杂的定型过程。有人统计，在当
时至少有上百种不同的抄本流行，[②] 可见其流布盛况。在古希腊著名思想家
们的著述中，多有对荷马史诗的述评，在古希腊雕塑、绘画等艺术形式
中，也有很多直接反映荷马史诗人物和情节的作品。在西方的史诗演述传
统中，再没有谁能够有荷马这样的名气，赢得他那样的赞美了。不过，一
路数来，欧洲文化传统中，史诗佳构颇多。盎格鲁—撒克逊人的《贝奥武
甫》、日耳曼人的《尼贝龙根之歌》、法兰西人的《罗兰之歌》、西班牙的
《熙德之歌》等，皆可称千古绝唱。印欧语言文化的紧密联系，也直接或
间接引发了西方学者对印度史诗，特别是《罗摩衍那》和《摩诃婆罗多》
的研究兴趣。

随着欧洲启蒙运动之后经济和文化的发展和扩张，东方成为他们的关注
焦点之一。非洲、美洲和大洋洲的文明，也进入他们的视野。阿拉伯人、阿
尔泰语系诸民族的史诗传统，东亚和东南亚农业文明中的史诗演述等，都成
了他们争相描述的对象。国际性的史诗学术视域，跨越了西方韵文传统的格
局，生发出了新的规范、新的尺度和新的气象。

西方的史诗学术史，历史悠久，著述极多。著者的个人兴趣和眼界，自
然会影响到对代表性人物和学说的臧否。这里所能做的，只是勾勒一个极为
粗疏的轮廓，交代几个大的关捩点。希望这样的描述，有助于只是想从面上
对史诗有所了解的读者。

二

在世界上的许多文化中，都发现了史诗演述传统，相应的史诗研究也蔚

---

① 也有译作"泛雅典赛会"的。古希腊历史上一个十分古老和重要的节日。每年在雅典举行一次，
行吟诗人们纷纷颂唱荷马史诗也是节日活动之一，后改为每 4 年举行一次。

② Foley, J. M. *Traditional Oral Epic*, University of California Press, 1990, p. 24. 又见朝戈金《"口头
程式理论"与史诗"创编"问题》，载《中国民俗学年刊》，上海文艺出版社 1999 年版，第 181 页。

为大观。从古希腊文论家们开始的史诗研究，① 迄今已经积累起了卷帙浩繁的著述。不过，纵使不同民族史诗的语言、形态、特征等各异，但历史上的史诗研究主要在两个层面上取得了比较大的成绩：一是对史诗的性质和特征进行归纳总结，二是就具体史诗作品进行一般社会历史的，主要是"语文学"② 的考释。语文学的史诗研究，作为在漫长的史诗学术史上占据支配地位的方法，在围绕荷马展开的研究上体现得最为充分。因而，这里若是以"荷马问题"③ 的解答作为线索，颇能够看出史诗学术发展的大体脉络和走向。

　　文学史上对史诗性质的探讨，始于古希腊的思想家们。苏格拉底和柏拉图都曾论述过荷马史诗。但是较为系统论述史诗特性的，首推亚里士多德。他在《诗学》中比较完整地阐述了当时最为流行的两大艺术门类——悲剧和史诗——的存在意义和各自特性的理解。从公元 1 世纪到 4 世纪的其他几位批评家，转而对文人的"拟史诗"作品推崇备至。不过，他们的论述大多缺少新见。公元 4 世纪的批评家如塞尔维乌斯·奥诺拉托斯和马克罗比乌斯都对维吉尔及其后的个别文人史诗给予很高的评价。

　　中世纪的文评家们在史诗学术上没有太多精辟的见解，在有些方面甚至是倒退。从伊西多尔在《词源学》（6 世纪）和苏伊达斯（10 世纪）的论述中不难看出，他们在文类（genre）的分类概念上没有形成十分清晰的观点，不是把史诗与历史混为一谈，就是把史诗作为一种集戏剧和叙事为一体的混合类型（如狄奥梅德斯、伊西多尔和比德）。在意大利文艺复兴时期，虽然

---

　　① 古希腊亚里士多德，公元前 384 年生于马其顿的斯塔吉拉城。他的一系列研究成果，以《诗学》（*Peri Poiētikēs*）最为著名。还有其他一些成果，今仅存目，如《荷马问题》（*Aporēmata Homērika*，已佚）。（亚里士多德：《诗学》，商务印书馆 1996 年版，第 6 页）尽管在古希腊时代，谈论荷马和史诗的学人不在少数，但比较集中系统论述的，只有亚里士多德。因而，他在《诗学》中关于史诗的论述，成为国际史诗学术史的先声。

　　② 语文学（philology）：希腊人从亚历山大时期（公元前 3 世纪）就已经开始的一种学术活动，后来成为历史比较语言学的传统术语，主要指根据文学作品和书面文献的研究所进行的历史语言分析，相当于我国古代的小学（即今天的古典文献学）；也可指一般文学作品的学术研究，尤其是古希腊—罗马的文学作品的研究；更为一般的用法是指利用文献研究和文本考证探究文化和文明的历史发展。

　　③ "荷马问题"是西方古典学中年深月久的悬疑之一。简单说，就是谁是荷马，他是如何创作出我们今天叫作"荷马史诗"的那些诗歌的。对"荷马问题"学术史的阐释，参见格雷戈里·纳吉《荷马诸问题》，巴莫曲布嫫译，广西师范大学出版社 2008 年版。

有维达的《诗艺》(1527),但理论建设仍然贫乏。直到亚里士多德《诗学》重新被发现,人们才开始对史诗进行理论上的讨论。特里西诺(1528—1563)的《诗学》从亚里士多德的著作中引用了一些重要段落作为标准,开始对到当时为止的意大利文学成就加以阐述。随后,安东尼奥·明图尔诺《诗的艺术》(1564),卡斯特尔韦特罗《亚里士多德〈诗学〉诠释》(1576)、塔索《论英雄史诗》(1594)等都对史诗进行了多方面的阐述。这些论述中,虽不乏某些真知灼见的光芒,但总体而言,论题相对狭窄,对于深刻地认识和阐释史诗,贡献不大。

在17世纪和18世纪的法国,可以提到的成果有芒布隆的《论史诗》(1652)、拉潘的《诗学感想集》(1674)、布瓦洛的《诗论》(1674),以及勒·博叙的《论史诗》(1675)等。这些论述受到当时理想主义思潮的影响,旨在为史诗制定规范,并强调道德原则和宗教理想。对后世有一些影响的,当推伏尔泰的《论史诗》(1733)。

在英国王政复辟时期以降,可以提及霍布斯的《〈荷马史诗译本〉序》(1675)、德莱顿的《英雄诗辩》(1677),以及马尔格雷夫的《诗歌论》(1682)等。再往后,还可以提到海利《论史诗》(1782)和凯姆斯《批评的成分》(1762)。不过,今天已经很少有人引述这些著述了。布莱克威尔其人和他的《荷马生平及著作探究》(1736)在一个很小的圈子里被不时提及。

德国在18世纪和19世纪这一时期关于史诗理论的探讨,以歌德、席勒、谢林和黑格尔等人的成就和影响最为突出。歌德和席勒合作撰写了《论史诗和戏剧诗》(1797)。谢林以其《艺术哲学》发生影响(1802),黑格尔则在《美学》等著述中,对史诗有比较深入的阐释。在20世纪中国史诗理论不多的思考中,往往能看到对黑格尔的引述。有些研究,更是建立在他所奠定的理论基石上。只是黑格尔关于中国没有史诗的论断,颇让一些中国学者耿耿于怀。①

---

① "中国人却没有民族史诗,因为他们的观照方式基本上是散文性的,从有史以来最早的时期就已形成一种以散文形式安排的井井有条的历史实际情况,他们的宗教观点也不适宜于艺术表现,这对史诗的发展也是一个大障碍。但是作为这一缺陷的弥补,比较晚的一些小说和传奇故事却很丰富,很发达,生动鲜明地描绘出各种情境,充分展示出公众生活和私人生活,既丰富多彩而又委婉细腻,特别是在描写女子性格方面。这些本身完满自足的作品所表现的整个艺术使我们今天读起来仍不得不惊赞。"(黑格尔:《美学》第三卷下册,朱光潜译,商务印书馆1997年版,第170页)

三

20 世纪以来，随着人文学术研究的深化和细化，史诗研究也呈现出新的面貌。古典学所擅长的语文学方法得到继承和发展，出现了不少颇有分量的研究成果。新的转向也开始出现。丹麦民俗学家阿列克斯·奥尔里克（Alex Olrik，1864—1917）的《民间叙事的史诗法则》（"Epic Law of Folk Narrative"），① 就是通过比较大量不同类型的材料，试图总结出一整套民间叙事的基本法则来。鲍勒（C. M. Bowra）对世界史诗传统的大规模总结，也颇为引人注目。他的《从维吉尔到弥尔顿》（1945）以及《英雄诗歌》（1952）堪称代表。不过，鲍勒的研究，还是基于"文学学"的视域，难脱窠臼。

以另外几位学者为代表的新研究方向，夺城拔寨，显示出很大的冲击力。几个重大的事件，成为该动向的标志：其一，哈佛大学教授艾伯特·洛德的《故事的歌手》于 1960 年首版，② 标志"口头程式理论"（也叫"帕里—洛德理论"）形成。其二，聚集了全球最有影响的史诗学者的"伦敦史诗讲习班"，不间断地活动了 8 年之久（1964—1972），形成了一批理论成果。③ 其三，口头传统研究领域的核心阵地《口头传统》（*Oral Tradition*）学刊于 1986 年在美国面世。

在这个新方向上，北美是重镇。有哈佛大学一脉传承的几代学者，他们是米尔曼·帕里、艾伯特·洛德和格雷戈里·纳吉。还有《口头传统》学刊的创始人和主编、著作等身的约翰·弗里。在欧洲，我们可以提到芬兰和印度史诗专家劳里·杭柯，德国突厥史诗专家卡尔·莱歇尔等人。

20 世纪 30 年代，一个出身古典学阵营的青年学者米尔曼·帕里（Milman Parry，1902–1935）对古典学领域里年深月久的"荷马问题"产生

---

① *International Folkloristics Classic Contributions by the Founders of Folklore*, ed. Alan Dundes, Rowman & Littlefield Publishers, INC. 1999.

② 该著中译本《故事的歌手》由尹虎彬译、姜德顺校，中华书局 2004 年版。

③ *Traditions of Heroic and Epic Poetry*, Vol. 1, 1980, Vol. 2, 1989, The Modern Humanities Research Association, London.

了浓厚的兴趣，意欲解答这个千古悬疑——谁是荷马，他是何时以及怎样创作出被我们叫作"荷马史诗"的诗歌的。关于荷马，历来聚讼纷纭。从生活时代距离荷马较近的亚里士多德（生于公元前 384 年），到稍晚的犹太牧师弗拉维斯·约瑟夫斯（Flavius Josephus 生于公元 37/38 年），两人都没有能给我们提供多少具体的信息。18—19 世纪，在欧洲古典学领域，"分辨派"和"统一派"都试图对"荷马问题"做出解答，只不过观点相左：前一派提倡荷马多人说，其主要依据是：荷马史诗里存在的前后矛盾之处，很难认为是发生在由一个人构思完成的作品中；荷马史诗中使用的方言分别属于古希腊的几个方言区；荷马语言现象所显示的时间跨度，远超过一个人的生命周期，等等。① 而后一派持荷马一人说观点，他们力主荷马史诗是某位天才独自完成的作品，却又拿不出太过硬的证据来。他们在人数上不是很多，在学术上也不够严密，其学说更多地建立在主观臆断之上。还有一些介乎两端之间的态度，认为荷马史诗不是诗人荷马独自完成的，但他在史诗定型中发生过相当大的作用。我国也有人采纳此看法。②

　　帕里对"荷马问题"的索解，引发了古典学领域的一次大地震。他和他的学生兼合作者艾伯特·洛德（Albert B. Lord，1912 – 1991）共同开创了"帕里—洛德理论"（也叫"口头程式理论"）。这个理论的创立，有三个前提条件和三个根据地：三个前提是语文学、人类学和古典学（特别是"荷马问题"）；三个根据地是古希腊、古英语和南斯拉夫史诗演述传统。19 世纪的语文学，特别是德国语文学的成就，以及西方人类学的方法，特别是拉德洛夫（Radlov，Vasilii V.）和穆尔库（Murko，Matija）的田野调查成果，

---

　　① 例如维柯的相关论述就有代表性，特别是下面两段话："至于希腊许多城市都争着要荷马当公民的光荣，这是由于几乎所有这些城市都看到荷马史诗中某些词，词组乃至一些零星土语俗话都是他们那个地方的。""关于年代这一点，意见既多而又纷纭，分歧竟达到 460 年之长，极端的估计最早和特洛伊战争同时，最迟到和弩玛（罗马第二代国王——中译注）同时。"［意］维柯：《新科学》，朱光潜译，人民文学出版社 1997 年版，第 416、439 页等。

　　② 较为晚近的例子，见《奥德赛》陈中梅译本（花城出版社 1994 年版）的"前言"："综上所述，我们倾向于认为《伊利亚特》和《奥德赛》同为荷马的作品。鉴于两部史诗中的某些'不同'，我们似乎亦可以做出如下设想，即认为《伊利亚特》是由荷马本人基本定型的作品，而《奥德赛》则是他的某个或某几个以唱诗为业的后人（Homeridae，荷马的儿子们）根据荷马传给他们的说诵和该诗的基本格局整理补删，最后基本定型的作品。"

开启了帕里的思路。通过对荷马文本作精密的语言学分析，从"特性形容词的程式"问题入手，帕里认为，分辨派和统一派都没有触及问题的实质。荷马史诗是传统性的，而且也"必定"是口头的。为了求证他学术推断的可靠程度，帕里和洛德在南斯拉夫若干地区进行了大量的田野调查。通过"现场实验"（in - site testing），他们证实了拉德洛夫的说法——即在有一定长度的民间叙事演唱中，没有两次表演会是完全相同的。[①] 通过对同一地区不同歌手所唱同一部作品记录文本的比较，和同一位歌手在不同时候演唱同一部作品的记录文本的比较，他们确信，这些民间歌手们每次演唱的，都是一首"新"的作品。这些作品既是一首与其他歌有联系的"一般的"歌（a song），又是一首"特定的"歌（the song）。口头史诗传统中的歌手，是以程式（formula）的方式从事史诗的学习、创编和传播的。这就连带着解决了一系列口传史诗中的重要问题，包括确认如下事实：史诗歌手绝不是逐字逐句背诵并演述史诗作品，而是依靠程式化的主题、程式化的典型场景和程式化的故事范型来结构作品的。通俗地说，歌手就像摆弄纸牌一样来组合和装配那些承袭于传统的"观念部件"（idea - part）。由此可知，堪称巨制的荷马史诗不过是传统的产物，而不可能是个别天才诗人灵感的偶然闪光，等等。

今天看来，20 世纪中期注定是一个活力四射的时期，在人文学术领域尤其如此。在《故事的歌手》面世大约两年后，在不到 12 个月的时间里，分别身处法国、英国、美国和加拿大的五位学者，发表了四种论述，不谋而合地将"口承文化"的属性以及它与书写技术之间的关系问题，作为争论的焦点。这四种论述是：传播学家麦克鲁汉（M. McLuhan）的《古腾堡星系》（*The Gutenberg Galaxy*，1962），结构人类学家列维—斯特劳斯（Levi - Strauss）的《野性的思维》（*La pensee sauvage*，1962），社会人类学家杰克·古迪（Jack Goody）和作家伊恩·瓦特（Ian Watt）的论文《书写的成果》（*The Consequences of Literacy*，1963），以及古典学家哈夫洛克

---

① "每一位有本事的歌手往往依当时情形即席创作他的歌，所以他不会用丝毫不差的相同方式将同一首歌演唱两次。歌手们并不认为这种即兴创作在实际上是新的创造。"见 Radlov，Vasilii V.，*Proben der Volkslitteratur der nordlichen turkischen Stamme*，Vol. 5；*Der Dialect der Kara - kirgisen*，St. Petersburg：Commissionare der Kaiserlichen Akademie der Wissenschaften，1885。

的文章《柏拉图导言》（*Preface to Plato*，1963）。① 关于口头传统与书写技术之间关系的探讨，为后来的口传史诗研究，提供了新鲜的理论支点和更为开阔的视域。

大约同时期，也就是 1963 年 10 月 29 日，在伦敦大学的玛丽皇后学院（Queen Mary College）举行了一个题为"历史与史诗：其相互关系"（History and Epic：Their Mutual Relationship）的研讨会，会上大家倡议建立一个研讨史诗的讲座系列。于是，著名的"伦敦史诗讲习班"（London Seminar on Epic）得以建立。从翌年 6 月 22 日开始首次活动，到 1972 年 3 月 21 日末次活动，历时 8 年。在牛津、剑桥和伦敦这个三角区域之间，史诗研讨机制建立起来了，研究不同传统的史诗学者纷纷来到这里，宣读他们的研究成果，与同行交流和沟通。作为该讲习班的创始人和主席，伦敦大学的德语教授哈托（A. T. Hatto）对该讲习班的活动和成就，有精彩的回顾，见由他主编出版的两大卷成果《英雄及史诗诗歌传统》（*Traditions of Heroic and Epic Poetry*，*The Modern Humanities Research Association*，London，1980，1989）。该讲习班宣称，它们的学术工作，联系着史诗学界前辈们——突厥学创始人拉德洛夫，古典学者多米尼克·孔帕雷蒂（Domenico Comparetti），俄苏学者日尔蒙斯基，以及英国的鲍勒爵士等。帕里和洛德也名列"前贤"之中。这个有 23 位成员的讲习班，一共邀请来宾作学术报告 31 次，内容涉及塞尔维亚和克罗地亚、古希腊、俄国（欧洲及亚洲部分）、西班牙、泰国、苏美尔、芬兰、古代法兰西、蒙古、东南欧、罗马尼亚、斯瓦希里（非洲）、古印度、日本、古代阿拉伯、中东等。其地域涵盖了"冰岛—乌干达—泰国—蒙古"，可见大部分欧亚地区都在谈论范围之内。其中一些报告人并不是该讲习班成员，该讲习班也不可能将所有杰出史诗学者一网打尽。不过，今天看来，其学术活动仍然有相当的代表性，尤其是在学术范式的建立和热点问题的追踪上，体现了 20 世纪 60 年代史诗学术的水平。

---

① 巴莫曲布嫫译：《口头传统·书写文化·电子传媒——兼谈文化多样性讨论中的民俗学视界》，《民俗学刊》总第 5 期。

四

　　哈佛大学不仅是美国古典学的重镇，也是民俗学的摇篮。从 19 世纪中叶开始的口头文学研究，经历了以蔡尔德（Francis James Child）、基特里奇（George Lyman Kittredge）、帕里和洛德为代表的四代学者的薪火相传，形成了一个半世纪的学术传统。接力棒现在格雷戈里·纳吉教授手中。他是古典学系教授、著名希腊文学专家、口头诗学理论家、印欧语音韵学家。哈佛大学是"口头程式理论"的发祥地，其得天独厚的学术氛围，成就了纳吉。今天，他已是哈佛第五代学者的代表和跨学科的口头传统研究领域的理论权威，其学术研究涉及古代希腊文学、神话学、修辞学、语文学、比较文学、口头叙事学等诸多领域，尤其是他立足于古代经典与口头传统之间的互动与交流，高度关注古代希腊诗歌文本的口承性及其表演传统的复原性比较研究，在口头诗学理论的拓展研究中取得了令人瞩目的学术成就，其影响远远超过了古典学和希腊文化研究的范畴，对历史语言学、民俗学和文化人类学也做出了重大贡献。

　　学术期刊《口头传统》（*Oral Tradition*）的创办者（1986 年创刊）、当今美国口头传统研究和史诗研究的权威约翰·弗里教授，研究领域涵盖古希腊史诗、中世纪英语（盎格鲁—萨克逊语）文学和南斯拉夫口头传统等领域。1986 年弗里在密苏里大学建立起"口头传统研究中心"（The Center for Studies in Oral Tradition），一直担任中心主任，被视为国际口头传统研究的领军人物。从弗里的著述中可以发现，他早年热衷运用和实践"口头程式理论"，并提出了许多新鲜见解。近年的学术成就，更多地集中于口头诗学法则的完善，并将"讲述民族志""表演理论""民族志诗学"等 20 世纪最为重要的民俗学理论，创造性地熔铸于口头传统的比较研究中，先后系统地提出了"口头传统的比较法则""演述场域""传统性指涉"等学说，从而构造出独具学术个性的口头诗学体系和口头诗歌文本的解析方法。顺便说，在对伦敦史诗讲习班的成果作总结时，编者提及刚刚创立不久的学刊《口头传统》，希望它今后成为国际史诗研究中的一个重要阵地。今天看来，这个当初的"愿景"没有落空，这份刊物现在已经成为口头传统研究领域（许多论题是围绕口传史诗展开的）最重要的学术阵地。

20世纪活跃的史诗专家，还有芬兰民间文学家、比较宗教学家、民俗学家和史诗领域的专家劳里·杭柯。他早年致力于比较宗教学和民间文学研究，范围包括民间医术、民间信仰、神话与仪式、挽歌、民间文学和比较宗教学的理论与方法论、芬兰民俗学学术史。他在史诗研究方面的代表作有《斯里史诗的文本化》（1998）等多种。杭柯后期在印度开展的田野工作和研究侧重于口头诗歌的学理性问题，以及重新评价《卡勒瓦拉》作为传统史诗的作用等。他关于"准书面"（semi - literary）史诗的研究，关于史诗歌手的"大脑文本"（mental text）问题的总结，以及史诗与民族认同的关系问题等，已经得到学界的广泛认可。

五

我国最初对史诗有所讨论的人物，可能是蒙古族学者（一说藏族）松巴·益喜班觉（1704—1788）。他是青海省互助县佑宁寺僧人。他和六世班禅白丹依喜（1737—1780）于1779年以信件方式讨论过格萨尔有关问题的看法。后来松巴将有关专题汇集成册，题为《关于格萨尔问答》，收入甘肃拉卜楞寺所藏松巴全集中（《问答》之部第11—16页）。[①] 现代学术意义上的史诗研究，在中国开展得比较晚。最早对史诗这种文体发表议论的，恐怕是章太炎。稍后的胡适等人也有所议论，并称为"故事诗"。较早刊发介绍性文字的，当推任乃强先生。他1929年考察西康藏区，历时一年。在1930年12月《四川日报》副刊上，发表了题为《藏三国》和《藏三国举例》两文，向外界介绍藏族史诗《格萨尔》。

从18世纪以来，西方的学者就开始了关于中国少数民族史诗的研究。例如，有统计说俄国的帕拉斯在圣彼得堡出版的《蒙古民族历史资料汇编（第一卷）》（1771—1776），是今天所见最早的成果。1804—1805年，在里加出版了《卡尔梅克游牧记》，德国旅行家别尔格曼在卡尔梅克地区旅行，

---

① 赵秉理编：《格萨尔学集成》第1卷，甘肃民族出版社1990年版，第286—290页。松巴堪布曾说："《格斯尔传》不是佛教经典著作，而是历史人物传记，格斯尔本人曾是安木多地方的小国王。"

记录了蒙古史诗《江格尔》的两个片段。大约从 1851 年开始，西欧的蒙藏史诗研究突然勃兴，司卡特、舒特等人的专论在《柏林科学院论文集》上连续发表。稍后的英国和俄国，比较有水平的研究成果也渐渐多了起来。例如英国施拉根维特，德国的施夫纳和拉德洛夫、俄国的波塔宁和弗拉基米尔佐夫、芬兰的兰司铁等，皆为大家，成就卓著。

与我国西部族群的史诗研究有关系的学者，在 20 世纪早期的代表性人物，是苏联的日尔蒙斯基，以及稍后的查德威克和哈托，哈托是伦敦史诗讲习班的主持人。近年的执牛耳者，则非德国学者卡尔·莱歇尔（Karl Reichl）莫属。他的代表作《突厥口头史诗：传统、形式和诗体结构》（*Turkic Oral Epic Poetry：Traditions，Forms，Poetic Structure，Garland publishing*. INC. New York & London，1992）列入弗里所主编的一套影响很大的丛书中，于 1992 年在美国出版。他的研究，既有传统突厥学的重视语言材料、重视田野调查的特点，又大量吸收了口头程式理论和其他晚近理论的养分，从而形成了视野开阔、材料扎实、论述稳健的风格。

阿尔泰—蒙古史诗研究领域，享誉国际的人物多在俄苏。先有尼古拉斯·波佩（第二次世界大战时移居美国）后有涅克留多夫和其他学者。西欧的学者中，首推德国的瓦尔特·海西希。他关于蒙古史诗母题系列的研究，影响很大。他的若干著作和专论，在相当的深度和广度上讨论了蒙古史诗的各方面问题。他精通蒙古语，对蒙古材料极为熟稔。他由于在蒙古学方面的杰出贡献，获得不列颠皇家亚洲学会院士称号。

中国的史诗研究，在几个方面为国际史诗学理论建设提供了有价值的思考。择要而言，一个是丰富了史诗的类型——对中国南方诸民族的"创世史诗"和"迁徙史诗"的总结，已经得到学界的认可。再者，文化类型的多样性和史诗传承的丰富性，以及大量活形态史诗传承，引起了新的问题意识和新的解读史诗的努力，例如，仅以藏族为例，史诗演述能力的习得（例如藏族"神授"艺人）和歌手传承文本类型的多样性（例如藏族的"掘藏"文本），对全面认识史诗提供了宝贵的经验和事例。又如，在对史诗性质和功能的理解上，在对史诗演述中若干"要素"的认识上，在史诗文本类型和属性的观察和总结上（例如彝族史诗中存在的"公本"和"母本"、"黑本"和"白本"，以及与"口头论辩"相联系的史诗演述活动），为史诗学的深化提供了有益探索。质言之，中国诸史诗传统为观察史诗形成、传播、发展、变异、文本化、歌手的作用和风格等环节，提供了极为多样鲜活的材料，为史诗理论的发展，提供了坚实基础。

我们不准备介绍特定民族史诗传统的专项研究成果，而更偏重在史诗理论和方法论上有贡献的代表性人物，乃是因为史诗是人类表达文化中的一个大项，迄今为止，没有人能够对在全世界各地传唱的史诗数量有个大概的估计，研究成果更是汗牛充栋。不过，从大的地方着眼，我们还是可以看到，在若干基本问题的阐释上，20世纪的国际史诗研究，令人耳目一新。例如，从伦敦史诗讲习班那时开始，关于史诗的文类界定问题，视域更为开放了。以往以西方标准为终极标准的理念，得到校正，此其一。其二，对史诗进行"文学学"研究的方法，已经被远为多样的新方法取代。民俗学和人类学的史诗研究，更多地把史诗看成是一种"传统"而非一件"作品"。口传史诗的演述，也被理解为一种综合的民间活动事象，有复杂的运作方式和社会机理，而非仅仅是一次简单的取悦听众的演出。对史诗文本的理解，也因为口头诗学（oral poetics）理念的介入而形成相当深入细致的学理思考。其三，一则史诗故事的一次演述，与歌手的"大脑文本"是什么关系，与其他歌手的其他史诗演述是什么关系，与神话、英雄哀歌（lament）、英雄挽歌（elegy）、英雄叙事短诗（lay），乃至传说等其他文类是什么关系，它们之间的"互文关系"（intertextuality）具有怎样的特征，对这些问题的追问和解索，都带有强烈的20世纪的时代色彩。其四，以传统为本，以歌手为本的"讲述民俗志"倾向，在相当程度上影响近年的史诗研究走向。对于史诗的诸多"基本尺度"的重新考量，就带有颠覆经典文学学研究的意味。什么是一个"大词"或程式，什么是一个"诗行"，什么是一个"典型场景"或"故事范型"，什么是程式的"频密度"，这类问题的提出，带有强烈的指向性，是从多少被边缘化的传统出发，对需要改写的"核心理念"发出的冲击。其五，口头史诗从现场创编，到意义生成和传递，再到听众完成接受的整个过程是在同一时间同一空间中完成，这就给口传史诗的文本解读和意义传递、生产过程和消费过程，以及从信息发送者到接收者的复杂互动关系的理解，带来了新的角度和契机。

总之，在西方的人文学术格局中，史诗研究一直都是比较重要的一个领域，大师辈出，成果无数。反观我国，活形态的材料蕴藏相当丰富，学术研究却起步很晚，积累也不深厚，未来的道路还是很漫长的。

（原载《世界文学》2008 年第 5 期）

国际史诗学若干热点问题评析

一　史诗学回顾

放眼国际学界，与"伦敦史诗讲习班"（20世纪60—70年代）时期的史诗研究相比，今天的国际史诗学已经有了较大发展。回到国内，对比20世纪80年代逐渐兴起的中国史诗研究，今天的局面也有了很大的改观。一般而言，史诗研究的主要方面不外乎分析和解决史诗作品或史诗传统的文化内涵、艺术特征、传承方式、流布范围等问题。回顾历史，我们发现国际史诗研究的重大发展与西方学者反复用的"analogy"（类比研究）有关。简言之，就是通过"类比研究"来"以今证古"。在研究《诗经》、"荷马史诗"、《贝奥武甫》、《尼贝龙根之歌》、《熙德之歌》、《罗兰之歌》等主要以手稿形态遗存的史诗时，以往我们缺少足够的信息以较为切近的眼光，多角度多层次地再现它们历史上的传承情况。不过，从方法论上，我们却可以找到它们在文类上的对等物。也就是说，我们研究活形态的史诗如《玛纳斯》或《格萨尔》，在方法论上有助于我们更深入地理解"荷马史诗"、《贝奥武甫》等史诗经典在历史上的传承情况。换言之，今天的活形态史诗研究，除了解决这些史诗传统自身的问题之外，一个很重要的功能就是要回答一些古典学的问题，解答长期以来某些用古典研究方法很难解决的疑问。

我们知道在古典学的传统中有著名的"荷马问题"，或者按照纳吉（Gregory Nagy）的说法是"荷马诸问题"（Homeric Questions）[①]。这个问题

[①]　参见［匈］格雷戈里·纳吉（Nagy, G.）《荷马诸问题》，巴莫曲布嫫译，广西师范大学出版社2008年版。

的提出和回答已经有几百年历史。长期以来，西方许多学者用语文学（Phi-lology）、文本研究、文学批评等方法对史诗进行了大量研究。这些研究有其局限性，例如从问题意识的角度看来，以文学的研究方法解析史诗，将史诗传统视为一部作品，并不总是能游刃有余地全面回答史诗的诸多问题。以"荷马史诗"的研究为例，理论总结主要集中在"故事情节从中间开始""史诗大量使用明喻（simile）""史诗人物塑造运用对立法则"等理论管见之上。值得肯定的是，这些史诗研究成果，在一定程度上回答了"荷马史诗"如何以及为何作为西方文学的滥觞，对整个欧洲文学产生了深远的影响。有学者断言欧洲文学有两大源头，北欧是莪相（Ossian）①，南欧是荷马史诗，这是很有道理的。

对史诗文学问题的回答构成了几百年来史诗研究的主流。不过，仍然有一些问题没有得到很好解决。比如，限于技术手段、认识水平和方法论局限，学者们长期在"荷马多人说"和"荷马一人说"问题上争执不下。纵使"分辨派"（荷马多人说）和"统一派"（荷马一人说）从各自的角度据理力争，但他们都没有能够说清楚问题的症结所在，一个原因就是没有引入"类比研究"和"以今证古"的方法来证实或证伪。②"类比研究"在史诗学领域的革命性的运用，主要得益于文化人类学的发展，同时结合了语文学和古典学的方法。一个杰出的范例是米尔曼·帕里（Milman Parry），他通过对"荷马史诗"的深入解析，论证了"荷马史诗"一度是口头的传统，得出所谓"荷马"不是某个天才诗人，而是一个伟大的演述者群体的结论。"口头的荷马"一说不啻晴天霹雳，震撼了当时的古典学领域，令许多崇拜荷马、热爱《伊利亚特》和《奥德赛》的古典学学者难以接受。关于一个伟大的天才盲诗人的想象，眼下被一群面目模糊的"文盲"歌者取而代之的说法，令他们格外感到沮丧。当然，今天的广泛研究表明，无论在哪个语言传统中，都会出现个别技艺超群的歌手，成为那个特殊群体的杰出代表。就像洛德（Albert B. Lord）称赞巴尔干半岛的阿夫多（Avdo）是"我们时

---

① J. Macpherson, *The Poems of Ossian*, AMS. Press, 1974 [1805].

② 参见［美］约翰·迈尔斯·弗里《口头诗学：帕里—洛德理论》，朝戈金译，社会科学文献出版社 2000 年版。

代的荷马"一样,那些代表了其叙事艺术最高成就的演述人,无愧于任何加诸其头顶上的桂冠。①

晚近的史诗研究还为其他学科的某些问题给出了颇具启迪的回答乃至"冲击",比如大脑对信息的存储、合成、调用和演述究竟是怎样的过程?来自史诗学领域的回答就颇具深意。有西方学者起初认为人脑的记忆极限大约是4000诗行,并以此为凭断言"荷马史诗"不可能是口头传统的产物,它的创编和记录无疑需要借助文字,因为《伊利亚特》和《奥德赛》的总长度约为30000诗行,大大超过了这个限度。随后,帕里和洛德从20世纪30年代开始在南斯拉夫进行的史诗(英雄歌)田野研究,很好地解决了这个问题:一位文盲歌手可以不借助于文字的帮助,流畅地演述数倍于"荷马史诗"的诗作。可见,所谓人类记忆的极限大可重新讨论。另外,通过对口传韵文体叙事特别是成千上万诗行的大型叙事的研究,史诗学者们也较好地回答了这个问题:民间口头诗人有许多"武器"来帮助他们记忆故事和诗行,他们大量地运用程式(formula)、典型场景(typical scene)和故事范型(story pattern)作为现场创编故事的"记忆单元"。② 后来,弗里教授按照"以传统为本"的学术立场和理念,将这些单元按照南斯拉夫民间传统的观念统称为"大词"(large word)。

史诗学的精深研究已经在一定程度上趋近了人类在漫长文明演进过程中发展起来的口头艺术奥妙的谜底,而且正是史诗学研究在相当程度上引发了20世纪60年代勃兴的关于"口头与书写"的大论战。诚然,一些涉及思维与文化特别是思维与其物质外壳关系的研究,我们迄今为止还没有给出透彻的说明。但是,"人类在知识传承、积累和演替中有两条道路"的说法却因此而得以确立:一条是大约六七千年前开始的、在世界各地以多元形态出现的众多书写体系,另一条是具有约二十万年历史的人类语言体系。③ 后者在数量上更为惊人,所蕴含的信息总量也是书写技术所远不能望其项背的。晚

---

① 参见 Albert Lord, "Avdo Medjedovic, Guslar", *Journal of American Folklore*, 69: 320 – 30;[美]阿尔伯特·洛德《故事的歌手》,尹虎彬译,中华书局2004年版。

② 参见[美]约翰·迈尔斯·弗里《口头诗学:帕里—洛德理论》,朝戈金译,社会科学文献出版社2000年版。

③ 参见 Gunther Kress, *Before Writing: Rethinking the Paths to Literacy*, Routledge: 1 edition, 1996。

近的研究愈加表明，人类在大约二十万年之久的文明进程中，对于"口语与思维的协同进化""口头艺术所达到的高度"这一类问题并没有给予应有的关注，更不用说深入的研究了。史诗研究特别是口传史诗的晚近研究，在帮助解答这类问题上居功至伟。

此外，史诗研究还提示我们如何全面理解"文学"，情况也远不像我们所想象的那样简单。文学教科书告诉我们，文学是"语言的艺术"，其主要功能是"艺术地认识和把握世界"。也就是说，与其他艺术门类一样，文学的主要作用是"娱乐"，让接受者获得审美愉悦。后来，有一派神话学者认为神话虽然是文学，充满美丽的想象，但神话的功能主要是解释今天的世界"何以如此"，也就是为什么天上只有一个太阳，为什么太阳和月亮要交替出现等问题，换句话说，神话是现存世界秩序的"特许状"，说明和解释万事万物的来源和现状。史诗的研究进一步提示我们，史诗在多数情况下首先是文学，但它们往往还是其他东西：比如，史诗和葬礼仪式相结合成为生命过程中一个必不可少的关捩点（如苗族《亚鲁王》），和婚礼仪式相结合演化为人生轨辙转化的标志物（如彝族《勒俄》），和社会生活中许许多多重要事件相结合，史诗就成了整个仪式活动的一个嵌入的部分，存在形态受到了仪式活动的规范和制约。史诗有时候还是群体性操演活动如大型舞蹈的"底本"（如景颇族《木脑纵歌》），通过集体性的操演来强化特定社区民众对其所传递的复杂文化符码的理解、记忆和参与实践。总之，这些史诗以复杂的形态和功能告诉我们，不能把史诗简单理解为一连串印在纸张上的符号，仅供我们去进行文学的"消费"。在许多传统中，史诗是生活本身，是生命情态，是人生不可或缺的内容。所以，史诗可以是文学性文本，是长篇的优美故事和语词艺术的炫耀，但它们又是社会生活的操演，是生活本身和生命的存在形态。总之，正是史诗的研究拓展了我们对于文学的理解维度。

二　史诗的界定

文学界长期以来从文学维度出发，把史诗理解为文学作品。影响很大的牛津版《简明文学术语词典》①，或者更专业的《普林斯顿诗歌与诗学百科全书》②，乃至在一些晚近的文学研究刊物上，还在不断地试图对"史诗"的概念进行界定。迄今为止，西方的史诗学成就最大、影响最深远。但单就史诗的界定而言，他们的工作主要是集中于对史诗做静态的、形态学的描述。他们将史诗定义为用崇高的格调来讲述关于神或英雄的故事，所以史诗是崇高的，带有神圣性。史诗是故事，这一点很重要，不具有足够故事性的叙事就不能叫史诗。史诗是关于英雄或半人半神的，所以史诗通常不涉及常人日常生活，它处理的是重大的题材，涉及一个民族乃至全人类的命运，所以史诗具有高昂的格调（如英雄格）。史诗往往还是诗体的，是由专业人士演述的，史诗中的英雄在有些传统中被作为神来供奉，等等。在这些尺度之外还有更丰富的内容。我们拿中国千百种活形态的传统重新看史诗的概念，就会发现这个定义需要再往前推进一步。如果我们的工作足够出色，将成为中国学者对国际史诗学的重要贡献，因为从某种意义上说，我们史诗传统的丰富性和多样性，令我们有可能发展史诗这一伟大文类的界定维度。

史诗的新维度应包括哪些方面？除了文学性的特征之外，简单说，史诗的操演性，就是它的实践过程，也是一个重要的内容。此外，考虑到史诗的叙事规模，和它所具有的社会属性、文化意义、语域特征等，也能帮助我们从新的角度拓宽对于史诗的理解。通过中国的史诗研究，我们在某些方面已经生成了某些新的观点。比如，大致勾勒一幅中国史诗的文化地图，从东北满—通古斯语族的渔猎文化传统，到蒙古高原蒙古语族游牧文化传统，到新疆突厥语族文化传统。再渐次往南，延至青藏高原、云贵高原，从在藏族地区广泛传承的超级故事"格萨尔"，到在云南、贵州、广西等地传承的山地农耕民族的创世史诗和迁徙史诗。我们发现，这些史诗不仅在形态及分布上呈现出非凡的多样性，而且彼此之间又多有交叠。创世史诗（creation epic）、迁徙史诗（origination epic）的概念是中国学者所总结的。这两大类史

---

① Chris Baldick, *The Concise Dictionary of Literary Terms*, Oxford University Press, 2004.

② Alex Preminger, Terry V. F. Brogan and Frank J. Warnke, *The New Princeton Encyclopedia of Poetry and Poetics*, Princeton University Press, 1993.

诗，加上北方的英雄史诗（heroic epic），构成了中国境内三个主要的史诗类型。①

　　这三大类史诗在不同的文化中，特别是在西南的史诗传统中有复杂的交集。像《亚鲁王》这样晚近发现的史诗，最初的创世记部分就是创世的内容，包括宇宙星辰的诞生，神和人的来源。第二部分讲述了迁徙，亚鲁王如何避免兄弟纷争，率众出走、筚路蓝缕、艰难曲折，特别是记述了众多支系的迁徙历程、路线和分布等，这是典型的迁徙史诗。随后，史诗又讲述了英雄与一路追赶的对手的抗争，以及与其他敌人的艰苦战斗等，而亚鲁王作为一个可以信赖和仰仗的英雄，得到了充分的颂扬，于是，故事到这里又有明显英雄史诗的特色。② 在《亚鲁王》演述传统中，我们可以看到三个史诗类型的叠加。这是罕见的现象，且对于我们更好地理解其他史诗，提供了可资对照的很宝贵的维度。

　　除此之外，史诗还是个跨文类的概念，在这一点上史诗与神话很相似。我们知道《摩诃婆罗多》的成书过程很长，据学者推算大概有八百年——从公元前4世纪到公元4世纪。在《摩诃婆罗多》中，王族的世系、神谱、传说、民间故事、歌谣等文类都被裹挟在一个大文类中，所以说它是跨文类的，或者说是超文类的。因此我们说，史诗不是一个边界很清晰的类型。史诗更像是一个谱系（spectrum），或者说更像一个耀眼的星云，从不同的维度考察，都呈现出彼此充满差异的景色，长期被西方古典学界奉为圭臬的荷马史诗，只是其中被谈论较多的一类。欧洲的许多史诗如《伊里亚特》《罗兰之歌》《熙德之歌》，这些作品都有鲜明的历史印记，有些是关于历史战争、历史人物等的记述。在这方面，人类考古史上一个具有重大意义的事件，是在小亚细亚发现了特洛伊战争的遗址，证明史诗描绘了真实发生过的事件。我们看《伊里亚特》，会发现里面出现众神之王宙斯、海神波塞冬、智慧女神雅典娜等，而且诸神还干预人间事件，但从另一方面说，特洛伊战争确是历史上发生过的。特洛伊木马作为一个最有名的战例是真实的。今天

----

① 朝戈金、尹虎彬、巴莫曲布嫫：《中国史诗传统：文化多样性与民族精神的"博物馆"（代序）》，《国际博物馆》2010 年第 1 期。

② 中国民间文艺家协会主编：《亚鲁王》（全二册），中华书局 2012 年版。

能看到在许多古希腊时期的瓶画、雕塑和绘画等艺术样式中，就有特洛伊木马的形象，在后来的考古发现中也找到了木制的巨型容器。这些都表明，这一类史诗具有鲜明的历史色彩或历史基础。这也是中国学者早先对史诗的理解，很多人认为史诗就是关于历史的诗（胡适曾将"史诗"译成"故事诗"）。如果我们再看看蒙古的例子，情况就完全相反：今天我们所见的蒙古史诗中，有哪位历史上真实人物的影子？从成吉思汗到忽必烈，从拔都汗到蒙哥汗，哪位骁勇善战的历史人物在史诗中得到了描述？哪个真实城堡的攻克、哪个曾有国度的征服、哪次伟大的胜利或悲壮的失败，在蒙古史诗中得到过叙述？完全看不到踪迹。史乘说成吉思汗"帝深沉有大略，灭国四十"，可见当时战争的频仍和惨烈。黑格尔说战争是英雄史诗最合适的土壤，蒙古史诗为何却刻意不记载蒙古人的战争历程，不歌颂他们名扬四海、威震天下的枭雄呢？不仅正面的英雄被隐去了，连史诗英雄的对立面也被刻意地抽象化和符号化了，成了长着多个脑袋的恶魔"蟒古思"，历史上曾经敌对和冲突的族群和国度，都消解不见了，没有了具体的指向。这是为什么呢？对这类问题的回答，是充满挑战的，也是大有深意的。从蒙古史诗的叙事取态看，它最像民间故事，比较不具有先祖崇拜或英雄崇拜的特征。总之，可以说，史诗总是以大量复杂的形态存在的，对它的任何归纳和总结，都必须以广泛的材料为基础，否则，结论一出，片面性立现。

在神话、传说、民间故事这些主要的口头艺术文类中，威廉·巴斯科姆（William Bascom）认为，神话最具有神圣性，故事最具有娱乐性，传说居间。[①] 蒙古民族的史诗包括蒙古语族的许多史诗，从"信实性"这个维度去看，恰恰最具有故事的特征。两河流域的史诗《吉尔伽美什》和藏族史诗《格萨尔》等，最具有神圣性。这就告诉我们，如果想要完整地理解史诗这个文类，就必须随时提醒自己，史诗是一个内部包含极多异质因素的庞大的谱系，从最靠近历史事实的叙事，到最远离历史事实的叙事，都以史诗的面目流传。就拿中国的例子来说，有人或许会反驳说，史诗里面当然有具体的地名，也有人下论断说蒙古史诗英雄"江格尔"来自几个世纪前活跃在西

---

① 参见［美］威廉·巴斯科姆《口头传承的形式：散体叙事》，朝戈金译，载［美］阿兰·邓迪斯主编《西方神话学读本》，朝戈金等译，广西师范大学出版社 2006 年版。

域地区的枭雄"贾汗格尔"，有人说格萨尔的原型就是某个历史上的赞普云云。诚然，这些史诗里面确实出现了"巍峨的阿尔泰山""玛纳斯河"等具体地名，但这多少有点类似维柯的"诗性地理"（poetic geography）概念，不能都坐实了理解。①《江格尔》中有"额木尼格河的木头，制成马鞍的鞍翅，杭嘎拉河的树木，制成马鞍的两翼"这样的诗句，纯粹是基于诗行押韵的需要而编造出来的河流名称，没有哪个读者能在蒙古地区找到这两条河流。事实上，在有经验的听众那里，从史诗故事所发生的主要场所"宝木巴"国度到具体的其他地点，都应当合乎惯例地按照史诗的"语域"来理解。所以说，蒙古史诗把一切东西都做虚化处理，只保留最基本的善恶、敌友等关系的叙事策略，是另有其高妙之处的———英雄主义气概得到充分的、概括化的彰显，而不必拘泥于具体的人物和事件。于是，历史上哪个元帅远征到了什么地方，打败过哪些国度，在民众的集体记忆中，都成了某种遥远的、模糊的背景，史诗的前台上，只有半神化的英雄和妖魔化的对手在厮杀。

三　史诗学的比较视野

对史诗这样一个跨文类、成谱系的复杂对象进行研究，一般而言需要从具体的环节入手。我们需要制作和发展出一些合理的工具或操作模型，就像动手术需要凑手的工具一样。晚近的几十年来，西方史诗学界为我们提供了大量的研究工具，比如帕里和洛德提出的"程式"（formula）、"典型场景"（typical scene）和"故事范型"（story‐pattern），弗里等提出的"大词"（large word）、"演述场域"（performing arena）、"传统性指涉"（traditional referentiality）、"演述中的创编"（composition in performance），劳里·杭柯提出"超级故事"（super story）、"大脑文本"（mental text），格雷戈里·纳吉提出"交互指涉"（cross‐reference）、"创编—演述—流布"（composition‐performance‐diffusion）三位一体命题，以及"荷马的五个时代"的文本演进模型（the five ages of Homer）等，这些工具都是专门用于研究史诗

① 参见［意］维柯《新科学》，朱光潜译，人民文学出版社 1997 年版。

的。① 这些新术语的发明和使用，都是为了给大家提供不同的工具，让我们从不同的角度解析研究对象，它们的背后深藏着一套复杂的人文学术理念，这套理念既有认识论和知识论的根由，也有人类学田野工作的方法论影子，还有来自语文学研究的传统。这些研究给我们带来了新鲜的视域和启迪，让我们在开展解析工作时，手中有了一大袋子的工具。但是，精细的个案剖析，不能离开个案之间的比较，这就引导我们进入另外一个话题——比较诗学（comparative poetics）。

人文学术领域规律的总结，往往离不开对特征的描述，而对特征的把握总是来自比较，史诗尤其如此。当我们说蒙古史诗最不具有历史性的时候，我们是对比"荷马史诗"、《罗兰之歌》（法兰西）和《松迪亚塔》（非洲马里）得出来的。当我们说苗族《亚鲁王》最具有生活实际内容的时候，我们是与其他娱乐性史诗比较而来的。这种比较至少是在两个时空维度上进行的。第一，历时的比较，即上文提到过"古"和"今"的比较。今天的活形态史诗和历史上被文字固定下来的史诗，比如刻在泥板上的《吉尔伽美什》进行比较，也就是用今天"living traditions"（活形态的传统）和"fixed texts"（固定的文本）进行比较。第二，共时的比较，还要在不同的传统之间进行比较，从而获得关于特定史诗传统的更为符合实际情况的界定。史诗神圣性的强弱、传播限度的大小、社会功能的繁简，都要在这种比较中得到阐释，比如巴尔干半岛的史诗传统，他们主要是在斋月期间在咖啡馆等公共场合演唱。印度的《斯里史诗》（*Siri Epic*）所歌颂的斯里女神地位偏低，与其他史诗相比，演述和祭祀仪式只能安排在神庙附近一处神圣性较弱的地方进行。② 简而言之，这些史诗传统彼此之间差异极大，只有通过相互比较来校正我们从书本出发作出的假设。

世界上史诗蕴藏的丰富性，等于向我们打开了一扇极为宽大的窗，同时也对我们的视域提出了更高的要求。如果我们对欧洲的史诗、非洲的史诗、南太平洋的史诗、阿依努的史诗、蒙古的史诗、柯尔克孜的史诗、中国南方

---

① ［美］约翰·迈尔斯·弗里：《口头诗学：帕里—洛德理论》，朝戈金译，社会科学文献出版社2000年版。Lauri Honko, *Textualising the Siri Epic*, Academia Scientiarum Fennica, Helsinki, 1998. 格雷戈里·纳吉：《荷马诸问题》，巴莫曲布嫫译，广西师范大学出版社 2008 年版。

② 朝戈金、冯文开：《史诗认同功能论析》，《民俗研究》2012 年第 5 期。

的史诗等具有深入的了解，再来具体进入某个史诗传统，往往能迅速地找出它的特点，发现它的某些规律。藏族史诗的研究开展几十年了，中国学界传递给世界的关于藏族史诗的信息仍然很少。例如，这里讲得最多的是《格萨尔》堪称世界上最长的史诗，其次讲得较多的是史诗艺人的"神授"现象。文本卷帙浩繁固然惊人，但艺术价值的高下，从来不以长短为尺度。"神授"现象更是迄今为止人言言殊，且多津津乐道于其"神秘"，而疏于令人信服的考察和鞭辟入里的分析。除了神授现象，《格萨尔》还有许多问题至今仍是史诗学中的悬疑：例如，为何在藏族民众中没有围绕《格萨尔》形成史诗群落？而在其他传统中情况往往不是这样？它作为"超级故事"与民众的信仰体系是如何对接的？它所具有的开放式结构（open‐ended）对它的传承和流布，以及大量吸纳其他文类，具有怎样的作用？为何一个传统内能够容纳如此多不同类型的歌手？其社会文化语境该如何解读？为何一个关于英雄格萨尔的故事，能够不胫而走，影响及于周边若干族群？对这些问题的思考和回答，乃是今天摆在研究藏族史诗和史诗理论的学者面前的既棘手又充满挑战的话题。对这些问题的出色回答，也将令国际史诗学界受益匪浅。

　　比较诗学在回答一些更为基本的理论问题上也往往更具有阐释力和说服力。弗里与我合写过一篇长文，题为《口头诗学五题：四大传统的比较研究》。[①] 我们通过对四个传统的比较，回答了口头诗学中若干最为基本的问题：如什么是一个诗行（poetic line）。在印刷符号体系中，诗行不构成问题，而且任何一个稍有经验的人，在听了录音之后都能按照韵律规律和间隔停顿誊写出诗行来。但通过比较古英语、南斯拉夫、古希腊和蒙古传统，我们发现在不同的传统中，对于诗行的理解是不一样的。在有些传统中，诗行是信息串在物理传播过程中的间隔，不呈现为天然分行的文字串。于是，印在纸上的诗行，长长短短，但听在耳朵里，却又十分齐整——在一些传统中，拉长元音、乐器过门等演述技巧，都是用来补足诗行的长度和步格，让诗歌听起来匀称、悦耳，这又跟文字符号的逐行精确有距离。又如，什么算一首诗？在《江格尔》中，"铁臂萨布尔"诗章是一首诗，"洪古尔的婚礼"

---

① 《东方文学研究集刊》（1），湖南文艺出版社 2003 年版，第 33—97 页。

诗章是一首诗，所有《江格尔》的集群加起来也仍然是一首诗。所以，关于什么是一首诗的理解，就变成了一个相对的概念。江格尔作为整个《江格尔》史诗群中一个"结构性人物"，很多时候并不出场，乃至不大被提及，可能是英雄洪古尔、哈尔萨纳拉或者铁臂萨布尔在打仗，但江格尔作为一个结构性要素，统摄了整个史诗传统。至于什么是一个典型场景，什么是程式，什么是语域等问题，不同的传统都会给出各有差别的回答。这恰恰说明了人类文化的多样性，艺术表现方式和才能的多样性，同时又有力地说明，使用规范的学术表述和通过可通约的概念体系，探索人类表达文化之根是可行的。

四 史诗的传统要素：歌手、演述、流布及认同

从常识推断，在不同的传统中史诗歌手分两类：专业演述者和业余爱好者。具体到不同的传统中，情况便不同了。比如江格尔传统中，有家族内传承的，也有家族外传承的。在乌兹别克斯坦，还有专门的学校，老师纳徒授艺。日尔蒙斯基（Viktor Zhirmunsky）和查德威克（Nora Kershaw Chadwick）在他们的著述中都提到过这种通过学校培训歌手的情况。在印度的斯里史诗中，歌手是女神的化身。彝族地区的歌手往往同时是祭师，彝族的毕摩在唱"勒俄"的时候是史诗演述人，做仪式的时候又是毕摩。这种歌手的差异性对我们如何理解和定义史诗，有很大的影响。一个专业的长期以演唱为生的歌手，和一个业余的歌手，在艺术造诣、演唱水准、曲库大小、活动半径、听众响应乃至文本形态等方面，都有不小的差别。简单地说，在我看来，对歌手群体的理解，也应当使用谱型的概念：从高度职业化的一端到极为业余的另一端，中间必定有大量的过渡形态。史诗的流布也因他们各自的定位和活动方式而不同：这其中有文本抄写型歌手（如青海的布特尕抄本世家），有的是擎纸歌手（paper singer，需要手持纸张才能演述的藏族艺人），有的是神授歌手（藏族神授艺人），还有"书写型传承人"（满族说部）等，可见歌手的情况是多元的。

史诗的社会文化功能也可以从多个角度去理解。正如我们所知道的，有些史诗的传承流布范围很小，取向也主要是娱乐性的；另外一些史诗的演

述，则往往带有很强的神圣性，有的伴随种种庄严的仪式或严格的禁忌，演述场面也相当宏大。俄苏历史学家弗拉基米尔佐夫院士（Boris Vladimirtsov）和其他一些学者都曾言及在西蒙古的卫拉特和乌梁海地区，蒙古人遇到灾害或瘟疫时，会请人来演唱《格斯尔》，以驱邪禳灾。在新疆一些地方，卫拉特蒙古人认为《江格尔》是有法力的，需要杀羊等仪式进行后才能演唱，而且任何一个歌手都不能"完整"地演唱该史诗，这样做必会折损寿考。史诗的演述场域和气氛，从某些属于倦旅中的轻松解闷和消除疲劳，到成为人生中必不可少的仪式活动，不一而足。在那些具有"指路经"作用的史诗演述场合，则现场氛围堪称凝重，仪式的核心角色——某位不久前刚刚死去的人，也是听众中的一员，可能还是主要的角色，如彝族的《勒俄》或苗族的《亚鲁王》。尤其是后者，幽幽唱颂之声，黇夜不绝，一灯如豆，众皆散去，余东郎二三人，守着棺材，其情景，令人对史诗的功能和史诗的接受，有了更多的遐想。①

　　上述情景引出了另外一个问题：歌手和听众如何共同制造意义？任何一个史诗故事的创编、传递，意义的瞬间生成和交流，乃至完成，都是由不同的因素共同制造的，其间有信息发送者和接收者，也需要一个特定时空中的"演述场域"，这些要素共同构成了意义生成的过程。我们在作史诗研究时，也要充分地顾及受众在史诗创造上的意义。有人举例说，早年的《玛纳斯》演唱中出现过这样的场景：在有沙俄军官在场的情况下，一个玛纳斯奇（吉尔吉斯歌手）花了很长的篇幅歌颂沙皇叶卡捷连娜。在20世纪50年代也有过这样的情况：在有汉族干部在场的时候，新疆阿合奇歌手在演唱史诗时，用了相当篇幅描写汉族地区多么富庶。也有蒙古学者十分熟悉的例子，当《江格尔》史诗唱到一半时突然有听众问歌手，英雄们打仗许久，为什么还不吃不喝？歌手很快就即兴创编了一个诗段，描述英雄们吃喝的豪迈样子。这几个例子都是听众直接影响故事文本的事例。在塞族和克族长期对峙的巴尔干半岛，乃至有根据听众的民族成分更改史诗结尾胜败的情况。

　　关于史诗的流布问题，《格萨（斯）尔》是个比较特殊的例子，纵使早在1716年便有了在北京刊刻的蒙古文《格斯尔》（史称"北京木刻版"），

---

① 中国民间文艺家协会主编：《亚鲁王》（全二册），中华书局2012年版。

但迄今所掌握的证据表明，它主要是通过口耳相传在极为广阔的地域里，跨越族群、语言、信仰的藩篱，以不同的方言和语言传播。这种无远弗届的奇迹，堪称世所罕见。与《格萨（斯）尔》形成有趣对照的，是某些流传地域相对狭小的史诗，如《亚鲁王》，这是贵州麻山地区流传着的受众较少、地域较小的传统，方言壁垒清晰，流布边界清楚。① 介乎这一大一小两种类型，还有某些带有区域性色彩的史诗，比如蒙古科尔沁史诗或卫拉特史诗传统。史诗流传地域的大或小，可能也具有相对的性质。有些史诗就是从小长大的，从地方性的史诗，升格为民族国家的史诗。如劳里·杭柯（Lauri Honko）在分析印度史诗时反复讲过，有些神在史诗中得到了歌颂，逐步从地方神升格为民族的神。斯图亚特·布莱克本以 15 种印度活形态的史诗传统为样例，划分和描述了四种与史诗流布区域相关的层次：（1）本地的（范围在 10—100 英里之间）；（2）亚区域的（范围在 100—200 英里之间）；（3）区域的（范围在 200—300 英里之间）；（4）超区域的（范围在 400 英里或以上）。② 由此看来，古印度史诗《摩诃婆罗多》和《罗摩衍那》升格为全印度民族的史诗，就已经属于超区域的史诗类型，而且它的传播也远远超越了国界，如在马来西亚等东南亚国家许多地方都有所传播。可见，史诗的生成和流布过程可能经由一个由地方小传统逐步升格为全民族或国家大传统的过程，当然也可能不一定如此，或许某些史诗传统生发的历史阶段比较晚，就未必有机会完成这种升格。有人说科尔沁史诗叫"拟史诗"③，里面已经有大量农业文化、说书艺术、本子故事等因素，它已经没有机会升格为全蒙古民族的史诗，就步入了终止生长转而式微的阶段。今天社会生活的整体改变已经势不可当，都市化进程、教育标准化过程、现代传媒的影响等，都使得母语使用的空间受到空前挤压，这些地方的区域性语言艺术传统，可能已经丧失了升格为民族共同享有财产的可能性。

关于史诗与民族认同（identity）的问题，是比较晚近才有西方学者率

---

① 朝戈金：《〈亚鲁王〉："复合型史诗"的鲜活案例》，《中国社会科学报》2012 年 3 月 23 日。

② 转引自［匈］格雷戈里·纳吉《荷马诸问题》，巴莫曲布嫫译，广西师范大学出版社 2008 年版，第 67 页。

③ "拟史诗"指文人作家（例如维吉尔、加慕恩、伏尔泰）对古代史诗的改作和模拟。参见萧兵《〈封神演义〉的拟史诗性及其生成》，《明清小说研究》1989 年第 2 期。

先提出来的。早期的史诗研究，并不热衷在文学的史诗与民族情感和民族自我认同等问题之间建立关联。热衷史诗与民族认同问题的讨论的，是若干芬兰学者。劳里·杭柯对伦洛特（Elias Lonnrot）的《卡勒瓦拉》进行了深入研究，得出了史诗建构与民族国家认同关系密切的若干观点。① 对于史诗与认同的问题，我曾撰文对印度、巴尔干、蒙古、藏族的例子作过比较，试图证明史诗认同大略而言是一个层级概念。比如在藏族民众中，史诗认同是全民族的，藏族谚语说每个藏族人口中都有一部《格萨尔》就是明证。在有些传统中，史诗认同是一个部落或者部族的，如蒙古的巴尔虎—布里亚特史诗或科尔沁史诗等。这些史诗在其他地方基本上不传播，在范围上体现出了地方或部族认同的特点。有些史诗的认同范围会更小，西部麻山地区的苗族有人死的时候要唱《亚鲁王》，仅这一条就把他们自己和其他苗族聚落做出了某种区隔，可见史诗认同是一个比较复杂的东西。当然，史诗作为一种宏大叙事，题材严肃，传承悠久，艺术水准很高，往往会凝聚和升华全民族的情感和知识体系，充分展现他们的语词艺术才华。一个民族最有代表性的口头艺术成果，往往是史诗。希腊文学中"荷马史诗"是在世界上被印制、宣传、翻译和阅读最多的作品，在其他许多传统中也有类似情况，早期蒙古文学有几个高峰，其中史诗占据重要位置。芬兰在两个强大邻国的挤压下，号召民族精神的旗帜，就只能是史诗《卡勒瓦拉》，它长期被当作芬兰民族独立的号角。② 所以下面的说法一点不奇怪：是西贝柳斯（Jean Sibelius）和伦洛特歌唱着让芬兰出现在世界地图上！没有西贝柳斯的音乐和伦洛特的诗歌，就没有芬兰现代民族的成功建构。

五　史诗的本真性和典范性问题

有些人不断追问史诗的创新现象与传统属性的关系问题，说民间歌手"新创作"的史诗不应当属于或进入传统，因为它的"本真性"（authenticity，

---

① Lauri Honko, "Epic and Identity: National, Regional, Communal, Individual", *Oral Tradition* 11/1 (1996), p. 21.

② Maria Vasenkar, "A seminar commemorating the bicentennial of Elias Lonnrot's birth, April 9, 2002", *FFN* 23, April 2002: 2 – 4.

有人译为"真确性",与今天到处流行的词"原生态"有某些关联)大可怀疑。这是迫切需要回答的理论问题,也牵涉实际操作中的认定和界定问题。在我看来,所谓"新"和"旧",在民俗学或民间文学的历史中,是一个极为相对的概念。对民国时期的人来讲,清代的东西可能是"传统的"。对于中华人民共和国成立后从事搜集史诗的人来讲,民国时期的东西大约是"正宗的"。对于 20 世纪末的搜集工作而言,半个世纪前的东西是比较正宗的。就同时代而言,与一个受过现代教育的歌手相比,一个文盲会被认为更靠近传统。可见,所谓的本真性,从来都是一个极为相对的概念。与此相关联的,是一个民族从口传文化向书面文化演进的过程中,书面与口头之间复杂的相互作用和联动关系,导致问题更加模糊不清。有学者提出"书写型传承人"概念,就是试图总结如下现象:一个浸淫传统的民间创作者,接受了正规教育,将书面技能与口头传统相结合,"书写"并同时口头传承了"植根于民间"的作品,如何对他和他的作品进行界定?如果身为医生和文人的伦洛特编写的《卡勒瓦拉》被认为是"以传统为导向的"(tradition - oriented)史诗,能够作为芬兰人民民族特性的表征的话,那么,柯尔克孜史诗歌手居素普·玛玛依亲手写下诗章,或土尔扈特"江格尔齐"(史诗江格尔演述者)加·朱乃手写的诗章,为什么就一定要从传统中剔除呢?对这类问题的回答,一定不能脱离特定的历史条件的制约。换言之,对所谓权威性和本真性的考量和评判,只能是就其最为相对的意义而言。历史上有过麦克菲森(James Macpherson)冒名莪相(Ossian)作品的著名案例①,还有巴尔干半岛的涅戈什和普列舍伦,他们都是民间诗歌向书面文人诗歌转化过程中的特殊连接点。他们本身既是传统的民间文化的继承者,又接受了系统教育,变身为书面诗人。翻开中国诗歌史,第一个伟大的文人诗人是屈原,他的《离骚》《九歌》和《天问》等诗作里,含有大量的民间叙事成分,作为脱胎自民间口头诗歌的第一文人诗人,他扮演了承接两个世界的角色。今天,类似的现象在世界各地是越来越多了,是墨守成规,抱持今天的民间传统乃是古代"遗留物"的观念,还是将民间文化视作一个永远流动的生命过程,不制造僵死的"典范"来束缚手脚,需要民俗学者们明辨之、深思之、择

---

① Derick Thomson, *The Gaelic Sources of Macpherson's "Ossian"*, Edinburgh: Oliver & Boyd, 1952.

善而从之。

　　这里涉及另一个问题，何谓史诗的典范性？在当前的学科发展态势下该如何研究史诗？这迄今仍然是见仁见智的问题。诚然，史诗研究的根本是史诗文本的解析，但又远不止于此。史诗研究当然是文学学的课题，但又同时是人类学的、民俗学的、传播学的和其他学科的课题。我们的西方同行，尤其是今天在史诗研究领域开创新范式、引领新方向的顶尖学者，都是一些学养极其深厚、对古代经典极其熟稔的学者。对大量来自不同传统的经典文本的精深掌握，是解析和研究任何史诗对象的坚实基础。弗里通古贯今、取精用弘的能力，纳吉对古典世界和当代传统的精深把握，莱歇尔对突厥口头传统与中古英语传统的深湛功力，都是他们攀上学术制高点的支撑点。缺少了古典学修养和广泛涉猎史诗文本的根底，在解决重大问题上是力不从心的。对史诗文本的文学性的透彻理解，一定是最为基本的功夫。不能轻易跳过对《格萨尔》《江格尔》等卷帙浩繁史诗文本的阅读，而凭借一个短暂的田野工作，就希冀建构新理论体系。没有对全貌的了解，是做不好局部考察的。道理很简单，史诗既极端复杂多样，又涉及众多知识环节，它本身的超文类属性，百科全书式属性，扮演复杂社会文化功能的属性，都预示着对它进行精深研究的不易。

六　史诗学与口头传统

　　上面提及的史诗学新研究方向的拓展和新研究范式的转变，都与口头传统学科的发展有关。口头传统的研究，从 20 世纪 60 年代获得大踏步发展，经过几代学者的培育，发展到今天已成为一个蔚为壮观的新领域，而且渐次与文学、民俗学、人类学、信息技术、美学、区域文化研究等众多领域发生了广泛关联。在其晚近发展中，它又与国际社会热切推动的人类非物质文化遗产的各项工作结合得相当紧密。当下，在国际上最活跃的口头传统研究专家，大多在各自的国家积极投入保护非物质文化遗产的业务工作。中国是口头传统研究领域的重要阵营，中国学者在相关领域的理论探索、技术路线和工作模型，已经得到国际学界的赞赏和认可。有学者断言，口头传统学科想要扩大国际影响，对其他学科产生冲击力，进而形成完整的学术体系，则中国的学术实践绝不可忽视。事实上，中国不光有极为丰富的口头传统，也有努力工作的优秀团队。中国的社会文化发展呈现出了巨大的梯次级差状态，在广大的西部，生活情态还主要是传统农业的，而在大都市，情形则截然不同。丰厚的民间文化蕴藏和当代学术理念的制导，就为学术的精进提供了难得的条件。今天所需要的只是同侪的努力。

从1964年到1972年，著名的"伦敦史诗讲习班"（London Seminar on Epic）在中国学者缺席的情况下，在培育国际性史诗研究方面做出了巨大贡献。大家耳熟能详的杰出学者，如哈图（A. T. Hatto）、海恩斯沃思（J. B. Hainsworth）、鲍顿（C. R. Bawden）、日尔蒙斯基、瓦尔特·海西希（Walther Heissig）、卡尔·莱歇尔（Karl Reichl）等都参与过这个讲习班。[①]这些人的思想后来结集成两大卷出版。哈托在该书的结语中说，他们的使命已经完成，学术薪火相传，后续的工作将由美国密苏里大学口头传统研究中心约翰·弗里的《口头传统》（Oral Tradition）学刊承继下去。这个刊物走到今天，作为口头传统领域的"旗舰"发挥了巨大的引领作用。史诗研究与口头传统研究，成为它的最主要的话题。口头传统研究所擅长的对人类知识论、认识论、信息技术、语词技术、思维与心理机能等的深入讨论，在史诗研究上都找到了生长的合适土壤。可以断言，今后的史诗研究，已经不可能离开口头传统研究相伴。一如口头传统研究在最初起步时大大借助了史诗研究一样，今后的史诗研究还会持续地大大借助口头传统的研究。将两者的研究结合得最好的学者是约翰·弗里，他虽已离去，但他思想的火种却越燃越旺。他生前曾多次表示寄厚望于中国学界。如果不久的将来，中国学者能给国际史诗学界提供一些有冲击力和富有创见的思想，如果这些思想对于西方人理解自己的传统有所助益，对人文学科其他领域的学者理解各自的学术问题有所助益，我们才可以说，中国的学理性思考成为国际史诗研究谱系中的重要一环。

本文的底稿，是在第四届IEL国际史诗学与口头传统研究讲习班结业式

---

① *The Modern Humanities Research Association*: *Traditions of Heroic and Epic Poetry*, Vol. 1, 1980. Vol. 2, 1989, London.

上所作的报告，主要内容是对国际史诗研究和口头传统研究的晚近发展，结合中国史诗学现状，做出简略的勾勒，意在梳理这些属于史诗学晚近的热点理论问题，展现国际史诗学的晚近发展、前沿话题和未来趋势的大致面貌。

（原载《民族艺术》2013 年第 1 期）

约翰·弗里与晚近国际
口头传统研究的走势

约翰·迈尔斯·弗里（John Miles Foley，1947－2012），国际著名的史诗学者、古典学者和口头传统比较研究专家。生前为美国密苏里大学威廉姆·拜勒杰出人文教授，校董会古典学和古英语教授，口头传统研究中心（Center for Studies in Oral Tradition，CSOT）主任，《口头传统》（*Oral Tradition*）学刊创刊人和主编，e 研究中心（Center for eResearch）主任，"通道：口头传统与互联网"项目（The Pathways：Oral Tradition and the Internet，以下简称为"通道项目"）主持人，口头传统研究国际学会（ISSOT）发起人，中国社会科学院民族文学研究所口头传统研究中心首席学术顾问。

一　从古典史诗到口头史诗："口头程式理论"的当今旗手

弗里长期致力于口头传统的比较研究，其主要的研究领域是古希腊史诗、中世纪英语（盎格鲁—萨克逊语）、南斯拉夫语和民俗学。说到他的专业功力和学术贡献，我在不久前应邀为学刊 *Fabula*（一本在德国出版的专门研究民间故事的学术刊物）所写的学术性唁文中，作了如下概括："弗里教授通晓法语、南斯拉夫语、希腊语、拉丁语、德语、意大利语、西班牙语、古英语和中古英语等。在其三十余年的学术生涯中，他撰写和编写了 20 种著作，刊布了 200 余篇论文，领域涉及文学、民俗学、古典学、语文学、口头传统研究和信息技术等，其学养之厚、造诣之深、视野之宽，罕有其匹。"①

弗里出身医学世家，父母期望他成为一名出色的医生，为此甚至不许少年弗里骑自行车，怕摔坏了指骨影响将来做精密手术。但他一个姑姑深爱文学，精通法文，对他产生了很大影响。他早年在麻萨诸塞大学艾姆赫斯特学院接受了扎实的古典学训练，后来又有机会追随"口头程式理论"（亦称"帕里—洛德理论"或"口头学派"）的创始人之一艾伯特·洛德（Albert Lord），掌握南斯拉夫语，曾多次深入塞尔维亚和克罗地亚地区进行口头诗歌的田野调查。于是，他的学术视野从拉丁和希腊，转向当代活态口头史诗的传承研究。他关于史诗的最初一批成果——既讨论古典学话题，又作当代活态口头传统的阐释，便是他直接通过田野实证，又广泛参考收藏于哈佛大学威德纳图书馆"帕里口头文学特藏"中的南斯拉夫材料的结果。

中国学者对弗里的最初了解，主要是从其学术史研究和史诗研究开始的。在他的众多著述中，大家较为熟悉的，主要有《口头诗学：帕里—洛德理论》（*The Theory of Oral Composition：History and Methodology*，Bloomington：Indiana University Press，1988；汉译本朝戈金译，社会科学文献出版社2000年版）和《怎样解读口头诗歌》（*How to Read an Oral Poem*，University of Illinois Press，2002，汉译本即将出版）等。他所主编的《口头传统教程》（*Teaching Oral Tradition*，New York：Modern Language Association，1998）与作为"布莱克威尔古典世界导读丛书"之一的《古典史诗导读》（*A Companion to Ancient Epic*，Blackwell Publishing，2008）也颇受学界赞誉，成为国内几所高校的教学参考书。②

20世纪80年代，弗里便开始收集材料，完整地编撰了关于"口头程式理论"的研究索引。正是利用自身深湛的语言学功力，本着竭泽而渔的治学态度，他广泛搜求世界各地直接或间接运用"口头程式理论"的学术成果，

① "Zeitschrift für Erzählforschung", Volume 53, Issue 1 - 2, *Fabula*, pp. 111 - 113, DOI：10. 1515/fabula - 2012 - 0010, December 2012.

② 弗里一生的学术著述目录，详见 R. Scott Garner, "Annotated Bibliography of Works by John Miles Foley", in *Oral Tradition*, Volume 26, Number 2（Festschrift for John Miles Foley）. http：//journal. oraltradition. org/issues/26ii/garner2。

为学界提供了详备、扎实的文献索引。① 在此基础上，他撰写了该理论的学术史，接着围绕史诗研究专题完成了几本分量很重的著作，将前辈的学术创见发扬光大，如《传统口头史诗：〈奥德赛〉〈贝奥武甫〉及〈塞尔维亚—克罗地亚归来歌〉》（*Traditional Oral Epic：The Odyssey, Beowulf, and the Serbo - Croatian Return Song*, Berkeley：University of California Press, 1990），《内在的艺术：传统口头史诗的结构与意义》（*Immanent Art：From Structure to Meaning in Oral Traditional Epic.* Indiana University Press, 1991），《演述中的故事歌手》（*The Singer of Tales in Performance*, Indiana University Press, 1995），以及《荷马的传统艺术》（*Homer's Traditional Art*, Pennsylvania State University Press, 1999）等。

在这些著作中，弗里倡导并实践了一种基于"帕里—洛德"学术精髓的拓展和深化，带动了国际史诗研究的范式转换。例如，对口头演述是一种"内在的艺术"（immanent art）的概括，堪称与芬兰史诗研究大师劳里·杭柯（Lauri Honko）的史诗是"超级故事"（super story）的论断交相辉映。由于是从整体上理解和把握史诗艺术的特质、演述规律、流布方式、传承人角色等问题，弗里相继提出的概念工具实际上也逐步构筑起较为完整的史诗学术语体系。其中最为学界称道的是"演述场域"（performing arena）、"大词"（large word）、"史诗语域"（epic register）、"传统指涉性"（traditional referentiality）、"传奇歌手"（legendary singer）等深具哲理内涵的学术性概括。简而言之，弗里的史诗研究，是从语文学和古典学出发，广泛引入人类学、民俗学和其他学科的方法，从而标举出一种眼界开阔、气度宏大的研究风范；西方古典史诗与当代活态传承的口头史诗，都得到了深湛的解析和系统的阐述。

应当说，就史诗理论建设的成就而言，特别是就整体超越基于古典学或文学学的史诗研究而言，他与劳里·杭柯宛如双星闪耀，共同营造了国际史诗研究的令人炫目的景象。虽然弗里的田野基地主要在南斯拉夫，杭柯的田野经验主要来自芬兰和印度，但他们二人在对史诗文本形态分类方面，高度

① 该索引（Oral - Formulaic Theory：Annotated Bibliography）经几度更新后的电子版本，可在密苏里大学口传中心的网站上找到：http：//www. oraltradition. org/bibliography/。

契合。他们两人共同界定的"以传统为导向的文本"（tradition-oriented text），今天在国际学界已被广泛使用，因其很好地概括了文人从民间收集素材和片段，再经过编缀和整合，形成民族史诗的情况。这就为芬兰的民族史诗《卡勒瓦拉》和在世界各地的类似情况，找到了合法性的依据。近年中国学者在讨论"满族说部"这一文类时，也借用了该学说。顺便说一句，在如何界定史诗这个世界性文类现象上，弗里与杭柯的意见也高度一致。在其撰写的《类比：当代口头史诗》一文（收入《古典史诗导读》）中，弗里引述了杭柯关于史诗的定义："史诗是关于范例的宏大叙事，起初由专门的歌手当作超级故事来演述；较之于其他叙事，史诗篇制宏长，表达充满力量，内容意蕴深广，并在史诗接受的传统社区或群体中成为认同表达的一个资源。"① 弗里接着评述说，杭柯的史诗界定，好就好在没有以古希腊的《伊利亚特》和《奥德赛》为圭臬，而是强调了史诗作为特定人群认同的标志性功能，并为史诗多样化的风格、主题、出场人物、传唱歌手、演述方式、宗教性或世俗性内容、韵体或散体以及其他参数，留下了考察的空间。②

在美国，弗里早已成为公认的"口头程式理论"的当今旗手。这里我还想指出，弗里的史诗研究，与劳里·杭柯的史诗研究一道，都是标志性的。如果说，20 世纪国际史诗研究的图景是群峰耸峙的话，那么他们两位的理论贡献堪称双峰卓立，是当下史诗学建树高度的主要标志。

二 从"大词"到"传统指涉性"：口头诗学的践行者

试图在一篇文章中较为细致地梳理弗里的学术成就是不大现实的，我只能从几个"点"入手，多少揭示弗里从"帕里—洛德理论"起程，又在整体上大大超越了该学派的论域而形成的理论建树。前面胪列了他所创用的一些术语，下面接着就从某些关键词生发的口头诗学论题稍作细致一些的讨论。

---

① 原文见于 Lauri Honko, *Textualising the Siri Epic*, Helsinki：Academia Scientiarum Fennica，1998，p. 28。

② "Analogues：Modern Oral Epic"，In *A Companion to Ancient Epic*，Ed. by John Miles Foley，Oxford：Blackwell Publishers，p. 199.

弗里曾多次前往塞尔维亚的乌玛迪安地区从事田野工作，编校并翻译了帕里和洛德于 1935 年采录的南斯拉夫歌手哈利利·巴日果利奇演唱的史诗《穆斯塔伊贝之子别齐日贝的婚礼》（*The Wedding of Mustajbeg's Son Be ćirbeg by Halil Bajgori*，2004，FFC No. 283），他对南斯拉夫材料非常熟悉。"大词"（larger word，或 bigger word）便是弗里从田野实证中提炼出来的一个相当著名的概念工具，其理念直接来自民间，在某种意义上讲也是对"程式"（formula）这一术语的扬弃。通过史诗演述的参与性观察，弗里发现，在歌手那里，一个"词"与文本世界中的一个左右各有空档的单元有很大不同，也不像一部词典中出现的一个词，或者说用语言学的术语给出定义的某种抽象。举例说，在歌手库库鲁佐维奇（Kukuruzović）心目中，口头诗歌中的"词"，既是一个完整表达的单元，也是构成演述的不可切分的"原子"，更是一种具体的言语行为（speech – act）。这样的"词"，可能像一个片语（phrase）那么短小，但往往不会更小了。在这位歌手演述的例子中，"不幸被俘"（miserable captive）就是一个"词"。也可能有整个诗行那么长，像"利卡的穆斯塔伊贝正在饮酒"（Mustajbeg of the Lika was drinking wine）。或许还可以是一个多行的单元，库库鲁佐维奇认为，一些场景或母题，像描述一段行程，一位英雄的战前装备过程，或一支军队的集结等，都可以是一个"词"。所以说，在歌手的演述世界里，一个"词"是可以扩张为"很大的词"的，这就是"大词"的由来。①

从民间观念出发对"大词"所作的学理总结，已彰显出弗里有关口头诗学的独到眼光。我们知道，在"帕里—洛德理论"的概念工具中，程式的边界，在基本维度上是与"大词"重合的。为什么还要创用"大词"的说法呢？在我看来，第一，"程式"是对给定文本的现象学总结，而大词是来自歌手立场的形态学总结。在弗里看来，大词乃是歌手演述世界中的特殊讲述方式，是一个整一性的表达单元。打个比方说，在语言的"数学"中，大词是整数，而不是分数。简而言之，大词中的任何部分不能被任意切分，否则便失去了叙事的意义。第二，大词由传统塑定，而非来自某个人的创

---

① John Miles Foley，*How to Read an Oral Poem*，Urbana：University of Illinois Press，2002，pp. 13 – 14.

造，是由不同代际的不同歌手所创造并共享的。这些大词会超越特定的曲目，而在更大的口头传统范围内得到秉持和恪守。第三，有鉴于弗里的这一发现，我们切不可妄自切分在歌手那里是整一的表达单元，切不可用书面性（literacy）的阅读规则去解读——那往往会误读和误译——民间的诗歌。[1]

　　弗里关于"传统指涉性"（traditional referentiality）的总结，堪称精彩绝伦。当荷马史诗中出现姑娘的"肥胖的手"或者是"绿色的恐惧"这样的表述时，当代读者往往不知所云，甚至有人认为这是在长期传承中难以避免的"讹误"，由此形成简单的妄断：或许是最初抄写时出现了笔误，以讹传讹，遂而导致不可理解的现象，云云。然而，弗里经过细致的研究后发现，这些所谓的"讹误"，乃是在特定的演述传统中经常出现的一个现象，弗里称为"传统指涉性"。传统指涉性，是说一个特定表达的字面意思与其在特定传统中实际传递的意义之间，对"他者"而言往往有相当的距离，因其通常用来指涉另外一个意涵，但对于传统中的演述人及其受众而言则彼此心领神会。不过，弗里在《内在性艺术：传统性口头史诗的结构及意义》一书中说，是接受美学关于文学"文本"和"读者"的讨论，激发了他本人关于"传统指涉性"的学理总结。[2] 所以，从解读方式上来看，"传统指涉性"不仅强调表述单元必须与传统和语境进行对接，而且也要求同时关注创编者和接受者的认知和接受。在特定的传统中，"肥胖的手"的意思就是某人"勇敢地"做什么的意思，而"绿色的恐惧"一旦出现，就意味着神祇要干预人类的事物了。同样地，若是在南斯拉夫诗歌传统中出现"黑布谷鸟"，便意味着某位女人变成了寡妇或将要成为寡妇；在蒙古史诗传统中，一旦某匹不寻常的马驹出生，往往意味着某个伟大的英雄将要降生。此类现象在世界各地的史诗传统中不胜枚举。

　　弗里从史诗研究逐步走向更为广阔的口头诗学领域，其间生发出来的理论洞见，通过梳理其创用的若干关键词，仅能窥见一斑。若要完整

---

　　[1]　John Miles Foley, *How to Read an Oral Poem*, Urbana：University of Illinois Press, 2002, p. 14. 另见弗里著，朱刚译：《口头诗人说了什么（用他们自己的"词"）》，《民俗研究》2009 年第 1 期。电子版：http：//iel. cass. cn/news_ show. asp? detail = 1&newsid = 8389。

　　[2]　John Miles Foley, *Immanent Art：From Structure to Meaning in Traditional Oral Epic*, Bloomington：Indiana University Press, 1991, Chap. 2, Traditional Referentiality, pp. 38 – 60.

描述他的口头诗学贡献，需要将来从容归纳了。可以说，弗里立足于史诗传统的比较研究，在口头诗学的理论和方法论方面多有创获，在国际口头传统研究领域中堪称是一位承前启后的领军人物，对古典学、史诗学、民俗学、文艺学、斯拉夫学、传播研究，以及其他相关的平行学科都做出了重大的贡献。

三　倡导一门新学科：口头传统研究的领路人

弗里的学术贡献，与创立"口头传统"（oral tradition）学科不可或分。口头传统就狭义而言，涵盖传统语言艺术诸门类；就广义而言，则包括了口语交流的一切形式。在联合国教科文组织的晚近文献中，"口头传统"具有特殊的重要性，在该组织所倡导并推行的《保护非物质文化遗产公约》（2003 年通过）中，"口头传统"是人类非物质文化遗产的五个主要领域中的第一类，其重要性可见一斑。

早在 1986 年，弗里便在密苏里大学建立起"口头传统研究中心"（The Center for Studies in Oral Tradition），并一直担任该中心主任。同年，他还创办了学术期刊《口头传统》。该学刊甫一面世，就得到前辈史诗研究大师哈托（Hatto）的高度重视，认为史诗学术可借此薪火相传。该刊因稿件之精审、编委会之大家云集而影响日隆，尤其是近年来通过互联网传播和在线共享，已然成为迄今在人文领域将学术民主和共享精神贯彻得最为彻底的刊物。如果说，口头传统研究发展到今天已经成为一门跨学科的学科，那么这一研究领域的形成与弗里二十多年来围绕"一个中心"和"一本学刊"的多重付出和苦心经营也是密不可分的。

从弗里的著述中可以发现，其学术视野早已不局限于"口头程式理论"，他已将"讲述民族志""演述理论""民族志诗学"等 20 世纪最为重要的民俗学理论，创造性地融会于口头传统研究中，系统地提出了"口头传统的比较法则"等学说，从而构造出独具学术个性的口头诗学体系和口头诗歌文本的解析方法。《怎样解读口头诗歌》一书，是弗里在口头传统研究领域的代表性成果，我们应予重点关注。然而，早在 1988 年，弗里在其《口

头诗学：帕里—洛德理论》一书中就明确提出"口头传统"作为一门学科
的存在，并就其形成的学术史和发展走向进行了追溯和展望。① 正是沿着帕
里和洛德开辟的这一学术研究方向，他身体力行地为这一学科的发展摇旗呐
喊，在不断的深拓过程中，一直将史诗特别是口头史诗作为最重要的学术资
源和理论支撑。当然，又不止于史诗。因此，可以认为，在弗里的学术理路
上，从学术史的角度梳理学科的演成，到研究"演述中的故事歌手"（其
1995 年著作的名称），进而再到讨论怎样理解口头诗歌，这里的内在关联和
侧重点的转移，有着清晰可见的轨迹。在讨论置身演述中的歌手时，弗里从
"演述诸方式，赋予意义诸方式"开始，进而讨论了口头的文本如何经过特
定过程演变为书面的"唱词"等问题，例如在不同文化中，最初的文本文
化的过程是如何展开的，演述和接受中诸环节的问题，如"演述场域"
（performance arena）的界定，语言交流中的"语域"（register）设定，表
达的"俭省"（communicative economy）现象，解读策略的总结，如传统
的规则、转喻（metonymy）和语词威力（word - power）等，进而到"符
咒的威力"（以塞尔维亚传统魔法咒语为出发点），诸多令人耳目一新的
话题，皆得到切近而生动的讨论。随后，年深月久的传播和接受过程，以
及歌手对文本的自我解读，构成了《演述中的故事歌手》的主要内容。在
这些解析的基础上，弗里显然形成了对口头传统的属性和规则的进一步思
考。而这些思考的系统化，成为《怎样解读口头诗歌》的理论基石和学理
阐释。

　　一般而言，"口头传统"研究，主要集中在对语言艺术的研究上，故而
与民间文学或口头文学的研究有着天然的联系。不过，欧美民俗学界在晚近
的发展中，已经越来越意识到，口头传统作为一个学科，其边界大大超越了
民间语言艺术的范围———从《旧约全书》的形成到当代黑人宗教布道，
从荷马史诗的文本衍成到当代美国"诵诗擂台赛"（Slam Poetry，又译作

---

　　① 　弗里：《口头诗学：帕里—洛德理论》，朝戈金译，社会科学文献出版社 2000 年版，第四章和第
五章。

"斯莱姆诵诗运动")①，都成为口头传统的研究对象。而这个认识上的深拓，主要得益于弗里的学科经营和倡导。在弗里看来，人类"媒介纪年"令人惊讶地昭示了在我们这个物种的长期进化过程中，不同的媒介被如何不断发明和使用，以制作、传递、交流和存储信息。而就语言和文字的两大发明和使用的历史而言，语言的运用在规模、影响、意义和作用诸方面，比之于文字的使用，历史要悠久得多，范围也要大得多。不必说历史上的情况，今天的地球上，仍存在大约六千种语言，真正通行和广泛使用文字的，只是其中很小的一部分，连十分之一都说不上。当我们生活在文字的世界中，对文字使用习焉不察之际，切不可忘记在世界上的许多地方，通行的信息交流工具，依然是口和耳。也就是说，今天的世界，还是由众多"无文字社会"（non – literary society）和许多"文字社会"（literary society），以及介乎两者之间的文字使用不够充分的过渡性社会构成。顺便说，根据最新人口普查结果，中国的文盲率（15 岁及其以上不识字的人口占总人口的比重）为 4.08%，比 2000 年人口普查的 6.72% 下降了 2.64%。可见文盲率的降低需要一个过程。半个世纪前的中国，还不能说是"文字社会"，因为那时还有很高的文盲率。

回到弗里的口头传统研究著作《怎样解读口头诗歌》上来，我们注意到，他的研究视角和阐释问题的方式，是革命性的。首先，他遴选了四个传统的歌手作为样板，描述其演述诗歌艺术时各不相同的属性和特点——藏族的擎纸歌手，北美的斯莱姆诵诗人，南非的颂赞诗人和古希腊的吟游诗人。进而，弗里从他们的立场出发，考究他们自己的传统是如何解读这些口头诗歌的，弗里特意"用他们自己的话"来呈现他们的理解。接着弗里讨论了

---

① 诵诗擂台赛（slam poetry），20 世纪 80 年代中后期美国诗歌新潮，滥觞于芝加哥白人工薪阶层聚集的酒吧屋，旨在通过竞赛复兴和提升口语艺术，倡导大家都来即兴朗诵原创诗歌，评判权交给选定的评委和听众，从而打破诗人/演述者、评论家和观众之间的壁垒，因而被视为诗歌平民化运动的结果。这一运动在后来的发展中，形成了全国性或地方性比赛，还出现了青年诵诗擂台赛和妇女诵诗擂台赛等形式，使得诗歌和大众的结合达到前所未有的紧密程度，尤其在年轻人中风行，成为许多年轻人表达自我的普遍形式，反映出诗歌作为一种口头艺术形式再度流行的趋势，各地的有志者和社区也借助这一势头培养出了新一代的诗人和文学爱好者。参见 Susan B. A. Somers – Willett，*The Cultural Politics of Slam Poetry*：*Race*，*Identity*，*and the Performance of Popular Verse in America*，Ann Arbor：University of Michigan Press，2009. 另见维基百科的相关介绍：http：//en. wikipedia. org/wiki/Slam poetry。

口头诗歌的诗行和文类问题，讨论了口头与书面的两端对立问题，再进入关于媒介活力的问题，诸如口头演述、音声文本、过去的声音、书写口头诗歌等。在后续的章节中，弗里进入了迄今很少甚或几乎无人触及的口头传承和演述中的几个相互关联的环节：特殊的符码（special code）、具象性语言（figurative language）、平行式（parallelism）、特殊程式（special formulas）、对传统的诉求（appeals to tradition），以及演述中的吟诵者等。弗里特别指出，这里的某些要素，来自鲍曼的"演述理论"（Performance Theory），这些被提及的"症状"，并不见得会出现在所有的口头诗歌传统中，而是依传统自身的属性，以这样或那样的方式显现出来。

这些围绕口头诗歌核心特征进行的讨论，指向的是口头诗学的理论建构，虽然弗里自己并未特别强调这一点。概要地说，这部《怎样解读口头诗歌》的重大学术价值，在于以无可辩驳的方式提醒人文学术界，对待来自口头传统的诗歌（其实也适用于其他口头文类），应当用口头传统的创编、传承、流布和接受的法则进行阅读和解读，否则，一定会产生许多误读和误解，会隔靴搔痒，难以触及事物的本质。这番用心，大有深意，因为长期以来，在国际范围内，对口头传统的研究，多是基于一般文学理论的概念和工具，其方式和路径对于进入文学性的话题，依然有一定效力，但是对于深入口头文类的本质，探寻其核心特质，挖掘其社会文化功能，则显得力不从心。

四　口头传统与互联网："思维通道"上的先行者

做出上述学术贡献，哪怕只是其中的一部分，一个学者都可以感到欣慰。对于人类文明的积累和进步，知识的传承和发展而言，能在身后留下某些思想，像星辰在人类思想的天幕闪烁，照亮后人的探索之路，引导人们从事更深入的研究，这已经是对学者担当使命的最高褒奖。弗里并未满足于既有成绩，他的确是一个永不停歇的思索者。他的学术探索，从古典学和语文学起航，在人类学、民俗学和美学等港湾停泊、加油和徜徉后，又进入了一片新的海域。思想激浪上的弄潮儿，追索着互联网技术的洋流，进入了关于人类思维通道的探究。

弗里主编的《口头传统教程》出版于 1998 年，其中收入了他本人的一篇颇具前瞻性的论文《典律之解构》，从中我们不难注意到这位学者的一以贯之的学术机敏和求索精神。在电子传媒和互联网刚刚起步的那个年头，他就已经在口头传统、亚历山大图书馆和因特网三者之间进行了思维方式的比较和勾连。① 此后，他有关信息时代的口头传统研究和数字化实践相得益彰，也从未停滞过。尤其是这些年间，弗里及其团队力图在口头传统与互联网之间的节点上拓展这一跨学科领域的学术空间和国际交流。他主编的《口头传统》学刊已经全面实现数字化与网络共享，读者可以前往口头传统研究中心的网站（http：//journal. oraltradition. org）免费下载该刊自创刊 25 年来的所有电子版论文。不久前的统计表明，到 2012 年有 4 万个独立的域名访问和下载了《口头传统》的电子版文章，这是一个了不起的成绩。该刊今天的影响，也是网络时代专业信息不胫而走的一个绝佳样板。与此同时，弗里一手创建的 e 研究中心一直致力于实施和推进"通道项目"，随后发起成立了口头传统研究国际学会，为全球范围内的口头传统研究者提供在线交流的学术平台。可以说，他一直在以行动践行着真正的学术民主，殚精竭虑地构建起口头传统研究的跨文化、跨国界的共享机制。

闪光的思想如不灭的灯。在弗里离世的三个月后，他在病笃之际勉力完成校订的遗著面世，书名就叫作《口头传统与互联网：思维通道》（*Oral Tradition and the Internet：Pathways of the Mind*，Urbana：University of Illinois Press，2012）。封面以许多点和点间的连线为构图，这些随机延伸的点和线，则是作者试图在文本技术（TT）、口头传统（OT）和信息技术（IT）三个维度之间描摹人类思维的活动方式和呈现特点的象征。这本遗著虽然姗姗来迟，却承载着作者多年心血和践行之知，凝聚着他在学术实践中不断更新和拓展着的问题意识、研究方法和深涉文化哲学的创造性思考，再次印证了几千年前伟大的印度哲人在《摩诃婆罗多》中的精辟总结——问："什么比风还快？"答："思想！"弗里如风的思想，直指那些对人类整体而言属于重大的和根本的问题，那便是思维之道。这个世界上只有少数最具天分和才情的、最具敏感度和使命感的学人才会进入这样的话题，而弗里还作出了自己

---

① 弗里：《典律之解构》，翟胜德译，《民族文学研究》2000 年增刊。

独辟蹊径的回答。

该著的先锋性，首先体现在目录的编制上。这里也是全书展示思维通道的起点。从前言开始，传统的章节架构，变成了一些平行的"节点"（nodes）。作者先交代本书阅读方法，即如何看待书籍与网络，如何使用链接地图等。在正文中，原本该是章节结构的方式，演化成了按字母顺寻排列"节点"的结构。于是，九个以字母 A 打头的节点，以"每个世界的足印"（A Foot in Each World，第 33 页）为开始，到"受众批评"（Audience Critique，第 49 页）为止。下面只有一个 B 为首字母的节点。其余以此类推，直到节点——维基百科（Wiki，第 271 页）结束全书。本书实际上只是弗里主持的"通道项目"（http：//www. pathwaysproject. org/）的一个有机组成部分。整个项目旨在就人类最古老的和最新的"思想—技术"（thought – technology），也就是口头传统和互联网之间的相似性与同一性，作出描摹和阐释。① 该著作的独创性，还在于与该印刷版著作同步出现的，还有网络版的"通道项目"。网络版除了印刷版的内容之外，还包括一些书籍没有（或者不能）包括的链接和内容。其次，印刷版的著作还是一本"渐变的书"（morphing book），可以用许许多多不同的方式去进入、去浏览和细读。

一如弗里惯常做的那样，他提炼思想、创用术语的天分，在本书的形成过程中再次得以施展。在这里，口头传统与英特网的信息传递规则，得到极为有趣的类比讨论。弗里引入古希腊的"集市"（agora）概念。在古希腊，"集市"是指用砖和灰浆搭建的场所，用来从事各类大型公共活动，例如建于雅典卫城西北的"雅典娜集市"（The Athenian Agora），就是在公元前 5—4 世纪举行政治、商业和宗教活动的场所，是社会交往的公共空间。② 而"通道项目"运用"集市"这个概念，是指代一个"语言的集市"（verbal marketplace），这是个虚拟的交换场所，一个公共空间和枢纽，使观念和知识得以通过社区所采用的无论何种媒介形式而共享。于是，发展出"文本集市"（tAgora）、"口头集市"（oAgora）和"电子集市"（eAgora）等概念，

---

① John Miles Foley, *Oral Tradition and the Internet*：*Pathways of the Mind*, Urbana：University of Illinois Press, 2012, p. 5.

② Ibid. , p. 40.

用以描述它们各自创造和传播的动力学机制。由此，电子信息的浏览方式、信息之间的连接"节点"和信息之间通过"通道"流动的关系，与口头传统的信息产生方式、组织方式、传递方式乃至存在方式相通。可以由此推论说，以电子方式呈现口头传统，有着难以比拟的优势和便利。这一洞见，对方兴未艾的互联网技术和电子技术的成长方向，意义重大，尤其对成长中的非物质文化遗产（特别是口头传统）的数字化呈现，提供了几乎是无限的可能性。不久前，芬兰的"文化三宝磨计划"（Cultural Sampo），中国社会科学院民族文学研究所的"中国少数民族口头传统音影图文档案库项目"与密苏里大学的"通道项目"，已经开始了部分基于弗里学术理念的跨国合作。在三方协议的框架性文件中，弗里关于知识组织方式的哲学化思考，成了核心的理念。惜乎，旗手已经远行，合作颇难赓续。再遇到口头传统与互联网技术方面的疑难，真不知该去向谁请教。但我深信，弗里这位先行者所开辟的方向性探索，将引领我们继续前行。

五　无尽的怀念：远行的"故事歌手"

弗里早年投师艾伯特·洛德门下，分别在哈佛大学和贝尔格莱德大学完成了他的博士后研究。洛德著有《故事的歌手》，弗里著有《演述中的故事歌手》，他对师道的尊崇，对口头学派的拓展，均浓缩在其著作标题之中，"淡泊明志，宁静致远"。而他数十年如一日在口头传统研究领域的辛勤耕耘，更像是一位"故事歌手"对传统的挚爱与坚守。然而，天妒英才，让这位不倦的"故事歌手"过早地离开了我们大家。我们失去的，不仅是一位杰出的学者，不仅是一位我们研究所和我个人的多年的老友，我们失去的还是无涯学海上的一位目光犀利、胸有成竹的领航者。

弗里在古典学、文学、人类学、民俗学、口头传统、史诗研究、信息技术等诸多领域，都做出了卓著的贡献，[①] 他在学术圈中有极高的威望，尤其是他挑战陈规、吸纳新知、融会贯通、博采众长的气度和高度，在当今人文

---

① 有关弗里的学术成就，还可参考中国民族文学网发布的《约翰·迈尔斯·弗里纪念专辑》，ht-tp：//iel. cass. cn/html/37/index. html。

学术界，也是难觅同俦。在美国的众多学术职责之外，他还担任过亚洲、非洲和欧洲的多个学术机构的各类学术职务，也是若干个高端国际培训项目的主讲人。他的影响早已超越了国界——他在许多国家都有众多的追随者和合作方，胪列于此则太占篇幅，我只想在这里略作叙述，也是我们中国学者和中国民俗学界应当了解和铭记的点点滴滴吧。

作为芬兰人文科学院民俗学者咨询委员会的委员，弗里是该组织暑期学校（Folklore Fellows Summer School）常年特聘的史诗工作组（Epic Workshop）的讲席教授，为世界各国包括中国培养了一批批史诗学者和口头传统研究专家。弗里 1997 年便来到中国作学术讲演，并前往内蒙古进行田野作业，随后将蒙古族史诗传统和歌手纳入其比较研究视野。在其后期的著述中，中国材料和经验，也多有出现。例如对蒙古"传奇歌手"却邦的论述，对藏族歌手"掘藏"现象的讨论等。他的著作《怎样解读口头诗歌》的封面上，是藏族史诗歌手扎巴森格手擎纸片演述史诗的照片（中国史诗学者杨恩洪拍摄并提供）。他对中国民族众多、文化传统绵长富赡的惊羡，由此可见一斑。他的专著《口头诗学：帕里—洛德理论》的中文版面世后，"口头程式理论"与口头诗学的研究理念对中国的口头传统研究和史诗学建设发生了深刻的影响。他所创办的《口头传统》学刊，为中国少数民族口头传统出版过专辑，向国际学界介绍中国学者的研究成果。在他主持的口头传统网站上，对《口头传统》学刊中某些他认为会对中国学界有益的部分，近年也在逐步汉译，以方便中国读者。

2009 年 6 月，弗里应邀在首届"IEL 国际史诗学与口头传统研究讲习班"担任讲席教授，做了主题为"口头传统：对多样性的理解"和"口头传统与互联网"的精彩讲座。2011 年 5 月，弗里抱病来到北京出席"中国社会科学论坛：世界濒危语言与口头传统跨学科研究"，发表"口头传统研究中心的数字化项目"演讲，详细展示了"通道项目"及其基本理念。他甚至在离世前，还在积极计划前来中国参加史诗研究方面的学术会议，同时协调由芬兰文学学会、中国社会科学院民族文学研究所和密苏里大学三方的合作，以新技术和新理念推动民俗学资料学建设和理论建设。

与其名头形成鲜明反差的，倒是他为人极为谦和低调，从不趾高气扬，高谈阔论。他对青年的关怀和提携，对欧美之外文化学术资源的重视和扶助，也令人感动和钦佩。比如，他热心栽培中国青年学者，不仅在他学校的团队中，有不止一名中国籍学者参与工作，而且在病笃期间仍不忘安排中国青年学者的访学计划。今天，他人虽离去，但我们之间的友谊和学术联系仍在，目前我们研究所的青年学者就在他生前领导的密苏里大学口头传统研究中心访学。

一代宗师离我们而去，他们的精神遗产会长留人间，但学科的发展，必定因其过早地离开而受到影响。我想，这样的损失，将会随着时间的流逝越发凸显出来。

［作者附记］2012 年 5 月 3 日，一个龙卷风云系光临密苏里州，在乌云翻卷、风雨大作之际，约翰·弗里安详地离开了人世，得年 65 岁。我次日携徒来到其位于哥伦比亚市郊的宅邸，向其夫人和子女表达了一个老友、同道和门生的敬意，却因行程原因未及参加其告别仪式。

现在谨以这篇小文，表达我对其学术伟业的追怀和祭奠。我在 *Fabula* 学刊上的那篇唁文中用了这样一句话来结尾："He will be missed internationally..."是的，对约翰·弗里的怀念，是国际性的。

（原载《西北民族研究》2013 年第 2 期）

从"荷马问题"到"荷马诸问题"

　　"荷马问题"已经困扰了无数代的古典学者。《伊利亚特》和《奥德赛》的作者是某个人吗？是他在历史上的某一特定时期创作了这些史诗吗？还是说"荷马"的名字背后潜藏着经历了漫长的口头创编和传播过程的史诗传统及其影响？格雷戈里·纳吉通过比较语言学和人类学视野做出的精深研究，卓尔不群地提出了一个新的历史模型，回答了《伊利亚特》和《奥德赛》怎么样、何时、在哪里，以及为什么最终被以书面文本形态保存下来，并且流传了两千多年的缘由。对纳吉享誉国际学界的这部经典力作，我们特约请中国社会科学院民族文学研究所研究员朝戈金撰文予以推介。

　　格雷戈里·纳吉的荷马史诗研究，风范颇独特。正是这位哈佛大学的著名教授，把那个年深月久的古典学难题——"荷马问题"（Homeric Question），解读为"荷马诸问题"（Homeric Questions）。也是他，在古典学和民间文艺学（口头传统）两个阵营中，都有大批拥趸。这个现象说明了一个简单的事实：他以古典学的底子，民俗学的视域，在古代经典研究中，别出机杼，道人所未道，一举成为北美古典学和史诗研究领域的翘楚。

　　围绕《伊利亚特》和《奥德赛》的"作者身份"问题及其"追问"，自古以来就聚讼纷纭，往前可以上溯到亚历山大时期。那时的古希腊学者中被称为"离析者"的克塞农和海勒尼科斯就指出《伊利亚特》和《奥德赛》存在差异和内在不一致问题，从而认为《奥德赛》不是荷马所作（默雷《古希腊文学史》第二章，上海译文出版社 1988 年版）。系统论述过史诗特性的古希腊文论家亚里士多德（生于公元前 384 年），和断定荷马是口头诗人的犹太牧师弗拉维斯·约瑟夫斯（生于公元 37/38 年），也遗憾地没能给我们提供多少关于荷马其人其作的信息。

18 世纪的荷马研究主要围绕着所谓的"荷马问题"而延伸，其发展开启并影响了 19 世纪乃至 20 世纪的史诗学术。从本质上讲，"荷马问题"主要是对荷马史诗的作者身份（一位或多位诗人）的探寻，连带涉及荷马和他的两部史诗之间的其他关联性问题。从"荷马问题"到"荷马诸问题"（纳吉《荷马诸问题》导论部分），这种"追问"的线索凝结了国际史诗的学术走向，也映射出这一领域最为重要的学术开拓。

18 世纪的浪漫主义运动逐步形成了这样一种看法，即认为荷马史诗在被写定之前一定经历过口头传播阶段，而且这个阶段很可能比"荷马"时代要晚许多。意大利启蒙主义哲学家维柯在其《新科学》中就坚决主张，与其说史诗是个别天才诗人的作品，毋宁说是一切诗性民族的文化成果。英国学者伍德（Robert Wood）发表于 1769 年的《论荷马的原创性天才》更径直提出荷马目不识丁，史诗一直是口耳相传的。1795 年，德国学者沃尔夫（F. A. Wolf）刊印了一篇论文《荷马引论》，随即成为一根长长的导火索，不仅引发了 19 世纪发生在"分辨派"（Analysts）和"统一派"（Unitarians）之间的论战，同时也成为 20 世纪"口头程式理论"学派崛起的一个重要前因。"分辨派"和"统一派"的论战，乃是"荷马多人说"和"荷马一人说"之间的论战。他们之间学术立论的不同，实为语文学立场与文学立场之抵牾所致。所持方法各异，追问路径分歧，观点也就相左。有两端，就有居间者，那些介乎两端之间的取态，认为荷马史诗虽然不是诗人荷马独自完成的，但"他"在史诗定型中一定发挥过相当大的作用。

荷马与荷马史诗一直被看作西方文学的滥觞，其人和其作就成了相互依存的文学史上最重要的两个问题。纳吉以他素有专攻的语文学功力，围绕他的"荷马诸问题"（Homeric Questions），深度阐发了古希腊关于歌者、歌诗制作以及荷马之名的词源学含义，同时也令人信服地重构了荷马背后的演述传统、文本形成及其演进过程等诸多环节的可能形态（纳吉《荷马诸问题》第三章）。他广征博引的若干比较研究案例，显示了他对当代口头传统和人类学诸领域的熟谙。在谈论古代的歌与歌手、诗与诗人的内部关联时，能够旁征博引，以类比方法，为我们遥想文本背后的古希腊歌手提供一个支点。

纳吉的道路，与他同校前贤们的卓越工作有紧密关联。

20 世纪 30 年代，哈佛大学的古典学者米尔曼·帕里对荷马问题的索解，引发了古典学领域的一场地震。他与他的学生和合作者艾伯特·洛德，共同开创了"帕里—洛德学说"（也叫"口头程式理论"）。通过对荷马文本作精密的语文学分析（古典学的拿手方法），帕里迈出了两大步：先断定荷马史诗是传统性的，进而断定它是口头的。这种说法在当时不啻晴天霹雳，他们遭到了疾风暴雨般的围剿。为了让他们的结论更具说服力，帕里和洛德一脚踏进"田野实验场"，在南斯拉夫的许多地区进行了田野调查。通过精心设计的田野调查手段和方法，他们得出许多意味深长的结论，其核心是：史诗歌手绝不是逐字逐句背诵并演述诗歌，而是依靠程式化的主题、程式化的典型场景和程式化的故事范型来构造故事的。同理，堪称巨制的荷马史诗也就不可能是个别天才诗人灵感的产物，而是一个伟大的民间口头演述传统的产物。

口头程式理论迅速成为颇有影响力的一套学说，其概念工具，从"歌"发展到"文本"，再到"演述"，逐层深化；它的术语系统——程式、典型场景和故事范型，日渐深入人心，今天已经成为民俗学领域最具有阐释力的学说之一；就其理论命题而言，对荷马史诗是"口述录记本"的推定，对史诗传统是"演述中的创编"的深刻把握，既撼动了抱守精英文化的古典学，也撼动了特重底层文化的民俗学。新的学理性思考就被大大地催生了。

纳吉是古典学领域中深受口头程式理论影响的代表。他对荷马史诗传统及其文本化过程的精细演证，例如其"交互指涉"（cross－reference）的概念、"创编—演述—流布"（composition－performance－diffusion）的三位一体命题及其间的历时性与共时性视野融合，以及"荷马的五个时代"（the five ages of Homer）的演进模型，都大大超越了传统古典学的路数，也令古典学在当代人文学术的格局中，焕发出勃勃生机。

从下面一些例子中，可以看出纳吉是如何工作的：

在对荷马史诗的"编订者"的索解中，他没有就事论事地拘泥于希腊文献的考订，而是引领我们把目光转向印度史诗传统。在英雄和英雄崇拜问题上，纳吉是这样论述的："在古希腊有关英雄的史诗传统及其发展中，导致英雄的崇拜可以说是一种亚文本（subtext）。此外，在地方层面上是英雄崇拜，在泛希腊层面上则是英雄史诗，二者之间存在着联系，这对认真看待并理解荷马传统的流布因素是至关重要的。正如我们将看到的那样，在印度活形态的史诗传统中也存在着显著的类比性。"（第62—63页）这种类比性，通过以来自印度"拉贾斯坦"的例证得到说明——引出两部重要的史诗"巴布吉"和"德瓦纳拉扬"，说明史诗如何从敬仰死者英灵的传统中发展而来。进而说明，对强大英灵的持久性关注为这些史诗提供了框架，由此史诗的意义和生命力得以维系。（第63—64页）

纳吉不仅在他所擅长的古希腊文献方面大肆"掉书袋"，而且还把这种词源学的疏解法延伸到了其他传统的领域中。例如，纳吉提到"把诗歌缀合到一起"的隐喻，不仅可以拿来与古风时期希腊传统中的"编制诗歌"的隐喻相对照，而且可以追溯到更为古老的印欧语系语言的源头。纳吉进而找到一个"直接的证据"，那就是将一首精心创制的诗歌比作工艺精良的战车之轮。在最为古老的印度诗歌传统中——原谅我在此处略去了纳吉极为佶屈聱牙的征引——我们看到动词"接合、安装到一起"常用于指代木匠的手工艺，与直接宾语"诗音"组合在一个段落之中（《梨俱吠陀》），在同一段落中，又出现了"接合"与"轮子"（战车的换喻）的组合。总之，在印度传统中，"木匠"或"细木工匠"成为"大师"的一个隐喻。（第121页）这些考辨最终指向了荷马本人，Hómēros的词源意义可以解释为"他就是拼合在一起的那个人"！一位终极性的"细木工匠"对其终极性"战车之轮"所进行的精心制作，这是多么生动的隐喻。

纳吉正是立足于希腊文献传统的内部证据，通过比较语言学和人类学方法在荷马学术近期的发展中，做出了继往开来的又一次大推进。针对荷马史诗的文本演成，他从历时性与共时性的双重视野，令人信服地论证了他这些年一直在不断发展的"三维模型"，即从"创编—演述—流布"的互动层面构拟的"荷马传统的五个时代"，出色地回答了荷马史诗怎样/何时/何地/为什么最终被以书面文本形态保存下来，并且流传了两千多年的缘由。在借鉴帕里和洛德创立的比较诗学与类比研究的基础上，他的"演进模型"（evolutionary model）还吸纳了诸多活形态口头史诗传统所提供的类比证据，其辐射范围包括印度、西非、北美、中亚等。最后归总为，荷马文本背后潜藏的口头创编和传播过程相当漫长，大约最迟在公元前550年史诗文本才趋于定型（第二、三章）。下面的论见，于是就具有某种一言九鼎的气度，且相当深入地揭示出荷马文本的形成历程：

> 鉴于在文本性与口头诗歌传统的某些演进模型之间已彰显出坚实的平行对应关系，我一直在坚持论述的是：荷马史诗作为文本的定型问题可以视作一个过程，而不必当作一个事件。只有当文本最终进入书面写定之际，文本定型（text‑fixation）才会成为一个事件。但是，在没有书面文本的情况下，也可能存在着文本性（textuality）——或更确切地说是文本化（textualization）。我一直在进一步辨析，史诗的荷马传统为这样的文本化提供了一个例证：在创编、演述和流布的演进过程中，史诗的荷马传统按其自身的再创编模式，呈现出流变性越来越弱而稳定性越来越强的特征，随时间的推移而缓慢地向前发展，直至一个相对静止的阶段。我们可以将这一相对稳定的阶段归结为一个史诗吟诵人的时代（an era of rhapsōidoí）。（第148—149页）

在当代的史诗学反思和理论建构中，基于对文本誊录和制作的深入思考，田野与文本的关系、文本与语境的关系、演述事件与社群交流的关系、传承人与听众的关系、文本社区与学术研究的关系，都得到了全面的强调。这乃是因为无论荷马史诗还是印度史诗，历史上经过无数代人的编订、校勘，已成为书面化的"正典"，唯远古时代那气韵生动的演述信息大都流失在苍苍岁月之中。深深植根于人类学和民俗学的"口头诗学"所做出的努力，无疑也是在力图重构文本的音声，给当代口头史诗的文本制作提供思考的前例，并进而为"演述理论"（也称"表演理论"）和"民族志诗学"两学派所继承。另外，在史诗传承传播的原生态链条上，在史诗的"第二次生命"（芬兰史诗学者杭柯语）得以延续的可能性方面，这些固化正典与活态传统之间层层叠叠的关联，堪称奥妙无穷。

因此，我们在古老的史诗文本与鲜活的史诗传统之间应该看到，从演述者、誊录者、搜集者、编订者、制作者、校勘者、翻译者、研究者，一直到阅读者，都是学术史链环上的一个个环节。史诗研究也就越来越从琐细的考证传统中摆脱出来，越来越接近史诗演述传统作为一个整体的综合面貌和一般特征。以纳吉为杰出代表的学者对古典史诗传统的重构，不仅是史诗学的重大推进，而且也是整个人文学术的厚重成果，已经对相邻学科产生了影响。纳吉对 Hómēros 原初语义的词源学考证，对史诗文本"演进模型"的建构等工作，应当认为是对因循守旧的保守观点的反拨与超越，是古典学的某种"新生"。国际史诗学术正是经过这些学术上的追问与回应、建构和解构、肯定和否定，才让死寂无声的文本响起多声部的合唱，才让远古的荷马永远地驻留在热爱诗歌精神、热爱文化遗产的当代人中，从而永葆史诗传统的生命活力。

纳吉在本书第三章结尾所说的话，犹在耳畔回响。这段话所传递出来的，乃是一个古典学学者在追问到某种"真相"时内心的凄然之感：

可是，从演进的角度来看，有关荷马的这一想象性视野可能会给我们中的一些人留下一种令人心碎的虚空感。这就犹如我们突然间失去了一位珍爱的作者，我们总是会钦羡他无与伦比的成就——《伊利亚特》和《奥德赛》。但要确信的是，让我们一直所倾慕的，实际上并不是这位作者，我们从未真正地了解到任何有关他的历史记录，我们所熟知的只是荷马诗歌本身……我们可能已经失去了一位我们无论如何也无从知晓的历史上的作者，但是我们在这一进程中却重新获得了一位想象中的作者，他不仅仅只是一位作者，他是 Hómēros，希腊精神的文化英雄，所有希腊人最珍爱的一位老师，伴随着《伊利亚特》和《奥德赛》那每一次崭新的演述，他都会重新获得生命的活力。（第151—152页）

（原载《中华读书报》2009年3月11日第9版）

《摩诃婆罗多》:"百科全书式"的
印度史诗

> 它(即《摩诃婆罗多》)也许是这个世界宣示的最深刻和最崇高的
> 东西。
> ——威廉·洪堡语

在印度这样一个有着古老文明传统的国度中,历史上出现一些文化创造上的奇迹,是很自然的事情。考古学资料告诉我们,在大约公元前 25 世纪,印度河流域就进入了青铜器时代,并已有文字出现,今称"印章文字",可惜学界尚未做出成功的释读。大约从公元前 15 世纪到公元前 6 世纪的一千年间,史称"吠陀时代",是印度文化体系形成的关键时期。紧接着吠陀时代的一宗重要的文化事件,就是梵语史诗《摩诃婆罗多》和《罗摩衍那》的出现。《摩诃婆罗多》的书名意译为"伟大的婆罗多族的故事",大致形成于公元前 4 世纪到公元后 4 世纪的 800 年之间,这印证了一个普遍的文化现象:一个伟大叙事传统的衍成,往往与一个古老的文明相伴而生。古巴比伦文明与《吉尔伽美什》、古希腊文明与《伊里亚特》和《奥德赛》、盎格鲁—撒克逊文明与《贝奥武甫》等,莫不如此。种种证据表明,史诗《摩诃婆罗多》的初创者们,正是一代代具有杰出的口头叙事艺术才华的游吟诗人和宫廷歌手苏多,他们从混沌初开的创世神话到谱系复杂的帝王世系,从跌宕起伏的列国纷争到刀光剑影的征战叙说,从声名远扬的英雄传奇到特定历史事件的追述,从宗教义理到人生哲学,从律法伦理到民俗生活,汲取了种种印度文化及其叙事传统的养分,汇编成了这宗无与伦比的大型诗体英雄叙事。

叙事结构：像一组巨大的"建筑群"

长期以来，西方学界一直认为，《摩诃婆罗多》是世界上"最长"的史诗。比较权威的《新普林斯顿诗歌与诗学百科全书》1993 年版这样表述："《摩诃婆罗多》是这个世界上最长的诗歌。其精校本有大约 10 万颂，是《伊里亚特》和《奥德赛》相加的近七倍。"有西方学者统计说，仅仅演唱这个宏大叙事的核心部分（两个主要人物的对话部分），按照每分钟唱一个"颂"（一组对句为一个颂）计算，就要连续不间断地演唱 25 个昼夜！它的叙事结构，像一组巨大的建筑群，殿堂相接，院落相叠，回廊环绕，路径互通。那些难以计数的"插话"，既各自独立，又彼此关联，而且还往往有各自的讲述者、对话者乃至各自的听众；单说里面出现的故事讲述者就有 300 到 400 个之多。这样一来，不仅故事中套着故事，而且对话中套着对话，起承转合之间使得故事线索盘根错节，情节发展引人入胜。当然，所谓篇幅"最长"的论断，今天看来已经不准确了。在我国藏族民众中长期流传的史诗《格萨尔王》，规模上要超过《摩诃婆罗多》许多，以正在陆续出版中的藏族著名歌手桑珠的演唱本为例：平均 400 页一卷的藏文唱本，全部出齐要 45 卷之巨，而这还只是他全部演唱曲库存量的大约三分之二。这些民间的歌手记忆和演唱这种超级故事的能力，既令人敬畏，也让人惊叹。

成书过程：一个流动的"传统"

《摩诃婆罗多》的流传和成书过程极为复杂。印度班达卡尔精校本所用的校勘本就达 700 种之多，可见历史上人们将其用文字记录下来的努力一直就没有停止过。不过，在史诗形成及兴盛的那个时代，它的研习、演唱和播布，当全凭口耳相传。所以说，尽管后来经过许多梵语诗人歌者的整理和修订，它在本质上还是一部"口头的诗歌"，带有浓厚的口头诗歌的色彩。这些色彩表现在许多方面，读者们在阅读中或许能够感悟得到。首先，在诗歌中随处可见大量的程式化的词组、语句和场景描写，这是大型韵文中的"惯制"。比如关于人物的"特性修饰语"（或者叫"称号"）的使用，比如关于事物的“详表”式的罗列，都与荷马史诗和其他口头史诗的特征相同或相似。例如在《摩诃婆罗多》的《毗湿摩篇》中关于河流的详表，一口气罗列了147条河流和上百个“著名的地区”的名称！没有哪个文人诗人会这么写诗的（除了写出《草叶集》的美国“疯子”诗人惠特曼多少采用过这种详表式的叙述）。其次，口头诗歌的创编、传播和接受是在同一时空中完成的，这就注定了它的歌者和听众是互动关联的，意义的生成和实现也是在演述场域中完成的。因此，可以推知，故事是高度依赖语境和高度依赖叙事传统的。对它的解读，就不能脱离开整个印度文化的大背景。再者，以今天在地球上的不同地方所发现的活形态大型演唱传统及其类似情况来看，我们大致可以推知，这种传承久远的部落或部族的叙事表演事件，往往发生在某些神圣的文化空间而与仪式活动相结合，从而成为一些传统仪式的有机组成部分。因此，与其说这样的史诗是一部静态的“作品”，不如说它是一个流动的“传统”。这个传统不仅世世代代培育了难以计数的水准高超、演艺精湛的歌者，更是培育了整个族群的文化精神，让人们知道如何看待宇宙人生、天地万物，在世间如何思考和行事，什么是对的和错的，什么是正义的和邪恶的，等等。《摩诃婆罗多》演唱时代的人们，一定在他们的一生中，在不同的场合，无数遍地聆听过这一气势恢宏的叙事，被它所传颂的英雄壮举所打动，被包孕其间的深刻思想和高远境界所陶冶，说它是教诲人们的百科全书，是民间知识和智慧的集大成者，绝不是虚妄之言。

　　口头诗歌的另外一些显著特征，读者不见得都能够体会到，例如涉及声音、韵律和节奏的一些特点，翻译本无法传递，读者自然难以欣赏到。依我个人的田野工作经历，口头诗歌的音韵之美，伴随着乐器的美妙旋律，伴随着歌者的眼神、表情和身体语言，伴随着歌者与听众共同营造出来的氛围，它所传递的叙事生动性和艺术感染力，它所蕴含的同时诉诸于听觉和视觉的美感，它所激发出来的心灵感受和人生共鸣，是远远地超过了我们从书面阅读的诗行中所能够体会和认知的。生活在这个伟大传统之中的人们，得到它汩汩清流的惠泽和陶养，也当是人生的福祉。

精校与翻译：史诗般的"远征"

荷马史诗在古希腊的演唱活动，也曾经盛极一时。我们知道在历史上曾经有过上百种不同的本子流传，有过"泛雅典赛会"这样定期举行的史诗竞唱活动。可以说，现在所见的荷马史诗，不过是流传下来的最为晚近的一个文本而已。对今天结集六卷出版的《摩诃婆罗多》也应当这么看。它历史上抄本迭出，说明了曾经的演唱活动活跃而广泛。这也就同时告诉我们，把一个古老的、流动的、具有生命活力的叙事传统，引入印刷时代文学作品的流通规则之中，确立一个"科学的精校本"，以期让学界和社会都能广泛使用，已然是一项极其艰巨而宏伟的工程。印度从事精校本汇编工作的学者们，以恢复史诗"尽可能古老"的"原始形式"为目的，这本身就是件史诗般的"远征"。中国梵语文学界的专家学者集十余年之心血，潜心译事，也当赢得称誉。不论就文本研究的学术宏旨而论，还是就文化传播的社会意义而言，没有他们罕有其匹的气魄和奉献精神，这样厚重的心血结晶，是永远不可能面世的。

在《摩诃婆罗多》的叙事中，主宰世界的不变、正义与秩序之神——达鲁玛变身成河精对来喝水的小孩提出了问题："比风快的东西是什么？"答案是"思考"。《摩诃婆罗多》是印度民众的诗歌，是民众诗性智慧的结晶。所以印度学者说这部史诗对印度产生了深刻的道德力量、整合力量以及教诲力量。今天，《摩诃婆罗多》的影响早已经超越了国界，成为全人类的宝贵文化遗产。能够通过汉译者的辛勤劳作而直接欣赏印度文明史上这一伟大的叙事传统，从而去思考人类共享的文化福祉，也是我们的幸运——因为，在全球有精校本译本的国家也是屈指可数的。

（原载《中华读书报》2006 年 2 月 15 日第 9 版）

二 口头诗学的理论与方法

关于口头传唱诗歌的研究

——口头诗学问题

其实，在没有文字可资使用的环境下，如文字发明以前的远古时期，甚或在今天仍然处于"无文字社会"的地方，诗歌大都是口头传唱的。这种诗歌，我们就叫它口头诗歌（oral poetry）；关于这种诗歌的理论，也就叫作口头诗学（oral poetics）。

"口头诗学"在西方已有长足的发展。作为一种研究视角，一种方法论系统，从产生之日起，就与"口头传统"（oral tradition）研究有着千丝万缕的联系。也就是说，口头诗歌与其他民间口头文类或口头表演样式，有着极为密切的关系。实际上，在口语交际还占据着信息传递基本渠道的地区，在许多"地方性知识"（local knowledge）体系中，诗歌的概念和分类，与我们所熟悉的分类系统就有相当的差别。比如，诗歌韵律的功用，有时更多地出于韵文体便于学习和记忆的特点，而并不总是出于音韵美感的考虑。这类例子不胜枚举。

具有深意的是，对古典诗学法则的质疑，始于对口头诗歌之独特属性的强调，而且首先发动自"古典学"（classic studies）内部。20世纪上半叶，西方学术界就年深月久的"荷马问题"重新做出解答的尝试，引发了对口头诗歌法则的思考。欧美的文学研究家、人类学家、民俗学家等，都参与到口头传统研究的阵营当中，并逐步发展起整套的理论体系来。我们国内已经有所介绍的，有"口头程式理论"（又作"帕里—洛德理论"，Oral Formulaic Theory, or Parry - Lord Theory），"民族志诗学"（Ethnopoetics），以及对"口头性"（orality）问题的研究等。

"口头程式理论"把表演语词中的"程式"（formula）作为主要研究对

象，进而发现程式的表达是口头诗歌的核心特征。程式的形态，在不同诗歌传统中有不同的界定。但是有一个基本的特性，就是它必须是被反复使用的片语。这些片语的作用，不是为了重复，而是为了构造诗行。换句话说，它是在传统中形成的、具有固定含义（往往还具有特定的韵律格式）的现成表达式。这些表达式是代代相传的，一位合格的歌手需要学习和储备大量这种片语。程式的出现频度，在实践中往往成为判定诗歌是否具有口头起源的指数。欧洲早期诗歌手稿的判定（如荷马史诗和法国的《罗兰之歌》），在很大程度上就使用了这种手段。程式的含义，也比我们所想象的要复杂得多。在字面的含义背后，还有"传统指涉性"（traditional referentiality）。当荷马形容某位优雅的女性用"肥胖的手"做什么事情的时候，我们往往认为荷马"不恰当"地使用了这个片语。其实，在古希腊史诗传统中，"肥胖的手"意味着"英勇地"。这种传统性的指涉，是不容易通过阅读文本就能明白的，尤其不容易通过词典上的释义就能弄明白的。这就等于说，口头诗歌的阐释，更多地依赖于该诗歌传统所植根的那个文化土壤，而不能仅仅依据对文本本身的分析。这种情况，在我们国内许多民族的诗歌传统中，都可以观察到。以蒙古史诗而论，我们会发现其中有很多让"读者"感到突兀的表述。而这些表述，对于有经验的"听众"而言，则根本不是问题。也就是说，那些史诗的受众，那些置身传统中的信息接收者，当然知道怎样理解这些片语背后的传统性指涉。

　　口头诗歌的特点当然不会仅仅体现在语词层面上。随着研究的深入，人们发现口头诗歌的诗法特点，还体现在这样一些地方：第一个是"声音范型"（sound pattern）的引导作用很强。句首韵是蒙古诗歌的主要特征，歌手在表演当中，会受到句首韵韵式的引导。他在表演中的口误，很多都和这种引导作用有关。民间歌手在即兴创作时，这种特点体现得更为充分；第二个是平行式（parallelism）的大量使用。在汉语传统中，排比、对偶等手法，是民间歌手特别喜爱的手段，这当然也是一类平行式；第三个是句式的高度"俭省"（thrift）。有学者经统计发现，荷马当属人类历史上伟大的口头诗人之一，他所娴熟运用的句式，在数量上其实比较有限，从另外一个方面说，就是但凡他有现成的表达方法，他就绝不试图寻找所谓"新颖"的表达句式；第四个是表述的"冗余"（redundance）。也就是说不避重复，不嫌冗赘。对于书面阅读而言，这很难接受；但对于聆听而言，就不是什么不能忍受的折磨，恰恰相反，这还是长处：在时间线中顺序排列的语词，只有通过这种反复出现，才能够在听众心目中建立起各个单元之间的紧密关联。

口头诗学还在许多地方，发现了原本没有引起人们注意的，但确实是意味深长的问题。譬如，在表述单元的设定上，就有明显的不同。以西方诗歌为例，文人作品中较多地出现"跨行连续"（enjambement）的现象，而在口头诗歌中，歌手更多地使用"诗行"作为一个表述单元，或者按照蒙古史诗歌手的说法，一个诗行较多地与"一口话"相重叠。这个诗行，不是文人概念世界中的那个整齐排列的印刷字符串，而是在表演中，与韵律、音乐、步格等紧密结合着的单元。

这就又牵涉表演的问题。表演中的韵文文本，多数时候也会按照格律的要求，形成相对严整的韵律节拍。那些诗行，至少"听上去"相当规整。可是文字化了的文本，看上去就很不整齐了。在表演的场景中，歌手往往靠拉长元音的音调，从而在韵律上找齐。或者换句话说，那些"看上去"很不整齐的诗句，在"听上去"却未必不整齐。字词数量和节拍之间，有一定的缓冲弹性。大型口头诗歌的"创编"，通常都是在表演现场即兴完成的。每次表演的文本，都是一个与以往表演的相同叙事有直接关系的新文本。因而，它既是传统限定中叙事的一次传演（a song），又是充满了新因素的"这一首歌"（the song）。每一次表演的文本，都和其他表演过的文本或潜在的文本形成"互文"（inter texts）。

口头诗人的创作、传播、接受过程，是同一的，这就为口头诗歌，带来了另外一些新的特质。譬如，口头诗歌的创作过程，有听众的直接介入，有现场听众的反应所带来的影响。听众的情绪和对表演的反应等，都会作用于歌手的表演，从而影响到叙事的长度、细节修饰的繁简程度、语词的夸张程度等，甚至会影响到故事的结构。听众的构成成分，也会影响到故事主人公的身份定位。比如，在为不同族群的听众讲述故事时，塞尔维亚—克罗地亚叙事诗的表演者会调整故事的主人公和故事的结构，以迎合不同的族群。

晚近的研究表明，在口头诗歌和书面（文人）诗歌之间，也并不总是横亘着不可逾越的鸿沟。在不少社会中，都可以观察到不同类型的歌手，他们置身于传统之中，又受到当代教育的某些影响，受到书面文化的某些影响，从而在叙事当中多少运用了书面文学的某些规则，其作品也多少具有书面文学的某些特质。总之，与其说口头诗歌和文人诗歌之间是两极对立的关系，倒毋宁说它们之间是从一端到另一端的谱系关系，其间有大量的中间过渡类型。

随着口头诗学研究的深入，学术发展出现了新的态势。传统的、长久被奉为典律的评判文学价值的尺度，遭到了质疑——那些总结自书面文学的诗歌美学法则，拿来说明口头文学，是否合用？究竟是谁，运用了怎样的权力，出于怎样的原因，决定着哪一类的诗歌才能进入人类文学宝库的作品名录？为什么在这个名录中，几乎看不到那些同样伟大的口头艺术作品呢？

（原载《文艺研究》2002 年第 4 期）

口传史诗诗学的几个基本概念

中国史诗理论建设，起步晚，成果少。在学科规范的确立、基本概念和术语的界定上，共识至今尚未充分形成。这为各方学者共同探讨问题，或参与国际学术对话，带来诸多不便。通观国际相关学术领域的理论成果，尤其是在跨学科的"口头传统"（Oral Tradition）研究领域中形成的三大学派，即"口头程式理论"（Oral Formulaic Theory）、"表演理论"（Performance Theory，李亦园将其译为"展演理论"）和"民族志诗学"（Ethnopoetics），其长期形成的术语系统在某种程度上已成为国际史诗学界的共同基础。从总体上考察这三大学派的学术实践，便可看出某些约定俗成的概念和术语中，隐含着一个系统化的理论框架，并已成为各国学者共同遵循的通则，也当成为我们寻求中西学术批评对话沟通的契合点。

口头传统的研究及其发展是西方学术界一个引人瞩目的现象，在其跨学科的理论成果中业已建立起一个规范化的术语系统，有明晰的概念，有较强的逻辑性和体系性，在阐释口传文学的现象及规律上，尤其具有普遍的适用性。另外，由于"口头传统"研究具有开放的理论视野，以西方流派纷呈的诗学理论为主干，同时注重乃至强调各个族群口头传统的本土知识和地方概念，这便为中国史诗理论的构筑与方法论的自觉，提供了一种系统化的学术前鉴和理论观照。尽管中外史诗研究有各自独特的文化土壤和学术传统，但以口头传统为研究对象，其间多有共通之处自不待言。

借鉴国外口头传统研究成果的第一步，即要对这一领域通行的概念和术语进行梳理，建立一套在概念上"能指"和"所指"之间有着明晰对应关系的术语系统。① 其次，我们要审视不同文学门类对同一术语的运用情况，尤其是要从书面文学与口传文学的相同和相异性上去把握术语的内涵，这样有助于界定特定的研究对象。只有在做好术语的界定工作之后，我们才能着手于史诗诗学的体系化问题。出于这样的考虑，笔者通过经年的阅读查证，以晚近的西方诗学理论成果为基础，不揣冒昧，尝试性地提出一些建设性意见，旨在通过梳理基本的概念术语，有裨益于我们自己的史诗学理论和史诗研究方法论的建设。需要说明的是，这里所提出并界定的术语，多数采纳了或者基本上采纳了国内几十年来在西方诗学术语的汉译过程中所逐步形成的约定俗成的译法。② 也有少数几个是本人在翻译、介绍国外的口头诗学理论成果时，斟酌创用的，仅供参考。

（口传）史诗（oral）epic：史诗是长篇叙事诗。它叙述某个或某些英雄，并关注历史事件，如战争或征服，或英雄追求某些壮丽的神话性和传奇性功名——这些要素构成了传统的核心或是文化信念。史诗常在口头文化的社会里得到发展，其时该民族正在形成其历史的文化的宗教的传统。史诗的中心是英雄，他有时是半神性的，从事艰巨的正义的事业。他经常卷入神与人类的纷争。史诗中事件往往影响到普通人类的日常生活，并往往改变该民族的历史进程。典型的史诗是篇幅宏大，细节描述充盈，并依照顺序结构的。史诗中大量使用程式化人物，扩展的明喻，和其他风格化的描述，例如对武器和铠甲的细节描述、献祭和其他仪式的描述等。重复性叙事特征包括：以交相夸耀自己为序幕的勇士间正规的格斗，游戏或是竞赛规则的说明，难以置信的冒险，有时有超自然力量的介入，并往往需要超人的力量和计谋。史诗自身不仅使用叙事诗歌的方法，也会使用抒情诗或戏剧诗的方法。古希腊的荷马史诗、印度的《摩诃婆罗多》和《罗摩衍那》、盎格鲁—

---

① 这里需要指出，在中国文学传统的理论批评中，术语具有多义性、模糊性、体验性的特点。也就是说，"能指"和"所指"不是一对一的关系，而是一对多、多对多的关系。一个术语在不同场合、不同文艺学门类里可有不同的含义；另外，一个含义可由不同的术语来表达。

② 主要参考的工具书有《世界诗学大辞典》，春风文艺出版社 1993 年版；林骧华主编《西方文学批评术语词典》，上海社会科学院出版社 1989 年版；《新普林斯顿诗歌与诗学百科全书》（*New Princeton Encyclopeia of Poetry and Poetics*，Princeton University Press，1993）；艾布拉姆斯《欧美文学术语词典》，北京大学出版社 1990 年版；辜正坤主编《世界名诗鉴赏词典》，北京大学出版社 1990 年版；杨荫隆主编《西方文学理论大辞典》，吉林文史出版社 1994 年版。

撒克逊人的《贝奥武甫》等都是著名的史诗。史诗多以历史事件为背景，但作用却不在记载历史。史诗中还包括有大量的知识。风格庄严、崇高、雄伟、规模宏大、结构严谨是其一般特点。史诗有广义、狭义两种定义。学者普遍承认在各民族的史诗之间存在着相当的差异，但还是认为它们之间是可以类比和互证的；而另有人类学家对存在着"单一的、世界性的"口头史诗样式提出质疑。总之，史诗的多样性为史诗界定带来了相当的难度。还有西方学者从叙事者的"取态"角度对史诗做过分析。① 在中国若干少数民族中，有丰富的史诗蕴藏，其中以享有国际声誉的"三大史诗"——《格萨（斯）尔》《江格尔》和《玛纳斯》为主要代表。

史诗创编（epic compose）：这一术语是指史诗歌手在即兴演唱时，既高度依赖传统的表述方式和诗学原则，又享有一定的自由力度去进行即兴的创造，因而是介乎创造与编排之间的状态。"创编"这个术语，在一般的文学批评术语辞典里，多译为"作文"，通常是指散文体作品的写作。这里则是用作口头的"创编"或"创作"，也就是指在表演中的现场创作或者是即兴"创编"。应当注意区分创编与"写作"的界限。这里"创作"的含义是口头性的，是利用传统性单元来即兴编排的。

史诗集群（epic cycle）：Cycle 一词指系列作品，原意是"完整的一系列"，后逐渐用来表示以某个重要事件或杰出人物为中心的诗歌或传奇故事集。构成系列的叙事作品通常是传说的累积，由一连串作者而不是一个作者创作。有时用于韵文诗歌时也作"组诗"。这一术语最早用来指一系列旨在补充荷马史诗关于描写特洛伊战争的叙事诗；这些诗作是由一批被称为"组诗诗人"的后期希腊诗人所创作的。系列叙事文学的其他例子有查理曼大帝叙事诗和亚瑟王传奇，如《兰斯洛特系列传奇》等。中世纪的宗教剧表现或处理了以圣经为基础的一系列主题，因此这些戏剧也可称为系列剧或组剧。"史诗集群"（epic cycle），即指由若干"诗章"构成的一个相关的系列。史诗集群中的各个诗章拥有共同的主人公和共同的背景，事件之间也有

---

① 关于不同传统的史诗之间可以类比互证，见洛德《故事歌手》；关于不存在单一的、世界性的史诗样式的观点，见芬尼根《口头诗歌：其本质、重要性和社会语境》（*Oral Poetry*：*Its Nature*，*Significance and Social Context*，Canbridge University Press，1977）。从"取态"角度分析史诗，见沃尔夫冈·凯塞尔《语言的艺术作品》，上海译文出版社 1984 年版。

某些顺序和关联。核心人物不一定是每个诗章的主人公，但他往往具有结构功能。《江格尔》就是典型的史诗集群作品。这一术语与"环套创作"（ring composition）不同，后者是许多口头传统中的常见结构，但是最初是在荷马史诗中发现和得到研究的。它具有一种环形的或是同心圆结构，即 A – B – C – B – A 顺序，诗人在排列人物、场景或动作时，会依据 A – B – C 的顺序，然后再反方向重复它们。这一结构有时被用来强调处于中间位置的因素。关于环套的现象，在益格鲁—撒克逊诗歌和南斯拉夫诗歌中都有广泛的讨论。这种结构看来是既有协助记忆的功能，同时也有审美的功能。

诗章（canto，蒙古语为 bülüg）：一般指长诗的一个章节或段落。这一术语原指游吟诗人的叙事长诗中一次可以吟唱完毕的一个部分。在史诗集群中，诗章是在形式和结构上相对独立，在内容上构成一个相对的完整故事的单元。在中国的史诗研究著述中，以往多用原本是散文体叙事中的单元名称——"章"、"章节"或"部"——指代诗章。

歌与歌手（song and singer）："歌"有广义和狭义的用法。它通常指歌唱行为或歌唱艺术。也指歌曲或诗歌。作为文学术语，"歌"与抒情有紧密关系。在诗学中，"歌"又以极为多样的方式与音乐发生关联，因而有很宽泛的含义。"口头程式理论"的秉持者，在"歌"的名目下，囊括了史诗、民谣、抒情诗等多种有韵律和旋律的，可能有乐器伴奏的语言艺术样式。另一个相关联的术语"歌手"，则意指这些艺术样式的表演者。中国学术界，对这两个概念没有做过特别的界定。我们在多数情况下称史诗歌手为"史诗艺人"，也没有类似西方的"歌"的概念来囊括史诗、民谣和抒情诗等相近的样式。其实，这几种样式的界限并不如我们以往所想象的那样分明；在实践中，也往往能观察到民间"歌手"对上述几种样式都有掌握，这就使得称呼他为"史诗艺人"，称呼他的演唱为"史诗"都很不妥当。

口头传统（oral tradition）：一般概念上的"传统"指世代流传的信仰、习俗、格言和技艺等的集合。谚语、民谣、民间文学和各种迷信观念是口头流传下来的，也自有它们的传统。某个固定观念也可称为"传统观念"。文学中的传统成分意味着从过去承继下来的东西而并非作者自己的创造。从另外的意义上讲，传统可以被认为是对文学程式整体的继承。诗学的"传统"，在很多情况下可以对译为"传承"或"传承文化"。在具体的语境中，它有时又指表演过程中所涉及的全部因素。从这个意义上说，它就不仅是指一位歌手在一次表演中的所有内容，或者是他的所有表演的内容，而且还包括那些没有叙述出来的由歌手和听众共享的知识。例如当歌手运用了一个程式的时候，该程式所隐含的意义往往多于我们从词典中所能得到的含义。即使这仅仅是某个英雄的名字，或他的特性修饰语，也会唤起特定听众对英雄的业绩、他的家庭，或是关于他的其他方面情况和特征的回忆，所有这些附加的含义也包括在传统之中。另外，传统有时指某个特定的研究范围，例如"卫拉特史诗传统"即是。

文本（text）：在最一般的意义上是指按语言规则结合而成的词句组合实体，它可以是一段极短的话语记录，也可以是一篇作品，或一部著作。在不同的理论学说中，文本又具有不同的含义。在英语和法语中，广义的"文本"常被称为"讲述"（discourse）。在传统语言学和文学研究中，"文本"往往被认为是显形的、书面的，而"讲述"是声音的、口头的，故也有将其译为"话语"的。在多数符号学家那里，文本是任何具有一定释义潜在可能的符号链，不管是否由语言符号组成。因此，一个仪式、一段舞蹈、一个表情、一首诗，都是一个文本，而狭义的传统文本的意义，如一个作家的著作，一份文件等，则被称为"作品"（corpus）。上述文本是被表述面上的文本（utterative text）。因为任何分析对象都是文本，文本产生过程也可视为文本。在这个含义上，文本包括表述和被表述两个层面。在史诗研究中，文本基本上是传统语言学和文学研究中的概念，只是它既包括抄本和印刷本，也包括"表演中的创作"（composition in performance），也就是口头诗学形态学意义上的"文本"。

语境（context）：指表现在具体话语和文本中使用语言的环境。包括由上下文的词语、文句、段落之间构成的联系，以及由文词的意义所反映的具体的语言交际环境、社会背景、风格、情绪、习俗等方面的语义制约关系。广义的语境包含诸多因素，如历史、地理、民族、宗教信仰、语言以及社会状况等。由于这些因素在很大程度上影响着作品内容、结构和形态的形成与变化，因而它们也成为解决传承与创作之间关系的重要关节。田野意义上的"语境"是指特定时间的"社会关系丛"，至少包括以下六个要素：人作为主体的特殊性，时间点，地域点，过程，文化特质，意义生成与赋予。在

"现场创编"的史诗表演中，语境因素参与了意义的生成。从这个意义上说，史诗文本——演唱词句——的解读，只是史诗解读工作中的一个部分。

语域（register）：指具有某种具体用途的语言变体（variety），它与社会或区域方言（dialect）相对。在一个言语社区（speech community）里，不同职业、阶层、年龄、性别等社会因素也存在语言的变体，这就叫作"社会方言"（sociolect）；而同一个言语社区里的每一个人说话也不一样，这种个人变体叫作"个人方言"（idolect），而人们在不同场合使用的语言也不同，这种言语变体就叫做"语域"（register），有时也叫作"风格"（style）。语域可以区分得更细，如根据题材（话语范围，即 field of discourse）可区分为渔业行话、赌博行话等；根据传递中介（话语模式，即 mode of discourse）可区分为印刷材料、书信体、录音带上的信息等；根据正式的程度（话语方式，即 manner of discourse）可区分为正式体、随意体、亲密体等。语域的变体规则十分复杂，现在往往采用数学和统计学的模式来进行分析和研究，以说明语言变体对语言风格的影响及其体现出来的语言特征和模式。在社会语言学中，将这类语言变体联系各种社会因素进行研究；而在现代语言学里，则把这类语言变体看成是一个系统。史诗这种古老样式所用的语言，往往有异于人们的日常用语，因而具有史诗的语域。史诗中的语域，往往不仅牵涉词汇，也牵涉句法。

口承性（orality）："口承性"在有些场合也用作"口头性"，它是与"书面性"相对的概念，通常指与口头传播信息技术相联系的一系列特征和规律。例如口头表述的基本特征是并置而非递进，聚合而非离析，充斥"冗赘"或者"复言"，以及保守性和传统化，等等。在口承性概念提出的当时，学者坚信在口承性与书面性之间横亘着难以逾越的鸿沟，随着研究的深化，人们越来越认为，在口承性的一端与书面性的另一端之间，存在着大量的中间过渡形态。这种口承性与书面性呈类似"谱系"关系的现象，在当代民间文化中有多方面的表现。以史诗歌手而论，当今在新疆的蒙古族江格尔奇中，有相当比例的人是识字的。他们的思维和表述，已经受到书面文化的规范和制约。他们在某种程度上，已经是书面文化与口头文化双重影响下的歌手了。

文本性（textuality）：使"文本"成其为"文本"（而不单单是"句子

的集合"）的要素——这就是"本文性"。其结构要素大体上包含下面三个方面："黏着性"（cohesion）、"突出性"（prominence）以及"整体结构"（macrostructure）。

互文性（intertextuality）：法国结构主义批评家 J. 克里斯特娃提出的概念。又作"文本互联""文本间性"，指任何一部作品文本都与时空中存在的其他作品发生种种联系，也就是说，一切文学文本都必然是一种"互涉文本"（intertext），任何一个文本都是以另一个文本为依存的存在。从这个观点出发，后结构主义理论认为，不存在具有独创性的新文本，新文本总是通过或隐蔽或明显的方式"模仿"别的文本，新文本的"新"不过是对语言符号的重新分配和选择，构成一个语言的新织体。因而这个文本的"新"，或者说它的"特性"是有限度的。因此，重要的是文本之间的关系依靠批评活动而产生意义。互文性作为一种重要属性，不仅大量地存在于口头传统中，而且发挥着很大的作用。在史诗演唱传统中，文本的互文性属性相当明确，而且体现在多个层次中。例如在"集群史诗"《江格尔》中，每一个诗章都是其他诗章的互文，每一个歌手的"版本"都是其他歌手其他版本的互文，而整个《江格尔》传统又与其他史诗演唱、与其他民间艺术样式构成互文。

程式（formula）：根据帕里的定义，程式是在相同的步格条件下，常常用来表达一个基本观念的词组。程式是具有重复性和稳定性的词组，它与其说是为了听众，不如说是为了歌手——使他可以在现场表演的压力之下，快速地流畅地叙事。在不同的语言系统中，程式可能具有完全不同的构造。史诗诗学的晚近发展表明，程式不仅体现在词组和句子上，也体现在更大的结构单元上。在荷马史诗中，反复出现的"灰眼睛的雅典娜女神"和大量相类似的表述是程式，在《江格尔》中"英名盖世的江格尔汗"是程式，"眼喷烈火，面放异彩"也是程式。而且我们通过抽样研究发现，程式的表达在《江格尔》演唱传统中，占据着压倒一切的地位。

程式句法（formulaic diction）：帕里关于"语言"的定义是："所有的语音因素、形态和词汇，都使一群特定的人们在一个特定的时间和特定的地点的话语，具有了特定的属性"；而"句法"则是"从另一个方面看待同样的语音因素，形态和词汇：那就是作者凭借着它以表达他的思想"。

程式频密度（formulaic density）：指程式在某个给定的单元中反复出现的频度。口头程式理论学派的学者们，往往用它来衡量一个面目不清的或者是有争议作品的作者身份，判定它是否具有口头的起源。因为它们认为在程式频密度与作品的口头属性之间有着意义重大的关联。通过对程式频密度的分析，我们还可以发现史诗歌手在表演中的创编规律。

特性修饰语（epithet）：用来表示人或事物特征的形容词或形容词短语。所谓荷马式的特性修饰语往往是个复合形容词，例如"飞毛腿阿卡琉斯""灰色眼睛的雅典娜"等。它们取决于同熟悉的事物相连接的贴切性，而不在于其新颖性或多样化。这种措辞几乎成了名称的一部分。特性修饰语的研究在荷马史诗那里获得了深入的讨论，因而一度被认为是荷马风格的标志之一。后来才有学者注意到，在阿尔泰史诗传统中，这种特性修饰语的使用更为充分和多样。

步格（meter）：也有译为"格律"或"音步形式"的。是指诗歌中节奏式的重复，或指规则的或几乎是规则的相似语音单位的复现所形成的节奏。诗歌有四种基本的节奏模式：（1）音长型：其中节奏是由于长音节和短音节的不断出现形成的，也叫古典式步格。（2）音强型：其中重读音节决定基本的单位，不管重读音节前后非重读音节的数量，古英语作诗法采用这种步格，弹跳节奏也相同。（3）音节型：诗行里尽管重音有变化，但音节数量不变，很多传奇诗歌采用这种模式。（4）重音—音节型：其中音节数量和重音数量都是固定的或几乎是固定的。提到英诗的步格，通常指的就是重音—音节型步格。

平行式（paralleslism）：在一般文学批评中，也有汉译作"对应"的，指句子成分、句子、段落以及文章中较大单元的一种结构安排。平行式要求用相等的措辞、相等的结构来安排同等重要的各部分，并要求平行地陈述同一层次的诸观念。经过研究，有人认为平行式具有多种结构模式，如并列、递进等。在蒙古史诗演唱中，平行式有广泛的运用。在诸多可能的原因中，我们至少可以断定平行式的结构原则，与口头表述的思维特点——并置而非递进——有相当的关系。

跨行（enjambment）：指一句诗行的结束不是在诗行的末尾，而是在第二诗行的中间。它的应用可以使第一诗行的诗意直接传达到第二诗行，而无须依照一般的诗歌韵律，在每一诗行的末尾都做停顿。这种手法也被用在双行诗的写作当中，它可以将此双行的诗意直接传达给彼双行。在一般诗歌中，它也可以将一个诗节的诗意不加停顿地传达给另一个诗节。跨行曾被作为检测文人诗歌抑或是民间诗歌的检测剂。在高度程式化的诗歌传统中，例如在蒙古史诗传统中，程式片语的长度往往就是一个诗句的长度，因而极少出现跨行这种文人诗歌中经常出现的技巧。

主题或典型场景（theme or typical scene）：这里所说的主题，与我们通常所说例如某作品具有爱国主义主题这句话里的主题并不完全相同。它与我们有时译作"动机"、有时译作"母题"的概念有点接近。它也应该被理解为叙事单元，不过它的规模较大，是介乎"程式"与"故事范型"之间的单元。

故事范型（story – pattern）：洛德的"基本假设是，在口头传统中存在着诸多叙事范型，无论围绕着它们而建构的故事有着多大程度的变化，它们作为具有重要功能并充满着巨大活力的组织要素，存在于口头故事文本的创作和传播之中"。比如，"归来歌"的故事范型涉及下述的五个要素序列——缺席、劫难、重归、复仇和婚礼。在蒙古史诗中，人们通常认可"婚姻"和"征战"是最基本的故事范型。

限于篇幅，只能先就几个最常见的术语，尝试性地做点界定。完整系统的工作，还要留待来日。我们在这里想说的是，中国史诗研究在方法论上要博采众长，首要的问题是了解西方诗学成果，以形成中西史诗研究交流的机制，归纳中西史诗的发展规律和异同点，确立口头比较诗学范畴的基础。因此，梳理中国史诗研究的学术传统与重建一套合乎国际学术规范的批评话语，这是并行不悖的，也是我们推进中国史诗学建设所应该具有的学术态度。

（原载《民族艺术》2000 年第 4 期）

口传史诗的误读:朝戈金访谈录

廖明君（以下简称廖）：中国的口传史诗蕴藏宏富，研究史诗的学者也不算少。眼下您正致力于向国内介绍西方的史诗理论，也在研究中形成了一些自己的学术思考。那么在您看来，我们史诗研究中都有些什么问题？

朝戈金（以下简称朝）：国内的史诗研究，从初创到发展，与其他一些专题研究有相似之处，就是理论思考相对比较薄弱，而在材料梳理上有一定的优势。但是，您也可以看出来，这个所谓的优势，实际上正是我们的不足。就史诗研究而言，我们做了很多描述性的工作，但整体而言在学术意识上相当缺乏理论上的抽绎和方法论上的深拓。

廖：那您认为我们首先需要解决的是哪些理论问题？

朝：当然是如何正确地理解口传史诗的基本特性问题。我们多年以来，大体上是用研究书面文学的方法来研究口传史诗。这也能有所建树，但是离全面准确地把握研究对象还有相当的距离。而脱离口头传统去解读作品，也就不可避免地走入一种学术阐释的"误区"。然而，长期以来，这样的"误读"已经成了一种惯势，不仅是少数民族的"三大史诗"和其他史诗的研究是沿着这样的路子在走，而且在外国文学研究与文艺理论研究中，也同样没有说清楚这个基本问题。比如，仅仅面对一个记录下来的文本时，人们往往没有充分地意识到民间口传史诗和文人的书面史诗之间有多么大的差别，也就难以从相关的语境中去把握文本背后的深层含义。

廖：按我的理解，这种差别会体现在诸多方面。以研究文人书面文学的方法去解读和剖析民间口头文学，难免隔靴搔痒，这个道理是容易接受的。而您这里谈到的"误读"，我想，在某种意义上也对我国史诗研究提出了一种严肃的学术质疑，引人深思。可关键是怎样去精细地做这种分别彰明的工作。

朝：这正是要害所在。以文本来说，书面文学研究的基础，往往是一个"权威的精校本"。文人作品一经文字出版，进入流通，就可以说是大体固定下来了。而口传文学不同，特别是大型叙事文学样式，如史诗，就更不是这样。活形态的口头文学传统，是随时处于变动之中的。所以它就没有一个所谓"权威的"版本。国外的田野调查，特别是美国著名学者米尔曼·帕里和艾伯特·洛德在 20 世纪 30 年代及其后在南斯拉夫所做的史诗田野工作，通过大量的实证研究手段，再清楚不过地表明，在当地穆斯林的史诗演唱传统中，他们没有发现两次相同的表演。即使是同一位歌手的同一曲目的两次演唱，彼此间也有差别。每次演唱的，都是 a song（某一首歌），而又是 the song（这一首歌），既是某一首歌的一次演唱，同时又是"这"一首歌。也是从这个意义上说，西方的学者认为，我们现在见到的荷马史诗，不过是整个希腊史诗演唱传统中得以流传下来的比较晚近的和比较完善的一个版本而已。

廖：其实西方的荷马史诗研究，也只能以这个文本为基础。那么，西方的学者是怎样从文本背后追根溯源地寻找其口头来源的呢？

朝：这是个好问题。对于许多已经湮灭了的史诗传统而言，研究者的工作也只能面对留存下来的文字记录本而展开。荷马史诗和中世纪欧洲英雄史诗的研究，都只能这样进行。这就是为什么从一开始，西方史诗的研究就是以文本为中心的历史缘由。不过西方学者大多治学精细严谨，他们从荷马史诗中发现了一些与同时代的文人创作很不同的特征，比如荷马史诗中大量使用重复的片语——"飞毛腿阿卡琉斯""灰眼睛的雅典娜女神"等；同时还发现荷马史诗的句式是高度简约的；少数句式的不同组合，就可以变幻出数百种不同的变体。当然整个工作远不是这么简单，不过是沿着这个方向深入的。最后，他们的学术推断是：荷马史诗是古希腊口头史诗演唱传统的产物，它是由许多代"荷马"们共同完成的作品。

廖：众所周知，我国的若干少数民族中，都一直保持着活形态的口传史诗传统。对我们而言，去确证文本背后的口头传统，其意义何在呢？还有，我们在进行文本研究的时候，需要从国外的同行那里借鉴哪些有益的经验呢？

朝：在很多情况下，我们确实不需要去确证我们的史诗传统是否具有口头的属性，因为那是明摆着的，用不着去费劲。对我们而言，去深入地分析文本及周围的语境，才能抓住问题的关键。我们知道，是演唱文本和语境共同创造了意义。以往我们的研究，过于侧重在文本的分析上，这样的偏好，是对书面文学研究方法过分依赖的结果，也是对口头文艺样式独特性的普遍忽视。所以，我认为，要步出目前史诗研究的误区，一则要高度重视文本背后的口头传统，对民间史诗的口承特质形成明晰的自觉认识；二则要对史诗文本的"误读"从方法论上加以矫正，才能廓清研究观念的错误与概念的含混。

廖：那是不是可以这样说，我们在艺人研究、传承研究、演唱研究诸方面，还有一定的欠缺，但是在史诗的文本研究方面，还是取得了一定的成绩？

朝：偏重文本分析，是我们以往研究中的倾向，这不等于说我们就做好了这项研究。口传史诗的文本形态极为多样。我们以往因为对口传文学的特殊性认识得不够，所以在文本研究上，也出现了一些混乱。比如，我们就没有注意区分不同类型文本之间的差异。以我比较熟悉的蒙古英雄史诗的文本为例子来说，其文本有由个别识文断字的艺人自己抄录的，有来源不明的历史上流传下来的手抄本，有王公贵族雇人抄写的本子，有讲述记录抄本、现场记录抄本，还有用现代的录音装置在现场录制的本子，等等。有的西方学者经过田野作业，证明口述记录本的讲述因素更为充盈，细节描写更为充分。比较接近演唱原貌的，应该说是录音装置的记录。不过使用这些装置对艺人会产生什么样的潜在影响，也还缺少准确的评估。而我们的一些学者，是依赖出版的文本进行解读的。这里就又产生了另外的问题：这些出版本是依据什么原则来加工的？加工的成分有多大？这些环节往往是模糊不清的。我们知道《江格尔》的有些本子是作为文学读物出版的，它没有考虑忠实于原始演唱的问题。有的还是汇编本，已经失去了具体文本的真实面貌，因而其科研利用价值也要打很大的折扣。

廖：这样看来，在口传史诗的文本问题上，确实存在着很多认识上不够明晰的地方。文本之外，语境也同样重要。您认为，在史诗语境研究上，有哪些方面是应该特别强调的呢？

朝：史诗语境包含着很多因素，这里挑主要的几条大略谈谈。国外近年来很盛行"表演理论"，即是与早期更偏重于文本分析的"口头程式理论"有一定亲缘关系的学派。表演理论强调表演过程及其含义，虽然关于"表演"概念的阐释，该学派内部还有一定的分歧，但在下面的问题上形成了共识，即民间叙事的含义不仅含括在它的文本之中，而且还主要地蕴含在与文本相关的民族志表演之中。表演理论的代表人物是美国学者鲍曼（Richard Bauman），他在《故事、事件和表演》（*Story*, *Performance*, *and Event*, Cambridge University Press，1986）中，把理论的焦点放在了讲述故事的行为本身上。在其理论构架中，有三个层次：被叙述的事件、叙述的文本和叙述的事件。后两个概念比较好理解，分别指故事的文本和讲述当时的社会文化氛围，这大体相当于我们习惯使用的文本和语境。而第一个概念"被叙述的事件"（narrated events, the events recounted in the narratives），则是指在一次讲述过程中被陆续补入的事件。这样一来，显然就把演唱活动作为研究对象并整体化和精细化了。

廖：一种民俗学的理论，能自圆其说是一回事；它的学术价值和可靠程度，它的普适性和可操作性，又是另外一回事。表演理论或者相关的学说，在操作方法上给了我们哪些启迪呢？它在多大程度上可以为我们的研究提供某种参照呢？

朝：很显然，您的提问是有感而发的。我们的学术界，确实存在过某种跟风倾向，将某种境外的新理论或者视为金科玉律，或者视为荒诞不经，缺少的倒是客观和公允。我们当然绝没有让国外同行牵着鼻子走的义务，但也不应当闭门造车，将人家早说过的话，又当新见解说一遍。在学术领域，这是幼稚可笑的。至于表演理论本身，它是在大量田野作业的基础上产生的，也确实出色地解决了一些基本问题。比如，在怎样捕获讲述过程中的全部信息，并获得对它们的完整理解上；在田野作业中设定什么样的经验框架，并发现民间叙事与表演的内在联系上，它无疑具有一定的参考价值。在具体操作中，它强调表演行为的参与者之间的认同和互动作用，看重表演行为的潜在含义，评估表演中各种因素之间的关系和彼此的影响，描述构成事件的各种行为的出场顺序，解析被叙述事件和叙述事件的本质，并在上述观察研究的基础上，进行故事文本的解读。在这些环节与层面上，我们的史诗研究并没有完全展开。根据常识就可以知道，史诗的演唱从来就不是单向地传递信息过程。作为参与者，史诗艺人与观众不仅共享着大量"内部的知识"，而且在他们之间随时存在着大量极为复杂的交流和互动过程。史诗的含义，是由特定的史诗演唱传统所界定的。所以，一次特定的史诗演唱的意义，不仅要从叙述的文本中获得，还应该观察某一史诗得以传承并流布其间的语境。否则，全面理解史诗，全面描述史诗的文化意义，就是一句空话。

廖：说到这里，问题已经开始清晰起来了。以往我们的史诗研究，偏重研究的是"作为文学文本的史诗"，并没有充分意识到应把史诗看作是口传形态的文艺样式，没有充分考虑到它同时还是一种民俗事象，具有书面文学以外的诸多属性。

朝：这些正是我们研究中的症结所在。其实问题主要还不是我们遗漏了哪些环节，而是我们在方法论上缺了课。史诗是民俗学研究的一个重要对象，民俗学是研究"民众的知识"的。我们也见到在某些著述中，描述了民众的知识，例如民众是怎么看待史诗的，在民众心目中史诗具有什么样的功能等，但是也就停止在这个层次上。在如何解释这种民众知识上，我们所获甚微。尤其应当引起重视的是，这些解释既没有理论框架，也没有经验框架。细琐的具体事件的描写，是不能够代替高屋建瓴的理论透视的。

廖：理论上的发展不充分，与田野作业的水平相关。按说我们是做了不少实地调查的，就以动用的人力而言，大概没有哪个国家能超过我们。这一个世纪内，我们有过大西南的民族志调查，有过解放区的记录整理工作，新中国成立后，更有难以计数的人参与到民间文学的收集整理工作中，实际经验应该已经积累得很多了。现在看起来，还很难说我们的田野作业的水平达到了一个怎样的高度。

朝：这里存在着互相制约的问题。因为没有扎实的理论准备，就很难从田野作业中抽绎出基本规律。没有规范的田野作业方法，又很难产生出理论层次上的学术成果。还是回到史诗的话题上，我们的史诗搜集工作，多年以来，取得了可观的成绩，就是记录下来的大量文本。可是我认为欠缺也不少。史诗的实地调查，不是拿个录音机，跑下去找个艺人，请他演唱，录下音来，回来一整理，就算万事大吉的。这样做，我们顶多可以说是记录下了某个作品的一次演唱的文本，环绕着文本的被叙述的事件和叙述的事件，都被轻易放过了。这样一个孤立的文本，可资利用的价值就比较有限了。没有理论的指导，就没法形成学科的规范，就不容易从现场的表演中发现问题，至于进一步去解析这些问题，也自然无从谈起。当然，田野作业预设的目标和具体操作的方法，没有一成不变的套路。工作的框架和方法要依对象的特征而定，而且要根据具体情况随时做出调整和矫正。不过话还要说回来，还没听说哪个要动身去做田野的人是没有预期目标的，有的只是这种预设的高低之分。

廖：这样说来，在史诗的田野作业上，我们还比较缺少深细的思考，缺少理论的规划。就您的视野所及，您能说说这方面的成功范例吗？

朝：这可以从两个方面谈，一个是田野作业的方法，特别是一些为验证某些推想而作的实证性考察。另一个是文本的后期整理方法。先讲田野作业的方法："口头程式理论"学派的两位创立者帕里和洛德曾经在塞尔维亚—克罗地亚地区进行过多次史诗田野调查，为了解释荷马史诗的创作问题，进而解释口传史诗的基本创作问题，他们需要在活形态的史诗传统中进行大量的田野工作。那么，他们选择研究对象的原则是什么呢？首先，是寻找与基督教文化的史诗传统距离比较远的口头传统，这样得出的结果，会更有说服力，所以他们选择了塞尔维亚—克罗地亚地区的穆斯林史诗演唱传统作为考察对象。在具有文化亲缘关系的若干传统之间寻找相似点，自然比在很不同的传统之间寻找相似点容易些，但它在更大范围内的适用性，就值得推敲了。其次，是以若干地区为圆心，进行相当精细的调查，以期对歌手个人的风格、某特定地区的演唱传统，形成理性的认识。再次，是对同一位歌手的所有演唱曲目进行完整的记录，这样会形成由不同歌手演唱的同一个故事的不同版本；另外，还注意对同一位歌手在不同时期演唱的同一个故事的记录，以验证歌手是简单地重复还是每次演唱都会出现一个新的文本。还有，运用不同的技术手段进行记录，例如录音记录和口述记录，以评估这些版本之间是否存在差异，以及产生这些差异的原因。再有，对歌手的个人资料，进行详尽的记录；此外，还注重考察观众在史诗演唱过程中，如何能动地影响了歌手的演唱。最后，运用一些特别的实证模型，去验证对史诗创作某些基本规律的推断。当然还有其他的一些环节，只是全都涉及，会太过琐细，也难于尽述。

廖：有这样的规模和规划，搜集上来的材料，再利用起来，当然会比较可靠。但他们有自己的方向和意图，也不一定都适合我们。对我们而言，关键问题恐怕是如何从这里学习一些基本的规则和技巧。我们国家的学者，从事田野作业也有很长的历史了，也应该能够从自己的经历中总结出一些宝贵的经验的。

朝：您的评析很对。若是我们的口头传统，成为人家的试验田；我们的学科,成为人家的"派出所",那是我们自己没有出息,得怨我们自己了。但是这种田野作业的思路,对我们还是会有启发意义的。下边再简单讲讲他们的整理工作。身为哈佛大学教授的洛德,亲自主持了他们田野作业资料的整理和出版工作,其成果就是从1953年开始陆续出版的多卷本《塞尔维亚—克罗地亚英雄歌》。在此之前,经他们记录并特别收藏在哈佛大学"帕里特藏中心"的塞尔维亚—克罗地亚的口传史诗文本,已经有大约1500种之多。以前两卷为例,可以看出他们的工作规程。这些史诗的材料得自新帕扎尔地区。在印行了诗歌原文之后,还含括了他们自身的田野作业经历的介绍,列出了帕里特藏中心的目录索引,并辑有与一些原唱歌手们的交谈——他们的歌就印在书中,还附有一些极有助益的摘要和注释。此外,洛德还很清楚地交代了这两卷英雄歌的入选标准及其细则,其大意是:在考察一种口头史诗传统时,很有必要以研究个别歌手的演唱作品作为开端,随后着手考虑同一地区的其他歌手,这样你就可以既将那歌手视为个体,而同时又了解到他与他所从属的那个歌手群体的关系。鉴于这番考虑,就要按地区遴选文本。在每一地区的范围内,又将属于同一歌手的歌归为一组。这样的整理出版工作,无疑是给钻研于各个领域的史诗研究家,提供了前所未有的标本;使学者们拥有了一个统一集中的史诗参照系,可以让他们去考察程式的、主题的、故事范型(story pattern)的形态变异。这种变异就发生在一块圈定的文化地理区域之内,一个地区的口头传统之中,从一首歌到另一首歌,从一位歌手到另一位歌手。

廖:这样的史诗搜集和整理,果然有我们所未及之处。不光是史诗,我们的其他民间文学作品的搜集整理,也可以参考其成功的地方。这一番谈论,使我对您所说的"误读"体会尤其深刻,就是民间文艺学的门类真是很驳杂,需要大量专门的知识来探讨和钻研它,拿我们刚才讨论过的口传史诗来说,就有这样复杂多样的层面,过于简单化一的方法论,忽视对象自身的文化特质,肯定无法产生深入的学术思考,也就很难取得真正有学术水准的科研成果。

朝:这也是我们的史诗研究以往用心不够的地方。也有的时候,我们是对有些意味深长的现象熟视无睹了。比如，我们就没有认真地问过自己：史诗歌手何以能流畅地演唱成千上万的诗行？他们是怎样学习和记忆这些体制宏长的史诗的？我们知道，大多数的民间史诗歌手是文盲，他们显然不是靠念诵文本来实现演唱的。如果不是靠逐字逐句记忆诗歌作品，那他们究竟凭借的是什么办法？对这些问题，我们从来也没有好好地回答过。我们在前面对这个问题已有所涉及，这里再稍加详细地介绍一下。有些学者通过大量的田野作业证明，口传史诗的歌手在学习演唱的时候，从一开始就没有逐字逐句地记诵史诗文本，而是学习口传史诗创编的"规则"，他们需要大量地掌握结构性的单元——这有时表现为程式，有时是更大的单元——"典型场景"或是"故事范型"。在歌手的心目中，史诗中最小的叙事单元往往不是学者理念中的"词汇"，而是"大词"——有时是整个句子，有时是高度程式化的段落等。就拿"程式"来说，它通常被理解为一组在相同的韵律条件下经常被用来表达一个特定的基本观念的"片语"。像我们前面提到的"飞毛腿阿卡琉斯"就是这样的程式。其复现率，即其多次反复出现的频度，是使这一"片语"成其为程式的表征。它的基本功能是帮助歌手在演唱现场即兴创编史诗，使他不用深思熟虑地去"遣词造句"，而能游刃有余地将演唱的语流转接在传统程式的贯通与融会之中，一到这里就会脱口而出，所以程式也就成了口传史诗的某种标志。有的西方学者因此提出，在一部面目不清的史诗作品里，若是程式的复现频度超过了20%，就可以断定它是口头的作品。这种机械的做法遭到了普遍的批评，但也给了我们启示。

　　廖：我打断您一下。在中国的少数民族史诗遗产里，有这种很难断定是书面的还是口头的史诗吗？若是有，我们是用什么办法来界定它的？通过这些分析工作，我们形成自己的绝招了吗？

　　朝：我们很少有这种面目模糊的文本。用文字记录口传作品，与文人书面创作之间，还是有很大的距离的。有曾经引起争论的作品，例如出版于1716年的"北京木刻版"蒙古文《格斯尔》。有人甚至认为它是"长篇小说"，不过这种说法没有得到广泛的支持。而坚信它是民间口传作品的学者，也没有拿出过硬的论证。其实从口传作品的特性入手，例如刚才讲到的几个结构性叙事单元入手，是有可能说清楚这类问题的。程式的复现率是一个标尺，典型场景是另一个。例如"聚会—宴饮"，是几乎每一章《江格尔》的起首和结束的场景，还有如备马、武器、战斗等，都有传统的叙事套路。分析它们怎样既严格遵循套式，又在限度之内变异，是很有趣味的工作。主题或曰故事范型的分析，更能够看出口传史诗的基本结构法则。蒙古史诗研究的"巨人"是德国学者瓦尔特·海西希，一位著述极丰的皇家学会会员，他总结出蒙古史诗有 14 个"母题丛"，这是个很大的突破。母题丛之说有待于进一步完善，比如其欠缺之一是没有涉及结构要素的功能方面，但它确实是概括出了蒙古史诗的结构法则。像这样深有见地的成果，不是由国内学者概括归纳出来的，也是一种遗憾吧。

廖：这样谈话很有意思，随着话题的深入，术语也越来越专门化了。概念分类上的精细，是学科深化的标志之一。从这里我们就可以看出别人都做了哪些工作，取得了什么样的收获。

朝：史诗不同于其他民间叙事样式的地方，还在于它大多是韵文的，这给它带来一些特别的属性。在口传史诗研究中，我们大约从来也没有涉及过"跨行"的问题。在蒙古史诗中，我特别注意到，从叙述单元的角度讲，它的每一行，都表达着一个完整的意思，有时候也使用类似"对句"的办法，但不会出现文人诗歌中那种将意思转接到下一行的情况。在中外口传史诗中，这是一个相当普遍的特征。为什么？这就联系到创作过程中思维的内在运动规律了。对于口传史诗的表演者来讲，什么是他的基本表述单元，是解答这类问题的关键。还有，"声音范型"起什么样的引导作用？当表演者在某个段落里使用某个特定韵律的时候，特定的声音范型是如何引导他选择合适的程式以完成表达的？对这类问题的分析和解答，是口传史诗研究者不能推脱的任务。口传史诗在句法上，与文人史诗有很大的差异。"荷马史诗"与维吉尔的《埃涅阿斯纪》《贝奥武甫》及弥尔顿的《失乐园》，在句法构造上，有着明显的不同；在口传史诗里，包含着常项和变项成分，通过变项部分的替换，口头诗人得以在现场表演的压力下，"流畅地"讲述故事。句法上的"俭省"和平行式的广泛运用，就是基于这种压力而来的。从这个意义上说，史诗演唱有点像组装传统观念的部件，只不过远不是那么简单。

廖：您上面所谈到的是否也是一种"重章复沓"的特色，这在史诗以外的样式里，也都可以见到。远的如《诗经》，近的如各类民谣，可见它是各类口头韵文创作中的一个"通则"。具体到史诗上，它有哪些别处所无的特点？

朝：这正是我想接着讲的话题。史诗与其他民间口承样式在这一点上的表现是不同的。我们首先应该牢记，史诗是一个民族的精神和理想的镜子，是一个民族历史生活和文化传承的镜子，它巨大的包容性，就同时决定了它的规模。篇幅短小的史诗是有的，例如蒙古族有大约 300 行长度的文本。这种文本不外有几种可能，它或者是史诗形成时期的不够成熟和完备的形式，或者是成熟时期较大作品潮流中的异数，或者是史诗衰落期的微弱回响，也有可能是经历了历史风云漫卷而遗落下来的残片——一些大型作品各个部分之间具有相对的独立性的也很常见。相对于大型史诗作品的常式来讲，它是某种非常式，它的即兴创编的特色也往往不很明显。史诗传统是否比较成熟、比较兴盛，应通过两个显著的标志来判断，一个是看作品的篇幅是否比较宏大，一个是看是否有一批出色的、极富创造力的表演者。与此两点相连带的，是看是否存在着一个相对固定的"接受群"。对"接受群"，不能作狭隘的理解，这里先不多说。就"重章复沓"这一点来讲，史诗与民歌类样式有相当的差异。它不大可能采用替换某些"变项"而层层递进或循环往复的语言手段，作为长篇叙事艺术，它的节奏要舒缓得多，它的篇幅决定了它既要在句式上、在程式上俭省，又要在限度之内变异。这种变异，不是基于避免在叙述中重复，而是表演者并不死记硬背每一句诗行。越是有天分的有创造力的表演者，越有规模可观的曲目单，越有能力表演篇幅宏大的作品，而同时更不是靠记忆力吃饭。依靠背诵而演唱个把文本的情况也有，这种现象的形成有比较复杂的机制，留待以后在别的场合另作分析。从西方学者的田野作业报告和我个人的田野作业经历来看，优秀的史诗演唱者都不是靠记诵，也不是靠复诵，而是靠创编来完成表演的。

廖：说到这里，可不可以这样去理解：史诗的大的构架是恒长不变的，而每次表演的具体表述却有所不同？若是这样，倒是让我产生了另外一个疑问，就是史诗搜集变成没有止境的工作了。您前面也讲到，口传史诗是没有权威的文本的，而文本分析毕竟是史诗分析工作的核心，那学者当从什么地方入手呢？他们应该如何正确阐释和解读作品呢？

朝：这也是从书面文学研究思路而来的疑问。我们在民俗学研究中，在描述一种民俗事象的时候，我们并不把它看作是某项活动的"标准版"，而要对它作出限定，就是说它是我们在特定时空下观察到的一次具体的活动。我们是通过该具体的活动，来研究该活动的传承性质的。史诗研究也不例外。不过，对于史诗文本意义的阐述，是依据着整个语境而做出的。这个语境，是某一艺人与其他艺人共同构成的，是他与他之前的许多代艺人和许多代听众共同创造和共同享用的。这也就是为什么文本的意义要通过语境来阐发的缘故。当荷马史诗中出现"玫瑰指的黎明"，或是"绿色的恐惧"的时候，它所传达的意义，远比我们从字面上看到的要丰富，它与整个相关联的事物产生共振，它还指代某些特殊的信息，是某些事件将要出现的预示。从这个意义上说，孤立地对某个文本作出的分析，所能挖掘出的意义就比较有限。说到这里，我想特别强调一点，我们绝没有轻视某个具体文本的意思。"一般"正是通过"个别"而存在的，许许多多的具体演唱活动共同构成了那个令我们神往不已的口头传统。

廖：谢谢您的这一番议论。我们的谈话，从口传史诗的文本开始，接着讨论了史诗的语境关联及其田野作业的方法论，进而讨论了口头传统中史诗的文化特质，可以说，话题比较广泛，其中不乏新鲜见解，有些环节上还比较深细。我想这也是您对我国史诗研究中的"误读"问题所作的一番审慎的反思，希望今后还能看到您在这些方面的论述，也希望史诗研究界能够对口传史诗的文化基质予以高度重视。我们只有在学术观念上作出合乎我国各民族口头传统的更新与判断，并且在田野作业与方法论上形成自觉的矫正，才能推动中国史诗研究的理论建构和深拓发展。

朝：也要谢谢您和《民族艺术》，使我有机会在此表述我的观点，能与史诗研究专家们交流意见。谢谢。

（原载《民族艺术》1999 年第 1 期）

"口头程式理论"与史诗"创编"问题

　　在世界文学范围内，流传至今的口传史诗①不仅数量众多、纷披繁缛，而且其中有不少文本亦堪称体式恢宏，篇制宏长：古希腊史诗《伊利亚特》和《奥德赛》分别为 16000 行和 12000 行，芬兰的《卡勒瓦拉》为 23000 行，印度的《罗摩衍那》计有 24000 千颂，精校本也有 19000 千颂。然而，近年来为国际史诗研究界所瞩目的史诗事象更加炫转荧煌——仅在亚洲就陆续有更长的史诗被发现，并在学者们那惊诧的视域中呈展出洋洋大观的文本事实：柯尔克孜族史诗《玛纳斯》有大约 20 万诗行，已与印度的《摩诃婆罗多》（有十万对对句）相仿，而蒙藏《格萨（斯）尔》还要远过于此，达到一百万诗行！② 看到这些惊人的数字，谁都会产生下面的疑问：那些民间史诗歌手们是怎样"创编"③、记忆并演唱这些作品（或其中的一部分）的呢？他们真的是如有些歌手所宣称的那样是靠"梦托神授"而奇迹般地拥有了如此非凡的演唱才能，还是另有特别的法门？由此引发的一系列学术问题，确实是玩索不尽，抽绎无穷的。很久以来，也一直有学者带着"只在此山中，云深不知处"的慨叹而试图对此作出回答。荷马研究家们解答"荷马问题"（the Homeric Question）④ 的历史，就是一个突出的例子，值得我们在回溯其源出与发展的同时，来观照我国口承史诗的文本问题乃至民间叙事传统，来思考

---

　　①　Oral epic，也被称作"民间史诗"或"原始史诗"，是指在民间口头流传发展起来的、以崇高风格描述伟大严肃题材的叙事长诗，主人公多为神或英雄。

　　②　林修澈、黄季平：《蒙古民间文学》，台北唐山出版社 1996 年版，第 78 页。

　　③　Epic compose，这一术语是指史诗歌手在演唱时，既高度依赖传统的表述方式和诗学原则，又享有一定的自由度去进行即兴的创造，因而是介乎创造与编作之间的状态。陈中梅汉译本《伊利亚特》（花城出版社 1994 年版）的前言里说，一般认为，《伊利亚特》的"创编"时间可能在公元前 750 年至 675 年之间。

　　④　简而言之，就是谁是荷马？他是何时创作出我们惯常归功于他的那些诗作的？

我们在实证研究及其方法论上所陷入的某些困境及其可资突破的伸张点。

一

　　大概没有哪部史诗，曾像荷马史诗这样引起过广泛的争议，产生过如此众说纷纭又彼此相左的意见了。"荷马问题"的探索历史，俨然就是一部充满戏剧性的学术史。简而言之，被我们叫作"荷马史诗"的《伊利亚特》和《奥德赛》（也有人一度将《库普里亚》和《小伊利昂记》记入荷马名下），虽堪称西方文学的滥觞，但关于其作者，却历来聚讼不休。公元 1 世纪，就有位犹太牧师弗拉维斯·约瑟夫斯（Flavius Josephus，生于公元 37/38 年）提出了这样的见解："荷马的年代很清楚是晚于特洛伊战争的；而即便是说到荷马，人们说，也没有以书写方式留下他的诗作。"[1] 他还指出，荷马诗歌是被"汇集一处"并被"记忆下来"的，经过了这个过程，便产生了荷马中的前后矛盾之处。他关于荷马史诗是"口头的"并因汇集而产生内部的"不一致"的见解，随后困扰了许多代荷马研究家们。17—18 世纪，有大量著作涌现出来，对荷马的见解，可谓见仁见智。1795 年，弗里德里西·沃尔夫（Friedrich Wolf）发表了重要著述，成为随后而来的"分解派"和"统一派"（Analysts and Unitarians，"分解派"一译为"分辨派"）论战的导火索。[2] 简而言之，前一派提倡荷马多人说，其依据主要是下述几点：荷马史诗里存在的前后矛盾之处，这不可能发生在由一个人构思完成的作品中；荷马中使用的方言分别属于古希腊的几个方言区；荷马语言现象所显示的时间跨度，要比一个人的生命长许多，等等。[3] 而后一派持荷马一人

---

　　[1]　John Miles Foley, *The Theory of Oral Composition*：*History and Methodology*, Bloomington and Indianapolis：Indiana University Press, 1988. p. 2. 引文为笔者所译。

　　[2]　Friedrich August Wolf, *Prolegomena to Homer*, Trans. by Anthony Grafton, Glenn W. Most, and James E. G. Zetzel. Princeton：Princeton University Press, 1985.

　　[3]　例如维柯的相关论述就有代表性，特别是下面两段话："至于希腊许多城市都争着要荷马当公民的光荣，这是由于几乎所有这些城市都看到荷马史诗中某些词，词组乃至一些零星土语俗话都是他们那个地方的。""关于年代这一点，意见既多而又纷纭，分歧竟达到 460 年之长，极端的估计最早到和特洛伊战争同时，最迟到和弩玛（罗马第二代国王——中译注）同时。"［意］维柯：《新科学》，朱光潜译，人民文学出版社 1997 年版，第 416、439 页等。

说观点，他们虽力主荷马史诗是某位天才独自完成的作品，却又拿不出太过硬的证据来。他们在人数上不是很多，在学术上也不够严密，其推断更多的是建立在主观臆断之上的。还有一些介乎两端之间的态度，认为荷马史诗不是诗人荷马独自完成的，但他在史诗定型中发生过相当大的作用。我国也有人采纳此看法。[①]

关于一个荷马还是多个荷马的探究，没有直接回答我们前面的问题，不过却为解答这个问题做了准备。米尔曼·帕里对该问题的研究，就开创了至今在史诗研究界影响巨大的"口头程式理论"学派。[②]

19 世纪的语言学，特别是德国语言学的成就，以及西方人类学的方法，特别是拉德洛夫（Radlov, Vasilii V）和穆尔库（Murko, Matija）的田野调查成果，开启了帕里的思路。通过对荷马文本作精密的语言学分析（从"特性形容词的程式"问题入手），帕里认为，分解派和统一派都没有触及问题的实质。荷马史诗是传统性的，而且也"必定"是口头的。他的这套文献考古的工作，从根本上说，还是一种学术推断，也就是说，还需要在相似的条件下，以科学的方法做出检验。于是，帕里的目光转向了塞尔维亚—克罗地亚地区。他和他的合作者艾伯特·洛德在前南斯拉夫的许多地区进行了大量的田野调查。通过"现场实验"（in - site testing），帕里和洛德证实了拉德洛夫的说法，即在有一定长度的民间叙事演唱中，没有两次表演会是完全相同的。[③] 通过对同一地区不同歌手所唱同一部作品记录文本的比较，和同一位歌手在不同时候演唱同一部作品的记录文本的比较，他们确信，这

---

① 较为晚近的例子，见《奥德赛》（陈中梅译，花城出版社 1994 年版）的"前言"："综上所述，我们倾向于认为《伊利亚特》和《奥德赛》同为荷马的作品。鉴于两部史诗中的某些'不同'，我们似乎亦可以做出如下设想，即认为《伊利亚特》是由荷马本人基本定型的作品，而《奥德赛》则是他的某个或某几个以唱诗为业的后人（Homeridae '荷马的儿子们'）根据荷马传给他们的说诵和该诗的基本格局整理补删，最后基本定型的作品。"

② Oral Formulaic Theory，又以两位学派开创人的名字被命名为"帕里—洛德理论"（Parry - Lord Theory）。

③ "每一位有本事的歌手往往依当时情形即席创作他的歌，所以他不会用丝毫不差的相同方式将同一首歌演唱两次。歌手们并不认为这种即兴创作在实际上是新的创造。"See Radlov, Vasilii V., *Proben der Volkslitteratur der nordlichen turkischen Stamme*, Vol. 5: *Der Dialect der Kara - kirgisen*, St. Petersburg: Commissionare der Kaiserlichen Akademie der Wissenschaften, 1885。

些民间歌手们每次演唱的，都是一首"新"的作品。这些作品既是一首与其他歌有联系的"一般的"歌（a song），又是一首"特定的"歌（the song）。口传史诗传统中的诗人，是以程式（formula）的方式从事史诗的学习、创作和传播的。这就连带着解决了一系列口传史诗中的重要问题，包括证明史诗歌手绝不是逐字逐句背诵并演唱史诗作品，而是依靠程式化的主题、程式化的典型场景和程式化的句法来结构作品的结论，通俗地说，歌手就像摆弄纸牌一样来组合和装配那些承袭自传统的"部件"。这也就同时证明了，歌手不是靠着逐字背诵，而是靠着掌握了口传诗歌的创作法则来演唱的。上述那些鸿篇巨制不过是传统的产物，而不是个别天才诗人灵感的产物，等等。那么，这些论断符合实际吗？

有一个事例很能说明问题：1935 年，优秀的文盲歌手阿夫多"在记忆中"储存有 58 首史诗，其中《斯麦拉季齐·梅霍的婚礼》有 12323 诗行，《奥斯曼别格·迭里别格维齐与帕维切维齐·卢卡》有 13331 诗行，都与《奥德赛》长度相仿。帕里一次让他出席另一位歌手姆敏的演唱，那首歌是阿夫多从未听过的。"当演唱完毕，帕里转向阿夫多，问他是否能立即唱出这同一首歌，或者甚至可以比姆敏唱得还要好。先前演唱的姆敏则善意地接受了这个比试，轮他坐下来听唱了。阿夫多当真就对着他的同行演唱起刚学来的歌了。最后，这个故事的学生版本，也就是阿夫多的首次演唱版本达到6313 诗行，竟然是'原作'长度的几乎三倍。"那么，在 1935 年时记录的《斯麦拉季齐·梅霍的婚礼》后来有没有变化呢？也有：1951 年洛德再次访问了他，此时这位正在病中的演唱大师还是用了一周的时间，再次演唱了这首史诗，这一次的长度是 14000 诗行。[①] 阿夫多并不是一个特殊的例子，相近的情形大量见于近年在世界各地不同传统中所作考察的报告。我们现在已经容易理解口传史诗并没有一个所谓的"权威版本"，不仅当代的史诗调查支持这一说法，那些文本化了的古代史诗经典，也同样作出了印证。只要我

---

① Lord, Albert, "Avdo Medjedovic, Guslar", *Journal of American Folklore*, 69：320 - 330. 关于姆敏和阿夫多这两首歌的详细比较，又见 *The Singer of Tales*, Harvard University Press, Cambridge, MA, London, England, 1960, pp. 102 - 105。

们回忆一下荷马史诗文本形成的复杂曲折的过程,① 以及《尼贝龙根之歌》的三种手稿遗存,② 和大量其他史诗文本的情况（想想《江格尔》的众多记录文本），就不难得出这个结论。不过这只是印证了民间口承文学的口头性和变异性等固有特质，没有完全说明口传史诗在"创编"上的特殊性质。

二

我们知道，在传播中，口传史诗是以词语序列的方式在表演当中实现的。创作者和传播者是一体化的，创作和表演是同一个行为的不同侧面。而且，它还是在两种交互作用——眼睛和耳朵的交互作用，听众和表演者的交互作用所形成的语境中完成的。而好的创作者—表演者是很会充分利用这种优势的，例如他们的风格化，就不总是依赖"语汇"，他们的脸部表情或是形体动作也往往是得心应手的手段。那么，当我们依照"现代习惯"，依照阅读书面文学的方式去阅读口传史诗的记录文本的时候，我们已经错过了那些生成于口头语境中的大量同样重要的因素，虽然这些记录文本的解读可能还是颇富兴味的。除了这最后一点，早期的帕里和洛德还没顾上对口头表演作这样的总结。

让我们再回到帕里的学术起点上来：当你面对一份文本，无法断定它是

---

① 荷马文本的形成过程是这样的：据传雅典当政者裴西斯特拉托斯（约公元前 600—527 年）最先把荷马史诗整理成文。该雅典文本（或称裴西斯特拉托斯文本）是"泛雅典赛会"（Panathenaea）采用的标准文本。公元前 4 世纪，柏拉图和亚里士多德都曾大量引用荷马诗句，有些文字与当今流行的文本之间出入颇大。到了亚历山大时代，希腊社会上流传的大致有下面四种本子：（1）传抄较严谨、被普遍接受的文本；（2）各类地域的或"邦域"的文本；（3）某些个人校订珍藏的文本；（4）吟游诗人们自改自用的文本。在上述诸本、可能主要是第一种本子的基础上，厄菲索斯的泽诺多托斯（Zenodotos）修订、整理出了《伊利亚特》和《奥德赛》的所谓"规范本"。拜占庭的阿里斯托芬奈斯（Aristophanes）和萨摩斯拉凯的阿里斯塔耳科斯（Aristarchos）等亚历山大学者也为其定型和评注做出了贡献，包括为荷马史诗分卷等。一般认为，经他们的手出来的本子是近代流行的荷马史诗本子的直接前身。*Venetus Marcianus A* 是现存最早的《伊利亚特》抄本，成文于公元 10 世纪；现存最早的《奥德赛》全本是 *Laurentianus*，成文于大体相同或稍晚的时期。另有许多长短不一的史诗片段传世，有的可能成文于公元前 3 世纪。

② 该诗通过三份手稿而得以保存至今：手稿甲现存慕尼黑，手稿乙存圣加尔，手稿丙存多瑙埃兴根。

文人的书面史诗创作，还是民间口头创作之际，就是说像帕里当初面对荷马史诗时——所能得到的信息是那样地零碎和彼此矛盾——你从何处入手呢？

帕里是这样做的：他从"特性形容词"的程式①切入，去分析被足够紧密地编织进句法系统中的特性形容词的短语，以发现他当时所仅有的《伊利亚特》和《奥德赛》的文本中所具有的传统的特征。他意识到是音步形式的作用制造了程式句法，而这一过程及结果又可以通过分析特性形容词的程式而给出说明。由于荷马的六音步是一个复杂的格律网络，它只接纳在特定的位置上植入特定的词汇和短语形式，所以它又起着某种机械选择器的作用。随着时间的推移，在歌手们的反复使用中，它就演变成被每一位歌手采用并传授给其继承者的特殊句法的一部分了。帕里精确地展现了它们是怎样被传统系统化了的。从这里再前进一步，帕里注意到构成性习语的两个特征：简约性和系统长度。例如，当荷马使用"于是 X 回答道"时，无论这位 X 是"牛眼的赫拉神后"，是"马人涅斯托尔"，是"灰眼睛的雅典娜女神"，还是"发出伟大战斗呐喊的狄俄墨得斯"，或者是任何其他人物，他都是用了相同的固定片语。帕里所给出的另一个例子更具有说服力：他选出荷马史诗中具有程式风格的 27 个主语项和 24 个谓语项，便发现荷马史诗仅仅用这两组"部件"，就可以演化出 648 种不同的组合来！荷马的修辞手段具有着怎样的威力，从这里已经能很清楚地看出来了。②

这种组合的衍生同时又是有限度的：在特定音步形式条件下，在表达特定动作或是观念的时候，多个程式以供选择的情况极为罕见，帕里名之为荷马的"俭省"（thrift），这意思是说，荷马的程式表达是极为经济的。帕里解释说这使口头诗人免去了选择的麻烦。

帕里进而又研究了荷马史诗里的"跨行"（run – on line）的特殊性质的问题。通过与亚浦隆尼（Apollonius）和维吉尔（Virgil）等文人作品的比较，帕里发现荷马史诗中有一半篇幅是不用自然转行的，非周期性自然转行

① noun – epithet，名词性特性形容词，特性形容词又有译为性质词语的，是指加于（或用来代替）人或事物一般名称的描述词或短语。如以狮心理查指称英王理查一世。《格斯尔》中以"十方圣主"指称格斯尔，就是典型的特性形容词。

② *The Making of Homeric Verse*: *The Collected Papers of Milman Parry*, Ed. Adam Parry, Oxford: Clarendon Press, 1971, pp. 1 – 190, 191 – 239.

的使用频度是文人作品的两倍，而必需的自然转行又只有它们的一半，这说明荷马更具有程式性质和省略连词的特征，更多遵循自然的诗行单元。帕里总结说，口头诗歌的创编必须基本上依照一种"添加的风格"进行，歌手没有时间从容构思美妙的平衡和对比，他非得以这种风格以获得更大的自由度安排句子的顺序。

帕里对史诗文本的严谨而充满创造性的分析，已经成为史诗研究领域中的辉煌典范，人们说他的发现是"如此的超前"是恰如其分的。"当人们将他们的考察建立在各种例证的大杂烩上时，帕里却只对一个类型的例证作极为透彻的分析，并将其作为检验他自己学术意图的最佳验证方式；当人们追求描述规律之际，他却追求于去求证一个受历经沧桑的规律支配的系统；当人们满足于指出荷马风格的某一个侧面时，他却意在给出一个综合性阐释，以烛照荷马创作技巧的全部内容。"①

帕里上述对口传史诗诗学规则的精深分析，已经有力地证明口传史诗创编是内在地不同于文人书面史诗作品的。然而他并没有满足于这一番推论，他要选择某个活形态的口头史诗传统以检验、充实和修正他的理论。受到穆尔库等人田野调查报告的影响，他挑选了塞尔维亚—克罗地亚地区。经过短暂的初步探查之后，帕里和他的学生、合作者洛德在那里进行了长达16个月的调查（1934—1935），录集了史诗文本近1500首（包括大量同一首诗的不同版本），在哈佛大学建立了极具前瞻眼光的口传史诗文本资料库——"帕里特藏中心"（Milman Parry Collection）。帕里不幸于1935年意外去世，他的开创性工作停住了脚步。但洛德在随后的一些年里，继续并深拓了这一方向的研究。

三

洛德的工作首先是将该学派的学说与在塞尔维亚—克罗地亚所从事的田野作业结合起来。他在比较研究领域做出了卓越的成就。他出版于1960年

---

① John Miles Foley, *The Theory of Oral Composition*: *History and Methodology*, Indiana University Press, Bloomington and Indianapolis, 1988, p. 26. 引文为笔者所译。

的《故事的歌手》（*The Singer of Tales*）被认为是口头程式理论学派的"圣经"，影响极为深远，至今已有一千几百余种得益于其研究的著述问世，涉及全球超过上百种语言的口头传统。简而言之，他的贡献包括对南斯拉夫史诗演唱家的学艺过程和演唱方式的研究，对口传史诗中程式概念的缜密的分析，对程式化主题和典型场景的极为细致透彻的探讨，以及对书面与口头传统关系的广泛涉猎，兼及对古希腊史诗、中世纪史诗传统和当代活形态史诗传统的比较研究，等等。总之，洛德的研究铸成了该学派理论的体系化，也使得帕里早年的工作方向极大地拓展和推进了。

口传史诗创编中的诸多重要环节，在洛德这里得到了充分的讨论。与帕里一样，他也钻研过荷马史诗，不过他更着力于"表演单元"（分段）问题、文本中的前后不一致问题、跨行问题等层面的研究，且每每有真知灼见。洛德的新见解还包括：程式的丰富积累会导致更高水平的创造和再创造的变异；主题和故事的积累会导致在限度之内产生大量同类变体。在史诗的创编中，他认为声音范型（sound – patterning）——句法平行式、头韵、元音押韵在诗人调遣程式时起着引导的作用。他特别强调了传统叙事诗的口头—听觉的本质，强调口传史诗的诗歌语法是建立在程式的基础之上的。他还敏锐地指出，程式频密度（density）与作品的口头性质之间有着意义重大的关联。①

他的这些研究所涉及的创编问题，一方面很具体，另一方面又有很强的概括性。例如他总结说，塞尔维亚—克罗地亚的"归来歌"与植物的周期枯荣模式相关；传统的变迁不是时间因素导致的衰败，而是后来时代所作的再诠释造成的；历史"进入"和反映于口头史诗中，但不是历史"引发"了史诗；史诗中古老范型的子宫因而是神话而非历史，等等。

四

我们沿着民间史诗演唱者创编作品问题的线索，极为粗略地考察了口头

---

① 举例说，有人认为在古代法兰西叙事诗歌作品中程式频密度超过 20% 就可以断定它是具有口头来源的。《罗兰之歌》的该项比例为 35.2%，故很易判定为口头文学。

程式理论的学说，并在其中发现大量极富启发意义的论断。那么以上学说对我国史诗研究的借鉴意义究竟在哪里呢？很显然，尽管该理论反复强调口传史诗的文本环境，强调对史诗的完整把握，但它首先是树立了口传史诗文本分析的样板，其方法之严密，程序之周详，也是学界所公认的。其次，程式问题是该学派的核心概念，这确实是抓住了口传叙事文学，特别是韵文文学的特异之处，开启了我们解决民间文学在创作和传播过程中的诸多问题的思路，所以，这一学说对我国民间文学研究界的影响，应当不止于史诗研究。还有，它对诗歌句法构造的掰开揉碎式的分析，为我们提供了一种既严谨又科学的范例，为在诗学范畴里拓展我们的学术工作，建立了具有开放结构的模式。

　　好的理论，往往是指明了解决问题的方向，而不是提供了可以简单模仿的手段，否则在方法论上必会走入误区。以笔者较为熟悉的蒙古史诗而论，口头创编现象就表现为多种多样的形态。首先，我们发现蒙古英雄史诗从叙事情节到结构都是高度程式化的，14 个母题系列那规律化的排列，① 就是极好的证明。它们具有口头起源，在民间以口头传播，这是没有疑义的。所以，它们在诗学原则上符合前述规律。但是，我们又见到有记载说，在新疆的江格尔奇（《江格尔》演唱者），可以按学习演唱的方式分为两类，一类是口头学唱的，另一类是背诵抄本的。前一类显然是比较传统的；在后一类中，又有的表现为忠实地复述，有的则在语言上文白混杂，情节上增删较多，显得比较自由。② 可见演唱者群体本身也不是整齐划一的。其次，文本的形成过程也比较复杂，有的无疑多少借用了来自口头传统，来自民间的神话、故事和传说等样式的情节内容，也有的几乎可以肯定是来自印刷文本，例如面世于 1716 年的北京木刻版蒙古文《格斯尔》中一些情节进入口头史诗《江格尔》，就是一例。

　　综上所述，"口头程式理论"因为出色地解决了复杂的口头创编问题而

---

　　①　这是德国蒙古学家瓦尔特·海西希（Walther Heissig）的归纳。它们是：（1）时间；（2）主人公的出身；（3）主人公的故乡；（4）主人公的面貌、性情、财产；（5）同主人公有较特殊关系的马；（6）出征；（7）帮手和朋友；（8）威胁；（9）敌人；（10）与敌人遭遇和战斗；（11）主人公的计谋和神奇的力量；（12）求娶未婚妻；（13）婚礼；（14）归来。

　　②　仁钦道尔吉：《〈江格尔〉论》，内蒙古大学出版社 1994 年版，第 39—41 页。

在广大的学术领域里产生了影响——已经远远超越了史诗的疆域，进入各类民间叙事歌、《圣经》的形成、爵士乐的即兴弹唱、美国黑人民间布道、民谣创作等与即兴发表相关联的诸多领域。很显然，这一理论并不是那种自誉为达到了所谓的"新高度"而一经面世便立即造出轰动效应的"新学说"，而是因其严谨、扎实的可操作性系统与其注重文本材料的实证性范式，使之经得起历史文化事实的验证，从而获得了长久的学术生命力。诚然，"口头程式理论"与形式主义和结构主义有着某种亲缘关系，在某种程度上又是那种缺少更恰当标签的"表演理论"（Performance Theory）的先驱。《简明不列颠百科全书》在 Folklore 词条下，将洛德视为"人文主义"观点的代表，以与泰勒、博厄斯等人的"人类学派"和弗洛伊德等的心理和心理分析学派并列，亦可见出其地位和影响。

　　本文关于"口头程式理论"及其史诗创作论的引出并不是偶然的。这是世界范围内史诗研究已发展到一定阶段，并且需要进一步向前推进的时候，文本性的实证研究也成为我国学者不得不面对的问题：这既是一种研究的方法，同时也是一种研究的观念。虽然它不是作为主体个性的研究者所必须依循的唯一的操作方法，但至少我们应该承认，在研究史诗传承与文本创编的关节上，每一位研究者都应该共同遵循这种能够揭示"口头传统"的规律，或能够接近"文本事实"的实证研究，这无疑是一种基本的操作原则，也是一种可资操作的方法论系统。在中国多民族共同建构的漫漫文学史中，那绵延炳焕的史诗文本汇成了一座璀璨的口承文学宝库，但我国相关的实证性研究是相对滞后的。① 当我们面对这些在民间代代相承的口头叙事传统的同时，应当怎样立足于各民族文化本土中的史诗传统并借鉴西方史诗研究的理论与方法，怎样在理论的批评与批评的理论之间搭建起中外史诗研究

---

　　① 众所周知，实证的方法论，在我国学术史上有过长期的论争；尤其是近 40 年来，在学界曾屡遭批判。迄今为止，长期被轻诋的实证研究，可以说在人文学科的领域中仍然处于为学者们所漠视或忽略的境地。然而，从"口头程式理论"这一实证性研究的学术成就而言，我们不难看到，经过实证的手段与方法而确立的命题、理论或学说，一再显示出实证研究所内化的学术活力——依然并始终支持着人文学科畛域内诸多理论的学术价值及其评价系统。因此，我国史诗研究界在反思或矫正方法论的同时，这一理论的衍成过程与其方法论意义，不但是重建实证研究这一学术观念的确证性支点，而且是认同其方法本身在文本研究中可以运用"实证"加以推导，其所得出的相应结论也经得起实证之检验的重要参照。那么，探讨文本性的实证研究及其基本的操作原则，其叙事学价值乃至诗学意义也是不言而喻的。

界的学术对话之通衢，从而发扬中国民间文艺学研究传统之优长，汲取国际学术实证性理论成果之精粹，这是一个重大的学术责任，不容旁贷。

（原载《中国民俗学》1999 年刊，第 176—189 页，上海文艺出版社1999 年版）

口传史诗文本的类型

——以蒙古史诗为例

开始论述之前，要先界定"口传史诗"和"文本"两个概念。"口传史诗"（oral epic）是相对于文人的书面史诗作品而确立的概念。至于如何定义史诗，则学者间一向有分歧。有人类学家不承认有所谓"单一的、世界性的"史诗样式。[①] 也有学者认为，在各民族的史诗之间虽然存在着相当的差异，但它们之间还是可以类比和互证的。[②] 这后一种意见不仅由来已久，而且一向为多数学者所秉持。根据他们的看法，史诗常指描述一个国家或民族形成和发展过程中讲述英雄业绩的长篇叙事诗。史诗多以历史事件为背景，但其作用却不在记载历史。它最初在民间以口头流传方式发展起来。其一般特点是风格庄严、崇高，规模宏大、结构严谨。至于"文本"（text），我们以传统语言学和文学研究中的文本定义为基准，再赋予它口头诗学形态学的意义。具体而言，就是不用符号学家的广义"文本"——任何释义或分析对象都是文本——的说法，而强调史诗文本具有两层含义：它可以是显形的、书面的，也可以是声音的、口头的；它还是"表演中的创作"。[③]

史诗是民间的表演艺术。史诗文本——"唱词"的研究，只是整个史诗研究中的一个方面。因而，正如剧本研究不能代替戏剧研究一样，文本研究也不是史诗研究的全部。不过，由于我国的史诗研究者多是文学教学科研

---

① Ruth Finnegan：*Oral Poetry：Its Nature，Significance，and Social Context*，Cambridge University Press，1977.

② Albert Lord：*The Singer of Tales*，Harvard University Press，1960.

③ 参见约翰·迈尔斯·弗里《口头诗学：帕里—洛德理论》，朝戈金译，社会科学文献出版社2000年版。又见 John Miles Foely，*The Singer of Tales in Performance*，Indiana University Press，1995。

人员，他们熟悉书面文学的方法和路数，而对口头文学的特异性质缺乏关注，因而史诗分析工作多是围绕着对文本的阐释而来。这是书面文学研究方法的惯性使然，一时还难以校正。就另一方面而言，文本分析式的工作多，不表明文本分析水准就高。有鉴于对文本的认识水平，制约着文本分析工作的水平，笔者愿意对史诗文本的类型问题做一简要的阐述。

　　我们知道，史诗文本的形态复杂多样。从历史上看，史诗文本的形成过程有若干方式。以荷马史诗为例：据传雅典当政者裴西斯特拉托斯（约公元前600—527年）最先把荷马史诗整理成文。该雅典文本（或称裴西斯特拉托斯文本）是"泛雅典赛会"（Panathenaea）采用的标准文本。到了亚历山大时代，希腊社会上流传的大致有下面四种本子：（1）传抄较严谨、被普遍接受的文本；（2）各类地域的或"邦域"的文本；（3）某些个人校订珍藏的文本；（4）吟游诗人们自改自用的文本。这些本子的具体数目还是很令人吃惊的：有13种注释本，66种未"署名"的邦域版本，和52种被普遍认可的文本。在上述诸本的基础上，厄菲索斯的泽诺多托斯（Zenodotos）修订、整理出了《伊利亚特》和《奥德赛》的所谓"规范本"。拜占庭的阿里斯托芬奈斯（Aristophanes）和萨摩斯拉凯的阿里斯塔耳科斯（Aristarchos）等亚历山大学者也为荷马史诗的定型和评注做出了贡献，包括为它分卷等。一般认为，经他们的手出来的本子是近代流行的荷马史诗本子的直接前身。Venetus Marcianus A 是现存最早的《伊利亚特》抄本，成文于公元10世纪；现存最早的《奥德赛》全本是 Laurentianus，成文于大体相同或稍晚的时期。另有许多长短不一的史诗片断传世，有的可能成文于公元前3世纪。① 印度史诗文本的形成过程和中世纪欧洲史诗文本的形成，也都各有不同。显然，在不同的历史时期、不同的文化传统中，史诗文本的定型方式是不同的。想要论及"一切"史诗的文本既不适当也无可能。我们拟以蕴藏丰富、形态多样、研究长久的蒙古史诗为考察对象，以就教于方家。

　　蒙古英雄史诗均为民间集体创作与传承的口头作品，且在其漫长的发展过程中也渐现于书面记载和刻本之中。迄今为止，在国内外发现并以这样或

---

　　① John Miles Foely, *Tradional Oral Epic*: *the Odyssey*, *Beowulf*, *and the Serb – Croation Return Songs*, University of California Press, 1990, p. 24.

那样的方式记录下来的蒙古语族英雄史诗，数量已过 350 种，其中三分之一已经出版。[①] 我们可以将迄今所见文本归纳为以下五种类型，同时简要说明它们的诗学分析价值。

转述本

大型蒙古史诗《江格尔》最初为外界所知，就首先是通过转述本完成的。我们当然还要举出由贝格曼所做的转述工作。他的笔记《本亚明·贝格曼的卡尔梅克游牧记（1802—1803 年）》（*Benjamine Bergmman's nomadiche streifereien unter den Kalmüiken in den jahren* 1802 *und* 1803，Riga，C. J. G. Hartmanm，1804 - 05，4 vol.）在《江格尔》史诗研究的学术史上，有着举足轻重的地位。他用德文首次向外界披露了在俄罗斯境内的蒙古卡尔梅克人当中，流传着英雄江格尔和他的勇士们的故事的消息。人们推测他并不懂得卡尔梅克的书面语或者是口语，大概也没有见到过《江格尔》的书面文本，就更谈不上拥有过这样的文本了。所以他极有可能看到过民间艺人演唱史诗《江格尔》。由于他可能没有办法把演唱的诗句记录下来，所以，他所披露的《江格尔》的诗句或者是内容摘要，可能是别人用俄语翻译给他听的——这当然还需要他有很好的俄文基础。只是他同样没有提及演唱者的名字和他的卡尔梅克语或者是俄语翻译的名字。[②] 这样，该转述本的准确来源，至今是个谜。另外一部重要的转述作品，就是由汉族人边垣在 20 世纪 40 年代完成的《洪古尔》。他是当时在狱中听同房囚犯蒙古人满金讲的这个故事。边垣自己说："我对于这个故事的印象是深刻的。1942 年，我开始根据记忆把它写成文字。在情节结构方面，我未加删改。"[③]

---

① Walter Heissig, "It will suffice to state here that about 350 Mongolian epics have been in one form or another，of which roughly a third have been published." See *Oral Tradition*，1996, Vol. 11，p. 86.

② 拉·布尔奇诺娃：《江格尔学在俄罗斯的起源》，《民族文学译丛》第一集，中国社会科学院少数民族文学研究所编印 1983 年版，第 250 页。又见 A. 保尔曼什诺夫《鄂利扬·奥夫拉的演唱艺术》，西德《亚洲研究》第 73 卷，海希西主编，奥托·哈拉索维茨出版社 1982 年版。汉译见中国社会科学院少数民族文学研究所编《史诗专辑》（二），1984 年，第 146—147 页。

③ 边垣：《洪古尔》，作家出版社 1958 年版，第 7 页。

很显然，由于当初转述时的动机不在供学术研究之用，所以其完整性、准确性等自然会大打折扣。不过，若是不从文本的诗学分析角度出发，则转述本在提供其他信息上，还是有其宝贵价值的。

口述记录本

关于口述记录本形成的具体细节，我们所知不多。但可以肯定的是，在历史上，在录音装置还没有出现之前，那些旅行家和学者在从事史诗搜集工作时，会大量使用口述记录法的。19 世纪中叶俄罗斯的蒙古学者亚历山大·波布罗夫尼可夫（Bobrovnikov，A.）得到有关《江格尔》的两个"原本"，它们分别属于米哈依洛夫（Mikhailov，G. L.）和当时在喀山大学任教的蒙古学者约瑟夫·科瓦列夫斯基（Kovalevskij，O. 1801—1878）。波布罗夫尼可夫于 1854 年将其中之一种俄译并发表。三年之后的 1857 年，该俄译本又被译为德文出版。《江格尔》在欧洲引起注意，应该是从这时开始。这两种中的至少一种（米哈依洛夫的文本），很可能就是口述记录本，而不是手抄本。另外一种的情况不清楚。例如，我们知道，1854 年在圣彼得堡出版过一个俄文单行本《江格尔：一篇卡尔梅克民间故事》，即是米哈依洛夫记录的一部，俄文翻译波布罗夫尼可夫。虽然说是米氏记录，但"他很可能得到了一个通晓语言的本地卡尔梅克人的帮助。这个人或许就是夏姆巴·桑吉嘎也夫"。[1]

俄罗斯的蒙古学者康士坦丁·郭尔斯顿斯基（K. Golstunskij，1831—1899）也曾经于 1862 年亲自主持过《江格尔》的口述记录工作。帮忙记录的就是上面提到的夏姆巴·桑吉嘎也夫。他是当地知识界人士之一，曾在阿斯特拉罕省的卡尔梅克寄宿学校任教。他不仅是卡尔梅克民间传说的爱好者和搜集者，还是一位词典学家。这次记录的两个诗章的《江格尔》，于两年后的 1864 年以卡尔梅克文原文出版。[2] 这是继此前的德文本和俄文本之后，

---

① A. 保尔曼什诺夫：《史诗江格尔研究现状》，《民族文学译丛》第一集，中国社会科学院少数民族文学研究所编印，1983 年，第 235 页。

② 郭尔斯顿斯基编：《乌巴什·洪台吉传、民间长诗〈江格尔〉和神奇的死尸》，托忒文，圣彼得堡，伊孔尼克夫的石印本，1864 年。

首次以原文出版《江格尔》的史诗文本。不仅他自己没有亲自记录下任何《江格尔》史诗，他的学生波兹德涅耶夫（Pozdneev，V. N. 1851－1920）也没有记录过《江格尔》的诗歌。他重新发表了他的老师的两首诗歌，自己又添加了一首。但是，这一首很可能还是由夏姆巴·桑吉嘎也夫在19世纪60年代记录下来的。①

　　郭尔斯顿斯基的另一位学生、也是他的得意门生科特维奇（Kotwicz. WI. L, 1872－1944）在19世纪90年代从他的导师那里接受了训练，对史诗发生了浓厚的兴趣。不过，他在一开始并没有什么收获。直到1905年圣彼得堡大学招收了一批卡尔梅克学生，他才随后通过他们知晓在阿斯特拉罕省的杜尔伯特州有一位著名的演唱《江格尔》史诗的民间艺人。1908年8月28日，他的学生卡尔梅克人诺木图·奥其洛夫（Ochirov, Nom-tu O.），终于见到了鄂利扬·奥夫拉（Eela Ovlaa，1857－1920），并记录了《江格尔》的一个诗章，内容是关于美男子明彦的。并用留声机录下了奥夫拉的全部演唱。12月中旬，应俄罗斯皇家地理学会东方组和圣彼得堡大学的委派，他再次光顾奥夫拉。从12月18日开始动手记录，到次日上午结束。记录是依照所谓俄语正规拼音字母进行的。不到两天时间，记录下全部9个诗章的歌词，其效率和热情是惊人的。奥其洛夫的记录本在近期被发现，使得我们终于对该重要文本的记录过程有比较准确的了解。据奥其洛夫的导师科特维奇披露，他于1910年6月亲自去会见了奥夫拉，并在那里待了一个多星期。奥夫拉重新演唱了他的全部歌词，科特维奇仔细校对了奥其洛夫原稿的注音。他声明，奥其洛夫原稿的准确性是无可指责的。科特维奇只稍做了改动，并标出了10首歌的标题。②

　　从郭尔斯顿斯基到波兹德涅耶夫，再到科特维奇诸人，都没有留下"自己的"记录稿，可见记录是极为困难的。部分原因是直到19世纪中叶一直都缺乏通晓卡尔梅克语的学者。郭尔斯顿斯基曾经试图用比较慢的速度记录更多的诗歌，但是除了前面提到的两首外，他的努力没有成功。失败的原

---

　　①　A. 保尔曼什诺夫：《鄂利扬·奥夫拉的演唱艺术》，中国社会科学院少数民族文学研究所编《史诗专辑》（二），1984年，第146—147页。

　　②　同上书，第157—159页。

因，不是没有找到表演艺人。恰恰相反，据说他在草原上见到过不少民间艺人，只是艺人们不习惯于在演唱时被打断，以便别人可以有功夫把他们前面所演唱的词语记录下来。[①] 从我们现在得到的奥夫拉印刷本《江格尔》的简洁和干净利索来看，它当是奥其洛夫第 2 次仔细记录的"口述记录本"，而不大可能是演唱录音的整理文本，理由之一是在该文本中，没有见到明显的口误和出错的地方，这在艺人现场演唱过程中，往往是难以完全避免的。

据我们所知，抄写往往没有"底本"，要直接从歌手的唇间记录下来。这种说唱/笔录方式，会产生一些问题。石泰安在谈到藏族史诗的采录时说："说它们是'半口传'的，那是由于为了记录下这些文献，甚至藏族人也被迫让人慢慢地朗诵，这就必然会引起说唱艺人的犹豫不决。"[②] 同样的说法，还有帕里和洛德 20 世纪 30 年代在前南斯拉夫地区所进行的史诗田野作业所印证。他们认为，这些缓慢记录的"口述记录本"，其中的讲述因素、细节因素更加充盈。以此特征为依据，有学者断言，流传至今的荷马史诗就是这样的"口述记录本"，而不是现场演唱的笔录。[③] 从这个角度说，我们认为，口述记录本并不能算是研究史诗演唱中的与口头特质相关诸问题的理想材料。因为演唱速度的放慢，就会导致出错的减少或者消失，而出现口误也是应当研究的问题，例如在"声音范型"（story - pattern）或者是韵式的引导下，歌手在句子或句子组合的特定空位（slot）误植上词语的原因，就很值得研究。更何况，速度放慢是对创编方式的某种改变，不是简单的速度本身的问题。从另一个方面说，在历史上，口述记录本起到了巨大的作用，历史上重要史诗文本的保存，有不少是经由这种形式完成的。

---

① A. 保尔曼什诺夫：《鄂利扬·奥夫拉的演唱艺术》，中国社会科学院少数民族文学研究所编《史诗专辑》（二），1984 年，第 150 页。

② ［法］石泰安：《西藏史诗与说唱艺人的研究》，耿升译，西藏人民出版社 1993 年版，第 73 页。

③ 洛德："对于歌手而言，此种创作方式的首要优势是，它为歌手提供了时间去思考他的诗行和他的歌。他的听众中有一小部分是固定不变的，这对歌手而言是一个尽全力发挥其表演才能的机会；而且，不是作为一位表演者，而是作为一位故事讲述者和诗人。他完全是按着他想做的和能做的努力去修饰他的歌……恰恰是荷马史诗的长度提供了最好的证据，说明它们是那一时刻口述记录的产物，而不是歌唱的产物。其进展速度之缓慢，讲述特点之充盈，也都是这种方法的表征。"见《荷马的原生形态：口述记录的文本》（Homer's Originality：Oral Dictated Texts，1953a），参见弗里《口头诗学：帕里—洛德理论》的相关论述，朝戈金译，社会科学文献出版社 2000 年版。

手抄本

在中国境内的田野调查报告显示，卫拉特人在历史上有保存手抄本的习俗。他们往往会雇佣识字的人，如文书等，抄写《江格尔》唱词。另外，识字的江格尔奇（《江格尔》演唱者）也会自己笔录下歌词，或收藏或送人。随着抄写目的的不同，那些在民间保留和传承的，由当地人自做自用的文本，我们叫它"手抄本"；由外面来访的人亲自记录、或雇请他人记录，记录后又被用于学术研究目的的，则叫作"口述记录本"。当然，这种区分只具有极为相对的意义。因为历史上《江格尔》的抄本，无论出于什么动机，由谁来组织或是监督，其结果还多半是当地的文化人持笔录写。

俄罗斯人类学学者巴维尔·涅鲍尔辛（P. Nebolsin，1817–1893）认为，约瑟夫·科瓦列夫斯基和亚历山大·波波夫二人手里都曾经拥有过《江格尔》史诗的"原本"！但是，它们是属于什么类型的抄本，我们没有得到准确的说明。1854 年夏天，一位名叫柯尔尼罗夫的俄罗斯下级文职人员和旅游者声称，他从巴嘎朝胡尔州的一位名叫柴伦—阿拉什·翁柯罗夫的宰桑人那里得到一份礼品，那是一部《江格尔》史诗的手稿！报告见于《柯尔尼罗夫 1854 年出版阿斯特拉罕省、吉尔吉斯—卡尔梅克草原书牍选摘》，载《俄罗斯地理学会通报》之 12—3。但是该报道在《江格尔》手稿问题上没有提供任何细节，只是吊人胃口而已。以后也没有再听说关于该文本的任何信息。

在蒙古国也有关于《江格尔》手抄本的信息。但是至今尚未见到有重大发现的报道。

在中国，关于手抄本的传说很多，也有很多线索。比如有人说近年在新疆搜集到的手抄本有 7 种。[①] 仅就能看到的情况而言，这些抄本在语言上和内容上，有的与卡尔梅克版的个别诗章相同，有的在语言和故事情节上又与当地的江格尔奇所演唱的故事基本一致。我们另外获知，新疆古籍办、新疆民间文艺家协会和内蒙古社会科学院图书馆一共收藏有十多种不同的手抄

---

① 贾木查：《史诗〈江格尔〉探源》，新疆人民出版社 1996 年版。

本。其中内蒙古所藏抄本，是 20 世纪 50 年代中期，内蒙古学者墨日根巴图尔从新疆搜集到的。而且，"据有关专家分析"，一些抄本年代久远，有的在扎雅·班弟达·那木海扎木苏（1599—1662）于 1648 年创制弎文后不久就已成书。换言之，"《江格尔》至少从 17 世纪中叶开始就有文字记录和整理。而且，这一传统一直延续到本世纪 50 年代。"① 也有的学者提出不同看法。据长年研究蒙古史诗的仁钦道尔吉教授说："内蒙古社会科学院图书馆有一本在新疆找到的成文手抄本《哈尔·黑纳斯》。在 1966 年 5 月，我曾把这个手抄本与呼和浩特出版的《江格尔传》做过比较。它的主要部分与此书中的《哈尔·黑纳斯》完全相同（少数错写的词语除外），只有后面多出一小段而已。这后面的一小段也与《沙尔·蟒古斯》的开头一段（第 311 页第 1—12 行）完全一样。目前，这两个手抄本的年代未经确定。所以，不知道它们到底是早于克·郭尔斯顿斯基于 1864 年发表的书呢，还是后来从 1864 年抄本传抄的。"②

我们知道以往在俄罗斯发现过《江格尔》的手抄本。现在，在新疆先后发现了数种手抄本（一说 7 种，一说 10 种包括残本）。对于这些手抄本，仁钦道尔吉教授曾做过这样的分类：1. 前人所遗留下来的传统手抄本；2. 民间口头流传的《江格尔》的记录本；3. 苏联版本的重新传抄。③

根据加·巴图那生的调查，过去，在新疆的蒙古族聚居区的不少人家里特别是王公贵族家里，多收藏有《江格尔》的手抄本。从个别流传下来的抄本情况看，这是有根据的说法。④ 手抄本出自两类人之手，一类是有组织的抄录，例如王府里雇请人专门抄录的本子。还有一种，是由识字的江格尔奇自己写下来的本子。这后一种本子有什么特别之处，还没有见到专门的研究成果发表。总之，传统抄本不外还是由江格尔奇自己记写下来，或者是由其他人将演唱唱词记录下来。至于对抄本的转抄，那是衍生的类型，不拟在

① 《江格尔手抄本》，内蒙古科学技术出版社 1996 年版，第 5 页。

② 仁钦道尔吉：《〈江格尔〉研究概况》，载中国民间文艺家协会新疆维吾尔自治区分会编《〈江格尔〉论文集》，新疆人民出版社 1988 年版，第 67 页。

③ 仁钦道尔吉：《〈江格尔〉论》，内蒙古大学出版社 1999 年版，第 10—11 页。

④ 贾木查：《〈江格尔〉的流传及蕴藏概况》，载中国民间文艺家协会新疆维吾尔自治区分会编《〈江格尔〉论文集》，新疆人民出版社 1988 年版，第 26 页。

此特别讨论。对江格尔奇自己笔录的本子，应该给予特别的关注。我们知道，凡是读书识字的艺人，其概念世界和词语修养，会受到书本和"书面文化"的影响，可能还会受到印刷文本的影响——将印刷文本中的某个线索，敷衍成一个新的诗章。这种情况在新疆有所发现。

现场录音整理本

　　"说唱艺人一般都不能以缓慢口授的方式重复其唱词。他在那样作时就会变得糊涂起来，失去线索和即兴创作的才能……为了获得一种真正的口传本，即一种绝对'新鲜的'文献，则应当用录音机直接把说唱和一名正在随心所欲的环境中说唱的说唱艺人的语言录下来。"①虽然石泰安在这里论述的是西藏史诗《格萨尔》的问题，但是，它对活形态口传史诗的记录，有普遍适用性。其实我们何尝不知道，用录音机记录，我们当前所能采用的最便捷和可靠的方法。不过，不用深思熟虑我们也能够想到，演唱和记录，是相互影响的两个方面。调查人和被调查人，有一个互相观察的过程，当然也会有互相的影响。一个对录音装置十分陌生的歌手，可能因此会十分紧张。这当然会直接影响到艺人的演唱。举一个极端的例子，土尔扈特江格尔奇冉皮勒在乌苏县《江格尔》演唱会期间，由于有一位外国学者突然将一只黑色话筒塞到他面前而受到极度惊吓，以致昏倒，据他自己说这个事件导致他的心脏出了问题。②

　　我们所知《江格尔》的最早录音，是 1908 年 8 月对鄂利扬·奥夫拉的 10 个诗章《江格尔》所做的留声机录音。这部录音本，不仅是最早的，也是最重要的文本之一。录音机的广泛使用，还是比较晚近的事情。最近 30 年来在新疆所进行的史诗采集工作，都是通过录音机的帮助完成的。它为我们留下了大量活生生的演唱。不过，不同介质对演唱的储存，不是简单的物理问题。例如，录音固然简便，但是对它的使用就很受限制。史诗的语域问

---

　　①　［法］石泰安：《西藏史诗与说唱艺人的研究》，耿升译，西藏人民出版社 1993 年版，第 130 页。
　　②　塔亚：《歌手冉皮勒的〈江格尔〉：新疆卫拉特—蒙古英雄史诗》（千叶大学欧亚学会特刊第一号，Jangar of Singer Arimpil: Heroic Epics of Oirat – Mongol in Xinjiang, *Journal of Chiba University Eurasian Society Special Issue* No. 1, 1999.），第 458 页。

题和方言问题，同样会令那些精通某种语言的学者紧张，同样面临难解的问题。而从磁带到文字的转换工作，比起人们通常预想的要复杂得多。以中国的实践而言，出问题最多的——对文本恣意的增补、删改、合并等——也是在这个环节上。

印刷文本

关于印刷文本，没有太多可说的。它是以印刷文字为载体，批量复制史诗文本的手段。在中国境内出版的《江格尔》史诗文本中，有为科研目的而编辑的"资料本"，还有为文学阅读而编辑的文学读本。后者无疑不宜当作一些特定方向的学术研究对象。不过，印刷文本与民间的口传文本之间，有着复杂的相互影响的关系。我们既得到过关于北京木刻版《格斯尔》对民间口头演唱的《江格尔》发生过影响的报告；① 也得到过印刷文本重新变成手抄本而在民间流传的报告："20 世纪 40 年代，蒙古库伦（昭苏）的宝力德去塔什干学习回国时带来了在前苏联出版的 12 部《江格尔》，这样，前苏联的版本也已在某些地区流传。"②

我们以往因为对口传文学的特殊属性认识得不够充分，就没有注意区分不同类型文本之间的差异，所以在文本研究的基础环节上，出现了一些认识模糊之处。基于口头传统的文本研究，除了对史诗文本类型要有理论认识之外，还应有来自以下两方面的支撑：一是田野作业中的实证性操作，二是后期文本整理中的科学化原则。否则，不仅不容易深入理解文本类型的含义，还容易在选取和界定研究对象时，出现认识论和方法论上的问题。这里所提出的史诗文本分类问题，是探讨更为核心的文本属性问题的前提。至于文本属性问题，我们会在另外的场合专门讨论。

（原载《民族文学研究》2000 年第 4 期）

---

① 符拉基米尔佐夫：《卫拉特蒙古英雄史诗》，*Mongolian Studies*, Journal of the Mongolia Soceity, Vol. 8，1983—1984。

② 仁钦道尔吉：《〈仁格尔〉论》，内蒙古大学出版社 1999 年版，第 11 页。

口传史诗的田野作业问题

　　书写和文字是我们人类的一宗相当晚近的发明。与人类进化的漫长历史进程相比较，书写的历史则短得多。即使与人类的"文明"历史作为参照，例如以在公元前 9000 年出现在近东和北非的动物驯养和谷类种植（小麦、大麦）以及永久性定居作为某种标志，文字的历史也还是太短。在公元前 3100 年，苏美尔发明了象形文字。公元前"约 1500 年，中国使用表意文字；克里特和希腊使用线条形文字 B；安纳托利亚赫梯人使用楔形文字"。又过了几百年，腓尼基人发展字母书写体，这是现在欧洲书写体的基础。①还需说明的是，创制了文字与广泛运用文字书写，这之间还有相当大的距离。在文字的早期历史上，文字是用来保存记录的，故而那时的读者十分罕见，他们往往都是专门家。以欧洲的中世纪而论，阅读和书写只是极少数人的特权——手稿极难利用，也极难复制。在整个人口中，"阅读人口"所占比例十分有限，这就造成了这样一个现象：在整个信息交流中，口头传播和交流占据着绝对的统治地位。在当今的世界上，即使在高度文字化的社会中，人们也高度依赖口头传播的途径，更不必说还有很大一部分地区是以口头交流作为主要的交流方式。我们在西非洲、在美洲土著中，都很容易见到这种情形。在中国的若干没有书写文字的少数民族中，口头交流也是主要的交流形式。而在数个已经有若干世纪的文字使用历史的民族那里，口头文学创作和传播，在整个文学活动中也依然占据着主要的地位。

　　对汪洋大海般的口头文化现象进行研究，可以有许多切入的方式和角度。这篇文章的宗旨，并不是要对口头文化现象进行理论抽绎。我们是想通过对特定文化传统中口传史诗的田野作业方法的分析，来阐明口传史诗的独

---

① 《泰晤士世界历史地图集》，生活·读书·新知三联书店 1985 年版，第 16 页。

特性质，进而对口传文化，获得些局部的理解，并使我们自己的田野作业，能够从中获得某些提示。这里将要讨论的范围，主要围绕着两个领域进行：塞尔维亚—克罗地亚口头史诗传统，以及蒙古史诗传统。之所以选择这两个传统，是因为前者是在国际口头史诗研究领域里，被收集和研究得最为透彻的领域之一。至于后者，一个原因是它的学术史可以追溯到差不多两百年以前，而且早已成为一个国际性的课题；再一个原因是笔者曾经数次参与了对该传统的实地考察。

　　我们所谈论的在塞尔维亚—克罗地亚地区所进行的口头史诗田野调查，主要是指由美国学者米尔曼·帕里（Milman Parry）和艾伯特·洛德（Albert B. Lord）在 20 世纪 30 年代和以后所进行的作业。在此之前由布拉格大学的塞尔维亚语教授马提亚·穆尔库（Matija Murko）在这一地区所进行的考察，也在我们的视野之内。作为一位古典文学学者，帕里的最初兴趣是完全集中在对荷马史诗的阐释上。良好的语文学训练，使得他从一开始就沿着 19 世纪德国语文学家的路数，对荷马史诗的句法结构，进行了精细的分析。帕里通过考察荷马史诗中重复地、循环地出现的场景和诗行——例如宴饮场景、聚会场景和哀悼场景等的描绘，或是像"苦难深重的奥德修斯""头盔闪亮的赫克托耳"等诗行——阐扬了他的精辟论断：一个不会书写的诗人，是一定会在口头表演中采用"习用的场景"（conventional scenes）和"常备的片语"（stock phrases）来调遣词语"创编"（compose）他的诗作的。[①] 表演者需要一种"预制的诗歌语言"（prefabricated poetic language）以在现场表演的压力下，流畅地构筑他的诗行。也就是说，帕里认为，荷马史诗必定是传统的产物，也必定是口头创作的产物。然而，文本分析并不足以验证在荷马史诗的文本背后有一个口头的诗歌传统。他们需要在当代仍然存活着的口头史诗传统中去做调查，以期与荷马史诗的分析作类比对照的研究。

　　带着这样的理论认识，帕里以 1933 年夏天的一次短期的实地勘察拉开了整个计划的序幕。然后，从 1934 年 6 月到次年 9 月，帕里和他的学生、

---

　　① Compose，创编，这个术语在这里是指表演中的现场创作或是即兴"创编"。应当注意区分这里的创编与"写作"的界限，同时区分它与某些短小的即兴创作形式之间的差别。创编是在传统的框架内，利用习用的传统性"单元"来现场创作。所以它既是传统性的，又是在限度之内变异的。

助手兼合作者洛德进入了纵深的搜集阶段。在这 16 个月间，他们以杜布罗夫尼克（Dubrovnik）为基地，墨点扩散式地逐步扩大考察范围：马其顿（Macedonia）、新帕扎尔（Novi Pazar）、比热罗波勒若（Bijelo Polje）、库拉辛（Kolasin）、加斯库（Gacko）、斯托拉奇（Stolac）和比哈奇（Bihac）是他们格外关注的地区。在选取调查对象上，他们也有特殊的考虑：在上述地区，既有基督教传统的口头叙事文学传统，也有穆斯林传统的口头史诗表演。对帕里而言，需要确证的，是口头史诗表演中的"通则"，也就是与史诗的口头性质相联系的基本属性。那他就需要一种与以往的经验范围，与已经有过讨论和研究的案例之间有较大差异的个案作观察对象。这样产生的结论，会比较少受到选取相似样例而会导致的结果的局限性。在不同文化传统中发现相似的规律，比在相同或相近文化传统中发现相似规律，要困难得多，但也有价值得多。

在记录手段方面，他们所使用的，在当时是先进的电子录音装置——由发电机或是电池提供能源，将口头演唱录制在铝盘上。但是，他们同时还使用了在那时还是更为常规的口述记录的方式。通过这两种记录手段的交互使用，他们发现，在声学录音和口述记录之间，是有着差异的。在口述记录中，讲述的因素更为充盈，细节的描绘更为充分。记录的手段，显然影响到了记录文本的面貌。这一敏锐的发现，即使在半个世纪后的今天，也很少有史诗田野工作者留意过。

在搜集程序上，他们以最出色的歌手为重心。将这些口头史诗传统的才华最为出众的传承者作为对象，这是对该口头传统的典型形态进行完整观察的保证。例如对歌手阿夫多的调查，就给我们留下了深刻的印象：在 1935 年时，身为文盲的阿夫多在其表演曲目单上储存了有 58 首史诗，其中两首较长的分别有 12323 诗行和 13331 诗行，它们各自的篇幅都与《奥德赛》的长度相仿。阿夫多的演唱，当时就得到了精心的记录。还不止于此，与我们现在还往往使用的"一过性"调查和记录不同的是，他们不仅记录了同一歌手的数量可观且互不重复的歌，还记录了大量来自同一歌手或不同歌手的同一首歌的不同版本或不同演唱。对歌手佐季奇（Demail Zogic）的同一首歌的三个演唱（1934 年演唱录音、1934 年口述记录、1951 年演唱录音）版本的比较；或是对阿夫多著名的《斯麦拉季奇·梅霍的婚礼》在 1935 年和

1951 年的两次演唱版本差异的比较，以及其他类似的做法，为史诗的田野作业树立了范例。

不只是大量的搜集和记录，他们还进行了一系列现场的试验。其中一个常常被人提及的例子是关于帕里的歌手阿夫多（Avdo Mededovic）的。此时帕里已经对阿夫多进行了几个星期的演唱记录，阿夫多也明白他们对他的表演评价很高。此时，一位似乎演唱技艺也不错的歌手姆敏（Mumin Vlahovljak）出现了。帕里了解到在姆敏的曲目中，有阿夫多所从未听到过的。于是，事先并未透露任何试验目的，他们请姆敏演唱了这首诗。演唱一结束，帕里就转向阿夫多，问他对这首歌的意见如何，又问他是否能够将刚听到的歌现在就演唱一遍。阿夫多说，这是首好歌，姆敏的演唱也很好。不过，"他认为他会演唱得更好"！于是，阿夫多就开始演唱了。帕里注意到，姆敏的"聚会主题"被拉长了。统计表明，有 176 行之长的该主题，在阿夫多的演唱版本里，变成了一段有 558 行之长的片断。增加的不仅是修饰和比喻的成分，还有阿夫多自己对英雄的心灵的理解。在其他地方的情形也相似，最后，阿夫多的首次学唱版本竟然达到 6313 诗行，是姆敏原唱版的几乎 3 倍长！①

在田野作业中，他们还注意到了对下述问题的观察：

在大型口头叙事中，存在着"表演单元"吗？或者换句话说，歌手在演唱中的停顿或是休息，是有特定的规律可以遵循的吗？还有，在叙述中的前后矛盾的问题，或者叫作"缺陷"的问题，是如何产生的？歌手自己是如何看待他们的作品的？他们怎样理解"词汇"等术语的？既然每次演唱同一首歌的长度都不相同，那么究竟是什么因素决定着演唱文本的长度呢？

根据帕里和洛德的田野作业经验，南斯拉夫的史诗歌手会在任何地方稍事停顿，或是为了休息一下嗓子，或是由于观众的原因。总之，我们在业已书面化了的具有口头来源的史诗文本中（例如《尼贝龙根之歌》《熙德之歌》等）所见到的段落或是段落的痕迹，与实际表演中的间隔，没有什么

---

① 见 John Miles Foley, *The Theory of Oral Composition：History and Methodology*, Indiana University Press, 1988, p. 40. 又见 Albert B. Lord, *The Singer of Tales*, Harvard University Press, Cambridge, 1960, p. 103。

直接的联系。至于叙述中的"缺陷"，那是由于歌手是依照着固定的主题来结构故事的，一些高度模式化了传统主题，是适合拼合在一起以构成故事的，但是它们又在细节的某些方面彼此矛盾或不一致，而此时的歌手正全神贯注于表演，未必会意识到在他的演唱中，出现了前后不一致的地方。这种所谓文本的缺陷，是口头表演中所难以避免的，它未必与"年代累层"或"片断汇聚"这些口传文化现象有必然的因果关系。另外，对于那里的民间歌手而言，他们并不知道他们的演唱，被学者称作"十音节诗歌"，或是别的什么。在他们的心目中，所谓"词"，至少是一个完整的诗行。① 这与我们的"词汇"概念，有着天壤之别。这意味着，在这些歌手的心目中，诗歌的最小构造单元是"词组"，而不是单个的词。至于文本以外的因素，例如观众的作用，在帕里和洛德的田野作业中，也给予了应有的关注。根据他们的观察，观众在演唱中发挥着巨大的作用：他们对演唱的反映，决定着歌手以什么样的方式和在何种程度上实施他的表演。"如果此刻将歌手的才能问题放在一边不计，那么人们就可以说，是听众决定着诗歌的长度。"②

在田野调查中，他们特别注意到，即使是在这些巴尔干的乡村，印刷的歌本也已经存在了至少一个世纪之久，而且得到了广泛的重视，其中一些歌本甚至被看得极为神圣。因此，同时存在着专门复颂这些歌本的艺人。从严格的意义上讲，他们只能算是这些口头传承的故事诗歌的"表演者"，而不是真正意义上的民间歌手。民间歌手是那些出色地掌握了史诗演唱的全部传统技巧和方法的艺人，他们依照着固定的"故事范型"（story‐pattern）和"主题"（theme）来完成每一次"创编"。他们高度依赖"程式"（formula）——这往往是一些词组，一些整行和半行诗的"固定表述方式"。也只有在这些真正的民间歌手这里，口头叙事的典型形态才得到了充分的展示。那么，紧接着的自然会是这样一个问题：这些歌手是怎样产生的？或者换句话说，他们通过什么样的渠道而成为这一类歌手的？

对此，帕里和洛德从事了精细的考察。通过对许多歌手的调查，他们得出了这样的结论：在当地社会中，歌手并不构成一个特殊的阶层或集团。除

---

① 约翰·迈尔斯·弗里：《口头程式理论：口头传统研究概述》，《民族文学研究》1997 年第 1 期。
② Albert B. Lord, *The Singer of Tales*, Harvard University, Cambridge, 1960, p. 17.

了少数乞丐终生以演唱谋生以外，大多数歌手仅在每年穆斯林的斋月期间集中演唱以获得报酬，他们顶多只能算做准职业歌手。一个人要成为歌手，其学艺过程可以大体分为三个阶段。在学艺的第一个阶段（这通常从学徒的青少年时期开始），是聆听和吸收；第二阶段是练习演唱；第三阶段才是正式在听众面前表演。第三阶段结束的标志，是歌手掌握了一定数量的演唱曲目，使他可以连续数个夜晚进行表演。但是，在实地考察中他们发现，有些歌手似乎是永远也不能完成这第三个梯级的学习。一位真正学出来的货真价实的民间歌手，是能够熟练地运用传统性的故事范型和主题的人，是能够在诗歌的步格（meter）格式的限制下，游刃有余地流畅地叙述故事的高手。

蒙古口传英雄史诗的搜集历史，已经有差不多两百年了。[①] 这中间，也已经积累了相当的资料和有价值的信息。首先，以中国境内的蒙古史诗而言，普查工作进行得比较充分。从 20 世纪 50 年代开始相应的采录和搜集活动就陆续地开展了，翻译和出版也在时断时续地进行着。要说主要的成绩，是我们有了一定数量的文字记录和录音资料，在此基础上出版了整理校订过的史诗文本，并进行了相应的研究。各地歌手的情况，也大体在掌握之中。然而，通过与当年在南斯拉夫所进行的史诗田野作业相比较，我们应当承认，我们的田野作业还有许多粗糙和不全面的地方。首先一点，文化材料本身不是科学，甚至对这种材料的描述也还不是科学，只有从对材料的分析和梳理中，总结出内在的规律性的东西，把握了它的本质的某些方面和某些环节，才能够称为科学的工作。这就意味着，田野工作，要有理论作指导。没有理论预期和预设、没有周密的计划和工作模型，是不能够叫作田野作业的。也出于这个原因，我们并不将那些历史上的旅行家、探险家对民间文学资料的搜集活动叫作田野作业。他们是这些资料的"收集者"，但他们不是科学工作者。田野作业的粗疏和缺乏理论指导，使我们面对下述与蒙古口传史诗的基本属性密切相关的问题时，感到束手无策：蒙古英雄史诗的艺人是如何记忆并演唱那些大型的史诗作品的？他们是逐字逐句背诵的吗？如果是，那么他们所依照的"底本"是什么样子？有这样的"底本"吗？如果不是逐字逐句背诵，那么他们是怎样掌握这种大型叙事样式的？如果也与在

---

① 谢·尤·涅克留多夫：《蒙古人民的英雄史诗》，内蒙古大学出版社 1991 年版，第 1 页。

南斯拉夫和其他地区所发现的情形相似，史诗歌手在每次表演时，都是一次新的创编，那么，在不同场次的演唱之间有着什么样的差别？这些差别是由什么原因造成的？

与此相连带的问题是：艺人是如何学习演唱技艺的？根据学者符拉基米尔佐夫的说法，蒙古史诗中存在着"公用段落"①，这显然与帕里和洛德的"程式"概念密切相关，说明蒙古史诗艺人是运用传统性单元来结构故事、推进叙事的。那么，在实际的表演中，变动的部分，往往是什么成分？稳定的成分，又通常是什么因素？

印刷文本倒流回民间，或是手抄本在艺人中间流传的情形，中外皆不罕见。这种倒流通常产生两个结果：出现一些专门以复述印刷文本或抄本为业的艺人；或是不以复述这些文本为目的，而是将文本吸收裁改，从而创作出新故事来的艺人。这两类艺人之间有着本质的区别，前者从严格的意义上说，只是表演者。而后者才是传统意义上的史诗艺人。有学者指出，在蒙古史诗中存在着这种文本倒流的现象，那么，它是属于哪一种情况呢？若是两类艺人都有，我们基于什么考虑对他们作出区分？这种区分的依据又是什么？他们是蒙古史诗发展到特定阶段才出现的产物吗？

与研究其他民俗事象相似，史诗演唱的研究也要以特定的现场表演作为出发点。那么，如何定位一次特定的"表演"呢？它与其他表演构成怎样的关系？一次演唱的文本是一首特定的"作品"呢，抑或它只是某个"标准范本"的一次"重放"？以对一次这样的演唱进行记录而得到的文本，能够说明整个演唱传统的整体风貌吗？对它的分析，能够代表对整个传统的分析吗？如果能，其理论依据是什么？如果不能，何以解释我们宣称在某些地区或是某些领域已经"基本上完成了史诗的收集工作"的说法？

口头史诗的创作、表演和传播是在同时完成的，它们构成了同一个活动的不同侧面。对演唱文本的接受过程，同时也就是观众能动地参与到表演中的过程，而且，由于表演者和观众是共享着"内部知识"的，

---

① 符拉基米尔佐夫：《卫拉特蒙古英雄史诗》，朝戈金译，《民族文学研究》1993 年第 1 期。

他们的交流，也是在特定的"语域"（register）中完成的，所以，这里就出现了与一般的书面文学的阅读活动极为不同的文学接受过程。换句话说，在蒙古史诗表演中，是史诗的文本和演唱的语境共同创造了意义（语境诸因素还可以进一步做细致的分解）。对这些语境要素，我们的田野作业有过怎样的系统说明？如果不曾做出说明，我们何以解读史诗的文本呢？

　　之所以要提出上述问题，是因为它们关乎对属于口头文化现象的史诗进行研究时所不能忽视和绕过的基础性问题。从另一个角度说，多年以来持续着的史诗搜集工作，也给我们留下了一定数量的有价值的信息：例如，通过这些年来的调查，我们现在知道了史诗的分布情况，了解了史诗在民间的大体蕴藏情况和规模，对于史诗表演过程中的某些仪式和禁忌也有所认识，特别是意识到了史诗是具有很大含量的综合文化现象，而不单单是"文学作品"，不能仅仅依靠文学学的方法就期望可以作出充分的阐释（尽管对此还缺少普遍的和清醒的认识）。至于演唱文本之间的初步比较工作，也可以根据已经搜集记录并通过"资料本"的形式而公开出版的文本而展开，尽管由于缺少翔实的田野调查的记录，特别是由于缺少"深细的描述"而很难做到真正的深入。所谓深细的描述，就是在演唱的共时状态下，在演唱活动进行过程中，演唱语境中的各个要素是如何持续发挥作用的？例如，与艺人的演唱同时发生的观众的反应是怎样的？如果某次特定的演唱，被喝彩和欢笑打断了数次，那么，具体每一次爆发是出于什么缘故？是冲着艺人现场即兴编入的新鲜表述方法？还是由于艺人忠实地遵循了观众认为理当如此的表演范式和文本？或者根本就没有被打断过，那么是什么原因使得观众在表演过程中保持缄默？这也是一种传统性禁忌吗？其外在表述与深层含义究竟是什么？观众通常以什么方式和手段来表达他们对艺人表演的评价的？这还只是从艺人与观众的"互动"角度来对一次表演进行观察的几个方面。在具体的表演过程中，需要进行精细描述的环节，远远不是通过这样一个"互动"的观察角度就能代表的。

　　从大的方面着眼，中国蒙古英雄史诗的田野作业，还有些需要补充的内容：关于艺人和学艺过程的专题调查和分析；艺人群体的分类和综合分析；① 关于著名史诗艺人的民间传说。史诗演唱的"社会语境"的描述——特定区域的人口、观众平均年龄、史诗传唱传统、自然地理形态、艺人活动区域和范围、史诗所具有的社会功能和文化地位。史诗文本的分析：韵文和散文文体在表演中的分工；手抄本与口头表演记录本之间的差异；艺人和观众对待文本的态度；乐器和曲调与史诗演唱的配合问题等。只有有了比较齐备的综合调查成果，我们才可以说，我们对颇负盛名的蒙古英雄史诗的认识，是比较全面和深入了。我们期待着这一天的早日到来。

（原载《民族文学研究》1999 年第 3 期）

---

① 举个比较晚近的例子：俄国学者涅克留多夫最近曾指出，蒙古史诗的演唱艺人可以大体分为两类，一类是恪守传统型，另一类是现场发挥型。见 S. Ju. Nekljudov: The Machanisms of Epic Plot and the Mongolian Geseriad, *Oral Tradition*, 11/1 (1996), pp. 133 – 143。

史诗认同功能论析

　　自亚里士多德起，史诗在西方诗学理论里长期占据着非常重要的位置，一种以史诗为尺度之一的文类等级秩序逐步得以确立，其标志便是许多学者都将更多的目光投注到史诗上，并各显其能地广泛谈论史诗问题，如史诗与历史的关系、史诗的社会文化价值、史诗的艺术结构和手法等。令人颇感遗憾的是，在多数学者忙于就史诗叙事的内容和形式进行阐释的时候，对史诗所具有的认同功能的讨论，却长期处于焦点之外，未能引起应有的重视。诚然，作为人文学术话题的"认同"问题的引出，确实是晚近的现象。但是，史诗所具有的认同作用，却是从来就具有的。一般而言，在某些特定的群体中，在这些人类共同体的口头传统里，史诗在长度、内容的严肃性、内涵的丰富性、表述的力度，以及综合影响力等诸多方面，都大大超过其他叙事文类，因而被某些学者称为"超级故事"①。史诗的审美价值，只是它所具有的极为复杂的价值体系的一个方面，或者换句话说，史诗的意义远远超越了史诗叙事语词所传递的直接信息，它与群体认同、社会核心价值、行为规范和象征结构等许多史诗文本之外的传统意蕴密切关联。因此，一首在局外人看来可能冗长而费解，且充满冗赘和重复诗句的史诗，在它所属的特定群体里，却可能具有非常崇高的地位，成为这一群体辨识自我所依托的宏大叙事和超级故事，② 他们的成员通过史诗的人物和事件找到自我的身份认同。

---

① Lauri Honko, *Textualising the Siri Epic*, Helesinki：Academia Socientiarum Fennica, 1998, p. 28.

② Lauri Honko, "Epic and Identity：National, Regional, Communal, Individual", *Oral Tradition*, 11/1（1991）, pp. 21 – 22.

一

在大量的中外文学工具书中，史诗的界定多是基于将其视为一个文学的文类来进行的。我们这里所要强调的，则是倾向于强调对史诗社会文化功能的分析，并进而认为，这也是界定史诗不可或缺的维度。中外文学工具书的编写者们普遍将史诗分为两类：文人书面创作的史诗，如维吉尔的《埃涅阿斯纪》；民众口头创作和传承的史诗，如非洲的《松迪亚塔》，或者我国的《格萨尔王传》。本文所讨论的，主要是民间口传史诗。因为从一定意义上说，口头的史诗是"第一性的"。在学术命名上，口传的史诗和书面的史诗被分别称作"原生的"和"次生的"，或类似称呼。① 显然，从上述称呼中可以看出它们彼此之间的承接关系。当然，也并不总是口头传承的原生的史诗出现在前，书面模仿的次生的史诗跟随其后，例如在"远东和中东"的某些传统中，就多次出现过书面的故事先出，后有口传的该故事的扩展形态。②

基于对芬兰史诗《卡勒瓦拉》民族认同功能的长期思考，以及深入实地研究印度的史诗传统与民众的关联等问题，芬兰学者劳里·杭柯（Lauri Honko）断定史诗具有成为民族认同重要资源的作用，并进而认为这也应当成为界定史诗的要素之一。基于这样的认识，他给出了简短精练的史诗定义：史诗是关于范例的宏大叙事，起初由专门化的歌手作为超级故事来演述，比起其他叙事样式，史诗篇幅巨大，表达充满力量，内容严肃重要，并在传统社区或受众中成为认同表达的资源。③

这个定义，对于理解口传史诗来讲是革命性的。以往的史诗研究过于偏

---

① Chris Baldick, *The Concise Oxford Dictionary of Literary Terms*, Oxford : Oxford University Press, 2001, p. 82.

② Jackson, M. Guida, *Traditional Epics: A Literary Companion*, Oxford: Oxford University Press, 1994, p. ix.

③ Epics are great narratives about exemplars, originally performed by specialized singers as superstories which excel in length, power of expression and significance of content over other narratives and function as a source of identity representations in the traditional community or group receiving the epic. 见于 Lauri Honko, *Textualising the Siri Epic*, Helesinki: Academia Socientiarum Fennica, 1998, p. 28。

重对史诗文本的具体解析，因而丧失了将史诗放置在特定时空中进行综合的、多向度把握的可能。按照杭柯的解读，史诗当然是某一文化传统的一个组成部分，只是它由一种传统成分转换为具有认同功能的象征符号需要经历两个选择——在我们看来这也是一种进阶。第一个选择是进入特定文化传统的总体系之中。作为某种示例，杭柯关于某些地方神祇逐步升格为民族神祇的观察和总结，尤为赢得称赞。传统是一种总体的、聚合的概念，犹如汇集和存储各类材料的图书馆。这里的"馆藏资料"既有属于物质范畴的材料，也有属于非物质范畴的材料，只是它们不是精心整合和排列的，也不可能在一次传统事件或传统活动中全部呈现出来，任何一次呈现都仅仅是传统储存库中的某些材料，就像水面上露出的冰山，而另外的大量材料便处于等待被激活的状态。甚至也会有这样的情况，因为长久没有被激活和使用，某些材料注定会被遗忘，失去其发挥原有功能的机会。① 再简单一些说，形形色色的各类传统汇聚成为文化，传统进入文化的过程呈现为逐步秩序化的过程，文化将传统中的诸多材料组成统一且具有特定功能的系统与整体。选择与被选择是传统进入文化的关键，那些经过调整进入符合文化利益与价值的系统的因子，便成为与社区密切联系的事物，进而与社区人们的社会生活结合成一个整体。因此，与其说文化存在于事物，不如说文化存在于人们对传统的观察、思考与使用的过程中；与其说文化在于它的内容，不如说文化在于它的功能与应用价值。②

第二个选择是由文化进入民族认同。在文化交流中，史诗作为传统的一个组成部分被挑选出来用作某个特定群体的象征与这个群体的代表性符号。这次选择是第一次选择在同一方向上的升华，它的特点是更加专门化与集中化，使得选择出来的语言、音乐、舞蹈、习俗、建筑、历史、神话、仪式、史诗等诸多传统材料，不再仅仅具体地指称某种事物，而是被赋予象征含义，呈现出的现实意义于是远远超过它本身内容与形式传达的含义。按照杭柯的看法，"现在已经可以就群体认同做出如下界定，它是一套凝聚人们的

---

① Lauri Honko, "Epic and Identity: National, Regional, Communal, Individual", *Oral Tradition*, 11/1 (1991), p. 19.

② Ibid..

价值观、符号象征和感情的纽带，通过持续不断的对话协商，为我们在天地间创建一个空间（同时将'我们'与'他们'区别开来）。"①

　　杭柯将那些被选择且融入认同表达系统的传统称为"超级传统"或者"聚焦化的传统"，它们是特定群体的文化中更具有代表性的事物，是传统与文化中的焦点与具有认同功能的象征。正是通过较为复杂的选择过程，史诗往往成为认同的介质，成为一种能够更加团结和凝聚特定群体，强化其内聚力与内在一致性的象征与符号，通俗地说，就是成为号召和激励民众的旗帜和号角。

　　不仅劳里·杭柯，还有一些学者论述过史诗所具有的认同功能。苏珊·沃德利（Susan Wadley）便是力倡研究史诗与认同的一位研究者："史诗与演述它们的社区具有一种独特的联系：史诗是'我们的故事'，由于它们与社区间的认同关系将它们与同一社区内的其他歌与故事区分开来。"② 劳里·哈日维拉提（Lauri Harvilahti）指出，史诗不仅能够承载包括混沌世界与宇宙起源在内的许多神话含义，而且传达民族的认同与民族的完整性。③ 布丽奇特·康奈利（Bridget Connelly）指出史诗是认同的长篇故事，也是关于"他性"（alterity）的长篇故事。④

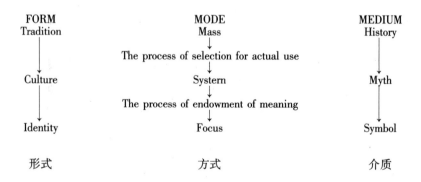

FORM　　　　　　　　　　MODE　　　　　　　　　　MEDIUM
Tradition　　　　　　　　　Mass　　　　　　　　　　History
　　↓　　　　　　　　　　　↓　　　　　　　　　　　　↓
　　　　　　　The process of selection for actual use
Culture　　　　　　　　　　System　　　　　　　　　Myth
　　↓　　　　The process of endowment of meaning　　↓
Identity　　　　　　　　　　Focus　　　　　　　　　　Symbol

　　形式　　　　　　　　　　方式　　　　　　　　　　介质

　　① Lauri Honko, Epic and Identity: National, Regional, Communal, Individual, *Oral Tradition*, 11/1 (1991), p. 21.

　　② Ibid., p. 19.

　　③ Ibid., p. 40.

　　④ Bridget Connelly, *Arab Folk Epic Identity*, Berkeley: Unversity of California Press, 1986, p. 225.

"文化在不同的时代和不同的地方具有各种不同的表现形式。这种多样性的具体表现是构成人类的各群体和各社会的特性所具有的独特性和多样化。"① 文化的多样性让我们更清晰地看到，史诗在不同族群中的产生和存在形态彼此之间颇多不同，对它们的体认和解读方法理应各异。大略而言，在 18 世纪以前，西方学界对史诗的认识主要是以亚里士多德的古典诗学为范式、以荷马史诗为范本展开的，在方法上也多采用语文学（philology）的方法。18—19 世纪初之交，浪漫民族主义思潮席卷欧洲大陆，以格林兄弟为代表的一派学人，让读书界重新将注意力转移到民间诗歌上来，推动了人们对口头史诗的再发现和重视。19 世纪中期欧洲民俗学兴起，口传史诗作为民间文化遗留物的一种样式，进入了学者的视野。不过，对口传史诗的核心属性——"口头性"（orality）的研究，当时并未真正展开。根本性的转折出现在 20 世纪中期，以西欧和北美的学者为先导，史诗研究引入了以语文学、人类学、古典学和民俗学等方法进行多面相研究的理念，逐步揭示了口传史诗的丰富文化内涵。非洲、亚洲等各地史诗传统的重新发现，进一步推动了世界各地的学者对史诗多样性的理解和认识，西方古典诗学的史诗观念逐渐由主流话语变成一家之言，从世界性、区域性和地方性的传统话语重构史诗观念，拓展理解史诗的维度，已经成为世界各地学者们的共识。

二

史诗传统的多样性决定了史诗认同的多样性。并不是所有的认同都是基于民族的层面展开的，个人或小群体的某种认同，也是史诗认同的功能之

---

① 2001 年 11 月，联合国教科文组织《世界文化多样性宣言》第 1 条。

一。《斯里史诗》（*Siri Epic*）给印度南部操德拉维甸语（Dravidian language）的卡那塔克（Karnataka）西南地区的土鲁妇女提供一种个人认同的象征资源。这部史诗描述的不是战争，而是和平与宁静，以及社会习俗和仪礼。它是一个有关女性自尊自立与道德的故事，诗歌大力歌颂正义与尊严、忠诚与纯洁、独立与自由等道德价值观念，且具有浓郁的女性主义色彩。诗歌的主人公不是勇敢的男性英雄，而是坚韧自立的女性斯里（Siri），她的行为模式足以作为社区内的妇女们效仿的范例。斯里的勇敢体现在她敢于挑战所处乡村的男性统治秩序。她具有法力，大胆做出了社区寻常生活中的女性从来未曾做过的举动——离开异教徒的丈夫，同时遵守着一个女性应有的道德准则，过着相对独立的生活。后来，她选择了第二次婚姻，并育有一子，最终成为女神。土鲁人每年都要举行斯里祭奠仪式，妇女们则借这一活动寻找某种个人认同，并试图跻身斯里群体。一旦某妇女被遴选为斯里在世俗社会的媒介或代言人，那么她便与原有的身份认同相疏离，获得一种新的个人身份认同。换句话说，该妇女此时便已与史诗里的斯里女神联结在一起，得到斯里女神的佑护，得到斯里在世俗社会中其他代言人的支持，与这些充当代言人的妇女一道，形成一个关于斯里的内部群体认同。不过，在当地的传统中，她不会经常拜访其他的斯里代言人，其他斯里代言人也不常来拜访她。只有斯里群体的男性领头人——库马拉（Kumara）会不时地拜访她，帮助她解决困难，加强她在家庭和乡村里的地位。①

　　藏族史诗《格萨尔王传》的演述人可以区分为好几种类型，其中，"神授艺人"的内部自我认同也是一个颇有深意的例子。著名格萨尔艺人扎巴、玉梅、才让旺堆、桑珠、曲扎等，都以这样或那样的方式宣称他们的史诗演述能力得自神灵的授予。他们都自述曾在青少年时期有过特别的梦境或奇异的经历（如病痛等），随后便能无师自通地说唱篇幅宏大的《格萨尔王传》史诗。"神授"成为神授艺人身份认同的核心标识，表明这一职业群体不同于闻知艺人、吟诵艺人、藏宝艺人、掘藏艺人、圆光艺人等职业群体。活佛加持和获赠帽子是神授艺人获得个人认同的又一种途径。边巴活佛顿珠察俄仑巴曾给扎巴加持，并赠送他艺人帽。达隆寺（现当雄附近）的喇嘛玛居

---

① Lauri Honko, *Textualising the Siri Epic*, Helesinki：Academia Socientiarum Fennica, 1998.

仁波切曾为艺人玉珠开启说唱《格萨尔王传》的"智门"，并送给他一项帽子。帽子是神授艺人最重要的道具，有传统的形制，其结构象征藏族传统的宇宙观。帽子也被神授艺人视为灵感的源泉，他们深信只要戴上这种艺人帽，诗句就会自然而然地从口中喷涌而出。与上述信念有关，有的艺人在正式说唱前往往先托着帽子说一段《帽子赞》，解释帽子的象征意义，然后再戴帽说唱。《格萨尔王传》史诗神授艺人说唱时有一定的仪式。在说唱前要先举行烟祭降神（煨桑仪式），手捻佛珠闭目静坐片刻，默想神灵降临附体之后，才能开口说唱，而且每一次说唱史诗正文之前，先要念诵一段颂神或祈祷性的诗句。经过这些仪式后，艺人相信自己获得了神的允准和佑护，甚至认为自己变成了史诗中某个神或英雄的化身，才能开始唱诵英雄的故事。①

　　史诗是社区认同或区域认同的承载者。在印度南部的泰米尔纳德邦（Tamil Nadu）和卡纳塔克邦（Karnataka），埃纳德语（Kannada）的史诗与土鲁语的史诗各自建构与维系着社区的自我认同。在宗教节日期间，这些区域性的史诗经常在神庙前一起演述，其间伴有神圣的仪式。神庙的主持是一个婆罗门，具有安排史诗演述场所与仪式的神圣权力，指导区域性史诗在寺庙门槛前展开演述与仪式。神庙里的神是地位较高的，地位越低的神离神庙的距离越远，而这种有关神祇地位的等级制度体现在歌颂神祇的史诗上，歌颂的神地位越高，那么与之相关的史诗演述与仪式便离神庙越近。《斯里史诗》歌颂的斯里女神因为地位较低，史诗未能得到在神庙中演述的资格，只能在门槛前一处神圣性较弱的地方展开祭祀仪式。《斯里史诗》在这里的演述，也不仅仅是讲述一个故事，而是通过仪式实施保护和治疗。仪式活动之后，斯里要回到乡村社区里，居住在庙宇中，保佑村民在来年安康顺利。总之，《斯里史诗》的演述，不仅是娱人的故事讲述，而且是土鲁人表达自己社区精神和思想情感的载体，也是宗教性的与区域性的认同的一种资源。

　　印度西部拉贾斯坦邦（Rajasthan）的《巴布吉史诗》（*Epic of Pābūjī*）是本地的英雄婆米雅（bhomiyā）崇拜的产物。婆米雅是称呼那些为抵御劫

---

① 朝戈金、尹虎彬、巴莫曲布嫫：《中国史诗传统：文化多样性与民族精神的"博物馆"（代序）》，《国际博物馆》2010 年第 1 期。

掠牛只而献出性命的英雄们，他们最终成为祭仪中心的神祇。在《巴布吉史诗》中，故事情节相当错综复杂，跌宕起伏，史诗人物或则化身，或则与神灵打交道，承诺与兑现承诺、结仇与最终复仇等，成为史诗的核心内容。故事结尾则是巴布吉兑现承诺抢回遭窃的牛，但随后遇袭死亡。为他们家族复仇并最终获得神性的，是巴布吉的侄子 Rupnath。① 这种英雄的颂扬和崇拜直接引致《巴布吉史诗》承担一种所属社区认同的神圣功能。婆米雅的魂灵是通过一位称为婆巴（bhopā）的灵媒的召唤而现身："通过这一灵媒，神庙（那里以早已死去的'婆米雅'为标志）变得活跃起来，魂灵开始解决当地人的难题。由 bhomiyā（婆米雅）这一附身灵媒所拥有的控制力及其有效性和真实性，将人们从一个广大区域中吸引而来，因而神庙可以成为一种重要的仪式场所，在那里英雄的故事得以传颂。"② 在实际生活中，在婆米雅和巴布吉的祭祀仪式上，演述《巴布吉史诗》不仅是为了崇拜英雄，更为重要的是，通过唱诵英雄的故事，召请英雄的魂灵与神灵降临，护佑本地社区。社区成员之间的团结一致在现实中是至关重要的，于是，《巴布吉史诗》的反复演述，就具有强烈的社区认同的功能。

印度达罗毗荼人（Dravidian）的《兄弟史诗》（*Brothers Epics*）的主人公不是勇士，也不是印度古典传统里的苦行者，而是工匠与农民。它传达了那些远离政治中心的社区持有的言语立场与价值判断，嘲讽许多泛印度（Pan‑Indian）的规范、准则与行为模式。正是因为《兄弟史诗》描述的仅是所处社区关心的事情，仅在所处社区处于崇高的地位，故而它的认同功能基本上限于所处的社区。布兰达·贝卡（Brenda Beck）曾指出《兄弟史诗》是一个具有认同功能的超级故事："兄弟故事的五个特点清楚地表明，它在类型归属性上具有很高的地位，它是由职业民间艺人来讲述，它有极长的篇幅，比任何流传于该地区的故事——包括其中最长的故事还要长得多；它的英雄是一些神圣人物，在当地庙宇受到供奉；它连接着更广阔的神话和文明

---

① Stuart Blackburn, "Patterns of Development for Indian Oral Epics", in Blackburn , S. H. P. J. Clause, J. B. Flueckiger and S. S. Wadkey（eds）, *Oral Epics in Indian*, Berkley and Los Angeles, 1989, pp. 25 – 26. 又见 Guida Jackson, *Traditional Epics*：*A Literary Companion*, Oxford University Press, 1994.

② 转引自［匈］格雷戈里·纳吉（Gregory Nagy）《荷马诸问题》，巴莫曲布嫫译，广西师范大学出版社 2008 年版，第 65 页。

传统；它的讲述者和受众都认为他们的史诗描绘了真实的历史事件。所有这些特征都表明，这种讲述比一般的故事和传说重要得多。"① 维勒茄卢·娜茄阿亚那·拉奥（Velcheru Narayana Rao）曾对六首描述与死亡相抗争的英雄的泰卢固人（Telugu）民间史诗展开田野作业，将它们分成战争与祭祀史诗两种类型，指出每一部史诗都有着各自的受众，与各自社区的生活和文化紧密联系在一起，而且各自社区所持有的社会经济结构直接影响着主人公的性格与故事所要传达的精神。② 泰卢固人生活的社区民众都相信这些史诗描述的故事是真实的事件，他们认同这六首民间史诗乃是因为这些故事与社区民众的观念世界与现实世界之间，具有深层次的对应和说明关系。

在社区认同或区域认同的层面上，史诗是具有真实性的崇高故事。史诗呈现了社区的社会经济结构和社会组织方式、核心价值观念、成员的情感与理想、社区内不同群体的起源与相互之间的关系，进而对不同群体在当地社区具有的权力与占有的资源予以神圣化的解释，确证社区的存在、各色人等的地位以及各种权利与义务的合理性与合法性。

印度是这样一个国度，生活在那里的人们，分属于难以计数的亚文化圈，在他们的史诗演述中，可以方便地观察到大量的与特定范围——个体的、社区的、区域的乃至全体国民的——密切关联的叙事传统。这些叙事传统一方面发挥内部认同功能，另一方面发挥彼此区隔的功能，在较小的文化圈中，这种特征尤其明显。若是将这些案例与中国的情况相比较，我们同样会发现大量有趣的对应现象。例如不久前发现并刊布的苗族史诗《亚鲁王》，也具有极为类似的认同功能。在贵州麻山地区，一些讲着苗语西部方言的民众，长久以来传承着《亚鲁王》这一大型叙事传统。对于这个边界相对清晰的亚文化圈中的民众而言，该叙事的每一次演述，都在强化着他们内部的认同。但是，内部认同又因为在描述苗族迁徙历史时所采用的树形结构，而令这种认同具有更为复杂和脉络清晰的线索——不仅是姓氏和家族的，也包括更大群落的彼此关系，被精心编织在一个枝权纷繁的谱系中。于

---

① Lauri Honko, *Textualising the Siri Epic*, Helesinki: Academia Socientiarum Fennica, 1998, pp. 27 - 28.

② Velcheru Narayana Rao, *Epics and Ideologies: Six Telugu Folk Epics*, in Blackburn and Ramanujan, 1986, pp. 162 - 163.

是，认同被细致地区分出许多层次来。那些更小范围的认同，看似彼此并列，实则在时间轴上呈现出合与分的关系，并且生动地体现出，即便是同一个史诗故事，其认同功能的实现，也可以因每次具体的演述活动而呈现不同范围的认同作用。①

<h1 style="text-align:center">三</h1>

在世界各地的史诗操演中，不乏这样的例子：原本是特定区域的史诗，能够超越本区域的地理范围传播到其他区域，成为更多社区或区域共享的史诗，乃至成为民族史诗。当然，在这种扩展的过程中，区域史诗的内容和形式会发生不同程度的变化。斯图亚特·布莱克本（Stuart Blackburn）曾描述道："一个故事的传播，通过吸引当地小群体之外的新赞助人，此时，它便超越了本地的中心，而这一小群体原来崇拜死去的英雄；如此一来，死亡母题（而非神格化）的优势便削弱了。条件成熟之后，在这两个相继被连接起来的更大的地域范围内，新的要素就被添加到了各自的叙事之中：在亚区域层面上出现了一种超自然的神灵降生，在区域层面上则产生了一种泛印度形象的认同。这一发展的总体影响是，将神的存在纳入优先考虑，以此来遮蔽英雄/神的常人化身；当英雄/神被认同为泛印度的形象时，一个过程便完成了。"②

以 15 种印度活形态的史诗传统为样例，斯图亚特·布莱克本划分和描述了四种与史诗流布区域相关的层次：1. 本地的（范围在 10—100 英里之间）；2. 亚区域的（范围在 100—200 英里之间）；3. 区域的（范围在 200—300 英里之间）；4. 超区域的（范围在 400 英里或以上）。③《摩诃婆罗多》与《罗摩衍那》属于超区域的史诗类型。它们在从区域向超区域流布过程中得到不同社区传统的修饰与雕琢，区域性的历史述说逐渐减少，叙事的惯例逐渐增多，与传统中受众的日常生活日渐疏远，进而演化成全印度人民的

---

① 朝戈金：《〈亚鲁王〉："复合型史诗"的鲜活案例》，《中国社会科学报》2012 年 3 月 23 日。

② 转引自［匈］格雷戈里·纳吉（Gregory Nagy）《荷马诸问题》，巴莫曲布嫫译，广西师范大学出版社 2008 年版，第 67 页。

③ 同上。

认同符号。中国的《格萨尔王传》也属于超区域范畴的民族史诗，在漫长的流布和演进过程中，逐步发展成为藏族民族认同的象征，并进而在其他族群中流布，呈现复杂的文本形态和故事情节的较大变异。藏族《格萨尔王传》是关于藏族古代英雄格萨尔（Gesar）神圣业绩的宏大叙事。史诗以韵散兼行的方式讲述了英雄格萨尔一生的神圣功业，以独特的串珠结构，将许多古老的神话、传说、故事、歌谣、谚语和谜语等口头文学，融会为气势恢宏、内涵丰富的"超级故事"，经过一代代说唱艺人的不断创编和广泛传唱，形成了规模浩大的史诗演述传统。[①]《格萨尔王传》主要流传于中国西藏、青海、甘肃、四川、云南、新疆和内蒙古七省区的藏族、蒙古族、土族、裕固族、门巴族、珞巴族、纳西族、普米族、白族等社区。不仅如此，它还以口头或书面的形式传播到了中国境外的尼泊尔、不丹、印度、巴基斯坦、蒙古国以及俄罗斯的卡尔梅克、布里亚特和图瓦等地区，成为众多族群的共同文化遗产。在如此广阔的地域和不同的族群中间，说唱艺人们用各自的母语共同讲述着格萨尔的丰功伟业，这样的文化共享现象在全世界也是比较罕见的。综合地看，《格萨尔王传》在跨越族群和语言壁垒流布的过程中，其内部认同功能大幅度地弱化，而其娱乐功能则较好地得到保存，并在各个传统中得到个性化的发展。例如在远离藏区的布里亚特蒙古《阿拜格斯尔》中，藏族文化因素较弱而蒙古叙事艺术因子则极为鲜明。

　　如果综观某一个民族内部的各类史诗，我们还会发现，即便在相似的文化生态环境中，史诗的认同功能也仍然呈现纷繁复杂的现象：史诗认同功能的辐射范围和史诗影响力的"等次"，并不与历史发展梯级简单对等。如果选取 20 世纪中叶中国境内的蒙古族史诗传承形态作为分析范围，我们可以大略说，蒙古《格斯尔》已经在蒙古各部到处传唱，且已式微，具备某种"民族史诗"的特征，而卫拉特史诗《江格尔》正处于向蒙古"民族史诗"升格的进路上，至于一些更具有地域—部族色彩的史诗，例如科尔沁史诗，则仍停留在"支系史诗"的发展阶段，而且从更长时段考察，也未必能够

---

　　①　本文有关"格萨（斯）尔史诗传统"的简述，参考了中国社会科学院民族文学研究所"史诗'申遗'课题组"于 2005 年和 2009 年先后完成的两种申报书文本，并对相关的统计数字进行了更新，专此说明。

升格为全民族的史诗。可见，史诗的演进历程，并不是单向度的和必定进化发展的。

如果说《摩诃婆罗多》《罗摩衍那》《格萨尔王传》等民族史诗是在自在形态下形成的，那么《卡勒瓦拉》、《卡列维波埃格》（*Kalevipoeg*）、《拉奇普列西斯》（*Lāplēsis*）、《盘那度史诗》（*Palnaativiiracaritra*）等，则是"以传统为导向"编纂的民族史诗。① 两种类型的史诗都是诗学操演，但"以传统为导向"的史诗具有更为强烈的政治动机。19 世纪，赫尔德（Johann Gottfried Herder）、弗利德里希·施莱格尔（Friedrich von Schelgel）、奥古斯特·施莱格尔（August Wilhelm Schelgel）、黑格尔（Georg Wilhelm Friedrich Hegel）等许多浪漫的民族主义学者主张，文学的发端植根于史诗，史诗的出现标识着民族的形成。他们推崇史诗是一个民族的"传奇故事"，"书"或"圣经"，是"一种民族精神标本的展览馆"。② 他们先后以荷马史诗为范例，对史诗的内容、形式、性质、特点以及表现方式等作出了颇有深度的学术阐述。在席卷欧洲的浪漫民族主义思潮的感召下，尤其是在芬兰民族主义觉醒的强烈现实诉求的推动下，埃利亚斯·伦洛特（Elias Lönnrot, 1802 - 1884）辑录和创编了影响深远的芬兰民族史诗《卡勒瓦拉》。该诗甫经出版，便赢得了芬兰精英阶层的热烈响应和推崇，并在民众中获得高度的认同。于是，它迅速成为芬兰人民民族认同与文化认同的象征。当然，《卡勒瓦拉》的另一个重要作用，是让已经濒临消亡的芬兰口头传统通过文字载体和文学阅读，获得了第二次"生命"。伦洛特的史诗编纂也给他本人带来了巨大的声望。芬兰文学学会在将他神圣化方面，也发挥了很大的推动作用。他成为芬兰民族认同的偶像和标志——他的头像甚至出现在 500 芬兰马克的纸币上。有人说，"是西贝柳斯（他的音乐受到《卡勒瓦拉》的很大影响）和伦洛特一道歌唱着使芬兰进入世界地图"。在这里，史诗建构与民族性建构，乃至国家独立，便发生了至关重要的关联。③

---

① Lauri Honko, *Textualising the Siri Epic*, Helesinki: Academia Socientiarum Fennica, 1998, pp. 37 - 43.

② ［德］黑格尔：《美学》下册，朱光潜译，商务印书馆 1997 年版，第 108 页。

③ Maria Vasenkar, "A seminar commemorating the bicentennial of Elias Lönnrot's birth, April 9, 2002" FFN 23, April 2002, pp. 2 - 4.

受到《卡勒瓦拉》的激发与民族主义力量的驱动，弗里德里克·克列茨瓦尔德（Friedrich R. Kreutzwald，1803－1882）根据爱沙尼亚的民间歌谣和传说编撰出民族史诗《卡列维波埃格》（*Kalevipoeg*）。与《卡勒瓦拉》相比，口头传统材料在《卡列维波埃格》中所占篇幅较小，故事情节亦不甚连贯，乃至有前后矛盾处，特别是韵散结合的形式在很大程度上是克列茨瓦尔德的决定。他虽然使用了古老的爱沙尼亚语押头韵的韵律，但是这些诗行中只有大约八分之一直接来自民间口头诗歌，其余部分都是拟作。泰卢固人（Telugu）的民族史诗《盘那度史诗》（*Palnātiviracaritra*）是由阿开拉耶·乌玛卡塔姆（Akkiraaju Umaakaantam）编纂完成。与《卡勒瓦拉》和《卡列维波埃格》不同，《盘那度史诗》是以在14—15世纪之交生活的著名诗人斯里纳茨都（Siinaathudu）创作的《盘那度之歌》（*Palnātiviracaritra*）为基础形成的。这部史诗在1911年出版，当即成为泰卢固人的精神旗帜和民族象征。罗格海尔（Gene H. Roghair）曾如此评述《盘那度史诗》的认同功能："对寻找身份认同和社区生活模式的操持泰卢固语的人们而言，这部史诗（《盘那度史诗》）非常重要，因为泰卢固人的生活方式经常为外来统治者所支配，吸收外来的模式规范他们的行为。"[1]

依据拉脱维亚人的起源故事、民间故事、地方传说、婚礼歌，以及其他口头传统知识，安德烈斯·普姆普尔（Andrejs Pumpurs）编纂了民族史诗《拉奇普列西斯》（*Lāčplēsis*），并于1888年刊布。这部史诗描述半人半兽的英雄拉奇普列西斯的业绩：击败神话世界中的怪兽和敌人，击退来自人类世界的各种各样的入侵者，等等。《拉奇普列西斯》对拉脱维亚人产生了深远的影响，许多文学家、作家、艺术家与政治家都曾从中汲取养料，乃至许多街道和商店都使用史诗中英雄的名字命名，它成为民族认同的一种被广泛传播和接受的符号。在20世纪90年代的民族独立运动中，《拉奇普列西斯》再次被赋予新的政治意义，成为民族主义的一面旗帜。

根据《卡勒瓦拉》《卡列维波埃格》和《盘那度史诗》三个案例，杭柯归纳出一部"以传统为导向"的民族史诗的形成所必须具备的四个条件：（1）在某个特定历史时期有一个才智非凡的文人能够意识到自己民族需要

---

[1] Lauri Honko, *Textualising the Siri Epic*, Helesinki: Academia Socientiarum Fennica, 1998, p. 41.

一部民族史诗，而且这部民族史诗应当符合全球通行的史诗范例。（2）拥有充足的源自远古的诗歌材料。（3）文学精英接受创作出来的民族史诗，并对它做出各自的解读。（4）民族史诗的整个编纂过程意味着口头传统从一种情境转换到另一种完全不同的情境。①

与《卡勒瓦拉》有着不同命运的是苏格兰诗人、翻译家麦克菲森（James Macpherson，1736－1796）的《莪相作品集》。② 麦克菲森假托《莪相作品集》是公元3世纪一位苏格兰说唱诗人莪相（Ossian）的作品。后来学者们对其"作者身份"产生了怀疑，尤其是塞缪尔·约翰逊（Samuel Johnson）。最终，现代学者们将之断定为麦克菲森的"伪作"，并演证出麦克菲森是怎样将其个人的诗作建立在原来的盖尔人叙事诗之上，但却通过修改原来的人物和观念，注入许多他个人的想法，以适从当时的时代感和兴趣。③《卡勒瓦拉》与《莪相作品集》的不同命运在于，对于建构民族认同而言，叙事材料的"古老性"和"民间性"永远是最为重要的属性。这也是为什么伦洛特尽量使用口头诗歌的诗行，尽量淡化个性化声音的缘故。伦洛特被推崇为民族英雄和文化英雄，而麦克菲森广遭挞伐，实非偶然。

总之，尽管史诗不是唯一能够胜任表达特定群体内部认同的叙事（例如神话也往往具有类似功能），但它无疑是最为擅长表达这种认同的文类。史诗所具有的体量宏大、内容严肃崇高、艺术魅力巨大、历史渊源久远等属性，都令其傲视同侪。尤其是在某些案例中，例如芬兰的《卡勒瓦拉》中④，或者藏族的《格萨尔王传》中，史诗传统皆具有"专属的"和"排他性"特征。在芬兰，没有哪一个或者哪一些民间叙事能够与《卡勒瓦拉》比肩，而在藏民中，他们除了《格萨尔王传》没有其他史诗传承（或许历史上曾经有过某些叙事单元是自外于格萨尔王的故事的，但后来已经不传）。《格萨尔王传》以其难以比拟的影响力和吸附力，将民间叙事的各种文类、各种故事统统吸纳到一个叙事传统里了。在这两个事例中，它们作为民族认

---

① Lauri Honko, *Textualising the Siri Epic*, Helesinki: Academia Socientiarum Fennica, 1998, p. 41.

② J. Macpherson, *The Poems of Ossian*, AMS. Press, 1974［1805］.

③ Derick Thomson, *The Gaelic Sources of Macpherson's "Ossian"*, Edinburgh: Oliver & Boyd, 1952.

④ Lauri Honko, Epic and Identity: National, Regional, Communal, Individual, *Oral Tradition*, 11/1 (1991), p. 21.

同载体的特征，尽显无遗。史诗本身也通过不同的路径，升格为这些文化群体自我辨识的寄托，演进为超级故事。史诗存在的意义，在这里就不仅是艺术地讲述一个关于英雄的故事，而是通过宏大的叙事，全面承载一个民族的精神风貌和情感立场，它不仅教化民众，而且强化他们内部的联系——共同的先祖意识、归属感和历史连续感。史诗的操演实践，就是将千百年间传承下来的叙事，与特定时空中的当下日常生活实践联系起来。生活在当下的民众，在反复与被神圣化和艺术化的历史建立对接和对话过程中，获得自我认同。诚然，如我们在前面指出的，不同的史诗在不同的演述传统里产生的认同辐射的范畴各不相同，凝聚力大小不一，认同范围也表现为个人的、社区或区域的，乃至民族国家的认同等诸多形态。

（原载《民俗研究》2012 年第 5 期　署名：朝戈金、冯文开）

"回到声音"的口头诗学:以口传史诗的文本研究为起点

　　在西方学术传统中,诗学肇始于古希腊的亚里士多德,并且在一开始就与叙事艺术（荷马史诗）和表演艺术（戏剧）相结合,只是在此后的发展中,诗学偏重总结书面文学的规则。幸好还有莱辛的《拉奥孔》等著作,让我们看到关于书面文学创作和欣赏规律的讨论没有完全独占鳌头。

　　就"口头诗学"的学术史进行精细的爬梳,不是本文的目的,不过在这里简要地交代口头诗学理念的来龙去脉,仍属必要。"口头程式理论"的开创者之一洛德（Albert Bates Lord, 1912 – 1991）在 1959 年发表了《口头创作的诗学》[①] 一文,系统地探究了口头史诗创作中的语音范型及其功能、作用。他进而在 1968 年明确提出了"口头诗学"这一概念:

　　　　当然,现在荷马研究所面临的最核心的问题之一,是怎样去理解口头诗学,怎样去阅读口头传统诗歌。口头诗学与书面文学的诗学不同,这是因为它的创作技巧不同的缘故。不应当将它视为一个平面。传统诗歌的所有因素都具有其纵深度,而我们的任务就是去探测它们那有时是隐含着的深奥之处,因为在那里可以找到意义。我们必须自觉地运用新的手段去探索主题和范型的多重形式,而且我们必须自觉地从其他口头诗歌传统中汲取经验。否则,"口头"只是一个空洞的标签,而"传统"的精义也就枯竭了。不仅如此,它们还会构造出一个炫惑的外壳,

　　① Albert B. Lord, "The Poetics of Oral Creation," in *Comparative Literature*: *Proceedings of the Second Congress of the International Comparative Literature Association*, ed. Werner P. Friederich, Chapel Hill: University of North Carolina Press 1959, pp. 1 – 6.

在其内里假借学问之道便可以继续去搬用书面文学的诗学。①

不过，迄今为止，在若干重要的工具书中，简明的如《牛津简明文学术语词典》（*Oxford University Press*，2004），专业的如《普林斯顿诗歌与诗学百科全书》（*Princeton University Press*，第四版，2012），或者中国学者编纂的《世界诗学大辞典》（春风文艺出版社 1993 年版），都没有 oral poetics 或"口头诗学"词条。在中国文学史的书写中，也未见对于口头传统的专门讨论和总结，众多以诗话面目出现的文论成果，都与口头诗歌法则的总结无关。但从另一方面说，"口头诗学"这个术语已经被学者创造、使用，而且近年随着口头传统研究的拓展，需要对口头诗学作出学理性总结和界定。本文就是这项复杂工作的一个初步的尝试。

一　引论:口头程式理论与口头诗学

按照我的理解，口头诗学的体系建构始于 20 世纪 60 年代。虽然按照美国学者朱姆沃尔特（Rosemary L. Zumwalt）的说法，在 18 世纪 和 19 世纪"大理论"时期已经有学者如赫德尔等一批人对口头传统的存在方式和意义作出了重要的总结②，但那些讨论只能算是关于口头诗学理论的前史。20 世纪中叶，是口头诗学理念形成的关键时期，其标志是几个重要事件:口头程式理论的集大成之作《故事的歌手》面世（1960），标志口头程式理论的出场。几乎同时，在西欧和北美爆发了关于书写文化与口头文化对人类文明进步推动作用的史称"大分野"的激烈争论，若干来自不同领域的巨擘，如传播学家麦克鲁汉（Marshall McLuhan），结构主义人类学家列维—斯特劳斯（Levi‒Strauss），社会人类学家杰克·古迪（Jack Goody），以及古典学者埃瑞克·哈夫洛克（Eric Havelock）等，都参与这一波激辩。③ 从 20 世纪 60 年代前期开始延续了差不多十年之久的"伦敦史诗讲习班"及其若干年后

①　Albert B. Lord，"Homer as Oral Poet," in *Harvard Studies in Classical Philology*，Vol. 72（1968），p. 46.

②　朱姆沃尔特:《口头传承研究方法术语纵谈》,《民族文学研究》2000 年增刊。

③　巴莫曲布嫫:《口头传统·书写文化·电子传媒体》,《广西民族研究》2004 年第 2 期。

集结为两大卷的成果《英雄史诗传统》（*Traditions of Heroic and Epic Poetry*，London：The Modern Humanities Research Association，1980，1989）则在一定程度上反映了史诗研究范式从文学学向口头诗学转化的历史过程。[①]　1970年，"民族志诗学"学派在北美应声而起，其阵地《黄金时代：民族志诗学》（*Alcheringa：Ethnopoetics*）创刊并发生影响。[②]　例如，其代表性人物、美国人类学家丹尼斯·泰德洛克（Dennis Tedlock）就提出："口头诗歌始于声音，口头诗学则回到声音。"[③]　此外，一些并未跻身这些学派的学者的贡献，像英国开放大学教授露丝·芬尼根（Ruth Finnegan）关于非洲口头文学的著作，美国圣路易斯大学教授瓦尔特·翁（Walter Ong）对于"口头性"的文化哲学层面的讨论，都对人文学术界发生了深刻的影响。在20世纪80年代，学刊《口头传统》（*Oral Tradition*）创刊，其创办人兼口头传统研究的新主帅约翰·弗里（John Miles Foley）开始整合战线，聚集队伍，而且身体力行，开创口头诗学的崭新局面。[④]

　　通过以上简要回顾，我们有如下两点归纳：一则，口头诗学所要解决的问题，是口头诗歌（其实是整个口头传统）的创编、流布、接受的法则问题，这些法则的总结需要有别于书面文学理论和工具的理念、体系与方法；二则，口头诗学是整个诗学中的重要一翼，并不独立于诗学范畴之外，只不过在既往的诗学建设中长期忽略了这一翼，就如文学研究长期忽略了民间口头文学一样。

　　需要说明，本文的重点不在全面观照口头诗学的概念、体系和理念，而是拟从口传史诗的研究出发，形成某些关联性思考，重点讨论"文本"（text）与"声音"（voice）两个要素。其实任何口头文类（oral genre）都可以成为口头诗学研究的材料，这里选取口传史诗作为出发点，不过是因为口传史诗的研究相较于其他文类的研究而言，历史更久，成果更丰富，理论思考上也更有深度，特别是作为口头诗学核心理念的口头程式理论就主要从史

---

① 朝戈金：《国际史诗学术史谫论》，《世界文学》2008年第5期。

② 戴尔·海默斯（Dell Hymes）等人所创立的"讲述民族志"（The Ethnography of Speaking）的理论方法，与"民族志诗学"（Ethnopeotics）有很密切的关联，我大体上把它们列入这个思潮中。

③ Dennis Tedlock，"Towards an Oral Poetics," in *New Literary History*，Spring 1977，p. 157.

④ 朝戈金：《约翰·弗里与晚近国际口头传统研究的走势》，《西北民族研究》2013年第2期。

诗文类中创用工具、抽绎规则并验证理论预设，更为我们从史诗出发讨论问题提供了很大的便利。①

二　口头诗学与书面诗学：文本的维度

口头诗学在中国也有推介和讨论②，近几年更成为一批学位论文和研究课题的主要方向，只是其中用口头诗学的某个环节的理论解析特定文本或传统的居多，侧重理论的体系性建设的不多。我们先从文本的角度入手，看看一般诗学与口头诗学在理解和解析一宗叙事文本方面，彼此有什么样的差异。书面文学研究范畴的"文本"被理解为语言的编织物，并且时刻处于编织之中。③ 有学者认为，书面文学的文本解析应当在四个层次上展开：第一个层次是辨析语言，对作品进行语言结构分析与描述；第二个层次是体察结构，从结构地位、结构层次和结构本质几个方面进行体察；第三个层次是剖析文本间的联系，即揭示互文性——依征引方式和互文效果划分，有引用、粘贴、用典和戏仿四种形式；第四个层次是揭示其文化价值——历史和意识形态因素也是理解文本必定涉及的方面。④ 那么就让我们大体循着文本的这几个层次，逐一对照一下口头诗学的文本和书面诗学的文本差异何在。

版本问题。在书面文学的批评实践中，一般只需要指出所用的是哪个版本，若是有多种版本，则往往以科学的"精校本"为主，一般不需要再为行家里手反复解释版本问题。尤其是"版本发生学"所感兴趣的诸多问题——"前文本""手稿""修改誊清稿""清样""辨读"和抄写，乃至写本的技术分析等，基本不是文本解析的主要内容，因为，文本一旦批量制作并进入流通领域，文学接受就开始在受众间随时发生。创作者和传播者（往往是出版商）都不能再以各种方式直接介入文学接受过程，影响文学接受的效应。口头文学传统中的文本，则与此有很大差异。口头程式理论的一代宗

---

① 参见朝戈金《从荷马到冉皮勒：反思国际史诗学术的范式转换》，《中国社会科学院文学研究所学刊》，中国社会科学出版社 2008 年版，第 1—39 页。

② 参见朝戈金《关于口头传唱诗歌的研究——口头诗学问题》，《文艺研究》2002 年第 3 期。

③ 董希文：《文学文本理论研究》，社会科学文献出版社 2006 年版，"摘要"部分，第 1 页。

④ 同上书，第 2—3 页。

师洛德就曾指出，在口头诗歌中，并没有"权威本"或"标准本"。就同一个故事而言，演述者每次演述的，是"这一个"文本，它与此前演述过的和今后可能多次演述的同一个故事，是既有联系，又有区别的。大量田野实践证明，尤其对于那些篇幅较长的叙事而言，歌手每一次演述的，必定是一个新的故事，因为演述者不是用逐句背诵的方式，而是用诸多口头诗学的单元组合方式记住并创编故事的。所以，歌手的成熟程度，往往是以其曲目库的丰富程度和他所掌握的各种"结构性单元"（程式、典型场景和主题等）的丰富程度来衡量的。故事的每次演述，都是一次现场"创编"。① 所以，口头诗学开始研究文本时，先要就文本的形成作出说明和界定：是谁演述的？在什么环境中（时间、地点、听众等信息）？文本是如何制作出来的（现场文字记录，录音录像）？谁参与了文本制作（采访者、协力者等）？如果不是第一手资料，而是某个历史上形成的文本，那么，是抄本、刻本、提词本、转述本、速记本、缩略本、录记本、图文提示本中的哪一种，都需要仔细认定并作出说明。

语言问题。书面文学的文本，在读者面前，是一系列符号串，一般是固定的，不因阅读环境和受众的不同而改变。而口头诗学中的文本，是一系列声音符号串，它们在空气中线性传播，随着演述结束，这些声音的文本便消失在空气中。所以，一次故事讲述，就是一个不可重复的单向过程。从这个意义上说，书面文本是有形的，作家借助书写符号传递信息；而口头文本是无形的，口头演述人借助声波传递信息。今天，人们可以用技术手段记录下演述活动，形成视频和音频文档，或用书写符号记录下文本的语言，但就本质而言，口头文本仍然是线性的、单向的、不可逆的声音过程。在作家文学中，作家形成个人语言风格，乃是其艺术造诣的标志，是许多作家梦寐以求的境界。而在口头文学的传承和演述中，歌手的个人语言风格，是与特定传统和师承、特定地区和方言、特定流派和风格相联系的，很难说哪个民间叙事者具有鲜明的"个人语言风格"。

结构问题。书面文学的结构，往往体现作者的巧思，体现某个或某些文

---

① 阿尔伯特·贝茨·洛德（Albert Bates Lord）：《故事的歌手》，尹虎彬译，中华书局2004年版，第五章。

学传统中形成的审美理念和接受心理，例如戏剧文学的"三一律"、长篇小说中的"复调结构"、古典史诗情节的"从中间开始"，或如丹麦民俗学家奥里克（Alex Olrik）所总结的"口头叙事研究的原则"，都是努力在结构层面上归纳出的规律性。[①] 不过一般而言，作家的创作思维活动更难以预测，因为他们要力避公式化结构。而口头诗学中的结构，则显现出很不同的特质：口头诗人高度依赖程式化的结构，这也是为什么许多民族的史诗具有极为简单的几个"类型"，如统驭蒙古史诗的故事范型，按照仁钦道尔吉的总结，不外是"征战型""婚姻型""结盟型""传记型"等几种，且各有其结构特征。在人物结构方面，史诗则充分地体现出了在口头传统中常见的"对抗的格调"。[②] 其实，一个世纪之前，奥里克就在其《民间叙事的史诗法则》中特别论及"对照律"（the Law of Contrast），认为这种正反鲜明对比的设置是史诗的重要法则之一。[③] 至于中国的本土经验，巴·布林贝赫在其《蒙古英雄史诗诗学》中总结说，这种英雄一方与恶魔一方强烈对比的设置可称作"黑—白形象体系"，在蒙古史诗中极为常见。[④] 就讲故事的技巧而言，在故事整体结构设置方面，鲜有小说家在一开始就把整个故事的走向和结尾一股脑儿端给读者的，而在史诗演述中，这却是极为常见的。以蒙古史诗为例，一个故事的"开始母题"，往往预示整个故事的走向，弗里称这种现象为"路线图"。一个信使出现，或者主人公的一则噩梦，往往都预示着故事将以战争为重点展开。总之，拥有特定的故事发展"图式"，歌手依照特定的类型或亚类型的法则演述故事，这是十分常见的现象。

如果说，讲故事的技巧还能够穿越书面文学和口头文学的藩篱，彼此影响和借鉴的话，（回想一下中国古典文学名著《三国演义》和《水浒传》等具有多么鲜明的口头讲述特点，便可以理解这一点）那么在创编、传播和接

---

① Axel Olrik, "The Structure of the Narrative: The Epic Laws", *Principles for Oral Narrative Research*, trans. by Kirsten Wolf and Jody Jensen, Bloomington and Indianpolis: Indiana University Press, 1992.

② 瓦尔特·翁:《基于口传的思维和表述特点》,《民族文学研究》2000 年增刊。

③ Axel Olrik, "Epic Laws of Folk Narrative," in *International Folkloristics: Classic Contributions by the Founders of Folklore*, ed. Alan Dundes, Lanham MD: Rowman & LittlefieldPublishers, INC. 1999, pp. 83 – 98.

④ 巴·布林贝赫:《蒙古英雄史诗的诗学（蒙古文）》,内蒙古教育出版社1997 年版。

受的主要方面，书面文学和口头文学两者的差异要大得多。按照洛德所撰口头程式理论的圣经（指《故事的歌手》）中的说法，不是用口头吟诵的诗歌就叫作口头诗歌，而是口头诗歌是在口头演述中创编的。换句话说，口头文学的创作、传播和接受是在同一时空中开展和完成的。这是口头文学与书面文学最本质的差别。书面文学的创作、流通和接受，是彼此分离的，这种分离有时候可以跨越巨大的时空距离。一个读者的案头可以同时放着两千多年前诗人屈原的《离骚》，一百多年前美洲诗人惠特曼的《草叶集》汉译本，或不久前刚面世的彝族诗人吉狄马加的《圣殿般的雪山》。作家创作活动和读者阅读活动是在不同的时空维度中各自进行的，读者的反应不会直接影响到已经完成的作品。而口头创作与此不同，受众的喧哗、呼喊、语词回应和互动，乃至受众的构成成分，都会影响到口头创编的进程和内容。这方面我们有无数的事例。

就文学文本的整一性而言，作家的写作一旦完成定稿，其意义制造就完成了。读者因时代社会的不同，各自修养、知识积累和人生体悟的多寡深浅，对作品的理解自然会各有不同，但读者不会参与制造和改变意义。对于民间歌手而言，情况则十分不同：意义的制造和传递的过程，是演述者和受众共同参与的过程，其意义的完成过程，也是受众参与的过程。再者，民间演述人的每一次讲述活动，都是一次新的"创编"。从这个意义上说，作家的创作有个完结，民间歌手的创编没有完结。由于场域的不同，受众的不同，环境和背景的不同，演述人艺术积累程度的不同、情绪心境的不同等的制约，同样故事的不同时间和场合的讲述，彼此间往往会很有差异，形成不同的文本。每个演述场域中"在场"要素的作用，都会引起特定故事文本"在限度之内的变异"。近年来关于"五个在场"的总结，就比较充分地解析了这个过程。①

文学接受问题。书面文学诉诸目，口头文学诉诸耳，以"声音"为承载物。诚然，作家作品也会被朗诵，口头文学也会被文字记录，但就实质而言，口头文学是给受众聆听的，书面文学是给读者阅读的。也就是说，到了书面文化发达的社会中，一些原本有着口头创作来源的叙事，最终被以文字

---

① 参见廖明君、巴莫曲布嫫《田野研究的"五个在场"》，《民族艺术》2004 年第 3 期。

记录下来，乃至经过文人的整编、改写和打磨，成为主要供阅读的"书面文学"了。从纯粹的无文字社会的文学传播形态，到文字在世界各地被发明和使用之后，不同的文明传统先后以各种方式进入口头传承与书面写作并行的阶段，在这个阶段里，我们能看到大量彼此互相渗透的现象。在阅读占据支配地位的社会中，"声音"的文学渐次隐退或削弱，语言所特有的声音的感染力、声音的效果乃至声音的美学法则，变得不大为人们所关注。若再深究一步，阅读本身虽然是用眼睛，但默诵之际，难免不会引起大脑关于特定语词的声音的联想和感应。再者，与阅读可以一目十行，可以前后随意翻看，可以反复品咂某些段落相比，聆听则要被动得多，亦步亦趋地跟着演述者的声音信号走，不能"快进"乃至"跳过"某些不感兴趣的段落或者感到啰唆冗长的表述，也一般不能"回放"重温某些深感精彩的段落，等等。于是可以这样说，受众参与了口头传承的意义制造和意义完成，但就进程而言一般居于受支配的地位。

文学创造者问题。从一般印象出发，人们往往会在作家和民间艺人之间划出一条清晰的分界线，线的一边是作家，他们是"人类灵魂的工程师"，是社会中的精英阶层，长期以来广受赞誉和仰慕。优秀的作家往往卓尔不群，有鲜明的文学个性，且以独创能力和艺术才能得到肯定。民间语词艺术的演述者则不同，他们是草根，植根于民众当中，往往就是民众当中的一员，并不因为擅长演述艺术就得到特别的尊重。他们往往是鲜活生动的民间语言的巨匠，但几乎没有人会赞赏他们的"独创能力"，他们反而颇遭非议，若是他们背离了传统和规矩。对于文人作家来说，独创性是命根子；对于民间演述人来说，合于规矩才是命根子。成为作家有千万条道路，成为艺人也需要长期的锤炼。作家按写作文类分，如小说家、散文家、诗人、戏剧家等，民间艺人也大抵如此，分为祝赞词歌手、史诗歌手、故事家等。一些作家会跨文类写作，一些民间歌手也会跨文类演述，如著名史诗歌手同时是祝赞词好手和故事讲述达人的情况比较常见。作家写作时，胸中有大量素材的积累；民间歌手创编故事时，除了要在"武库"中存有大量故事之外，还要有急智，能够在"现场创编的压力下流畅地讲述"故事。这是他们的拿手好戏，未经过千锤百炼的歌手，不可能从容流畅，滔滔不绝。

三　口头文本与口头诗学的理论模型

口传文本的再一个特点，是文本间的互涉关联。洛德强调："在富于种种变化的方式中，一首置于传统中的歌是独立的，然而又不能与其他的歌分离开来。"[①] 在史诗研究中，在肯定某一个文本本身的相对性之后，文本性（textuality）的确体现了"史诗集群"一个极重要的特性——文本与先在的文学传统之间的关系。实际上，也没有任何文本是真正独创的，所有文本（text）都必然是口头传统中的"互文"（inter - text）。互文性（Intertextuality）最终要说明的是：

口传史诗文本的意义总是超出给定文本的范围，不断在创编——演述——流布的文本运作过程中变动游移。文本间的关系形成一个多元的延续与差异组成的系列，没有这个系列，口头文本便无法生存。就系列性叙事而言（如《玛纳斯》），一个诗章可以看作一个相对独立的文本，但同时又是更大文本的一个组成部分，它们之间通常是共时的共生的关系，互相印证和说明，也会产生某些细节上的抵牾，这与书面文学的章节关系和顺序设置有明显不同。有经验的受众也是在众多诗章构成的意义网络中理解具体叙事的，意义网络的生成，则往往是在故事的反复演述中，经由多种方式的叠加完成的。就此而言，口传文本的存在方式和流传方式不是独立自足的，而是依靠一种特殊的文本间关系得以展示的。

口头文本的一个重要属性是其程式化表达。根据"帕里—洛德理论"的文本分析模型，通过统计《贝奥武甫》手稿本里呈现的"程式频密度"来证明该诗曾经是口头作品的做法，具有典范意义。克莱伊司·沙尔（Claes Schaar）与肯普·马隆（Kemp Malone）否定马古恩所提出的《贝奥武甫》是吟游诗人即兴创作的歌的推论。马古恩的学生罗伯特·克里德（Robert P. Creed）在分析了《贝奥武甫》手稿本全文的程式后，指出这一

---

①　Albert B. Lord, *The Singer of Tales*, Cambridge：Harvard University Press, 1960, p. 123.

手稿本与口头传统存在着必然的而且毫无例外的关联。① 通过对《贝奥武甫》主题的比较分析，洛德认为《贝奥武甫》手稿本属于口述记录文本的类型，并非"过渡性"的文本。②

民间文艺学和民俗学对文本有基于自己学科范式的理解。伊丽莎白·法因（Elizabeth C. Fine）在其《民俗学文本——从演述到印刷》一书中用了很长的篇幅回溯了美国民俗学史上关于文本问题的探讨及民俗学文本理论的渊源和发展，概括起来其共有四个层阶的演进：第一，民族语言学的文本模式；第二，文学的文本模型；第三，演述理论前驱的各种文本界说，包括布拉格学派、帕里—洛德的比较文学方法、社会思想的重塑学派及讲述民族志等；第四，以演述为中心的文本实验。③ 这四个层级各自的重心和承续关系，需要另外撰文讨论，我们只想再次强调洛德这句话："一部歌在传统中是单独存在的，同时，它又不可能与其他许许多多的歌割裂开来。"④ 对口头文本的解读和阐释，也就不可能脱离开该文本植根的传统。

迄今为止，在中国发现的史诗文本形态也是多种多样的。以载体介质论，有手抄本、木刻本、石印本、现代印刷本；以记录手段论，有记忆写本、口述记录本、汉字记音本、录音誊写本、音频视频实录本等；以学术参与论，有翻译本、科学资料本、整理本、校注本、精选本、双语对照本乃至四行对译本；以传播—接受形态论，则有口头文本或口传文本，源于口头的文本或与口传有关的文本，以及以传统为取向的文本；以解读方式论，有口头演述本、声音文本、往昔的声音文本以及书面口头文本。⑤

美国史诗学者约翰·弗里和芬兰民俗学家劳里·杭柯（Lauri Honko）等学者，相继对口头史诗文本类型的划分与界定作出了理论上的探索，他们依据创作与传播过程中文本的特质和语境，从创编、演述、接受三方面重新

---

① 详细论述见约翰·迈尔斯·弗里《口头诗学：帕里—洛德理论》，朝戈金译，社会科学文献出版社2000年版，第162—167页。

② 洛德：《故事的歌手》，尹虎彬译，中华书局2004年版，第289页。

③ Elizabeth C. Fine, *The Folklore Text*: *From Performance to Print*, Bloomington and Indianpolis: Indiana University Press, 1994 [1984], Chapter 2.

④ 洛德：《故事的歌手》，尹虎彬译，中华书局2004年版，第178页。

⑤ 详见朝戈金、尹虎彬、巴莫曲布嫫《中国史诗传统：文化多样性与民族精神的"博物馆"》，《国际博物馆》（联合国教科文组织全球中文版）2010年第1期。

界定了史诗的文本类型，并细分为三类，见下表：①

史诗文本类型表

从创编到接受 文本类型	创编 Composition	演述 Performance	接受 Reception	史诗范型 Example
1. 口头文本或口传文本 Oral text	口头 Oral	口头 Oral	听觉 Aural	史诗《格萨尔王》 *Epic King Gesar*
2. 源于口头的文本 Oral – derived text	口头/书定 O/W	口头/书定 O/W	听觉/视觉 A/V	荷马史诗 Homer's poetry
3. 以传统为取向的文本 Tradition – oriented text	书写 Written	书写 Written	视觉 Visual	《卡勒瓦拉》 *Kalevala*

把握口头诗歌的多样性及其重要意义，在一定程度上还需要穿越传统、文类，尤其是穿越诗歌的载体形式——介质。② 根据这一主张，弗里进而在其《怎样解读口头诗歌》一书中依据传播介质的分类范畴，提出了解读口头诗歌的四种范型，见下表：③

口头诗歌分类表

Media Categories 介质分类	Composition 创编方式	Performance 演述方式	Reception 接受方式	Example 示例
Oral Performance 口头演述	Oral 口头	Oral 口头	Aural 听觉	Tibetan paper – singer 西藏纸页歌手

---

① 详见朝戈金、尹虎彬、巴莫曲布嫫《中国史诗传统：文化多样性与民族精神的"博物馆"》，《国际博物馆（联合国教科文组织全球中文版）》2010 年第 1 期。此中英文对照表据巴莫曲布嫫《史诗传统的田野研究》，博士学位论文，北京师范大学，2003 年。

② John Miles Foley, *How to Read an Oral Poem*. Urbana and Chicago：University of Illinois Press，2002，p. 50.

③ Ibid. , p. 52.

续表

Media Categories 介质分类	Composition 创编方式	Performance 演述方式	Reception 接受方式	Example 示例
Voiced Texts 声音文本	Written 书写	Oral 口头	Aural 听觉	Slam poetry 斯拉牧诗歌
Voices from the Past 往昔的声音	O/W 口头/书写	O/W 口头/书写	A/W 听觉/书面	Homer's Odyssey 荷马史诗《奥德赛》
Written Oral Poems 书面的口头诗歌	Written 书写	Written 书写	Written 书面	Bishop Njegoš 涅戈什主教

　　然而值得注意的是，近年来随着数字化技术的不断进步，本土社区的许多歌手开始自发录制自己的史诗演述，其中也包括听众。录制从早期的盒带到当下的微型摄像机，录制者有的为了自我欣赏，有的为了留作纪念，有的为了替代通宵达旦的口头演述，有的甚至为了挣钱。如何看待这类社区生产的音视频电子文本，也同样成了学界需要考量的一个维度，尤其是这种自我摄录的行动多少受到了媒体、记者尤其是学者纷纷采用数字化技术手段进行记录的影响，从而在民众中成为一种时尚。还有，近年来，在青海省果洛州德尔文部落悄然兴起的"写史诗"，则是用书写方式记录记忆中的文本（歌手自己写），或是记录正式或非正式的口头演述（歌手请人代写自己的口头演述），这样的自发行动同样值得关注。此外，我们在田野中还发现以其他传统方式承载的史诗叙事或叙事片段，如东巴的象形经卷、彝族的神图（有手绘经卷和木版两种）、藏族的格萨尔石刻和唐卡、苗族服装上的绣饰（史诗母题：蝴蝶歌、枫树歌）、畲族的祖图等，这些都可谓有诗画合璧的传承方式，同样应该纳入学术研究考察的范围中来。

四　大脑文本与口头诗学的实证方法

　　在讨论口头文本的生成理论机制上，劳里·杭柯1998年出版的《斯里史诗的文本化》(*Textualising the Siri Epic*)是阐述口头诗学视野下文本观念方面的一部扛鼎之作，它从新的视角观照口头文本生成的机理。杭柯提出"大脑文本"（mental text）概念，试图解答口头的"文本"在歌手脑海里是如何习得和存储的。在杭柯看来，大脑文本属于"前文本"（pre - text）范畴，是歌手演述一部史诗之前的存在。大脑文本主要由四种要素组成：1. 故事情节；2. 构成篇章的结构单元，如程式、典型场景或主题等；3. 歌手将大脑文本转换成具体的史诗演述事件时遵循的诗学法则；4. 语境框架，例如在演述史诗之前对以往演述经历的记忆。① 这些要素在大脑文本里并非彼此独立，而是相互关联，且按照一定法则组合在一起，以适应歌手每一次演述的需求而被反复调用。

　　大脑文本是歌手个人的，这一点毫无疑问。歌手通过聆听、学习、记忆、模仿、储存和反复创造性使用等过程，逐步建构起他的大脑文本。这个大脑文本，一般而言，是任何具体演述的源泉，远大于那些具体的叙事。歌手的毕生演述，可能都无法穷尽大脑文本。由于大脑文本是传统的投射和聚集，所以，不同歌手的大脑文本既是特定的、与众不同的，又是相互借鉴和学习的、共享的、传承的，如特定的程式、典型场景、故事范型等要素。

　　大脑文本的现象，能够在一定程度上解释歌手演述故事时出现异文的现象——同一则故事在不同的讲述场合有差别。根据大量田野调查所获得的信息，我们大略可以说，在歌手的大脑中，故事的材料不像中药铺的抽屉那样精确地分门别类存储，而是以更为多样链接的方式存储。我甚至推测，可能"声音范型"在调用材料即兴创编时，发挥索引和引导作用。而且，大脑文本具有很强的组构特性。在南斯拉夫的田野调查表明，一个有经验的歌手，哪怕刚听到一则新故事，也能立即讲述出来，而且学来再讲的故事，比原来的故事还要长，细节还要充盈。② 另外，在不同的叙事传统中，都能够见到歌手在演述大型韵文体裁时，往往调用祝词、赞词、歌谣、谚语、神话等其他民间文类，整编到故事中。这也说明，大脑文本往往是超文类的，也是超链接的。

　　杭柯使用大脑文本的概念阐释了伦洛特（Elias Lönnrot）的《卡勒瓦

---

　　① Lauri Honko, *Textualising the Siri Epic* (Folklore Fellows' Communications 264), Helsinki: Academia Scientiarum Fennica, 1998, p. 94.

　　② 参见洛德《故事的歌手》，尹虎彬译，中华书局2004年版，第111页。

拉》编纂过程。伦洛特搜集了大量芬兰口头诗歌,逐步在脑海里形成了《卡勒瓦拉》的大脑文本。文字版的《卡勒瓦拉》是伦洛特大脑文本的具体化,是他基于传统的创编。他是介乎文人诗人和民间歌手之间的创编者。他所掌握的口头诗歌材料比任何史诗歌手都要多,所以他反而比那些歌手都更有条件整理和编纂大型诗歌作品,当然是依照民间叙事的法则。他所编纂的不同版本的《卡勒瓦拉》,丰约互见,恰似民间歌手的不同讲述,长短皆有。通过对土鲁(Tulu)歌手古帕拉·奈卡(Gopala Naika)演述活动的实证观察,杭柯推演了大脑文本的工作模型。奈卡给杭柯演唱《库梯切纳耶史诗》(*Kooti Cennaya*)用去 15 个小时,史诗计 7000 行,而同一个故事在印度无线广播上用 20 分钟就讲述完了。杭柯要求奈卡以电台方式再讲一次,结果奈卡又用了27 分钟。奈卡自己认为,他三次都"完整地"讲述了这首史诗,因为骨架和脉络皆在。[1] 显然,在歌手的大脑中,故事的基本脉络是大体固定的,其余的是"可变项"。这令我想起马学良早年述及的苗族古歌演述中的"歌花"和"歌骨"现象。"歌骨"是稳定的基干,"歌花"则是即兴的、发挥的、非稳定的成分。[2] 总之,歌手的故事是有限的,而大脑文本则是无限的。

　　当然,有的史诗传统更强调文本的神圣来源和不可预知。西藏史诗传统中的"神授""掘藏"和"圆光"等类艺人,其学艺过程和文本形成的认知,就与杭柯的大脑文本概念相抵牾。根据"神授"的说法,史诗文本是一次性灌注到歌手脑海中的,是有神圣来源的,是被客体化了的文本。而"圆光"艺人需要特定的道具作为载体传输故事信息,等等。对这些现象的科学解释,要留待进行了更为全面细致的田野调查后才能展开。

五　余论

　　中国学者已经开始参与到关于口头文本的学理性思考中,并依据中国极为丰富的文本和田野实证资料,提供某些维度的新说法。例如,巴莫曲布嫫

① Lauri Honko, *Textualising the Siri Epic* (Folklore Fellows' Communications 264), Helsinki: Academia Scientiarum Fennica, 1998, p. 30.

② 马学良:《素园集》,中国民间文艺出版社 1989 年版,第 191 页。

博士关于彝族勒俄叙事传统中"公本"和"母本"、"黑本"和"白本"的特殊分类和界定问题，就为口述文本在社会语境中的多维解读提供了范例。① 高荷红博士关于满族说部传承人可以界定为"书写型传承人"的分析②，吴刚博士关于达斡尔族"乌钦"的研究③，都是解析和总结介乎口头传统与书写传统之间的特殊文本类型的有益尝试，其中不乏新见。笔者也曾讨论过口头文本"客体化/对象化"（objectification of oral text）现象的成因和规律。④ 从杭柯"大脑文本"的无形到"客体化"的有形，或者说"赋形"，正是口头诗学向纵深迈进的一种标志。

诚然，口头文本是活的，其核心形态是声音，对声音进行"文本化"后的文字文档，不过是通过这样或那样的方式对声音文本的固化。然而，恰恰是这种对口传形态的禁锢和定型，又在另外一个层面上扩大了声音文本的传播范围，使其超越时空，并得以永久保存。世界上迄今所知最早的史诗——巴比伦的《吉尔伽美什》就是一个极好的例子，荷马史诗、印欧诸多其他史诗也都类似。法国学者曾托尔（Paul Zumthor）和恩格尔哈特（Marilyn C. Engelhardt）曾提出："我们缺少有普遍参照意义的术语，或可称作'声音的诗学'（poetics of the voice）。"⑤ 随着书写文明的飞速扩张，口头诗学所得以植根并发展的以口头传统作为信息传播主要方式的社会，如今看上去正逐渐萎缩。不过，按照弗里的见解，口头传统是古老而常新的信息传播方式，在新技术时代也获得了新的生命力，表现在网络空间中、日常生活中、思维链接中，所以是不朽的。

（原载《西北民研究》2014 年第 2 期）

---

　　① 巴莫曲布嫫：《叙事型构·文本界限·叙事界域：传统指涉性的发现》，《民俗研究》2004 年第 3 期。

　　② 高荷红：《满族说部传承研究》，中国社会科学出版社 2011 年版。

　　③ 吴刚：《从色热乌钦看达斡尔族口头与书面文学关系》，《文学与文化》2011 年第 3 期。

　　④ Chao Gejin：Oral Epic Traditions in China，在线讲座：www. oraltradition. org/articles/webcast.

　　⑤ Paul Zumthor and Marilyn C. Engelhardt："The Text and the Voice," in *New Literary History*，Vol. 16，No. 1（Autumn 1984），p. 73. 另外曾托尔最晚近的成果《口头诗歌通览》的第一章便集中地考察了口头的再创作过程中"声音的在场"（the presence of voice）问题。参见 Paul Zumthor, *Oral Poetry：An Introduction*，trans. by Kathy Murphy – Judy，Minneapolis，MN：Universityof Minnesota Press，1990，Chapter 1。

"多长算是长":论史诗的长度问题[①]

一

当被告知成立"伦敦史诗讲习班"[②]的消息时，阿瑟·威利（Arthur Waley）说"每当想到史诗，我就想它们都是多么地各不相同"。这是有感而发的话。从事史诗研究的学者大都同意，史诗是个内部差异巨大的文类，给它下定义颇为不易。

发行量可观、影响很大的《牛津简明文学术语词典》中"史诗"词条是这样表述的：

> 史诗是长篇叙事诗，以崇高庄严的风格歌颂一个或多个传奇英雄的伟大功业。史诗英雄往往受到神的庇护，甚或是神的传人。他们总是在艰苦的旅程和卓绝的战争中表现出超人的能力，常常拯救或者缔造一个民族——例如在维吉尔的《埃涅阿斯纪》（公元前30—20），乃至拯救整个人类，如弥尔顿的《失乐园》。维吉尔和弥尔顿所创作的诗歌被叫作"次生的"（secondary）或者文学的史诗，它们是对更早的"原生的"（primary）的或者叫传统的荷马史诗的模仿。荷马的《伊里亚特》和《奥德赛》（公元前8世纪）则来自口头吟唱的史诗传统。这些次生之作吸收了荷马史诗的诸多技巧，包括对诗神缪斯的吁请，"特性修饰

---

① "多长算是长"，原文"how long is long"，引自 Lauri Honko, *Textualising the Siri Epic*, Academia Scientiarum Fennica, FFC264, Helsinki, 1980, p. 35。

② *Traditions of Heroic and Epic Poetry*, Vol. 1, ed. A. T. Hatto, The Modern Humanities Research Association, 1980, p. 2.

语"（epithet）的使用，对众英雄和对手的"详表"（listing）式形容，以及"从中间开始"的结构（至于史诗传统的其他手法，见"史诗明喻"，"程式化"和"史诗手法"等）。盎格鲁—撒克逊史诗《贝奥武甫》（公元 8 世纪）是一篇原生的史诗，就如今天所知历史上最为古老的巴比伦史诗《吉尔伽美什》（公元前 3000 年）一样。在文艺复兴时期，史诗（也称"英雄诗歌"）被看作是文学的最高形式，因而成为创作的范本，如意大利塔索的《被解放的耶路撒冷》（1575）和葡萄牙卡蒙斯的《卢济塔尼亚人之歌》（1572）。其他重要的民族史诗还有印度的《摩诃婆罗多》（公元 3 或 4 世纪）以及日耳曼人的《尼贝龙根之歌》（公元 1200 年）。史诗的场面宏大，因此该术语也被引申用来指长篇小说或气势恢宏的历史小说，例如托尔斯泰的《战争与和平》（1863—1869）。某些场景宏大的英雄题材或历史题材的电影也被叫作史诗。①

再看看更为专业的工具书。《普林斯顿诗歌与诗学百科全书》中，"史诗"词条占据了这部大开本百科全书的 13 页之多。该词条分两部分，第一部分是历史，回顾了从古至今的史诗现象，第二部分是理论，主要介绍了"古典和亚历山大时期的希腊"，"古典拉丁和中世纪"，以及"文艺复兴到现代"三个阶段的主要理论建树。该词条给出的核心定义是："一部史诗是一首长篇叙事诗，描述一个或多个史诗英雄，并关注某个历史事件，如战争或征服，或展示作为某文化中传统和信仰核心的英勇探险或其他神奇功业。"②在 2012 年面世的该百科全书第四版中，核心定义被修改为："一部史诗是关于英雄行为的长篇叙事诗歌：叙事意味着它讲述一个故事，诗歌表明它以韵文体而非散文体写就，英雄行为则被各个传统的诗人一般解读为对英

---

① Chris Baldick, *The Concise Oxford Dictionary of Literary Terms*, Oxford University Press, 2004. , pp. 81 – 82. 笔者汉译。

② *The New Princeton Encyclopedia of Poetry and Poetics*, ed. Alex Preminger and T. V. F. Brogan, Princeton University Press, 1993, p. 361.

雄所归属社区而言有重大意义的英勇行为。"①

上引史诗定义中，都点明史诗是长篇诗体叙事，只不过没有明确多长算是长篇。在《普林斯顿诗歌与诗学百科全书》不同版本之间文字表述上的变化就或显或隐地表明，学界越来越不认为史诗是一个边界清晰、内涵稳定、有明确篇幅限定的文类。这种认识上的变化与下述事实不无关联：近年来不断有新史诗被发现、记录和展开相应研究——越南近年辑录出版的卷帙浩繁的"西原史诗系列"就是一个突出的例子②。涌入史诗领地的各类鲜活样例，以其形式、内容、功能和作用的各不相同，不断挑战和冲击陈旧的以欧洲史诗为圭臬和参照的史诗观念体系。今天，在关于史诗的几乎每一个重要问题上，学界都有歧见和争议。③不过，"长篇诗体叙事"倒是被多数人坚守的尺度之一，只是在长度问题上多语焉不详。本文是朝向讨论史诗界定问题的系列思考之一，史诗长度问题当然是需要优先讨论的。为了便于在更大范围内进行样例比较，也为了层次上更清晰，本文的事例主要来自"原生的"或口头的史诗传统。

二

在民间文艺学领域，史诗是一个文类，就如神话、传说、故事、歌谣等也都是叙事文类一样。只不过史诗是特意强调篇幅的文类，这一点与散文体的神话、传说和故事等都不同。短者如《精卫填海》《后羿射日》《嫦娥奔月》等汉族上古神话，寥寥数语；长者如希腊神话，滔滔不绝，皆可入神话殿堂，无论短长。传说亦然，世界各地传说无算，或长或短，彼此极为参差，大抵不影响其传说定位。民间故事虽以短制居多，但篇幅上一向没有特别要求。韵文体诸文类，如叙事诗、民谣、谚语、挽歌、祝词等，界定尺度多聚焦内容及功能，于篇幅上素无要求。

不过，诚然史诗作为一个文类可以与故事等文类并列，但与其他文类相

---

① The Princeton Encyclopedia of Poetry and Poetics, Fourth Edition, Editor in Chief Roland Greene, Princeton University Press, 2012, p. 9. 笔者汉译。

② http：//www. juminkeko. fi/vietnam/index. php？ site = vastaanotto&lang = en.

③ 参见自 Oral Tradition 学刊创立 30 年以来所发表关于史诗的各类争论文章，就会形成这个看法。

比较，史诗又是一个特殊的文类——它既是一个独立的文类，又是一个往往含纳和吞噬其他文类的文类。所以，在美国史诗学者理查德·马丁（Rich-ard P. Martin）看来，作为一种"超级文类"（super - genre），史诗与绝大多数有较为固定风格的语词艺术样式不同，它具有一种可以被称为"普泛性"（pervasiveness）的属性①。约翰·迈尔斯·弗里则直呼史诗为"重大文类"（master - genre）。他说："史诗是古代世界的重大文类。无论聚焦哪个时代或哪个地方，史诗在古代社会都扮演重要角色，发挥着从历史和政治的到文化和教诲的及其他诸多功能。作为认同的标识，古代史诗看来总是居于事物的中心。"② 笔者十分赞同马丁和弗里的上述见解。史诗文类不是一个静止的和高度自洽的现象，口传史诗尤其不是。史诗的篇幅问题是外在形式问题，但从辩证法角度看，量积累到一定程度就会引起质的转化。从哲学上看，一般而言事物的内容决定形式。史诗在内容上多涉及关乎国家民族生死存亡的重大事件，其主人公往往非同一般（神祇或半神），史诗世界往往景象宏阔。包容上述内涵的叙事，在形式上就不可能太过短小，这很容易理解。

既然是超级文类，就会拥有亚类。在史诗内部都有哪些亚类型呢？以笔者所见，工具书中收罗宏富、分类较细的代表，是吉达·杰克逊的《传统史诗：文学读本》（Guida M. Jackson：*Traditional Epics*：*A Literary Compan-ion*）。这是一部值得认真关注的世界史诗导读，收入大约 1500 种"史诗"作品，地理上涵盖了非洲、亚洲、澳洲及大洋洲、加勒比、中美洲及墨西哥、欧洲、印度及中东、北美洲、南美洲以及东南亚（这是作者的地理区划）。下面就是杰克逊所划分出来的诸多"亚类"（subgenre）："民谣组诗"（ballad cycle），③"法国叙事歌"（chante fable），④"合集"（collection，中国

---

① Richard P. Martin, "Epic as Genre", *A Companion to Ancient Epic*, ed. John Mile Foley, Blackwell Publishing, 2005, p. 17.

② John Miles Foley, "Introduction", *A Companion to Ancient Epic*, ed. John Mile Foley, Blackwell Publishing, 2005, p. 1.

③ Cycle，"组诗"，也有汉译为"诗系"的，指内容围绕某一时代或某一传奇（人物）展开的一组诗歌作品。在系列史诗中使用时，也有翻译作"史诗集群"的。

④ Chante fable 是法国中世纪的一个叙事类型，以韵文和散文交替叙述故事，前者可唱，后者可诵。流传至今的唯一作品就是《奥卡森和尼克莱特》（*Aucassin et Nicolette*），讲述一对恋人经过诸多磨难，终成眷属的故事。"法国叙事歌"是《简明不列颠百科全书》的译法，中国大百科全书出版社 1986 年版。

的"楚辞"包括在这个亚类中），"创世、迁徙、仪式、预言组诗，或史诗"
（creation，migration，ritual，prophecy cycle，or epic），"史诗—萨迦"
（epic – saga），①"生殖史诗或神话"（fertility epic or myth），"民间组诗"
（folk cycle），"民间史诗"（folk epic），"英雄组诗"（heroic cycle），"英雄
史诗"（heroic epic），"英雄歌或谣曲"（heroic poem or ballad），"英雄故事
或史诗叙事"（heroic tale of epic narrative），"传说"（legend），"神话"
（myth），"叙事诗"（narrative poem），"散体传奇故事"（prose romance），
"韵体传奇故事"（verse romance），"萨迦"，"妇女史诗"（woman's epic）
等。②这些亚类型的归纳，从一个方面说明，史诗是一个聚合概念，其内部
充满差异性。也说明史诗与其他相邻文类之间，有彼此重合、叠加、互渗、
合并等现象。杰克逊的问题主要是两点：一则她的史诗定义边界太过宽泛，
从神话到传说，从文人拟作到宗教典籍，从历史文献到民族迁徙历程的记
事，不一而足，这就消解了史诗的核心属性和特征；再则，她所运用的"亚
类型"概念和体系，缺乏必要的划分标准和逻辑层次——以地域性划分
（如法国叙事歌），以性别为导向划分（妇女史诗），或以内容划分（生殖史
诗或神话）的亚类，交错出现，平行并列，令人不明就里。

　　身为 20 世纪最有影响的史诗研究大家，劳里·杭柯（Lauri Honko）关
于史诗的见解很有参考价值。他认为，史诗是关于范例（exemplar）的宏大
叙事，起初由专门歌手作为超级故事来演述，比起其他叙事，史诗篇幅巨
大，表达充满力量，内容严肃重要，并在传统社区或受众中成为认同表达的
资源。③他进而指出，口传史诗不仅是一个复合的文类（oral epics are a com-

---

①　Saga 是指中世纪冰岛各种散文形式的故事和历史作品。有广义和狭义两种用法。

②　Guida M. Jackson, *Traditional Epics*：*A Literary Companion*, Oxford University Press, 1994, pp. 651 – 654.

③　这一段话相当重要，故而原文摘引于此："Epics are great narratives about exemplars, originally performed by specialized singers as superstories which excel in length, power of expression and significance of content over other narratives and function as a source of identity representations in the traditional community or group receiving the epic." 见于 Lauri Honko, *Textualising the Siri Epic*, Academia Scientiarum Fennica, FFC264, Helsinki, 1998, p. 28。

plex genre），而且还是一个多属杂糅的传统（multigeneric traditions）。①无论是马丁的"超级文类"、弗里的"重大文类"，还是杭柯的"超级故事"，乃至"复合文类"，其基本点都在于，不能简单把史诗当作一般的文类来加以理解和阐释。

三

在文学的诸多文类中，散文体的叙事艺术，如小说，在篇幅方面最为斤斤计较。小说分为长篇小说（novel）、中篇小说（novelette）和短篇小说（short story）。篇幅和体量对于分类而言是决定性的。史诗一般被认为是长篇的，但所谓长篇的下限应该是多少呢？劳里·杭柯是少数几个谈论这个问题的学者。他斟酌并转述了在口传史诗长度方面最为宽容的学者爱德华·海默斯（Edward R. Haymes）的说法——海默斯认为口头史诗是一种广义的叙事诗歌，其长度普遍应超过200—300诗行②。不过，杭柯并不太赞成海默斯的看法，认为这个标准是太低了，为单一情景的叙事诗以及民谣类的叙事样式堂而皇之地进入史诗领地大开方便之门。杭柯有些犹豫地说，他愿意提出1000诗行作为史诗这个重大文类的"入门标准"，但他随后也说口头诗人可能会压低这个标准。③海默斯的最低限度，也就是200—300诗行，这个篇幅，比起有355句的"古今第一长诗"《孔雀东南飞》还要短小一点，也难怪杭柯不大认可。

作为超级文类的史诗，其篇幅的幅度该如何把握呢？这显然是一个棘手问题。先从最长的史诗说起。今天我们所知世界上最长的史诗，是蒙藏等民族中广泛传唱的口头史诗《格萨（斯）尔》。据说除去异文，约有50万诗行。④以往西方世界认为，印度大史诗《摩诃婆罗多》是世界上最长的史诗，其精校本有大约10万颂，也就是20万诗行。类似这样大型的史诗，还有柯

---

① Lauri Honko, *Textualising the Siri Epic*, Academia Scientiarum Fennica, FFC264, Helsinki 1998, p. 29.

② Ibid. , pp. 35 – 36.

③ Ibid. , p. 36.

④ 据《中国大百科全书》（第二版）"格萨尔"词条，大百科全书出版社2009年版。

尔克孜族的《玛纳斯》，以及蒙古族的《江格尔》等。更具有故事"整一性"和全球声望的，是希腊史诗《伊利亚特》和《奥德赛》，分别有大约16000 诗行和 12000 诗行，它们堪称中型史诗的翘楚。欧洲的不少史诗，如古日耳曼《尼贝龙根之歌》，盎格鲁—撒克逊《贝奥武甫》和《亚瑟王》系列，法兰西《罗兰之歌》，西班牙《熙德之歌》，冰岛《埃达》等，都可归入中型史诗之列。在世界各地，比较短小的史诗也经常能见到。根据《蒙古英雄史诗大系》和其他蒙古史诗资料的情况看，不足 3000 行的史诗，在整个蒙古史诗群落中占据大多数。数百诗行的故事，数量也不算少。这些都可以算作小型史诗。今天所见较短的知名史诗中，古代突厥人中流传的《乌古斯可汗传》具有代表性，它有不同抄本传世，但篇幅都不足 400 诗行。可是，无论从哪个角度看，其内容严肃重要，其主人公能力非凡，其英雄事迹也完全合于史诗的规制。

如此看来，把大型和中型史诗纳入史诗范畴，完全合于史诗文类对篇幅的要求，不构成问题。产生歧见的，是对小型史诗篇幅的讨论。换句话说，也就是如何对史诗的入门限度作出规定的问题。以笔者所见，劳里·杭柯对史诗长短的讨论，用力最大，但收效却仍值得商量。原因在哪里呢？在笔者看来，口头史诗的长度问题，从来就不容易搞清楚，因为长短是相对的。有事例为证：

杭柯在著作中转述了一件事情：1995 年 1 月，印度一家电台"All India Radio"邀请知名的史诗歌手古帕拉·奈卡（Gupala Naika）在电台上演唱史诗"Kooti Cennaya"。这个播出版本是"20 分钟"。史诗 Kooti Cennaya 是土鲁（Tulu）传统中最为著名的长篇史诗之一，也是歌手奈卡自己的曲目库中在长度上仅次于"斯里史诗"（Siri）的第二长史诗。恰巧在此事发生的三年前，杭柯和他的史诗工作团队曾经采录过该歌手演述的这部"Kooti Cennaya"史诗。当时史诗工作团队一共用了三天时间，录制了史诗故事的 19 个单元，每个单元的长度从 28 分钟到 120 分钟不等，总计用去了 15 个小时，按诗行统计有大约 7000 行！杭柯闻此广播事件极为惊讶，就再次请求歌手像在电台里那样用 20 分钟演述这个故事。这位传奇歌手毫不犹豫就同

意并用 27 分钟完成任务。①歌手奈卡简直就是史诗研究学术史上最为出色的
"压缩大师"。

　　这样的事情并不是特例。根据杭柯的转述，1985 年在芬兰土尔库召开
的 "《卡勒瓦拉》与世界史诗" 研讨会上，希尔克·赫尔曼（Silke Her-
rmann）报告说，大约在 1970 年，拉达克的广播电台曾经邀请歌手在冬季整
月地演述史诗《格萨尔》。播放时长为每次 30 分钟。歌手们为了适应节目时
间要求，需要将每个部分（诗章，或者称作 ling）都压缩到 30 分钟的长度。
其中有一位很会压缩的歌手，曾经给赫尔曼在 3 个小时之内演述了 "整个"
《格萨尔》史诗，而大体同样内容的故事，另外一位歌手则用了大约 16 个小
时之久。②

　　关于史诗太长，不能一次讲完的说法，在世界上许多地区都能够见到。
在卫拉特蒙古人中还有这样的说法，称《江格尔》一共有 70 个诗章，但是
任何人都不该全部学会，也不能全部演唱，否则会对他本人大为不利。③俄
国历史学家弗拉基米尔佐夫（B. Ya. Vladimirtsov）曾经对西部蒙古的史诗传
统做过调查，他也指出史诗演述的长度是会根据演唱者和场合而作出调
整的：

　　　　歌手现在正如以线串珠，他可以将各类诗段伸展或拉长，他的叙事
　　手段或直白或隐晦。同样一部史诗，在一位经验丰富的歌手那里，可以
　　用一夜唱完，也可以用三四夜，而且同样能保留题材的细节。卫拉特史
　　诗歌手从不允许自己缩短和改动史诗题材，或删掉某一段落，这么做会
　　被认为十分不光彩，甚至是罪过。题材内容是不能改动的，然而一切都
　　依歌手而定，他的灵感力量，他对诗法的运用能力。④

---

　　①　Lauri Honko, *Textualising the Siri Epic*, Academia Scientiarum Fennica, FFC264, Helsinki, 1998,
p. 30.

　　②　Ibid. , pp. 30 – 31.

　　③　《〈江格尔〉论文集》，新疆人民出版社 1988 年版。其中多篇田野报告言及歌手不能全部演唱
《江格尔》的禁忌。

　　④　转引自朝戈金《口传史诗诗学：冉皮勒〈江格尔〉程式句法研究》，广西人民出版社 2000 年版，
第 39 页。

可见，歌手根据不同场合和环境，任意处理故事长度的事情，随时都会发生。歌手奈卡用20分钟和15小时分别演述同一则故事的例子，非常充分地说明了口头诗歌变动不居的属性。显然，7000诗行的篇幅，按照杭柯的标准，是可以堂而皇之进入史诗领地的，但它的压缩版本远不足1000行，则应拒于史诗之门外。这样做是有道理的吗？

四

前面讲同一位歌手在不同情境下处理故事长度的例子。若是一则故事在不同歌手之间传播并发生变化，会有什么样的情况呢？这里引述弗里著作中讲述的一则著名的史诗田野作业范例：

帕里让远近闻名的歌手阿夫多（Avdo）出席另一位歌手的演唱，其间所唱的歌是阿夫多从未听到过的。"当演唱完毕，帕里转向阿夫多，问他是否能立即唱出这同一首歌，或许甚至比刚才演唱的歌手姆敏（Mumin）唱得还要好。姆敏友好地接受了这个比试，这样便轮到他坐下来听唱了。阿夫多当真就对着他的同行姆敏演唱起刚学来的歌了。最后，这个故事的学唱版本，也就是阿夫多的首次演唱版本，达到了6313诗行，竟然几近'原作'长度的3倍。"①

在洛德看来，学唱版本是原唱版本的接近3倍，道理在于阿夫多是比姆敏厉害得多的口头诗人。他所掌握的语词程式和典型场景等现成的表达单元，要远比姆敏的丰富。所以，在姆敏可能是一带而过的场景，在阿夫多这里，或许就变成了细节充盈的画面。因为，把一首只有2294诗行的故事扩展为6313诗行，毕竟要增添许多成分才成。而且根据洛德的观察，学唱版本并不会亦步亦趋地追随原唱版本，而是会根据自己熟悉的程式，对新学故事进行诸多改造，乃至是"修正"。洛德列举了诸多有趣事例，例如在呈现"传令官"场景时，两个歌手的演述版本之间，差别甚为明显。由此可见，

---

① 约翰·迈尔斯弗里：《口头诗学：帕里—洛德理论》，朝戈金译，社会科学文献出版社2000年版，第94页。关于这两次表演的比较分析，见A. B. Lord, *The Singer of Tales*, Harvard University Press, 1960, pp. 102–105。

同一则故事在不同歌手之间传播和接受的过程中，也会发生很大的变化。既然口头诗歌在不同歌手间传承和在不同代际间传承是民间叙事艺术传承的基本样态，那么我们在某次田野调查中碰巧遇到并记录下来的一则故事的某一次演述，就极有可能是该故事的一个"压缩版"或"抻长版"。这样说来，以一则口头诗歌的篇幅长短来论定其诗歌属性和归类，十分靠不住。

洛德关于口头诗歌的变动性与稳定性关系的讨论，饶有兴味。他认为，需要用三种田野实验从三个方面讨论变动问题：第一，一首歌从一个歌手到另一个歌手传承过程中发生变化的实验；第二，同一歌手的同一则故事在不太长时间间隔前后的差异；第三，同一歌手的同一则故事在间隔很久（例如十几年）前后发生变化的情况。这几种情况在前面已有论及。下面用一个我自己研究过程中使用过的例子，说明即便是在一次演述中，在某些看上去比较固定的表达单元上，歌手灵活处置的空间也是惊人的。

我在蒙古史诗的句法研究中，也指出有类似现象：例如，诗行"Asar ulagan Honggor"（阿萨尔乌兰洪古尔）是一个核心的特性修饰语，在《江格尔·铁臂萨布尔》（演述记录本）诗中一共出现了 33 次，其中多次在核心特性修饰语前面添加了附加修饰语，"aguu yehe hüchütei"（有着伟大力气的），变成"Aguu yehe hüchütei/Asar ulagan Honggor"。另外一个例子是诗行 Hündü gartai Sabar（铁臂萨布尔），在这个诗章中一共出现了 23 次，其中 16 次添加了附加修饰语 Hümün nu nachin（人们中的鹰隼），从而形成一个双行对句的特性修饰语："Hümün nu nachin/ Hündü gartai Sabar"（人们中的鹰隼/铁臂的萨布尔）。这不算完，在这个对句的前面，有 4 次添加了四行修饰性成分"Ama tai hümün/Amalaju bolosi ügei/Hele tei yaguma/Helejü bolosi ügei"，从而变成一个 6 行的人物特性修饰语（有嘴巴的人们/都不敢谈论的/有舌头的生灵/都不敢嚼舌的/人们中的鹰隼/铁臂的萨布尔）。我在这篇英文文章中做了如下图示，总结蒙古史诗中仅是人物的特性修饰语就会有多种伸缩格式的情况：[①]

Semi – dependent multi – line ornament（半独立多诗行修饰成分）

---

① Chao Gejin, "Mongolian Epic Identity: Formulaic Approach to Janggar Epic Singing", *Reflections on Asian - European Epics*, ed. Ghulam - Sarwar Yousof, Asia - Europe Foundation, Singapore, 2004, p. 156.

Ornamental affiliation（附加修饰成分）

Core epithet（核心特性修饰语）

在蒙古史诗中，这种创编技巧是随处可见的，如装扮、备马、出征、宴饮、传令、搏杀、战阵等场景，都有类似的处理策略——或极尽繁复的形容，或有骨没肉的一带而过，简直可以说是收放自如，使用范围之广，技巧之复杂多样，达到惊人程度。由此可以推想，一则故事经过大幅度增加修饰成分或大幅度删减这些成分，结果会是多么的不同。

总之，在一首口头史诗中，修饰策略或繁或简，就可以给篇幅带来巨大的差异。这是大量田野报告已经证明的。那么，无论设定的门槛是多少诗行，都会出现过了门槛则升格为史诗，不及则降格为叙事诗的后果。这会带来很大的困扰。

五

根据主要从德国发端的"歌的理论"[①]，长篇叙事诗大都是由较为短小的歌逐渐汇聚形成的。这个说法得到一些材料的支持。例如，根据黄宝生先生转述奥地利梵文学者温特尼茨（M. Winternitz）的观点，印度大史诗《摩诃婆罗多》的成书时代"在公元前四世纪到公元四世纪之间"。"至于《摩诃婆罗多》在这漫长的八百年间的具体形成过程，学者们经过多年探讨，现在一般倾向于分成三个阶段：（1）八千八百颂的《胜利之歌》（Jaya）；（2）二万四千颂的《婆罗多》（Bhārata）；（3）十万颂的《摩诃婆罗多》。"[②]根据梵文专家的研究，这部大史诗是由一些相对比较短小的部分，在几百年间逐渐汇聚为大型史诗的。蒙古史诗专家仁钦道尔吉认为，蒙古史

---

① "歌的理论"德文作 Liedertheorie。这是一个由 19 世纪德国语言学家们发展起来的理论。此术语的字面意思是"歌的理论"。他们认为长篇史诗是由较短的起源于民间的歌汇编而成的，这一创见导致了所谓"分辨派"的出现，他们试图证明《伊利亚特》和《奥德赛》就是由较小的部件和零散的歌汇编而成的。

② 黄宝生：《摩诃婆罗多·前言》（卷一），中国社会科学出版社 2005 年版，第 9 页。

诗也经历了从单篇史诗（普遍比较短小），逐渐发展为串连复合史诗（普遍中等篇幅）和并列复合史诗（《江格尔》《格斯尔》等大型史诗）的。蒙古史诗的发展演变史也印证了口传史诗这一明显的生长过程，也就是篇幅逐渐增大的过程。①在当代仍然处于传承活跃阶段的不少口头史诗传统，可以看作是仍处于"生长期"的史诗，如藏族《格萨尔》，持续有新的诗章涌现出来。基本可以这样说，对于仍处于流传中的史诗而言，由于其篇幅远未固定下来，以篇幅衡量它的努力就是徒劳的。

对于大型史诗集群而言，情况还要复杂。以《江格尔》史诗为例，它属于仁钦道尔吉所总结的"并列复合史诗"类型。它由几十个诗章组成，其中每一个诗章（像《洪古尔娶亲》和《铁臂萨布尔》等）都是独立的"一首诗"，同时又是整个史诗的一个有机组成部分。这一个诗章可能还含纳若干更小的文类和表达单元。这种层层套叠的现象，在许多大型史诗传统中都十分常见，如《摩诃婆罗多》便是由众多的文类（如传说、神话、故事、王族世系等）和亚文类构成的。

再者，在许多文化传统中，史诗不是孤立的存在，而是与仪式等活动密切关联着的。就此点而言，它与神话有共通之处。晚近在贵州麻山地区发现的苗族史诗《亚鲁王》，就是一个典型的例子。《亚鲁王》在内容上是创世史诗、迁徙史诗和英雄史诗的某种融合，在形式上是东郎一人或几人在夜间守灵时唱诵，在功能上具有"指路经"的作用，是当地苗族群众死后必有的仪式。吟唱《亚鲁王》就是为了引导亡灵去当去之地。于是，史诗的语词叙事文本，是嵌入仪式中的。其长度，就会受到仪式长度的规制。类似的情况，在中国南方少数民族史诗传统中极为常见。彝族的"克智论辩"，是要吟唱《勒俄》史诗的，但这个史诗分公母本和黑白本，分别对应于婚礼和葬礼等不同仪式场合。每次唱诵，都不可能是"全本"，而是隐然存在于民族叙事传统背景中的所谓"全本"的局部演述。②

根据口头诗学原则，在口头文类中，特别是大型叙事中，并不存在所谓的"标准本"或"权威本"。每一次的演述文本，都是"这一个"。用洛德

---

① 仁钦道尔吉：《蒙古英雄史诗发展史》，中国社会科学出版社 2013 年版，第 1—3 章。
② 廖明君、巴莫曲布嫫：《田野研究的"五个在场"》，《民族艺术》2004 年第 3 期。

的话说，是 the song。它与一则叙事，也就是 a song，是一般与特别的关系。① 举例来说，《格萨尔》史诗的《赛马称王》，是 a song，艺人扎巴某年某月某日的一次《赛马称王》演述，是"这一个"文本，是 the song。"这一个"文本假如被研究者记录下来，则形成了他们对这则叙事的初步认识。但是，在同一个演述人的不同场次的同一故事的演述文本之间，在不同演述人的同一故事的不同演述文本之间，充满了各种各样的变化，给研究带来很大挑战。好在无论它们如何变化，都大体遵循着口头创编的规律，是在限度和规则之内的变异。对于研究而言，只要这些彼此不同的"这一个"叙事之间是同构的、类型化的，则从哪个个案入手，都是可以的。这些规律，能够很好地解释无文字社会的口头创编和传承现象。但是对于文字使用较多的社会而言，情况就有所不同。中国江南的苏州评弹或扬州评话等演述艺术，已经深受书面文化影响和规制，其演述中即兴的成分，就有所降低。

演述现场的即兴成分，既与演述人的造诣和能力有关，也与听众的反应有关。我们有无数事例说明听众是如何反过来影响演述人的，这里限于篇幅就不展示了。但有一点需要明确，听众反馈会作用于演述者，为"这一个"故事带来新的变化。

一首口头诗歌的形成和发展，必然经过无数代歌手的打磨和锤炼，加工和丰富，才成为后来的样子。历史上不少伟大的口头叙事，今已不传，少数幸运者，被用文字记录下来，成为今天案头读物。因为是用文字固定下来了，也就有了固定篇幅，这多少误导了人们，以为在民间的吟诵，也是有固定的套路和大致不变的篇幅。在有经验的田野工作者看来，无论演述人如何宣称其演述是遵从祖制，一词不易，那都是不可能的。

总之，我们接受史诗是"超级文类"的概括，同时认为其篇幅往往伸缩幅度巨大，不同文本之间有时变异剧烈，且篇幅的长短只具有极为相对的意义，何况有些今天所见的抄本，或许只是历史上形成的"提词本"（a prompt）②，就如今天在印度和中国南方民族中所见用图案作故事讲述的提词本一样，并不是口述记录本（dictated text）。所以，以提词本的篇幅来衡量

---

① 阿尔伯特·洛德：《故事的歌手》，尹虎彬译，商务印书馆 2004 年版，第 5 章。
② 格雷戈里·纳吉：《荷马诸问题》，巴莫曲布嫫译，广西师范大学出版社 2008 年版，第 42 页。

演述情景，一定会差之千里。

口头诗学的法则告诉我们，口头叙事艺术的精髓和规律，在于其"演述中的创编"性质。用书写文化的规则，如"定稿"或"标准本"的观念去衡量口头文本，乃至设定一定的篇幅标准作为某个文类的入门起点，这样的做法，在理论上不能得到确证，在实践中也是不可行的。那么，该如何认定一则诗歌体故事是否该算作史诗呢？学界惯常的做法，是按照这几个尺度来衡量：1. 长篇叙事诗（虽然杰克逊自己在搜罗史诗时没有遵守这个尺度，在实践中这一条并不是不可变通的）；2. 场景宏大；3. 风格崇高；4. 超凡的主人公（一位或多位神或半神）；5. 业绩非凡（或历经磨难）；6. 分为"原生"的和"次生"的（或者叫作民间口传史诗和文人书面史诗）。符合所有这些尺度的，当然是史诗。只符合其中几项核心特质的，可以认定为不够典型的史诗。在我看来，史诗这个超级文类，也是以谱系的形态出现的，从最典型的一端，到最不典型的另一端，中间会有大量居间的形态，它们大体上可以认作是史诗，但又不完全严丝合缝地符合学界中构成最大公约数的关于史诗的定义。蒙古史诗群落中的科尔沁史诗被称作"变异史诗"，就是这种有益的尝试——它是非典型形态的史诗。①

---

① 关于"非典型性"的表述，借用吴晓东的概念。参见吴晓东《史诗范畴与南方史诗的非典型性》，《民间文化论坛》2014 年第 6 期。

三 口头诗学的本土化实践

蒙古史诗语词程式分析

一　研究背景

　　我们知道，在传播中，口传史诗是以词语序列的方式在表演当中实现的。创作者和传播者是一体化的，创作和表演是同一个行为的不同侧面。而且，它还是在两种交互作用——眼睛和耳朵的交互作用，听众和表演者的交互作用——所形成的语境中完成的。而好的创作者—表演者是很会充分利用这种优势的，例如他们的风格化，就不总是依赖"语汇"，他们的脸部表情或是形体动作也往往是得心应手的手段。那么，当我们依照"现代习惯"，依照阅读书面文学的方式去阅读口传史诗的记录文本的时候，我们已经错过了那些生成于口头语境中的大量同样重要的因素，虽然这些记录文本的解读可能还是颇富兴味的。

　　我们在这里的工作原则是，要尽量精细地对遴选出的文本做分析。凡是能够用该文本说明的问题，则不牵涉其他的文本。但是在梳理材料和总结规律时，又会以由冉皮勒所演唱的其他文本以及由其他人所演唱的同一故事或不同故事的文本做参照，从而在更广泛的采样与限定的范围之间形成一定的呼应关系，以增强结论的说服力。当然，鉴于《江格尔》的文本浩如烟海，完全依赖统计学的方式进行工作，或者谋求某个事象在所有其他文本中出现的频率，在方法论上是不适当的。因而我们的原则是：只要足以证明某个程式在其他艺人的其他文本中同样出现过，就可以证明它是在该史诗演唱传统被接受了的固定表述方式。虽然具体的工作是严格地从分析文本出发，因而所有的阐释和引申都是以文本为重心进行的；但是这不等于说我们完全是没有预设与准备。事实上，笔者已经有过多次参与观察蒙古史诗演唱的田野作业经历，也已经做了相当的案头准备工作。这种田野实践与文本阅读的训练，加之民间文艺学和民俗学的理论武装，就使得整个分析工作，是在一定的理论思考基础上，结合蒙古史诗的实际进行的。

这个名为《铁臂萨布尔》的诗章，一共有652诗句，在再皮勒所演唱的《江格尔》诗章中，算是篇幅比较短小的。他清楚地记得，这个诗章是学自他的邻居，一位叫呼和衮真的70多岁老人。当时他16岁或者17岁。当然，还有许多细节不明了，但我们可以初步断定，这是个"传统性"的故事。不出我们的意料，这里有大量反复出现的短语和诗句。这些重复出现的单元是高度固定化了的。即使有些许变化，或者是在这些反复出现的短语单元前后附加上某些句法成分，其核心部分或是基本形态也可以轻易辨识出来。这些重复出现的单元，我们把它叫作"程式"（formula）。我们认为，这些"程式"与简单的重复之间，有很大的区别，并因此将其与重复区别开来。关于这一点，我们将在后边的分析工作中再给予理论上的说明。

关于蒙古史诗中程式问题的讨论，我们见到一些前人研究成果。例如：学术史的部分里，我们比较仔细地介绍了符拉基米尔佐夫关于蒙古史诗中"陈词套话"的形式、功用的论述。他当时还没有可能对该现象进行更为深入、系统的分析。他只是从田野作业所观察到的现象中，总结了自己的看法。这些看法，符合口头史诗创作的一般规律。但是，就当时的情况而言，"口头程式理论"尚在酝酿创立之中。程式问题，虽然当时已经有所探讨，但是还限于将它作为文本中修辞手段之一种，而不是将它作为口头史诗创作的基本属性来认识的。至于更深入的系统分析，则还谈不到。

构成我们的样例的诗歌语言，是语词、词组和句子——包括单层句和多层句。对样例所用语词进行分析，可以得出很多种侧重点各不相同的结论：它是以卫拉特方言为基准的诗歌语言；它的语词具有高度的艺术水准，繁复优美；从语用学的角度说，它的语域不同于当今卫拉特民众日常生活的语域——其间交织着古老的和生僻的语词；它在修辞上有许多"毛病"——同义重复、叠床架屋，甚至佶屈聱牙，等等。但是，这些意见对我们将要进行的研究而言关系不大。我们所要研究的，是这里的诗歌语言是经由怎样的结构规则而形成诗歌文本的。或者倒过来说，我们是要将这里所呈现的诗歌文本进行逆向的分解，直至其最小的词语单位，通过分解和组合的双向的拟构，阐释口头史诗的文本是怎样"创编"出来的这样一个口头诗学的基本问题。

面对文本，我们发现，单词不是构造诗行的最小单位。虚词当然不是，实词也通常不是。是一些固定的、通常不可再切分的词组和短语，才是最基本的构造单元。这些单元不仅相当稳固，而且还形成系统。这种单元就是"程式"。它就是构成我们的样例——我坚信也是构成整个《江格尔》演唱传统，进而是整个蒙古口头史诗传统的——语词的基础。我们这样说，是有统计学结果的支持的，这个结果出现在后面对程式频密度进行统计和分析的部分里。

语词的程式，于是就成为我们先要进行分析的对象。任何稍稍接触《江格尔》或者其他蒙古史诗的人，都会轻易地发现其间充斥着大量的重复成分。它们或者是词组、或者是句子，乃至是句子的组合。把这个现象当作蒙古史诗的一个特点提出来的大有人在。还有的学者对它做了初步的分类，例如指出形形色色的史诗"套式"有着多种多样的美学艺术功能，应当成为进行专门研究的课题。这些套式包括勇士的"誓言"、形容英雄人物、效忠词语、安歇、形容女人美貌、酒宴等①。

此外，还有若干学者也在自己的研究中，对该现象出于各种动机有所涉及。由于那多是一些出于直觉式的把握，没有更多的内涵，所以在此不拟一一列举。总之，无论是在《江格尔》中，还是在整个蒙古史诗传统中，都存在着这种被冠以各式各样的称呼，而被我们称为"程式"的单元。也就是说，作为一种现象，它得到了学者们的关注。只是对它的总结一向没有系统化地进行，至于上升到理论层次的归纳和思考，也基本上是谈不到的。

我们发现，在我们的样例中所使用着的程式，就其内容而言，可以分为下面这几种：（1）特性修饰语程式；（2）马匹的程式；（3）器物和场所的程式；（4）数目和方位的程式；（5）动作的程式。其实，从内容方面对程式进行分类，与后面的其他分类方法不是很合拍。另外，若将整个蒙古史诗演唱传统纳入我们的研究范围，那么，这种分类几乎可以无限地进行下去。

---

① 比特克耶夫：《卡尔梅克英雄史诗的诗法特点》，《民族文学译丛》第二集，中国社会科学院少数民族文学研究所编印，1984 年，第 52—57 页。

从另一方面说，即使囿限在我们选定的样例中，整个分类也只具有极为相对的意义。它的意义在于说明，语词程式不会选择与特定含义的表述结合而形成程式，像以往的研究著述中所曾经总结的那样，[①] 而是它们出现在一切场合，表达着各种各样的含义。程式的手段是如此地发达和使用广泛，以至于不使用程式就没法创编出诗作来。不仅在我们的样例中，在整个蒙古史诗传统中，我们都会发现，大到若干诗句组合成的单元，小到一个词组，都可能是程式。

即便如此，这里的分类还是有一定的意义。例如"特性修饰语"的程式，就无论如何具有单独拿出来进行分析的必要。它相当充分地体现了语词程式的特点：大量重复和系统化运用。

二 "特性修饰语"：与人物相关的程式

最常见的类型是与出场人物紧密结合的词组，用来修饰人物的某种特性或是特点，如下面例子里的"英名盖世的诺谚"和"残暴的"等修饰语就是。在演唱中引出一个人物的时候，都要用这样一种表述方式——

aldar noyan janggar	英名盖世的诺谚江格尔
dogsin sir_a manggus hagan	残暴的希拉·蟒古思可汗
asar ulagan honggur	阿萨尔·乌兰·洪古尔
hündü gartai sabar	铁臂的萨布尔
dogsin har_a sanal	凶暴的哈尔·萨纳拉
altan cegeji babai abag_a	阿拉谭策吉大叔
agai šabdal_a gerel hatun	阿盖·沙卜达拉·格日勒哈敦 [夫人]

上列短语，通常由几个词汇组成，构成一个诗句（注意：不是完整诗

---

① 在俄苏学者的著述中，在波佩和鲍顿的著作中，我们都见到这种基于"内容"的总结。似乎是重复的"套语"或者"公用段落"，只在讲述到武器、备马、出征、宴饮等特定方面时才会出现。

句），有时还要与其他句法成分结合，并且它们还要与其前或是其后的诗句形成韵律配合关系。在我们进行分析的文本中，不光是故事中的主要人物，一些比较次要的、在这个故事中作用不大而且出场很少的人物，也要用这种方式引出，并不因为这些次要人物只是偶然出场、匆匆露面，就用不加修饰地直呼其姓名的方式引出。至于前述例子里的最后两个——"阿拉谭策吉大叔"和"阿盖·沙卜达拉·格日勒哈敦［夫人］"它们是人物的名称，不是"修饰语"，但是，在故事讲述中，它们由于高度固化，具有相当的稳定性，并不会随着上下诗行的起伏变换而有变化，所以也可以视为不折不扣的"固定单元"，是具有程式特点的人物姓名单元。

　　不仅如此，这些姓名，还有着某种与意象和形象相关的特点，有着口承文化的社会所具有的将任何事物都具体化、具象化的倾向有关。例如："希拉·蟒古思"意思是"黄色的恶魔"，"乌兰·洪古尔"是"红色的惹人喜爱者"，"哈尔·萨纳拉"是"黑色的心肠"，"格日勒哈敦"是"光芒四射的夫人"，"阿拉谭策吉"是"金子的胸膛"，等等。总之，具象性是这里出现的许多人物姓名的基本特征。在卫拉特史诗中，这种具有四个到五个"步格"的姓名，是比较常见的。它与在姓名之前冠以修饰性形容词汇，从而使之加长到通常诗句长度的目的是一样的，而且其构造也有某些相同之处，都是要使得提起一个人物的时候，让他的名字占据大约一个诗句的长度。这几乎是《江格尔》演唱中的通则。关于这种命名方式的原因，我们还要在后面作进一步的分析。总之，我们可以这样总结说，在该文本中，凡是引出人物的时候，都要采用这种形成了模式的手段，并使它自成一个诗句，或者是一个单独诗句中的主体部分。并不因为这些人物在故事中的地位和作用不同而采用不同的手法来处理。

　　这种要求四个到五个步格的命名规则，并不是冉皮勒的"专利"，尤其不是仅见于这个诗章。例如在新疆整理出版的1—12卷《江格尔资料本》（托忒蒙古文）中，从各个诗章名称上提到的人物姓名，就可以感觉到它确实是一种大家都遵循的"规则"。

　　下列表1中的各诗章名称，摘自《〈江格尔〉资料本》的第一卷和第四卷。需要说明的是，这是随机选择的，看其他各卷的诗章名称，在人物姓名的命名方式上和诗章名的起名惯例上，与我们提出的例子没有什么应该特别指出的不同之处。①

表1   人物称号的程式

《江格尔》各部名称	江格尔奇
蒙根·西克锡力克与孤儿江格尔相遇之部	冉皮勒
蒙根·西克锡力克将希尔格汗的领地移交于江格尔之部	冉皮勒
额尔古·蒙根·特布赫汗扫荡乌琼·阿拉达尔汗的故乡，摔跤手蒙根·西克锡力克给乌琼·阿拉达尔汗的孤儿起名为江格尔之部	同上
博尔托勒盖山的大力士阿拉坦·索耀汗之部	同上
江格尔之子阿尔巴斯·哈尔活捉额尔古·蒙根·特布赫汗之部	同上
博克多·江格尔手执道格新·希尔格汗的玉玺召集雄狮英雄之部	朱乃
扎雅图·阿拉达尔汗之子宝尔·芒乃征服杜希·芒乃汗之部	同上
洪古尔寻找叔父之部	普尔布加甫
江格尔向洪古尔之子和顺授玉玺之部	巴德玛加甫
洪古尔及其儿子和顺与乌库尔奇汗和锡莱依高勒三汗战斗之部	君均
洪古尔之子和顺灭那仁达赖汗之子古南哈尔·苏农黑之部	萨·钟高洛布
洪古尔的婚礼之部	巴桑
和顺·乌兰灭玛拉·哈布哈汗之部	同上
洪古尔灭十五头安杜拉玛·哈尔蟒古思之部	沙·扎瓦
洪古尔灭二十五头郝苏好尔·哈尔蟒古思之部	同上
洪古尔之子和顺灭毛劳木·哈布哈之部	道·普尔拜
洪古尔之子和顺的婚礼之部	同上

　　还要顺带说明的是，上列人名中例如"江格尔"和"洪古尔"只占据一个步格，但是，在实际的演唱当中，在引出他们的时候，几乎没有只以这种方式出现的。下面，我们就在具体的演唱文本中，观察一下人物是如何引出的。我们以在我们选定的样例中出现频度最高的"阿萨尔·乌兰·洪古

---

① 汉译采纳了仁钦道尔吉教授的译法。

尔"为例，做一番排列统计，后面的数码为该句所属诗句数。

表 2 "洪古尔" 出现的频率

蒙文转写	译文	行号
asar ulagan honggur höbegün	阿萨尔·乌兰·洪古尔 [儿郎] 8 次	196 202 317 343 353 572 600 614
asar ulagan honggur	阿萨尔·乌兰·洪古尔 6 次	39 303 365 388 412 649
asar ulagan honggur mini	阿萨尔·乌兰·洪古尔 [我的] 4 次	16 104 136 278
asar ulagan honggur höbegün tei	阿萨尔·乌兰·洪古尔 [儿郎一道] 3 次	41 91 586
asar ulagan honggur-un	阿萨尔·乌兰·洪古尔 [的] 2 次	478 496
asar ulagan honggur-i	阿萨尔·乌兰·洪古尔 [把] 2 次	95 130
asar ulagan honggur tai	阿萨尔·乌兰·洪古尔 [一道]	280

续表

蒙文转写	译文	行号
asar ulagan honggur-tu	阿萨尔·乌兰·洪古尔［对着］	305
asar ulagan honggur cim_a-yi	阿萨尔·乌兰·洪古尔［把你］	337
asar ulagan honggur hoyar	阿萨尔·乌兰·洪古尔［俩］	618
asar ulagan honggur höbegün ci	阿萨尔·乌兰·洪古尔［儿郎你］	602
asar ulagan honggur höbegün garugad	阿萨尔·乌兰·洪古尔［儿郎出去］	376
asar ulagan honggur höbegün bosugad	阿萨尔·乌兰·洪古尔［儿郎起身］	607
asar ulagan honggur höbegün-dü öggün_e bi	阿萨尔·乌兰·洪古尔［儿郎交付着我］	595

可以很清楚地看出来，这个全套的人名单元，作为主格和宾格出现的频度最高。换句话说，它单独构成行动的主语项或行动的受动方宾语项的频度最高。只有在很少的情况下，它才与谓语动词结合构成一个完整的意思。也就是说，在再皮勒的演唱中，引出洪古尔的时候，总是倾向于将他的姓名称呼部分单独处理为一个诗句。

对这些程式化的人物引出方式进行进一步的考察，我们发现，它们的出现，在某些地方还要与另外一个诗句配合，形成对句（couplet），而且这个对句还往往采用押头韵（head - rhyme）的格式。这其实是整个蒙古史诗传统中的一个典型特征，在我们分析的文本样例中也有鲜明的体现。例如16次出现了：

aguu yehe hücütei	伟大的力量拥有着的
asar ulagan honggur	阿萨尔·乌兰·洪古尔

在该样例中，在这个对句的前面，还有过加上数个诗句，从而形成一组多句诗的情况。它们也是程式。但是在这里很清楚，从一个诗句，增加到两个诗句，再增加到多个诗句，修饰成分就是这样围绕着中心成分添加而成。

它就形成为"扩展形式"的特性修饰语程式：

agcim-un jagur_a-du	眨眼的刹那之间	35
arban gurba hubildag	就会十三变化的	36
amin bey_e düni ügei	灵魂不在身体上的	37
aguu yehe hücütei	伟大的力量拥有着的	38
asar ulagan honggur	阿萨尔·乌兰·洪古尔	39

　　诚然，上述用法在样例中只出现了一次，但它不是偶然的即兴编排，而是已经成为程式在使用。例如，在冉皮勒所演唱的《江格尔洪古尔颂诗》中，就有相同的程式出现①。还不止于此，在新疆的手抄本《黑纳斯全军覆灭记》中，有这样的程式："洪古尔的生命不在他的身上，一瞬间他能变十二个模样。"（第354页）可见这是两个传统程式的对接。又比如出现在该故事中的另一位主角萨布尔，也有他固定的特性修饰语对句：

hümünü nacin	人们中的鹰隼	
hündü gartai sabar	铁臂的萨布尔	

　　从上面两组引例里，我们可以清楚地看出，在冉皮勒的这个演唱本里，如果是不考虑扩展形式的话，在基本的"特性修饰语"诗句里，结构方式是按照这样的原则进行的：

$$\boxed{\text{基本词组 + 修饰成分 + 句法成分}}$$

---

　　① 《歌手冉皮勒的〈江格尔〉——新疆卫拉特—蒙古英雄史诗》（千叶大学欧亚学会特刊第一号，1999，Janggar of Singer Arimpil: Heroic Epics of Oirat – Mongol in Xinjiang, Journal of Chiba University Eurasian Society Special Issue No. 1, 1999），第390页。

而且在绝大多数情况下，在一个诗句之内，它是沿着基本词组一路向后加下去的，从而使得程式短语在句首韵上不出现问题。这其实是整个蒙古史诗演唱中极为常见的现象，可以视为蒙古史诗句法结构上的特点之一。

另一位在《江格尔》集群史诗中扮演重要角色的勇士，是哈尔·萨纳拉（Hara Sanal）。他在我们的样例中也出现了，他是这样被引出的：

bolinggar-un höbegün	布林嘎尔的儿子
dogsin har_a sanal	暴烈的哈尔·萨纳拉

乍一看，"布林嘎尔的儿子/暴烈的哈尔·萨纳拉"是不押韵的对句格式，这在整个蒙古史诗传统中是比较少见的。在绝大多数情形下，我们都会见到韵律整齐的对句，构造出一组平行式（parallelism）。这里为什么出现了这样的情况呢？原来在其他地方，比如在鄂利扬·奥夫拉的演唱文本中，形容程式是这样的：

bugurul haljan moritai	灰杂色乘骑有的
bolinggir-un höbegün	布林嘎尔的儿子
dogsin har_a sanal	暴烈的哈尔·萨纳拉

鄂利扬·奥夫拉的程式，在两个地方与冉皮勒的程式有差别，一个是"骏马"冉皮勒用的词是 hülüg，奥夫拉用的是 mori，它们是同义词。在汉译中我以"骏马"和"乘骑"区别之。再一个，"布林嘎尔"在奥夫拉的文本中是 bolinggir，而在冉皮勒的文本中是 bolinggar，发音上有区别。在我们的样例中，演唱者加上了"有模有样的"（eb tei）这个形容词，从而使该诗句变得不押韵。但是通过这个比较，我们可以清晰地看到，该程式一定是"灰杂色的骏马/［乘骑］有的//布林嘎尔/［格尔］的儿子//暴烈的哈尔·萨纳拉"。这里照样存在着一个历史悠久、句式工整的程式。而且它还有个"扩展的形式"：

bum agta högebe gejü	十万马匹赶着啦
burugu jöb ügei daldiradag	没左没右地躲闪着的
ejen degen mese hürgejü üjeged ügei	从不让主人挨上刀枪的
ebtei bugurul haljan hülüg tei	有模有样的灰杂色骏马有的
bolinggar-un höbegün	布林嘎尔的儿子
dogsin har_a sanal mini	暴烈的哈尔·萨纳拉我的

这里还有一个有趣的现象，就是若是没有加上"从不让主人挨上刀枪的"，后面跟随的一句就不用跟着押"e"韵，也就是不必加"有模有样的"形容词，那样一来，就会是这样：

bum agta högebe gejü	十万马匹赶着啦
burugu jöb ügei daldiradag	没左没右地躲闪着的
bugurul haljan hülüg tei	灰杂色骏马有的
bolinggar-un höbegün	布林嘎尔的儿子
dogsin har_a sanal mini	暴烈的哈尔·萨纳拉我的

那么，何以出现格律上的"疵瑕"呢？这是在口头现场表演中所难以完全避免的。冉皮勒以有关马的传统程式"十万马匹赶着啦/没左没右地躲闪着的"引出萨纳拉的时候，自然又带出了下一个马的程式"从不让主人挨上刀枪的"，可是，要接着的是"灰杂色骏马有的/布林嘎尔的儿子"，上一句的头韵 e 在这里起到了"声音范型"的节制作用，他很可能因此便即兴地加上"eb tei"，以平衡韵式，这是他的应变手段。这里，很典型地出现了两个程式对接过程中出现的疵瑕现象。

有基本格式，围绕基本格式又有扩展格式，在该样例中显然是反复出现的现象。那么它们的规律是怎样的呢？我们注意到，出现"阿萨尔·乌兰·洪古尔"的地方，不是每次都会在它前面出现"伟大的力量拥有着的"这个诗句。经过统计，得出的结果是这样："阿萨尔·乌兰·洪古尔"在该文本中出现了33次，[①]其中有16次是在它的前面加有"伟大的力量拥有着的"这个诗行，从而形成一个对句。也就是说，还有一半的场合，歌手在引出洪古尔的时候，没有用对句的手法。在该对句的前面再加上"就会十三变化的，灵魂不在身体上的"另一组对句，构成四行形容程式的，只出现过一次。只在洪古尔这里出现这样的情况吗？并不是。在该文本的另一组对句中，情形也相似："铁臂的萨布尔"前面，搭配上对句的另一半"人们中的鹰隼"的比例是23∶16。这就提示我们，出现最多的，是最基本的人物特性修饰语程式，而与它形成对句关系的前一诗句，是与中心程式搭配着使用的"从属部分"，因此我们可以这样理解：这一类型的特性修饰语的对句，是由"中心部分"与前面的往往形成对句的"从属部分"构成一种"偏正结构"。这是特性修饰语程式在演唱中运用的一个基本规则。

　　还有一种修饰单元，是在提到某个人物的时候，会常常运用的一组诗句。它们不一定每次提到这个人物的时候都会出现，但出现的频度还是相当高。其功能是用以标明人物的某种特征或特长。有时甚至就用这样的诗段来指代某个人物。熟悉《江格尔》的人们，都会想到提起江格尔汗手下军师阿拉谭策吉时，经常会出现的四行诗句：

irehü yeren yisün jil – i	未来的九十九年［的事情］
ailadcu mededeg	预测着就知道
önggeregsen yeren yisün jil – i	过去的九十九年［的事情］
tagaju mededeg	追忆着就知道

---

① 为了便于核实，我们特在这里列出了这个核心成分出现的频度，以便于对此感兴趣的学者可以按图索骥：16，39，41，91，95，104，130，136，196，202，278，280，303，305，317，337，343，353，365，376，388，412，478，496，572，584，593，598，600，605，612，616，647。这些是诗行标号。

在该诗章中，阿拉谭策吉的名字一共出现了 6 次，只在最初出现的那一次，运用了这个特别用来说明他的智慧和计谋的诗段。我们之所以特别提出这组诗句来论述，是因为在大量的《江格尔》文本中，人们可以轻易发现，在说起阿拉谭策吉的时候，往往要先用这四句诗歌来称颂他的聪明和智慧。以那样一个大的文本背景为基础，断定这个诗段是某种形容人物的程式，这是不会错的。但是，从该文本中对它的使用情况来看，这个诗段与特定人物姓名之间的搭配关系就比较松散了。在很多情况下并不运用它。那么，当我们在冉皮勒演唱的别的《江格尔》故事文本中，也在其他江格尔奇、包括那些在地域上与冉皮勒相去甚远的江格尔奇的演唱文本里，多次见到使用该诗段来形容这位以智慧化身的形象出现的谋臣，也就不奇怪了。另外，在由其他歌手演唱的其他《江格尔》诗章里，还见到过运用这个诗段，描绘尊贵的夫人等。由此可见，作为相对固定的描绘人物的程式，它不一定自始至终都跟随着谋臣阿拉谭策吉，只是与这个具有超凡能力的声名远扬的显赫英雄具有比较稳定和经常的搭配关系而已。

与此相同的，是另一种与人物的特性描写相关的诗段，它们似乎也是专门为了形容某个人物的特性而使用的诗段。在该文本中，用来形容萨布尔的凶猛无比和威名远扬的诗句是这样的：

ama tai hümün	有嘴的人们
amalaju bolusi ügei	谈论都不行
hele tei yagum_ a	有舌的东西
helejü bolusi ügei	嚼舌都不行

这四行诗，在这段比较短小的史诗故事中，一共出现了 4 次。对它进行考察，会发现一些意想不到的现象。首先，这个诗句的结构不是完全不变的，而是在其两组各自押韵的对句之间，可以互相调换。有的地方先说"有嘴的"，另外有的地方以"有舌的"开头。另外，否定词的形态上，除了用

bolusi ügei（不可以）之外，还在有的地方用 boldag ügei（不行）。也就是说，这个四行诗的程式，在格式上和韵律上是固定的，而在个别词汇上，则只要符合原来的基本意思，而且符合史诗诗行的节拍，就可以在形态上运用变异的形式。需要特别强调，这正是程式的特色：绝不是简单的语词重复，而是给出一个大致的"解决方案"，一个特定韵律与特定意义的结合。其间允许根据与前后诗句的关系随时做出调整。相似的多句程式，还有下面这个：

utulhul_a	横切的时候	
ulagan cilagun boldag	变成红石头	
cabcihul_a	竖砍的时候	
cagan cilagun boldag	变成白石头的	
aliy_a šonghur gedeg bagatur ni	阿利雅·双胡尔英雄	

这组程式在这里是用来形容阿利雅·双胡尔勇士的。在该文本中，它只运用了一次。但是，根据我们的阅读和实地调查经验，这种对仗工整、用词考究的描绘性词语，必有长久的传统。我们果然在冉皮勒的其他诗章中，也在其他江格尔奇的文本中，见到了这个程式的多次使用。可见，在此文本或是演唱中，是偶尔出现的诗句，在彼文本或是演唱中，极有可能再次出现，因为它像许多其他已经定型了的程式一样，被歌手牢牢地掌握在手中，成为他演唱中即兴表演曲库中的"常备片语"了。只要需要，歌手随时会熟练地得心应手地运用这个"部件"，使得演唱流畅地进行下去。像这种高度定型、具有某个基本的意思，可以用来形容某一"类"人物或者人物的某种品性的程式，我们称为"通用程式"。

我们再来看看这组诗句：

cingg_a cihirag bagatur／höbegün	强壮威武的勇士／儿郎

　　这个片语出现了若干次。它无疑是一个高度定型的片语。用来形容某个正当青年、力量威猛的勇士。而且我们还发现，在冉皮勒的演唱中，凡是要形容某个英雄正是年轻有为、身强力壮的时候，总是使用这个固定的表述，而不使用其他的形容办法。作为一个片语，它没有构成一个完整诗句，而是一个诗句中的核心组成部分，也就是比我们上面列举的占据一个诗句长度的"全行程式"要短小的一种程式。作为片语，它需要与其他成分一起构成一个完整的诗句。在样例中，这个形容性质的程式一共出现了四次：

cingg _a cihirag bagatur cag-tu	［成为］强壮威武的英雄的时候	53
bagatur cingg _a cihirag höbegün bolun_a	英雄［成为］强壮威武的儿郎的	93
cingg _a cihirag höbegün bolun_a	成为强壮威武的儿郎	127
cingg _a cihirag höbegün bolun_a gejü	成为强壮威武的儿郎［说是要］	270

　　除了单个人，像江格尔手下的"八千勇士"也有基本固定的表述程式，而且经常与"英名盖世的诺谚江格尔"对举，从而形成一个对句。而且在这个对句中，两个诗句的前后顺序是比较固定的，每次都是首领在前，将士在后：

aldar noyan janggar ni tolugailagad	英名盖世的诺谚江格尔为首领的
araja-yin naiman minggan bagatur-ud	阿尔扎的八千勇士们

　　在《江格尔》中出现极为频繁，而且作用相当巨大的江格尔手下的头名英雄洪古尔，有时也会与"八千勇士"相配合，形成这样的对句：

| asar ulagan honggur mini | 阿萨尔·乌兰·洪古尔［我的］ |
| araja-yin naiman minggan bagatur-ud mini | 阿尔扎的八千勇士们［我的］ |

有时也有"阿尔扎的八千勇士们"独立成行的情况。总之，在上述几种情况中，这个短语的基本词语成分没有改变，而是根据当时上下文的具体情况，或与关于江格尔的程式结合，或与关于洪古尔的程式结合，或者独自成为一个程式，这也说明作为一个独立的程式，它具有某种与其他程式亲和的能力。与前面我们提到过的由一个中心程式与一个从属程式构成偏正结构对句的组构方式不同，这个类型的程式与其他程式的结合，是采用了一种并列的结构原则。两个各自独立的单独程式，经过互相配合而形成了一个句首押韵的对句。这是在《江格尔》中出现的又一类组合方式。

我们在前面不止一次地说到，在《江格尔》中出现的这些与人物相关连的程式，是高度固定化的，但这不等于说，它们是不会在形态上或者结构上有任何变化。恰恰相反，这些程式是在固定之中蕴含着变化的。例如"英名盖世的诺谚江格尔"是其基本的程式形态，但也会在某些地方加上"圣主"这个词以加长句子，与其邻近的句子在韵律和步格上取得对应。或者连"诺谚"也去掉，以压缩其步格长度，以在该诗句中再加上一个词汇成分，如下面例子中，在最通常使用的 aldar noyan janggar 这个程式中，去掉了 noyan，加上了 tolugailagad（为首领的），从而形成一个诗句：

| aldar janggar tolugailagad | 英名盖世的江格尔成为首领的 |
| 或者是
aldar janggar tolugailagsan | 英名盖世的江格尔做了首领的 |

通过上面的例证，我们发现，在冉皮勒的《铁臂萨布尔》的演唱中，大量运用了传统性的"特性修饰语"程式，这也是在世界上的其他地方，在大型民间韵文文艺样式如史诗的演唱中，相当常见的现象之一。

通过下面两组对照排列的诗句，我们就会同意这样的说法，那就是在史诗情境中的人们，无论他们之间的文化背景是多么的千差万别，语言与习俗是多么的彼此迥异，彼此的居住地域远隔万水千山，而且各自所面对的人生和社会问题，是多么的难以等量齐观，然而，运用有韵律的句式，歌颂自己部族的丰功伟绩，歌颂自己部族的英雄们的时候，他们还是使用了一种彼此间有着惊人的相似性的手段，那就是特性修饰语的程式：

冉皮勒：	荷马：
A. 铁臂的萨布尔	A1. 飞毛腿阿卡琉斯
B. 塔黑勒珠拉汗的后裔	B1. 莱尔忒斯之子
唐苏克宝木巴汗的嫡孙	宙斯的后裔
乌琼阿拉德尔汗的儿子	足智多谋的俄底修斯
一代孤儿江格尔	

我们可以在左侧放上冉皮勒的程式，在右侧放上来自其他传统的极为相似的程式，构成对照。对照组的诗句是可以无限地延伸下去的。换句话说，这是在许许多多民族的英雄史诗中所共享着的一种"通则"。

在冉皮勒的演唱中，几乎没有省略特性修饰语的例子。即使是刚刚提起某个英雄的名字，在再次提到他的时候，还是要给他带上装饰成分。我们在样例中见到，有时候间隔只有一两行，在再次提起他的名字时，还是要在名字前面冠以特性修饰语。在其他民间文艺样式中，人物的某种特殊称呼——与特性修饰语相同或相近的成分——也以多种多样的形态出现，但是如此不厌其烦地每每在引出人物时都以"特性修饰语"＋"人名"的方式出现，并将这种方式长期固定下来形成程式的，在其他传统中不多见。

三　程式频密度

我们认为，程式在口传史诗的演唱中所扮演角色的重要程度，取决于两个方面：一是程式的多样性程度，或者说是使用的广泛性程度；二是程式的使用频度，或者说是反复出现的复现率。

我们在此前的分析已经有力地表明，程式的形成方式多种多样，表现形态多种多样，涉的内涵多种多样。然而，程式的使用频密度究竟如何呢？

在我们的样例中，程式的表达占据整个表达中大约怎样的比例呢？这是我们接着要回答的问题。

程式频密度的分析方法，是"口头程式理论"发展起来的基本方法之一。几十年来，许多学者运用这个方法，对历史上著名的学术悬案进行了重新的研究。《罗兰之歌》《熙德之歌》和大量历史上的"武功歌"（Chanson de geste）① 都重新成了他们的诠释对象。许多新鲜的说法和结论纷纷出笼。例如有学者说"我想做这样的具体限定：总的来说，如果纯粹的重复少了20%，那么它就可能是来源于书面的或书写的创作；而当程式的频密度超过了20%，即可证明它是口头的创作。"② 当然，此说难免遭到一些学者的诟病，认为失之刻板。但这种方法却得到一些人的认真试验，也因此获得了某些成功的经验。诚然，对程式的频密度进行统计，这项工作本身是机械的和枯燥的。但它又是与口传史诗的演唱风格、传统技巧等问题密切关联着。量与质的关系是辩证的关系，它们之间会互相转化。我们在这里所进行的初步的统计式工作，应该也不是完全没有意义的。

在我们所遴选出的作为样例的《铁臂萨布尔》中，出现频度最高的程式是"阿萨尔·乌兰·洪古尔"短语。它在这部652诗句的文本中，出现了33次。其中在第303行和第305行上，它是隔行就出现了。如此密集的运用，是应该引起我们深思的。正如我们已经在前面述及的，"阿萨尔·乌兰·洪古尔"短语在多数情况下构成诗句的核心部分。其余的成分，多是表明语法关系的附加成分，如"一道""对着""把你"等。这就等于表明，在引出洪古尔这个英雄人物的时候，通常要运用一个诗句。我们还指出过，在这33次的"固定表达"之前，有16次是在前面加上了"伟大的力量拥有着的"，从而形成一个对句程式。这样一来，仅仅是在叙述中引出洪古尔英雄，就用去了49诗句。再加上"眨眼的刹那之间／就会十三变化的／灵魂不

---

① 在古法语里，武功是指一个人或者一个家庭的功绩，一个家族的历史。武功歌的作用就是歌颂英雄的业绩，它具有史诗的功能，其起源或许可以追溯到加洛林王朝。比较而言，根据古代史诗改编的小说故事，在传说的意义上深化了史诗的功能，而武功歌则与意识形态的联系更为密切，它是一种政治史诗。武功歌的形式也可以用它的史诗功能来解释。它由一系列的节或段组成，但音韵十分和谐。保存的手稿具有口头文学的特征，在描述战斗等场面时有许多老一套的程式。

② Duggan, Joseph J, : "*The Song of Roland: Formulaic Style and Poetic Craft*", Berkeley, 1973.

在身体上的"三个诗句的形容程式，或者叫作附属程式，就是 52 个诗句。也就是说，仅仅为了引出洪古尔，就占据了整个诗章约 8% 的比例！

洪古尔是该诗章中的两个主要人物中的一个，他的姓名出现频度高，并不奇怪。另一位英雄"铁臂萨布尔"，在该文本中出现了 23 次，其中有 16 次是在前面加上了"人们中的鹰隼"，从而形成一个对句的。与关于洪古尔的程式一样，萨布尔的程式也是诗句的核心部分。在有些诗句中，会在这个固定的短语后面，加上"一道"（170）、"把"（180）、"儿郎"（251）、"英雄儿郎"（263）、"对着"（529）、"俩"（574）等。只有一个特例，是在这个固定程式的前面加上"这个"——ene hündü gartai sabar i（569）。这个特例反过来说明，在以押头韵为主的蒙古英雄史诗的演唱中，其附加成分通常是放在诗句的结尾处的。这样统计的结果是：为了引出萨布尔，我们的样例用去了 39 个诗句。若是再加上在该文本出现了 4 次的专门形容他个性凶暴的程式："有嘴巴的人们/议论都不敢的/有舌头的东西/嚼舌都不敢的"，那么，在萨布尔这里，冉皮勒使用了 55 个诗句，占整个诗句总数的 8.4%。这与前面关于洪古尔的程式占 8% 的结果极为接近。

在我们的"句首音序排列"中，"英名盖世的诺谚江格尔"的特性修饰语程式，一共出现了多少回呢？结果照样惊人：

> aldar bogda noyan janggar
>
> aldar bogda noyan janggar mini ×2
>
> aldar janggar
>
> aldar janggar cini tolugailagad
>
> aldar janggar gedeg hoyar bain_a
>
> aldar janggar haliyagsan cag-tu
>
> aldar janggar helegsen-dü ×2
>
> aldar janggar ni helebe
>
> aldar janggar tolugailagad
>
> aldar janggar tolugailagsan
>
> aldar janggar-un
>
> aldar janggar-un bagatur bolhul_a cini

aldar janggar-un haihirugsan dagu ni

aldar janggar-un hin

aldar janggar-un inggiged heleged

aldar janggar ni tolugailagad

aldar noyan janggar

aldar noyan janggar　bolugad

aldar noyan janggar-iyen haliyahul_a

aldar noyan janggar　ni ×7

aldar noyan janggar　tolugailagad

aldar noyan janggar　tolugailagsan

aldar noyan janggar-tu　×2

aldar noyan janggar-un

aldar noyan janggar-un emün_e bey_e-dü

aldar noyan janggar-un hin

aldar noyan janggar-un hin bagugad

　　诗句后面标出的数字,是该诗句在样例中出现的次数。计有 36 个诗句!
要说江格尔汗是这个故事中的三个重要角色之一,大体也不错。可是,这里
还有人物出场。例如:"阿拉谭策吉老爹"的程式,是 6 个诗句:

altan cegeji babai

altan cegeji babai abag_a ni ×2

altan cegeji babai mini

altan cegeji babai ni

altan cegeji hoyagula ban

　　单个英雄的称呼需要占用一定的篇幅,群体的称呼也是不少。看看"阿
尔扎的八千勇士"程式在样例里出现了多少回——

araja-yin naiman minggan ×5

araja-yin naiman minggan bagatur aca talbigad

araja-yin naiman minggan bagatur-ud ×6

araja-yin naiman minggan bagatur-ud-i

araja-yin naiman minggan bagatur-ud mini ×2

araja-yin naiman minggan bagatur-ud ni

araja-yin naiman minggan bagatur-ud tagan

勇士们的称呼，在我们样例中出现了 17 次！这也不是个微不足道的数目。而且与前面的主要英雄的修饰程式一样，"阿尔扎的八千勇士"的程式基本上构成了一个诗句的主体部分。

下面择要说明，不再示例。"阿盖·莎卜达拉·格日勒·哈敦"是 4 次，"残暴的沙尔·蟒古思"是 3 次，等等。总之，将上述程式诗句统计下来，在引出这几个人物时，再皮勒一共动用了 173 个诗句！那是全部诗句总数的 26.5%。这还只是关于人物的修饰程式，而且还不是全部。我们还没有统计关于"工匠"的程式，关于其他提及较少人物的程式。光是特性修饰语程式就占去这样的篇幅，这是蒙古史诗的一个相当突出的特点。就这一点而言，蒙古史诗的程式化程度，是远远高于某些我们已知的史诗传统。

再接着做我们的验证：

"句首音序排列"是我们依据蒙古史诗押句首韵的基本特点创用的一个分析模型。我们将样例的全部诗句打乱重新排列，排列依据的单元是诗句，顺序是句首音。所以，我们附录中的"句首音序排列"，[①] 是依照头韵的音来重新排列的。它的好处是，绝大多数的重复在这里被集中排列在一起，所以是一目了然。诚然，通过诗句的统计来计算程式的频度，需要有这样的前提，就是：如果不是全部，也要是绝大多数程式在长度上与诗句同一，或者是大于单个诗句。有这样的前提，得出的结论才是可靠的。我们认为，反复出现多次的固定表达，就可以考虑为程式。那么，在样例中多次出现的最短

①　朝戈金：《口传史诗诗学：冉皮勒〈江格尔〉程式句法研究》，广西人民出版社 2000 年版，第 269—282 页。

的词组是什么呢？是"说道"（helen baiba），它一共出现了5次！而且这5次短语，在动词的体、态、格上，没有丝毫变化！最重要的是，它本身构成了单独的诗句！可见，即使在这样简单的表述上，歌手也要高度依赖传统的现成表达方式，而通常不费劲更换别的表述方法。同样的例子，还有"老年工匠"（högsin darhan）出现了两次，也都是单独构成完整诗行的。另外一个例子是"误听成"（endegüü sonusugad），出现了三次。也都是单独构成诗句。还有一些大于单个诗句的程式，比如"三个七/二十一天"，或者是"有嘴巴的人们/议论都不敢的/有舌头的东西/嚼舌都不敢的"，是几个完整诗句的组合，就更没有问题是等于或者大于单个诗句的程式。总之，以诗句作为"单元"来统计，对于统计程式而言，在方法论上没有大的问题，其结论也应该能够相当贴近实际情况。

可还是有问题，在论文中罗列652个诗句的"句首音序排列表"，那篇幅也太过巨大，而且不便于分析。所以我们拟定了一个变通的办法，就是从样例中随机选择一定长度的一段，看看在比较小的范围内，程式的重复会是一个什么样的情况。我们预先应当说明的，是这样的取样范围，对我们的统计而言，是会带来负面影响的，因为较少的范围，往往不容易涵盖重复的程式。也就是说，这里的统计结论，是小于实际的程式出现频密度的。

样例第100—200诗句的句首音序排列如下：

abai sir_a balda ban

abai sir_a balda ban

abhulju orhihul_a bolun_a gejü

agta hülüg-ün ama-yi

aguu yehe hücütei

aguu yehe hücütei

aldar bogda noyan janggar mini

aldar janggar

aldar janggar helegsen-dü

aldar janggar tolugailagad

aldar janggar tolugailagsan

aldar noyan janggar bolugad

aldar noyan janggar ni

aldar noyan janggar ni

aldar noyan janggar ni

aldar noyan janggar-un hin bagugad

altan cegeji babai

altan cegeji babai mini

altan cegeji babai ni

altan cegeji hoyagula ban

ama-yi tatagad

ama tai hümün

ama tai hümün

amalaju boldag ügei

amalaju boldag ügei

araja-yin naiman minggan

araja-yin naiman minggan

araja-yin naiman minggan bagatur aca talbigad

araja-yin naiman minggan bagatur-ud

araja-yin naiman minggan bagatur-ud mini

araja-yin naiman minggan bagatur-ud tagan

aranjal jegerde-yin

arg_a ügei bolba

asar ulagan honggur höbegün

asar ulagan honggur-i

asar ulagan honggur mini

asar ulagan honggur mini

bagatur-ud-i dagagulugad

bagatur-ud ni magtagad

baragun bey_e degen

boldag höbegün sanjai

bolhu ügei yaguman gejü

bodudag hereg bisi

cingga cihirag höbegün bolun_a

cohigsan cag-tu

ejegui cagan büürüg

elesün sir_a tohui bar

endegürel ügei heledeg jöbtei bile

ene ayul gürüm tei

ene hoyar-i

ermen cagan hödege

ese odbal

güjegen gümbü

güjegen gümbü hoyar

gurban dolug_a

harguldugad jöbtei bolba gejü

heger_e bagugad

hejiy_e cü ühüdeg yaguman

hele tei hümün

hele tei hümün

helejü boldag ügei

helejü bolusi ügei

helen baiba.

horin nige honug-un gajar yabugad

hoyagula ban helen baiba

hüiten har_a arihi ban uugugad

hüiten har_a araja-yi

hümün amitan haldadag ügei

hümün-ü nacin

hümün-ü nacin

hündü gartai sabar ni:

hündü gartai sabar tai

hüngginen helegsen-dü

hüngginen helejü bain_a

hürüged iregsen cag-tu

ir mörgün ügei

nairlaju baital_a

nayan nigen esitei

nayan nigen esitei

nige hücün cidal-i ni

nige jirühe barin

nige sanagan

odo

öggüged baital_a

orugad iregsen cag-tu.

sogtugad heisbe.

solugai baragun ügei athugad

sonuscu baigad

suladhagad garugsan cag-tu.

tere heb tegen

tere önücin gagcahan höbegün gejü

tere önücin höbegün-i

tere tuhai-du

tögerigsen hümün

tüsigürden haliyan baiba

üjegülcegülügsen bolhul_a

uuguju abugad

yagahidag bile ta gejü

yagahihu ban cu medejü cidagad bain_ a

yehe hücütei birman bolju garba

zandan modun-u onggi-du

　　之所以选择第100—200诗句做我们的试验，以计算在一定长度的诗句内部程式重复的比例，是因为根据我们以往的蒙古史诗文本阅读经验，在诗章的起首和结尾部分，在程式的运用上通常略多于其余部分，若以起首或者结尾部分作为统计的取样范围，计算出的结果可能不能反映通篇的平均水平。若是我们将某个程式有各种细微变形的变体都归并为一个程式的话，例如将"英名盖世的江格尔"和"英名盖世的诺谚江格尔"视为一个程式，将"声音洪亮地说过之际"和"声音洪亮地说着"也视为同一的程式，则我们发现，在这个总共只有100诗句的范围里，程式的使用频度高得惊人，达到44%！

　　不用深思熟虑，稍加运用常识就可以知道，取样范围的相对狭小，其实很不利于对重复的比率进行统计。我们坚定地相信，若是将取样的范围扩大到整个诗章，则程式的频度还会有明显的提高。至于若是取样的范围能够涵盖整个冉皮勒的演唱曲目，则我们能够得到的重复程式比例还会高一些。因为在上面的表中只出现了一次的程式，我们自然不能将它统计在内，可是我们明明知道，在这个诗章的别处，它确实是又出现了。而一些在该诗章中只出现了一次的程式，在冉皮勒的别的曲目中又有出现。在《口传史诗诗学：冉皮勒〈江格尔〉程式句法研究》的附录里，有一份整个诗章的"句首音序排列表"，它能够给愿意了解《铁臂萨布尔》中程式的重复比例的人提供一个直观的样本。

　　这样的分析和结论，是否会导致这样的结论呢？即像冉皮勒这样的在当今已经很难寻找到的"有名望的"老江格尔奇，都是这样地缺少新颖的演唱手段，缺少创新，而是故事老套、语言贫乏、场景呆板，那么，《江格尔》的艺术成就在哪里呢？

问题恰恰在这里。民间口传诗歌，多是在文字不通行或者不广泛通行的地方发展起来的艺术样式，在没有文字书写的帮助下，规模宏大的叙事样式的演唱，一般都表现为在"表演中创作"。一个优秀的传统中的歌手，是那种要在记忆中储存大量作品的人。这些作品是依据着某些模式化的格式而被存储起来的。它们不是被逐字逐句地背诵下来的。歌手的每一次表演，都是一次现场的"创编"。这种创编活动所运用的最基本的材料，就是音韵优美、韵式繁复、含义凝练的固定表达程式。这些程式，通常也不可能是某个歌手个人随心所欲地创造出来的。它们是由许多代歌手所共同创作出来并在表演中共享的遗产。对模式化、对重复的贬斥，是基于书面文学欣赏习惯而出现的评判标准，它并不契合口传文学的基本规律。在口头—听觉的欣赏过程中，对某些固定单元的重复出现，并不总会产生冗赘和烦琐的反应。有时倒是会因为这些重复单元所具有的多重功能，例如指示性的和引导性的功能，而使欣赏过程变得比较轻松起来。另外，口头文学活动的现场性和创作—接受之间的直接互动，也在相当程度上强化了文本与受众之间的联系。一个在程式化传统中被持续模塑的听众群体，绝不会由于表演中的文本是"老套的"就贬斥其表演者。恰恰相反，在民间的评判中，一个出色的歌手，一定是会大量地、充满技巧地运用各种各样程式的高手。这种现象一点也不难理解。传统京剧是高度程式化的表演艺术，那些高水平的观众在京剧开场之前，就清楚地知道表演中的范式是怎样的，故事的线索、演唱的曲调、动作的一招一式，他都了然于胸。很显然，不是对未知的好奇，不是故事制造的悬念，而是其他的因素吸引着他。

四　程式运用

截取片段，掰开揉碎地分析，加上统计数字、图表等手段，来解决艺术中的问题，可能会引起人们的诟病。《江格尔》这样的史诗作品，有悠久的传承历史，其语言经过了一代代歌手的打磨锤炼，达到了很高的水平。宏大瑰丽的意象，优美丰富的语言，使它成为民间口承艺术中的典范。对这样的文本进行解读，仅有条分缕析的方法是不够的，还需要综合的阐释，需要整体的把握。

我们在这里想要揭示的，是史诗语言在冉皮勒的唇间像流水一样倾泻而出的时候，是词语一一出现，又消失在空气中的时候，它给听众传达出了什么样的信息？它究竟塑造出了一幅什么样的图景？运用的是什么手段？对这些问题的回答，还是要以诗句的分析为基础——

arban tabun dabhur	十五层	
altan carlig bambalaidotur_a	金黄色宫殿里	
aldar noyan janggar ni tolugailagad	英名盖世的江格尔为首领的	
araja-yin naiman minggan bagatur-udni	阿尔扎的八千勇士们	
dagulaldun nairlaju baital_a	唱歌欢饮的时候	
baragun bey_e-yin	右翼的	
bagatur-ud-un ehin-dü sagugsan	英雄们首席上坐着的	
irehü yeren yisün jil-i	未来的九十九年	
ailadcu mededeg	预测着知道	
önggeregsen yiren yisün jil-i	过去的九十九年	10
tagaju mededeg	猜测着知道的	
altan cegeji babai abag_ani	阿拉谭策吉大伯	
hüngginen helen baiba	声音洪亮地说道	
– aldar bogda noyan janggar	英名盖世的诺谚江格尔	
araja-yin naiman minggan bagatur-ud	阿尔扎的八千勇士们	
asar ulagan honggurmini	阿萨尔·乌兰·洪古尔我的	
bagaturdalai abu tai	巴特尔达赖父亲有的	
bayandalai eji tei	巴音达赖母亲有的	
ama tai hümün	有嘴巴的人们	
amalaju bolusi ügei	议论都不敢的	20
hele tei yagum_a ni	有舌头的东西	

helejü bolusi ügei	嚼舌都不敢的	
hümün-ü nacin	人们中的鹰隼	
hündü gartai sabar gedeg	铁臂萨布尔的称呼	
gagca höbegün tei bile	孤独的儿郎一个	
gun_a orudag nasun-du ni	三岁到达的时候	
eji ni önggeregsen	母亲就去世了	
dün_e orudag nasun-du ni	四岁到达的时候	
abu ni önggeregsen	父亲就去世了	
hümün-ü nacin	人们中的鹰隼	30
hündü gartai sabar höbegün degen	对着铁臂萨布尔这个儿郎	
eji abu hoyar ni	母亲父亲两个	
helegsen bile	这样说道	
– ene naratu yirtincü-dü	在这阳光灿烂的世界上	
agcim-un jagur_a-du	眨眼的刹那之间	
arban gurba hubildag	就会十三变化的	
amin bey_e düni ügei	灵魂不在身体上的	
aguu yehe hücütei	巨大的力量有着的	
asar ulagan honggur	阿萨尔·乌兰·洪古尔	
aldar janggar gedeg hoyar bain_a	英名盖世的江格尔两个人有着	40

在"阅读"这个片段的时候，我们得到一个印象，就是叙述的节奏缓慢。前面 5 个诗句交代场所和在场人物，需要注意这里的"时间"概念——江格尔和手下人"唱歌欢饮的时候"。接着用 6 个诗句作定语，形容在第 12 行点出了姓名的重要人物阿拉谭策吉。第 13 行"声音洪亮地说道"——出来了第一个动作，这一行是谓语动词，说明主语的。从第 15 行开始到我们的截取终点第 40 行为止，是宾语部分。结果，阿拉谭策吉一张口，就说了一共有 93 诗句的话语，也就是到样例的第 106 行为止，都是他的话。这个

40 行诗的样板，可真是一个"大句子"，构成句子的，也都是一些"大词"。①

　　与我们在日常生活中多使用单层句和双层句不同，这里的表达是以多层句为其结构方式的。将这个多层句逆向地分解，我们就会知道构造句子的这些"大词"——程式是被怎样调用的。

　　在这个多层"句子"里，前两个诗句——"十五层/金黄色宫殿里"是一个"词"——冉皮勒在不同的诗章中都是这么用的（顺便说，它与鄂利扬·奥夫拉的"十层九色的宫殿"的程式有所不同）。紧接着的两行提到江格尔和他的八千勇士（鄂利扬·奥夫拉是"六千又十二名勇士"），这是个对句程式，我们在前面指出过。下面"唱歌欢饮"是固定的动词程式。底下 6 行诗是两个固定而且各处通用的程式，形容阿拉谭策吉大伯。"声音洪亮地说道"是一个程式。接着是 3 个特性修饰语的程式，无须多说。两个诗句"巴特尔达赖父亲有的/巴音达赖母亲有的"不是程式，可以放置一边。接着的 6 行，是"专属程式"和"通用程式"两个部分的结合。下面"孤独的儿郎一个"也先放在一边回头再分析。"三岁……四岁……"是一组递进平行式，它是固定的表达格式，在几个版本的《江格尔序诗》里都可以见到在交代江格尔幼年时的功绩时，都采用这个程式。下面又是一个核心程式。再空过两行，是一个整句程式，跟随着一个"专属程式"和一个"通用程式"两个修饰洪古尔的程式。到此，这 40 个诗句就解说完毕。

　　在《铁臂萨布尔》起首的这 40 个诗句中，我们只有 5 个诗句是可以再议论的，其余的全都是程式的表达。这 5 个诗句中，"巴特尔达赖父亲有的/巴音达赖母亲有的"这种人物的命名方式和句式的并列平行，则无疑是蒙古史诗演唱中的传统手段。"gagca höbegün tei bile"（"孤独的儿郎一个"）其实也不是完全没有来头的，在这个诗章的另外地方，有 önücin gagca höbegün，是在孤独前面又加了一个同义词"孤单""孤儿"。可见这个诗句也是程式的。现在只剩下第 32、33 诗句了。它们是"eji abu hoyar ni/ heleg-

---

① "大词"（Large word），弗里所使用的一个概念，是指歌手心目中的"表演单元"。对于一位文盲歌手而言，一个我们含义上的"词"，往往是一个"诗行"，也就是说，对他而言诗行是最小的表达单元。更大级别的"大词"是故事中的"典型场景——主题"，以及"故事范型"。参见弗里《口头程式理论：口头传统研究概述》，《民族文学研究》1997 年第 4 期。

sen bile"（"母亲父亲两个/这样说道"）。将这两个诗句叫作程式有一点勉强。但是，它们又是遵循着传统的法度的。在附录中的"句首音序排列表"中可以发现，在将父亲母亲一起提的时候，有 4 次是说"母亲父亲两个"。只有一次是说"abu eji-yin helegsen üge-yi"（"父亲和母亲所说的话"）。这原因大概是它的前面有这样一句"aldar bogda noyan janggar mini"（"英名盖世的圣主诺谚江格尔我的"）在"声音范型"（sound - pattern）作用的引导下，按照押句首韵的规矩，在这一句里将 abu 调到句首以符合韵律吧？至于"helegsen bile"（"这样说道"），查"句首音序排列表"，也出现了两次，可见也不是偶然随意的。何况它也符合冉皮勒的一贯手法——"说道"都自成一个单独诗句。是要用一个较短的诗句来形成一个短暂的停顿，以在史诗讲述与人物所说的话之间，形成一个间隔。

经过这里的示例，我们就了解到冉皮勒是如何讲述他的故事的。在前面这个 40 诗句的片段里，他没有一句诗是没有来历的，或者说是传统之外的。他所要做的，就是在这些"大词"的头头尾尾上，增加语法附加成分，从而衔接各个程式单元，并使得故事可以流畅地讲述下去。例子里句尾下划线的，是不属于程式本身（它们其实经常与程式结合）的部分。

通过前面几个章节的分析，我们已经可以得出这样的结论：冉皮勒是高度依赖传统的歌手，他构筑他的诗行和故事的最基本的部件，就是这些程式——程式的片语、程式的诗句、程式的诗段等。很显然地，他并不是为了某一个特定的诗章去准备大量的专门诗歌语言，而是在他的记忆里储存有这些基本部件，这些常备的程式，在演唱江格尔和他的勇士们的故事时随时调用。

五　程式系统

为了回答前面一节里提出的问题，我们需要透过程式广泛存在的现象，揭示程式的功能问题。到底是出于什么样的机制，使得"程式"在口头史诗演唱中，是如此铺天盖地？这种情况反常吗？或者换句话说，在其他民族的史诗类文艺样式中，程式的出现频度也是如此的高吗？

我们可以参照荷马史诗的情况。荷马史诗在艺术上所达到的高度，使得人类长久地对它赞叹不已。米尔曼·帕里在对荷马诗歌的分析中发现，在荷马的句法中，"没有什么不是程式的"。他从《伊利亚特》和《奥德赛》的开始处各截取了 25 个诗句，将其中的词组画线，然后检验它们在荷马史诗中反复出现的频率。其结果是，截取自《伊利亚特》的诗句，在荷马史诗中原样出现了 29 次，而取自《奥德赛》的诗句，原样出现了 34 次！而同一时期的作家欧里庇得斯的全部作品里，只有一个片语重复出现了 7 次。口头文学与书面文学的分野，通过这个事例已经凸显出来了。①

那么，程式的运作机制究竟是怎样的呢？

为了回答这个问题，我们需要回到样例中来。先从棘手的问题开始：我们知道，特性修饰语的程式通常都是比较固定的。在我们的样例中，"人们中的鹰隼/铁臂的萨布尔"，确实是相当固定的片语。但是在江格尔和洪古尔的特性修饰语这里，情况就不相同了。它们的构造具有"可变通的模式"。它们是根据具体的情况，而随时增减成分，以适应步格的要求的。在"句首音序排列表"中，我们可以清楚地看出，这些程式怎样在形态上发生变化。

同样会变化的，还有一些模式化行为。例如，江格尔的声音从远方飞来，从莎卜达拉·格日勒哈敦的右耳朵进去、左耳朵出来的程式，在两次叙述之间并不是逐字对应相同的。显然这个程式只是提供了一个基本的句式和韵律格式，提供了基本的意思，并没有要求词语上的精确。

大量的程式片语，会起到帮助构成更大程式的作用。例如"就差三指"（gurban hurugu dutagu），这是一个形容距离很小，几乎碰上的意思。它经常出现在多种情境中，帮助构造程式。例如在样例中，是"致命的命脉内脏/就差三指砍到"，而在鄂利扬·奥夫拉的文本中，是阿拉谭策吉"声音洪亮地说道"："这宫殿要庄严雄伟/比青天低三指/要是筑到九重天上/对江格尔并不吉利"。这里同样是 gurban hurugu dutagu。在冉皮勒的《江格尔序诗》中，说江格尔的宫殿天窗"就差三指"碰到了天上的白云，也是一样的词组。

另外，冉皮勒的《江格尔》演唱，由于他的名气，很幸运地被记录了

① Lord, A. B., "Perspectives on Recent Work on the Oral Traditional Formula", *Oral Formulaic Theory: a Folklore Casebook*. Ed. John Miles Foley, Garland Publishing Inc. New York and London, 1990, p. 390.

多次。我们由此知道，在他的同一诗章的不同场次的演唱文本之间存在着差异。塔亚依据他亲自录制整理的录音本，做了不同版本情节差异的对比。在塔亚的整理本与巴达玛与宝音和西格的 15 部《江格尔》中的相同诗章《铁臂萨布尔》（冉皮勒演唱）之间，有如下数处不同：（1）在"15 部本"中，有萨布尔成为孤儿后，投奔残暴的哈尔·希拉·蟒古思时迷路；千叶大学本无。（2）在千叶大学本中，阿拉谭策吉和古哲根·衮布两个提议前往征服萨布尔时，要全体军马一起出动；"15 部本"无。（3）"15 部本"中江格尔的受伤将士打马逃向积雪的山峰；在千叶大学本上是逃向"俄尔黑罗图银白色的山"。（4）在"15 部本"中洪古尔让马夫抓马；在千叶大学本中洪古尔自己抓马。（5）"15 部本"中萨布尔自己主动向江格尔盟誓；在千叶大学本中是在江格尔的敦促下洪古尔和萨布尔两人结拜为兄弟。（6）"15 部本"里萨布尔坐在了美男子明彦的下首；千叶大学本里萨布尔坐在了左手英雄的第三个座位上。

　　这里既有情节上的差异，也有具体词语的差异。例如逃向雪山的程式。据我对照，还有一些差异。首先，"15 部本"要长一些，达到 680 个诗句。故事情节上还有两个重要的差异，一个是"15 部本"中，莎卜达拉·格日勒哈敦谎称江格尔被蟒古思劫去，再一个"15 部本"中关于骏马、武器、装备的描绘要更为充分。其次，这两个演唱场次的文本，在词语的具体运用上也有一些差别。例如在"15 部本"中，在说起哈敦的时候，是"十八岁的/莎卜达拉·格日勒哈敦"（arban naiman nasutai/agai šabdal_a gerel hatun），而在我们的样例里，就没有前面一句。

　　在程式的具体运用上，在同一歌手的不同文本（既包括同一故事的不同时期的文本，也包括不同故事的文本）之间进行广泛的比较，就会发现程式的运用是系统化的。在许多情况下，程式都不是给歌手提供一个僵死的词语解决方案，而是一个有一定张力和自由度的框架结构。它是一定句法结构和一定韵式的结合，而且是只用来表达某个基本的一定的意思。像形容人物勇敢、骏马神速、女人美丽等。通过我们前面在程式类型的部分里所做的分析，例如指出程式在具体的诗句中的适度变形——伸长或压缩，以适应步格和句式的需要，划分通用程式和专属程式各自的使用范围和具有的功能等，实际上都指向了程式的系统化性质。

对于不是早年背诵过一两个文本，后来偶尔复述一两次的业余爱好者，而是经过成为江格尔奇的传统方法的训练，并最终成为"真正的民间歌手"的江格尔奇——其当代的杰出代表就是冉皮勒——来说，程式的作用，就是帮助他在现场的表演中构造诗句，演唱故事。程式不是重复。在文人的创作中，重复往往是为了美学的需要，为了追求某种特定的风格——李白的"蜀道难，难于上青天"这样的重复，不是为了帮助他快速构造诗句。而冉皮勒的"无边无际的白色荒原/没有人烟的白色戈壁"，则是帮助他"创编"的法宝——这个程式代表的是"野外"，是萨布尔歇息的地方，是他正要误投蟒古思恶魔的"路途中"，是随后与江格尔和他的大军格斗的战场，是他最终被洪古尔征服的地方。它是事件发生的场所，是这个故事的舞台。用程式的办法来现场即兴地"创编"故事，这不是蒙古史诗的专利。在世界上的许多地区，在许多民族的民间口承文艺样式里都可以观察到这种现象。近处也有现成的例子，同是蒙古口头文化，在东蒙古地区出现的"胡尔故事"（Huur-un üliger）里，也有大量的程式存在，近年有人注意到这种现象，编了一本叫作《蒙古书习语》的小册子，将一些著名胡尔奇——胡尔故事表演者——的演唱片段截取成段，冠以"形容战将""形容姑娘"等分门别类地排列起来，以展示该说书艺术中形成模式的艺术手法。有人用"口头程式理论"的方法研究《诗经》后，得出它也是高度模式化的结论。作者细心统计后指出，《诗经》里面整个诗行都重复出现的比例是大约21%。

作者将这些重复的单元称为"套语"：

《诗经》套语分析

类别	诗行数目	全行套语	百分比（%）
国风	2608	694	26.6
小雅	2326	532	22.8
大雅	1616	209	12.9
颂	734	96	13.1

作者说："《诗经》诗句总数是7284行，而全句是套语的诗句是1531

行，即占《诗经》总句数的21%。"① 作者还表明，《诗经》的构成方式，不仅是以大量出现全行套语——全句整个重复出现——为特征，而且还有某些固定的格式，它们是被系统化了的。另外，在《诗经》里也存在着相当数量的"套语"（formula）的系统化运用。在这本原文是用英文写的书中，这是作者列出的样例之一：②

	垣
	归
之子于	钓
	狩
	征
	苗

可见，在《诗经》里，程式的规则也在发生着作用。由于在《诗经》中采集自民间的歌诗占据了很大的比例，所以出现这样的现象是一点也不应该奇怪的。

应当在相对比较大的文本范围内作系统化的格式提炼，否则会显得事例不够饱满。我们在《口传史诗诗学：冉皮勒〈江格尔〉程式句法研究》第四章的靠后部分里探讨了行为模式问题，其中涉及动词程式的部分，有一些句法格式的例子，这里就不再都重复举证了。仅置一例，说明基本问题：

	garba ged　出来［这样］
cüngginen　轰响着	garba　出来
	odba　出去

① 王靖献：《钟与鼓——〈诗经〉的套语及其创作方式》，谢濂译，四川人民出版社1990年版，第56—57页。

② 同上书，第56、63页。

　　所谓程式，它区别于一般的重复的就是两点，一个是它的基本作用是帮助现场创编，再一个就是它要被"系统化"地运用。而系统化的基本功能，则是用最简单的格式，用最俭省的经济的表达式，传达某一"类"富含许多细致变形的事物或者情境。对程式和程式系统——即程式的系统化运用——的把握，在蒙古史诗的研究领域里，是一件尚未开始的工作。按照我们的理解，这项工作的意义，是要分解蒙古史诗的演唱，直至其最基本的构造单元。然后再分析这些单元是依据什么样的法则组织起来的。这实际上是口头诗歌的创作问题，即口头诗学问题。

　　通过对我们的样例进行的切近的和精细的分析，我们对蒙古口头史诗的基本构造规律有了一些理论认识。我们的愿望是，通过一般的科学工作方法和相应工具的运用，做出符合特定地域上的特定民间文艺形式的阐释。

　　（选自《口传史诗诗学：冉皮勒〈江格尔〉程式句法研究》第四、六章，广西人民出版社 2000 年版）

蒙古史诗句法分析

　　对蒙古诗歌的"作诗法"（versification）进行总结一直是件有难度的工作。阿·波兹德涅耶夫（Pozdneev，V. N. 1851—1920）曾经特别关注这个问题，而最终没有取得任何明确的结论，他宣称："蒙古诗歌的步格法则——即使确实存在这种法则——对我而言也还是一片模糊。"① 波佩（N. Poppe）也是极少数涉足该问题的学者之一，他说："首先需要指出的是，对于波兹德涅耶夫而言，最困难的是，他没有能够正确地理解蒙古语的重音问题。基于认为蒙古语的重音是放在末尾音节上的错误假设，波兹德涅耶夫认为，在蒙古诗歌中只可能存在着两个步格：抑扬格和抑抑扬格。"② 很显然，波兹德涅耶夫基于这种推想所做的分析工作，不能完满地支持他的推论。他所进行分析的例证，确实有一个诗句是抑扬格，而另外一个诗句是抑抑扬格。但是其余的就不规则了，有的是上述两种格律的混合，还有的则干脆哪一种也不是，而是扬抑格和赞美歌体。③ 有鉴于此，波兹德涅耶夫最后得出的结论是：音高型节奏的分析，不适用于蒙古诗歌，同样，步格—音节的分析也不适合对蒙古诗歌的分析。所以他失望地宣称："我们所知的诗法分析手段，没有一种是适合用来分析蒙古诗歌的。"④

---

　　① N. Poppe, *The Heroic Epic of the Khalkha Mongols*, The Mongolia Society, Indiana University, Bloomington, 1979, p. 171："Laws of meter for Mongolian poetry, if they do exist, remain for me indefinite."

　　② Ibid., p. 172.

　　③ 赞美诗 paean，最初用来指古希腊人颂扬太阳神的赞美歌，尔后泛指颂扬其他各种古代神祇的赞美歌。现在用法意义更为广泛，指任何赞美歌。

　　④ A. Pozdneev, *Obrazcy narodnoj literatury mongol' skix plemen*, St. Petersburg, 1880, p. 323.

一 史诗步格

随着研究的逐步深入，一些学者取得了这样的共识，即认为蒙古语重音不在末尾的音节上，而是相反，在起首的音节上。末尾音节与元音的长短无关联，只有音高的标识作用。这样一来，新的规则就得以建立了，就是蒙古诗歌的节奏，是以声调为基础的、以扬抑格占主导地位的均等重音声调韵文。①

因此，简单的音节和步格的分析，在这里就不足以说明问题了。另外，"尾音缺省"（catalexis）也就成了蒙古诗歌的独具特征之一。波佩尝试着建立了蒙古喀尔喀诗歌的韵律图式，作为他的分析样板的，是《恩克·宝劳特·汗》（*Enkhe Bolot Khan*）②：

> xentei xanig cox'o baixad
>
> xerlen tulig salbag baixad
>
> dalai lamig bandi baixad
>
> dajan xanig balcig baixad
>
> xangain modig dzuldzag baicad
>
> xatan xarig unag baixad
>
> galin tujagulairch baixad
>
> gadzrin xöbög sarladz baixad
>
> manai gal'in ex'nde
>
> maidrin gal'in tuxende
>
> dewen – garin ujede
>
> dewadzingin orondo
>
> xad xadin jixel gen

---

① "equally – accented tonic verse, with the predominace of trochee". See N. Poppe, *The Heroic Epic of the Khalkha Mongols*, The Mongolia Society, Indiana University, Bloomington, 1979, pp. 172 – 173.

② 这里的拉丁转写规则依照波佩原文，与本论文中所使用的方法稍有不同。

xamag xadin jixel gen

edzed edzdin turunix gen

enxe bolod xan gedz

negen j'xe xan ba'ba gen

这个片段的格律是这样的，它有着以扬抑格为主的韵律形式：

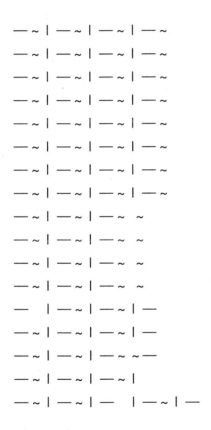

波佩的另一个例子，也应当在这里列出。它可以在我们下面分析冉皮勒的文本时，提供一种参照。它选自西部布里亚特史诗《阿拉姆吉·莫日根》（Alamji – Mergen）：

xunei junei huga – gui

xunei junei ezle – gui

xulgei junei gesxe – gui

xuler mongon dubunda

garzal baibal – da

t'isen jasan xo'no – lo

oido – xanai garaza

oido baihan modij'

obo sobo unagaza

uzurhan'i otolzo

uzurhen'i xirbebel

— ~ ｜ — ~ ｜ — ~ ~

— ~ ｜ — ~ ｜ — ~ ~

— ~ ｜ — ~ ｜ — ~ ~

— ~ ｜ — ~ ｜ — ~ ｜ —

— ~ ｜ — ~ ｜ —

— ~ ｜ — ~ ｜ — ~ ~

— ~ ｜ — ~ ｜ — ~ ~

— ~ ｜ — ~ ｜ — ~ ~

— ~ ｜ — ~ ｜ — ~ ｜ — ~

— ~ ｜ — ~ ｜ — ~ ~

— ~ ｜ — ~ ｜ — ~ ~

　　值得注意的是，波佩指出，在演唱中那些短缺的音节，可由演唱时拖长元音来补救。波佩参加过直接的史诗田野调查，他在谈论史诗音节和步格的时候，就显然有不同于书斋学者的优势。很显然，口头史诗的创作是表演中的创作，它的诗句是为了唱诵和聆听的，不是为了印刷出来阅读的，所以，在看上去是短缺的音节的地方，会由歌手在演唱中用拖长元音的方式来弥补。从这个意义上说，从口头—听觉的角度说，短缺音节并不会造成诗句的"缺漏"或者"毛病"。

对蒙古史诗的格律做出论述的，还有英国学者鲍顿（C. R. Bawden）。他所得出的结论，并没有特异之处，只是触及了蒙古史诗中的一般特点。如他说蒙古史诗中没有诗节结构，最明显的特点是句首押韵，偶尔会出现与相邻的句子不押韵的诗句。就语音而言，蒙古语有"元音和谐律"，这种语音特点对平行式的形成有很大帮助，等等。①这些知识，对于熟知蒙古诗歌的学者而言，并没有新的发明发现。不过，鉴于从事此方向研究的学者实在是太过稀少，而且他的文章的读者，很多是来自其他领域的学者，这些基础知识的介绍也有其特殊意义，所以还是在此稍加提及。

我们知道，就总体而言，蒙古民间诗歌的步格，在长度上相对自由。它不像有些民族的诗歌——比如荷马史诗，或者是被许多学者所深入研究过的"塞尔维亚—克罗地亚叙事歌"——那样，有比较复杂的韵律"网络"，要求歌手在韵律格式的特定"空位"（slot）上，植入符合格律要求的词语。蒙古史诗的规律不是这样。但是，在整个蒙古民间诗歌中，特别是在英雄史诗中，其格律还是有若干有必要深入分析的精巧特点。

如前所述，冉皮勒是向几位民间有名气的江格尔奇学习演唱的。根据我们的田野报告阅读经验和在田野作业中的直接观察，歌手往往会在以后的演唱生涯中，遗漏和忘记当年学习过的某些段子和故事情节，有时也会忘记旋律和句式，但是，没有任何迹象表明，歌手在演唱中所须臾不离的基本表演单元——"一口话"（nige ama-yin üge），也就是一个诗句，会比其他成分更容易忘记。既然冉皮勒并没有将从老师处学习来的其他东西忘记干净，那么，我们也有理由相信，在他的演唱文本中，至少在相当程度上保留着《江格尔》的某些传统性演唱句式。

在冉皮勒所演唱的文本《铁臂萨布尔》中，计有 652 个诗句，3194 个词汇。这就是说，平均每个诗句有 4 个到 5 个词。考虑到蒙古韵文体作品中有相当数量的虚词和一些语法附加成分，那么，我们得出结论说，在《江格尔》中，四音步的句式是主流的句式，是不会有什么问题的。这个说法，其实很早就由兰司铁提出过，他指出蒙古诗歌与突厥口头诗歌共享着四音步的

---

① C. R. Bawden, "Mongol the Contemporary Tradition", *Traditions of Heroic and Epic Poetry*, Vol. 1, London, the Modern Humanities Research Association, 1980, p. 285.

格式，说明他所工作的地区史诗传统的古老。①

　　下面我们随机抽取出两段，做一下初步的分析。它们来自样例的第70—79诗行和第450—459诗行：

　　【1】

ermen cagan hödege	无边无际的白色荒原	70
ejen ügei cagan büürüg-tü	没有人烟的白色戈壁	
elesün sir_a tohui-du	漫漫黄沙的湾沟里	
önücin gagca bar urugsan	孤单独立生长着的	
naidag zandan modun -du odugad	细细的檀香树那里去了	
bodul bodugad	思忖掂量着	
ene modun-u següder ece	这棵树的树荫下	
hüreng haljan hülüg-i	把栗色的白额骏马	
uyaju orhigsan	拴着撂在那里	
nayan nigen esi tei	八十一庹长的	79

```
— ~ | — ~ | — ~
— ~ | — ~ | — ~ | —
— ~ | — ~ | — ~ | —
— ~ ~ | — ~ | — ~ | — ~ ~
— ~ | — ~ | — ~ | —　　| — ~
— ~ | —
—　　| — ~ |　~ | — ~ ~
— ~ | — ~ | — ~ ~
— ~ | — ~ ~
— ~ | — ~ | — ~ | —
```

---

① 涅克留多夫：《蒙古人民的英雄史诗》，徐昌汉等译，内蒙古大学出版社1991年版，第25页。

　　在上面的例子里，应当先说明的是，第二句虽然在"印刷符号上"是五个词，但是在实际的表演中，是将 ejen ügei 处理为 ejegei 一个步格的。所以这一句是三个步格（即三音步）加上一个"不完整韵律"构成的。在这个短小的片段中，格律形式是复杂多变的，并且形成了长短错落有致的形态。在口头—听觉的过程中，这个片段在步格上有明显的旋律美感。句尾不完整韵律的反复使用，加强了语气的节奏感和急促感，渲染了故事情节的气氛。但是，这种长短不齐的诗句存在的原因，我们要在分析下面的例子时一并总结。

【2】

sir_a-yin naiman minggan	希拉的八千	450
bagatur-ud ni irügegsen	勇士们祝福过的	
ir ni yaguman-du	利刃将东西	
hürcü üjeged ügei	还没有碰过	
gilagai sir_a bolud üldü-yi abugad	闪光的黄色钢刀拿着	
baragun gar tagan	在右手中	
sigüsün dusun dusutal_a athugad	紧紧攥得汁液流淌出来［喊道］	
aldar noyan janggar tolugailagsan	英名盖世的诺谚江格尔率领的	
araja-yin naiman minggan bagatur-ud mini	阿尔扎的八千勇士们［我的］	
gurban dolug_a	三个七	459

— ~ | — ~ | — ~

— ~ | — ~ | — ~ ~

— ~ | — ~ | —

— ~ | — ~ | — ~

— ~ | — ~ | — ~ | — ~ — | — ~

— ~ | —　　| — ~

— ~ | — ~ | — ~ ~ | — ~

— ~ | — ~ | — ~ | — ~ ~

　　— ~ ｜ —　　｜ — ~ ｜ — ~ ｜ — ~ ~ ｜ —

　　— ~ ｜ — ~

　　这里同样地出现了长短句交替出现的情形。冉皮勒在这里似乎是信马由
缰地吟唱着古老的故事，一点也没有在意句式的不整齐划一。这里步格的错
落，并不是真的因为太过随意、没有法度才会这样。与上一个片段的情况一
样，每一个诗句，在冉皮勒那里，都是"一口话"，是一个构筑故事的单
元，是一个完整的程式。最末一句最短，两个步格，但它也同样是在冉皮勒
的文本系统中，也在其余蒙古史诗歌手的文本里反复出现的一个固定表达，
一个在史诗演唱传统中存在了很久的程式——"三个七"。在它前面的一
句，又恰巧是在该片段中最长的诗句，它在整个我们所选定的样例《铁臂萨
布尔》中，也几乎是最长的诗句了。这个诗句之所以长，也是因为"阿尔
扎的八千勇士们〔我的〕"是一个固定的程式单元。可能人们会提出疑问，
为什么"三个七"就不能与紧跟着的"二十一天上"共同构造出一个完整
诗句呢？我们的回答是：不能。这里的原因还是在于程式。"二十一天上"
在原文本中是 horin nige honug tu，在步格上是— ~ ｜ — ~ ｜ — ~ ｜ —，再加
上两个步格，会变得太长。它们按照惯例被处理为两个诗句。何况在我们的
样例中，"三个七"一共出现了 5 次，除了这次外，其余的几个后面紧跟着
的诗句"二十一天"都在后面添加了其余的词语，它们本身已经达到或是
超出了平均的步格长度，再加上三个步格，这恐怕是不行的——

horin nige honug hasiyalagsan	二十一天围困了
horin nige honug-tu	二十一天上
horin nige honug-un gajar yabugad	二十一天的路程走了
horin nige honug bolba	二十一天有了
horin nige honug-tu hasiyalagdagsan	二十一天被围困了

　　总之，冉皮勒文本的抽样分析表明，该文本诗句的平均步格长度是 4
个，也就是以四音步诗句居多。除了极为个别的一个词和两个词的诗句之

外，总体而言是以四个步格为基本特征。诗句的长度，在很大程度上是以程式或程式片段所包含的步格数量为依据的。程式长，步格多，诗句就长，它体现了《江格尔》的格律是由史诗的基本构造单元——程式——所决定的规律。这里，我们再次体会到了程式的无处不在和威力无比。

二　史诗韵式

蒙古史诗的用韵，很有它自己的特点。首先，它与深受印藏文化影响、大力提倡和试验印度诗学理论的蒙古僧侣们的厌世主义诗歌正好形成了鲜明的对照。僧侣们诗歌作品的句式之繁复，韵律之复杂，规则之严厉，意象之晦涩，都与蒙古民间长期流传着的英雄史诗形成了巨大的反差。[①]

其次，我们都知道，蒙古诗歌的突出特点之一，就是"句首韵"（Beginning Rhyme, or Head Rhyme），也就是蒙古语所说的 tolugai holbulta。我们之所以推荐使用这个新术语，以取代在翻译界通行的"头韵"，是因为它与另一个术语"头韵法"（Alliteration）在汉字上过于接近，极容易引起误解。

既然提到了"头韵法"，我们就先从它入手——

（一）头韵法

hündü hüreng haljan hülüg-ün	沉重的栗色白额骏马的
hurdun cüilem_e　cag-tu	［如］飞快疾风的时候
hündü gartai sabar	铁臂的萨布尔
cingga cihirag bagatur cag-tu	强壮矫健英雄的时候

在这个例子里，第一个词 hündü "沉重的"是口误造成的冗余词。后面紧接着的三个词都以"h"起首；到最末一行，又紧跟着出现了两个"ci"，

---

① 巴·布林贝赫：《蒙古诗歌美学论纲》，内蒙古人民出版社 1990 年版，第 103—122 页。

这就是头韵法（alliteration）的韵式。这是互相呼应的句式，还有的则是不与前后的诗行呼应，自成头韵法诗句：

nayan nigen esi tei	八十一庹长柄的
abai sir_a balta-yi	阿拜黄色巨斧
baragun bey_e degen tüsigürdegsen	右边身旁紧紧靠上
bag_a bicihan bagatur bain_a	是年幼的小英雄一个

像这样在四句诗中三句中运用了头韵法，在第四句的四个步格上全都使用头韵法的诗段，是比较少见的现象。它说明了口头诗人是拥有着怎样高超的韵式技巧来使得他的演唱音调优美铿锵，如珠落玉盘。

dalu-yin hini hogurundu tobcilagsan	将肩胛中间拴着的
dalanhoyar hö huyag-un hini sinjirge-yi	黑色铠甲的 72 个扣环
tasu cohigad	给砍断了

像这里的"黑色铠甲"，在别的文本中还有多次出现，说明它早就成为固定的程式。这就与前面的"年幼的小英雄"一样，是程式在这里支撑起了头韵法的韵式的。这样的头韵法程式诗句还有若干。考虑到不使引用的例证过于冗长，我们将从诗句中抽取出部分头韵法的片语，以说明其基本的构造规则。

harbun haliyagsan cag-tu	2 次	观察瞭望
horin nige honug	5 次	二十一天
hüngginen helen	3 次	声音洪亮地说
hüreng haljan hülüg	7 次	栗色白额骏马
nayan nigen esitei	5 次	八十一庹长的
ocin höhe haljan hülüg	6 次	火星灰色白额骏马

这里排列出的头韵法的程式，多数还要在前面或者后面加挂词语，以构成诗句。这里最清楚不过地说明，诗句的头韵法，是以头韵法的程式为核心的；或者换句话说，就是这几个头韵法的片语，都是反复出现多次的程式。是程式的头韵法构造规则，造就了诗句中头韵法的韵式。

（二）句首韵

蒙古诗歌的基本押韵规则是句首韵。这与蒙古语的构造和基本特点有相当的关系。

句首韵为：AAA 或者 AAAA——

ermen cagan hödege	无边无际的白色荒原	70
ejen ügei cagan büürüg-tü	没有人烟的白色戈壁	71
elesün sir_a tohui-du	漫漫黄沙的湾沟里	72
dugtui dotur_a baihul_a	旗套里面在着的时候	220/243
dolbing sir_a-yin önggetei	发射出黄色的光芒	221/244
dugtui aca ban garhul_a	旗套里面拿出来的时候	222/245
dolugan naran-u gereltei	发射出七个太阳的光芒	223/246

它们的句首韵押得相当工整，前面的三行诗段和后面的这个四行诗段，在我们的样例里都有多次出现，而且没有变化，句式用词完全一样。通过与冉皮勒的其他文本参照比较，又比较了其他江格尔奇的文本，我们得以知晓，后面这个诗段，是个在很广大的区域内，在《江格尔》的演唱传统中，到处都在使用着的一个固定程式。前面的一个，没有那样"通行"，不过至少冉皮勒本人是十分喜欢用它的，所以它也多次出现在他的另外的诗章中。

句首韵为：AABCCB——

<u>si</u>nji önggetei nogtu-yi	有模样和美丽颜色的笼头	377
<u>si</u>li-yin hini mih_a-yi	脖颈上的肉	378
<u>da</u>rugulugad notulagad	压着佩戴上了	379
<u>has</u> önggetei hajagar-i	玉石颜色的嚼口	380
<u>hal</u>h_a-yin hini mih_a-yi	脸颊上的肉	381
<u>da</u>rugulun hajagarlagad	压着佩戴上了	382

作为这种形式的扩展形式，还可以见到不十分规则，但主要句首韵与其他韵交替出现的情形。句首韵呈现为：ABAABAYAAAAHAMOAAM-NYAAAA——

asar ulagan honggur höbegün	阿萨尔·乌兰·洪古尔儿郎
bosugad yabagan sagugad	起来蹲着
arban cagan üy_e bulgan-du ni	十个骨节的每个里面
arslang jagan hoyar-un hücün	狮子和大象的力量
bürildün törügsen	具有着生成
arban cagan himusu ban önggiged	十个指甲搓刮着
yabagan sagugsan cag-tu	蹲下来的时候
arban luu-yin dagun garugad	十个龙的声音
arban luu-yin cahilgan gilbaljan baiba	十个龙的闪电
aguu yehe hücütei	伟大的力量拥有着的
asar ulagan honggur höbegün	阿萨尔·乌兰·洪古尔儿郎
helen baiba：	这样说道：
arban üjüg ece	从十个方向上
minü arban cagan hurugu-du	我的十个手指头间
oljalagdaju iregsen	俘虏来的
arban üjüg-ün šolom-un hagad	十个方向的精怪可汗们
aldar noyan janggar-tu	与英名盖世的诺谚江格尔

maguhai dotunu bolugsan bui?	十分亲密的成为了吧？
nadadu nige aman üge helel ügei	对我连一句话也没说
yagahigad yabugsan bui? ged	为何就走了呢？这样说道
arban gurban soyug_a ni tacihinagad	十三颗牙齿格格作响
asar har_a nidü ni böriyegcireged	大黑眼睛一眨一眨
asar ulagan honggur	阿萨尔·乌兰·洪古尔
agurlan saguju baital_a	正在生气之际

这是个总共有 24 诗句的片段。可以看出，句首韵主要是"A"。其中有"十个"这样的词汇反复出现的情况。它的韵律在看似没有规律的排列中，体现出一种循环往复的韵式魅力。另外，它的韵式组合，同样是由一些独立的程式对句和程式的组合式，通过其他一些过渡诗句连接起来构成的。它在韵式上的相对松散和自然流畅，是冉皮勒的，也是其他江格尔奇的演唱文本中所最为常见的韵式特征。我们在这里特别占用篇幅摘引上面这个长长的例子，还有一个原因，就是在蒙古史诗中，特别是在通篇韵文体的、演唱者水平高的文本中，能够见到的句首韵的押韵方式中，这种句首韵式与其他韵式交替使用，以某个句首韵为主，夹杂一定量其他韵的诗句排列，是比较常见的情况。

句首韵为：AABB——

ama tai hümün	有嘴巴的人们
amalaju bolusi ügei	谈论都不敢的
hele tei yagum_a ni	有舌头的东西
helejü bolusi ügei	嚼舌都不敢的

这种韵式的诗段数量也不少。它们往往简洁工整，言近旨远，而且在该文本以外的地方也到处都"通用"。另外如下面这个诗段：

utulhul_a	横切的时候
ulagan cilagun boldag	变成红石头
cabcihul_a	竖砍的时候
cagan cilagun boldag	变成白石头

　　这种韵式的诗段，从结构上说，是两个对句的组合，而且这种组合还相当牢固。两个对句之间也偶尔出现可以互相对调位置的情况。例如前一个诗段，就有互换情形发生。

（三）尾韵

　　蒙古诗歌的尾韵（End－Rhyme）特点与其语句结构有直接关系。句式和语法的问题比较复杂，这里无法深入涉及。不过，在诗歌中我们很容易看出来，有不少句子是以动词结尾的，这样一来，动词的附加成分、式、体、态等，也就往往出现在诗句末尾。所以一旦出现平行句式，在句尾动词之间，很容易形成呼应关系。此外，蒙古语中大量存在着特定语法成分——例如名词的格和领属成分，时位词、代词的变格等，它们重复出现在诗句末尾时，就会形成韵律关系。蒙古语中的后置词，作为相同的成分出现在相邻或相近的诗句中时，也起到尾韵的作用。这样的例子，在我们的样例中俯拾即是，所以不拟一一列举，倒是后置词原本数量就比较少，竟然也出现在样例中，所以特别举出：

agta hülüg yamarcinegen	骏马无论是什么程度	256
hurdun bolba gejü güiceged	快得能够达到	257
arslang yamarcinegen	狮子无论什么程度	258
manggus bolba gejü	凶猛得成为	259

　　下面是动词附加成分和名词宾格附加成分押尾韵的例子。大量的尾韵押韵方式，可以清楚地从我们的样例上看出，这里就不展开论述了。下面这个例子前面刚刚举过，其中"戴笼头"和"戴嚼口"，都使用了"分离"意义

的连接副动词"gad"押韵，其余 yi 和 i，则是名词宾格附加成分，是"把……"的意思。

sinji önggetei nogtu- y̱i	377
sili-yin hin+ mih_ a-y̱i	378
*da*rugulugad nogtulagad	379
*ha*s önggetei hajagar-i̱	380
*ha*lh_a-yin hini mih_a-y̱i	381
*da*rugulun hajagarlagad	382

几乎是一样的情况，还可以在下面的例句里见到。这四句诗句，在我们的样例里只出现了一次，但是在其他文本中，远到鄂利扬·奥夫拉的演唱文本，近到冉皮勒同乡江格尔奇的文本里，都大量地出现，因而毫无疑问是传统悠久的程式。它也是用了名词宾格附加成分押一、三句的尾韵，再用动词的"经常体"附加成分押二、四句的尾韵：

irehü yeren yisün jil-i	未来的九十九年	8
ailadcu mededeg	预测着知道	9
önggeregsen yeren yisün jil-i	过去的九十九年	10
tagaju mededeg	猜测着知道	11

（四）内韵和元音和谐律

内韵（Internal rhyme）[1] 也是冉皮勒的演唱文本中所经常能够观察到的押韵方式，它通常都与更为频繁使用的头韵、尾韵等共同出现。如果说头韵和尾韵更多的是通过诗句的一一展开而得到韵律的话，那么，内韵则更多地在一个诗句的内部就形成了某种音素的规律性复现。这在本身就讲究"元音

---

[1]　内韵 internal rhyme：指两个或两个以上相同的韵脚出现在同一诗行中。

和谐律"① 的蒙古语中，就更加有了用武之地。

【1】

| tegeged ireged | 那样着我就来 |

"ged"是副动词的后缀，特别是两个动词都是以 ~e + ged 的形式对接，这就形成了很强的特定音素复现感，特别是两个词都在元音 e 上形成和谐，就使得这样一个简单到只有两个词的句子，也平添了音韵上的美感。

【2】

| malmagar har _a šaluu-yi cini | 漆黑的发鬏就拉拽了 |

从字形上看， ~gar 和后面的 ~ara 似乎不能构成内韵，其实在口语中，它们的实际发音是 malmar 和 har，是很好的一对内韵。

【3】

| arban luu-yin cahilgan gilbaljan baiba | 十个龙的闪电 |

像这样在一个诗句里面出现三个内韵的，在我们的样例中还是不很常见的。与例【2】一样，它们的词语里，元音 a 得到了特别的强调，它一共出现了 8 次！

【4】

| sili-yin hini mih_a- yi | 脖颈上的肉 |
| darugulugad nogtulagad | 压着佩戴上了 |

在这两个句子里，上句是元音 i 得以反复出现，形成急促、快节奏的语感，下面的句子则既是以动词后缀押内韵，也运用了元音 a – o – u 组的"和

---

① "蒙古语中语音和谐规律虽然也涉及辅音，但主要涉及的是元音。它的主要内容是一个词里边前后元音之间的互相影响、互相制约的关系问题。也就是说，它说明的是哪些元音可以在一个词里共同出现，哪些元音不能在一个词里共同出现。共同出现时，其排列次序如何等。元音之间的这种关系就叫作元音和谐律。"（清格尔泰：《蒙古语语法》，内蒙古人民出版社 1991 年版，第 77 页。）

谐律"。

【5】

nagaru*ban* cagaru*ban*　　　　　　　　　　　　　　　这边或是那边

在一个诗句内部，像这样 A – B – A – B 押韵的比较少见。它是兼而运用了词尾押韵和词语重复形成这样的内韵的。

【6】

dahin arban gurban soyug_a ni hargigad　　　　　　再次十三颗牙齿格格作响

asar har _a nidü-ber-iyen　　　　　　　　　　　　大的黑色眼睛

与前面例【2】一样，后一句的 sar 和 hara 在实际发音中是押韵的。前面一句，两个 ban 之间形成内韵，它们联合起来又与前面的 hini 形成"半韵"。这里的韵式已经比较复杂了。

因为要在主要的韵式上都要有所涉及，所以不能放过多精力在内韵和元音和谐律的交互作用对诗句内部韵律的影响问题上。不过，我们想在这里提出的是，这是蒙古诗歌中的一个重要的现象，有待于有志于斯者今后的探索。

总之，通过冉皮勒演唱文本的韵式分析，其实还只是大略的和初步的分析，我们就已经形成了这样的看法，就是在冉皮勒这样的民间歌手这里，传统的各种各样的手段，运用起来是得心应手的。韵律优美、句式复杂的诗句，从他的唇间泉涌而出。当然并不是他个人有多么的神异，能够精巧地安排这许多复杂的韵式，而是一个悠久的史诗演唱传统，是许许多多的江格尔奇们共同创造了、传承了、发展了这个伟大的语言艺术演唱传统。也是这个传统，靠着它丰厚的底蕴，它对一个部族、一个民族的精神文化活动中最为光彩部分的珍藏，使得浸淫在这个传统中，吸纳了它的精华，从而成为它的杰出传承人的史诗演唱家们，才拥有了如此高超地驾驭语言的技巧和能力。

诚然，由于句首韵是蒙古诗歌的通则，所以冉皮勒会对"押头韵"（tolugai holbulta）形成明确的意识，这是不会有什么问题的。另外，在长久的学艺和演唱实践中，使他习得并具有对音韵的某些感性的认识和经验，这也是自然的。当然，他恐怕并不了解什么是"内韵"或者"半韵"，一些复杂的诗学术语可能会令他不知所措。但是这却不可能妨碍他得心应手地运用它们，也就更加不妨碍我们对他的演唱进行分析——进而对他的全部演唱中的韵式风格形成某些理论归纳和总结。这就像当年那些吟诵"十五国风"的民间诗人们，他们无从知道后人研究了他们所吟唱的歌诗并奉为经典，总结说他们是采用了"比""兴"的手法创作了这些作品一样。

还是要说到无处不在的程式！

我们得承认，是这些千锤百炼的程式，为这里的诗歌提供了某种难以言说的音韵的美感。恰如我们在其他地方已经不止一次地指出过，还要在下面的"平行式"部分里再次分析的那样，在我们的样例中，成为"一口话"—"单元"—"整句程式"的，在整个诗句中占据着绝对的优势。于是，以诗句和诗句组合为基础的韵式，又怎么能够脱离得开程式呢？在我们分析韵式的时候，那许多句首韵、尾韵、头韵法等，几乎都是由程式带来的，这没有什么奇怪。连内韵这样的对单元长度要求很低的句子内部的韵式，也都是由程式来包办了。

这样一来，我们关于诗歌韵式的分析和总结，就成为对程式的韵式所做的分析和总结了。我们对口头诗学的思考，再次集中到了对程式的思考上面。

三　平行式的分析

我们在聆听和阅读样例的过程中，深刻地感到有这样一种特征存在其中，那就是"韵律的和谐"。在语速比较快的情形之下，诗歌的韵律节奏依然清晰可感。而且，在这种韵律的延伸过程中，还明显地感觉到某些因素的反复出现，还感觉到某些对应的规律在发生着作用。笔者的文本阅读经验和蒙古史诗田野作业经验中，也都反复地、大量地接触到这样的现象。另外，我们在荷马史诗中，在《诗经》中，在当代的民间口头文艺样式中，都无一例外地感受到了其中的这些现象。这就是广泛存在于诗歌之中，特别是口头诗歌之中的"平行式"（parallelsim）现象。诗学研究领域的权威意见认为，中国传统诗歌、闪语系诸语言的诗歌、乌拉尔诸语言诗歌、俄罗斯诗歌以及某些阿尔泰语系的诗歌（例如蒙古和突厥）诗歌，都是平行式的典型代表。①

　　平行式，也有译为"平行结构"或"平行法则"的，其核心表征是相邻的片语、从句或句子的相同或者相近句法结构的重复。因而平行式的核心是句法的。构成平行的，至少要两个或者两个以上的单元彼此呼应——意象、喻义、字面乃至句法结构上可供比较，才有可能建立起平行的关系来。②

　　令人遗憾的是，广泛存在于蒙古史诗中的这些现象，以往没有引起重视，所以更深入的探讨，基本没有展开。我们在英国学者鲍顿的专论中，见到一些论述，例如他认为，平行式是蒙古史诗中一种风格化的手段，它不仅出现在英雄史诗中，也见于其他类型的诗歌中。其特点是：不仅相邻诗句之间构成平行，有时会在两行或者四行诗句构成一个单元与另一个相似的单元之间构成这种平行式。这种平行式的运用，有加强蒙古语"元音和谐"的作用。此前专门对这个问题进行过研究的是波佩。其在专论《论蒙古叙事诗中的平行式》中，以施泰因尼茨论述卡累利亚—芬兰叙事文学中平行式的例证和方法为基准，对蒙古叙事诗中的平行式问题进行了归纳总结。③

　　蒙古史诗中的平行式，与汉诗中特别是古典诗歌中高度发展起来的格律规则有明显的不同，这也是由其语言的基本特点和文化传统所决定的。在蒙古史诗中，平行式的运用极为广泛和多样。但是我们将要进行的，还是以"样例"为我们进行分析的取样范围，以便我们对平行式的使用程度、范围

---

　　① Parallelism is well represented in traditional poetry in Chinese, in Toda, in the Semitic langs. , in the U-ralic langs. ... Rus. Folk poetry is parallelistic, as is some Altaic (Mongol and Turkic) verse. *The New Princeton Encyclopedia of Poetry and Poetics.* Princeton University Press, 1993.

　　② 可参考下述定义："平行结构指在一句话、几句话、几个段落或更大的结构单位中，某内容要素与另外一个与其同等重要的因素平行地发展并得到同等的体现。平行句与东方文学中的对仗相类似，平行的上下两部分必须在意象、喻义、字面乃至语法结构诸方面可供比较，也即有一定的相似之处。"辜正坤主编：《世界名诗鉴赏词典》，北京大学出版社1990年版。

　　③ 需要在这里特别说明的是，笔者只是从涅克留多夫的转述中获知此项研究的。从书目索引中我们得知该专论原为德文，叫作："Der Parallelismus in der epischen Dichtung der Mongolen", UAJB. Bd 30 (1958)。很显然，波佩所探讨的，是"平行式"问题（Parallelismus），但是，在涅克留多夫著作的中文译本中，将该术语翻译为"排偶"。然后在"同义""类比"排偶之外，说波佩又讨论了"对称类比""列举类比"和"可变类比"三种"排偶"。由于转述又经过了翻译，而译文又在某些地方可以商量，所以令笔者感到语焉不详处甚多，也就无法在这里举述了。

和方法及其在民间口传诗歌中的体现做出基本的评估。冉皮勒所运用的平行式具有什么样的特点呢？首先是大量存在着"排比平行"：

（一）排比平行

需要说明的是，由于我们正在做精细分析的样例，是一个比较短小的《江格尔》诗章，所以在不同的论述部分，基于不同的需要而引证文本片段的时候，难免会用到同一个例子，在这里说明语词程式，在另一个地方又用来证明句法的现象。

【1】

irehü yeren yisün jil-i	未来的九十九年	8
ailadcu <u>mededeg</u>	预测着知道	9
önggeregsen yeren yīsün jil-i	过去的九十九年	10
tagaju <u>mededeg</u>	猜测着知道	11

这是一组相当规整的平行式，第8诗句和第10诗句都包含着时间概念，除了定语"未来的"和"过去的"之外，两个诗句完全同一。第9诗句和第11诗句，则以连动动词的前一个成分替换，后一个成分固定，从而构成了韵律的和谐和循环。该组平行式是隔行押腰韵和尾韵的。从性质上看，它属于"排比平行"。像这样的排比平行，在我们的样例中还有很多。下面的例句，也是这种排比平行，不过，它们在格式上，显得更为严整：

【2】

bagaturdalai abu tai	巴特尔达赖父亲有的	17
bayandalai eji tei	巴音达赖母亲有的	18

【3】

| ama tai hümün | 有嘴巴的人们 | 19 |

amalaju bolusi ügei	议论都不敢的	20
hele tei yagum_a ni	有舌头的东西	21
helejü bolusi ügei	嚼舌都不敢的	22

在例【2】里，我们见到头韵和尾韵均押得工整，还有腰韵配合，从而更加显得音调铿锵。而且两个对句的句法成分一模一样。这是很典范的"对句平行式"。它的功能，显然是在于将一些原本不很容易记忆的成分，通过严整的平行对位关系而便于记忆。这里萨布尔的父亲母亲的姓名，都押 B 的首韵，都以"dalai"构成姓名的后半部分，可谓是相当精巧和方便了。到例句【3】这里，技法就更为讲究和复杂。这 4 行诗是由两组对句构成，其押韵方式则是：头韵——AABB；尾韵——CDED。至于在句法成分上，例句【3】同样是一一对应，符合严格对位的规律。排比平行式中，还有的在格律上看上去不是那么严整，但在含义上，仍然是不折不扣的排比平行。请看下面的例句：

【4】

ermen cagan hödege	无边无际的白色荒原	70
ejen ügei cagan büürüg-tü	没有人烟的白色戈壁	71
elesün sir_a tohui-du.	漫漫黄沙的湾沟里	72

这是奇数句的平行式，在冉皮勒的演唱文本中，这种奇数句的平行式不是很多见，它的押韵方式也有点特别，是头韵——AAA；尾韵——CDD。不过，在这组三句平行式中，句末的词语是对应的：荒原、戈壁、沙湾；中间的词语是对应的：白色、白色、黄色。起首的词语在含义上同样是对应的：无边无际、没有人烟、荒凉沙原。

【5】

malai darhan dabtan higsen	马来铁匠反复锻造的	392
högsin darhan	老年铁匠	393
güicin cohin higsen	千锤百炼造的	394

šagjamuni lama ni arimiy- alagsan	释迦牟尼喇嘛开光的	395
sir_a-yin naiman minggan	希拉（黄色）的八千	396
bagatur-ud ni irügegsen	勇士们祝福过的	397

这个例句，从变成文字落实到纸张上看，从印刷符号的角度看，并不工整，好像是缺失了平行式的基本规则，但是，念出来听，它仍然具有平行排比的特点，前三句构成一组平行式，主要是含义的平行——马来铁匠对老年铁匠，"higsen"（"造的"）也平行对应，虽然两次出现时，在它的前面增加的修饰成分有所不同（"反复锻造的"和"千锤百炼造的"）。第 395 句到 397 句，也是这样。而且在结构上与上面的三句一组一模一样，都是用前一句单独构成一个单元，而与后面两句构成其平行式。整个例句【5】是以动词时态的形式押尾韵的。这也是作为黏着语的蒙古语所特有的现象，这种押韵方式在韵文文体中尤为常见。

【6】

hündü hüreng haljan hülüg-ün	沉重的①栗色白额骏马的	50
hurdun cüilm_e cag-tu	［如］飞快疾风的时候	51
hündü gartai sabar	铁臂的萨布尔	52
cingg_a cihirag bagatur cag-tu	［是］强壮矫健英雄的时候	53

这里的一组平行式，则是又一种情况。四个诗句既是在含义上平行，也在韵律上有所呼应。其首韵和尾韵分别为 AAAB 和 CDED。这里没有押韵的第 4 个诗行，从平行式的角度说，是出现了韵律上的缺失，但是这里是有原因的：它本身就是一个固定的"程式"。歌手在调用这个程式的时候，没有理由要改动它的固定格式以迎合韵律的需要。"强壮矫健（的）英雄"程式，在该文本中出现了若干次。在冉皮勒的其他文本中，也多次出现过。在史诗演唱中，这个现象还会多次见到。它表明，在运用平行式造句的时候，歌手会考虑句式之间的平衡，但是，遇到该调用传统的程式的时候，韵律的

---

① 第 50 句的"沉重的"是口误，见样例中的注释。

和谐要让位给含义上的平行。总之，固定了的"程式"是不会轻易被打破或者改动的。

【7】

utulhul_a	横切的时候	225
ulagan cilagun boldag	变成红石头	226
cabcihul_a	竖砍的时候	227
cagan cilagun boldag	变成白石头的	228

【8】

amin cisu-yi ni balgugulugad	生命之血喷出来	538
ayag_a cisu-yi ni gogujigulugad	成碗鲜血流下来	539

这两个平行式，有文本经验的人一看就知道，是高度固定化了的。它是典型的程式，不过是采用了平行式的形式。它们的韵律都极为工整，前一个头韵是 AABB，尾韵是 CDCD。后一个头韵是 AA，尾韵是 BB。这两个诗句在中部都是同一的，只是头尾各有一点变化。这些都是极为工整的平行式。我们在前面还提到，有些平行式主要是含义上的平行，韵律则谈不上对应了。如例句【9】这样的诗句：

【9】

solugai baragun ügei adhugad	不分左手右手地握着	254
ir mörgün ügei cohigsan cag-tu	不分斧刃斧背地劈砍的时候	255

像下面这样的诗句，也构成了一组对句。两个句子在含义上是完全平行的，而韵律上不和谐。它也同样具有为歌手演唱提供方便的作用。

【10】

agta hülüg yamar cinegen	骏马无论是什么程度	256
hurdun bolba gejü güiceged	快得能够达到	257

arslang yamar cinegen	狮子无论什么程度	258
manggus bolba gejü	凶猛得成为	259

这里有一点需要指出：所谓的"排比平行"，在有些情况下，也只是相对的。如例句【9】就不能在两句之间互相置换。同理，例句【6】也没有见到可以在两个对句之间互相置换的，而例句【2】就可以。不仅在理论上可以置换，而且在实际的演唱中也是有的。这说明，所谓的排比平行，也是有典型的排比，可以互换，也有不典型的排比，虽然在意思上可以在两个诗句之间对调，但是在实际上，在演唱中，都没有这样的事情出现。所以，作为对句出现的两组平行式，并不会总是表现为可以互换的并置关系。平行式除了排比关系外，还有递进关系的平行式，它们一般而言遵守构成平行式的通常法则，即在构成平行的单元之间，有比较清晰的对应关系。

（二）递进平行

【11】

gun_a orudag nasun du ni	三岁到达的时候	26
eji ni önggeregsen	母亲就去世了	27
dün_e orudag nasun-du ni	四岁到达的时候	28
abu ni önggeregsen	父亲就去世了	29

【12】

dugtui dotur_a baihul_a	旗套里面在着的时候	220/243
dolbing sir_a-yin önggetei	发射出黄色的光芒	221/244
dugtui aca ban garhul_a	旗套里面拿出来的时候	222/245
dolugan naran-u gereltei	发射出七个太阳的光芒	223/246

在例句【11】中，两个对句，只是置换了两个词"三岁"和"四岁"，"母亲"和"父亲"，此外的成分，则是以循环重复为特征。这里的押韵和

平行式表述方式，毫无疑问是传统性的。这具有民间演唱中常见的那种层层递进的特点。而且其句式和韵律也相当的和谐：其头韵是 ABAB，尾韵是 CDCD。还有例句【12】，也具有相似的特点。但是，它具有蒙古韵文文体中时常可以见到的头韵一路押下来的特点。它在内涵上是平行式，在格律上也具有平行式的高度严整的特点。它的韵律是头韵 AAAA，尾韵是 CDCD。像这样具有递进关系的平行式，在我们分析的样例中并不少见。可见它是口头诗学的重要技巧之一。

【13】

sinji önggetei nogtu-yi	有模样和美丽颜色的笼头	377
sili-yin hini mih_a-yi	脖颈上的肉	378
darugulugad nogtulagad	压着佩戴上了	379
has önggetei hajagar-i	玉石颜色的嚼口	380
Halh_a-yin hini mih_a-yi	脸颊上的肉	381
darugulun hajagarlagad	压着佩戴上了	382

其格式又呈现为另一种特点：其头韵是 AABCCB，其尾韵是 DDEDDE。这组平行式，是由两个单元互相之间平行构成的。在每一个单元内部形成了某种韵律，然后又在整个平行式内部形成对应关系。这里的技巧之一，是在每一组诗句之中，都运用了一个隔行呼应的词法，如 nogtu - nogtulagad，笼头—戴笼头；hajagar - hajagarlagad，嚼口—戴嚼口。名词和动名词的交替出现，在音韵上就形成了很强的节奏感。而在两个单元之间，形成既是并列关系，又带有递进关系的两组单元。与它在结构上具有极为相似特点的另一组平行式，也引起了我们的兴趣：

【14】

emnig gool-un modu bar	额木尼格河的木头	383
eligehigsen	制成了马鞍的鞍翅	384
hanggal gool-un modu bar	杭嘎拉河的树木	385
habca higsen	制成马鞍的两翼	386

这一组平行式，其含义上的递进关系并不明显，它具有另外的韵律特

点：头韵是 AABB，尾韵是 CDCD。韵律的循环感很强。隔行押韵的手法娴熟。这里的句法结构，是蒙古史诗演唱传统中经常能够见到的格式——主语部分是变项，而其余的部分是常式。这里的句式构造，还体现出了蒙古史诗诗法中的另一个特点，即根据韵律的需要安排一些河流山川的名称。谁要是希望考证出这里的"额木尼格河"和"杭嘎拉河"在什么地方，他多半是不会有什么结果的。与该押韵方式极为相近的，是下面这一组平行式，它也是反复出现在冉皮勒的不同演唱文本中的固定程式。

【15】

nair-un ehin-dü	欢宴的开始	631
naya honuju	八十天经过了	632
jirgalang-un ehin-dü	欢乐的开始	633
jira honugad	六十天经过了	634

在尾韵押韵方式中，第 632 句和第 634 句结尾所用的动词"honuju"和"honugad"是相同的词，用了不同的动词附加成分。这里的附加成分不是重读音节，不足以构成对韵律和谐的破坏。这也表现出了口头演唱中的相对随意之处。其实，若是将后一个动词与前面的动词在附加成分上一致起来，并不会影响到意思的表达。而在韵律上就更加同一了。不过，这倒正是在民间歌手的演唱中经常能够观察到的现象。还有，这个程式极为常见。在多数新疆的江格尔奇那里，该程式中间还有一组词句，是说"七十天的酒宴……"另外在顺序上、形式上、用词上各稍有不同：

【16】

jira honog un jirgal hiju	六十天的享乐进行了
dala honog un danggarai hiju	七十天的酒宴举行了
naya honog un nair hiju	八十天的欢聚操办了①
或者：	
jirgal yin yehe dü jira honoju	大大的享福了六十天

---

① 参见"15 部本"第 249 页。

dalan honog un danggarai önggeregüljü	七十天的酒宴操办了
nair un yehe dü naya honoju	大大欢聚着过了八十天①

　　从上述例子里，可以清楚地看出，在传统的程式里，包含着基本的格式和搭配关系——六十天—享乐，七十天—酒宴，八十天—欢聚，而在具体的表演中，不同的歌手有一定的自由度去灵活地处理句式。或者像冉皮勒这样，倒着顺序，并且没有中间的"七十天"程式。我们特别注意了千叶大学本的演唱记录，没有出现过"七十天"程式。这大概是冉皮勒所特有的对传统程式的处理方式吧！

（三）复合平行

　　平行式中还有一种，其含义比较复杂，它是程式、对句等成分的再度组合，所以，将其成分分解开来，可以得到短语的程式（不是必需的）和对句的结构。例如：

【17】

<u>arbancagan</u> üy_e bulgan-du ni	十个骨节的每个里面
arslang jagan hoyar-un hücün	狮子和大象的力量
bürildün törügsen	具有了生成的
<u>arbancagan</u> himusu ban önggiged	十个指甲搓刮着
yabagan sagugsan cag-tu.	蹲下来的时候
<u>arban luu</u>-yin dagun garugad	十个龙的声音
<u>arban luu</u> -yin cahilgan gilbaljan baiba	十个龙的闪电

　　这个平行式，从字面上看，韵律不够严谨，但是，它由几个成分构成互相之间的平行关系：首先是数字"十个"，使得这几个诗句构成了一个整体；其次，是猛兽的形象：狮子、大象、龙；最后，与这些威猛的动物相联系的，是关于力量、威风等意象的凸显：骨节里面生来就蕴含着猛兽的力量，用拇指来回搓刮着指甲，半蹲着的时候，发出了巨大的声响，伴随着闪

---

① 参见"15 部本"，第1085 页。

电……这些综合平行的句式里面，有一些看似平常的词组，其实都是程式，例如前面三句，我们就在鄂利扬·奥夫拉的文本中见到几乎完全一样的句式，后面的两句也是程式，而且它们还都是那种"通用"型的程式。再看下一个例子，也有异曲同工之妙：

【18】

hündü gartai sabar bagatur	铁臂的萨布尔英雄
asar ulagan honggur hoyar	阿萨尔·乌兰·洪古尔两个
agta hülüg deger_e ben mordagad	骏马的背上骑上了
hüjügüü hüjügüü ben teberilceged	脖子和脖子互相搂着
hoyar agta hülüg ni	两匹骏马
hüjügüü hüjügüü-ber-iyen	脖子与脖子
nige nige deger_e ben	一个压着一个
toglan nagadun talbigad	调皮着玩耍着

这个平行式，也主要是靠意象的平行，而不是词语和韵律的平行，来构成一个有一定长度的综合平行式：两个英雄，通过发誓言，成了生死之交。他们互相之间的亲密关系，通过什么来表现的呢？通过互相搂着脖子的情境体现，还通过两人的乘骑，通过这两匹马以脖子互相缠绕玩耍来体现。所以，这8个诗句中，互相并列的两组意象，只是靠使用了两次"两个"和两次"脖子与脖子"就完成了。

根据长年研究口头表述与书面表述中间差异的学者瓦尔特·翁（Walter J. Ong）的意见，平行式是频繁出现在口头表演中的现象，它的基本意义就是有助于口头即兴的创作。[1] 当然，在文人的诗作中，也会经常出现平行式的用法，这是毋庸讳言的。不过，在冉皮勒这里，平行式的采用却不是某种艺术技巧的无关大局的卖弄，而是口头诗歌创编的基本属性所要求的。

总之，我们在这里所分析的平行式，是民间诗歌在长期的历史发展过程中，逐步积累起来的传统技巧手段。就其基本的方面而言，它是句法的结构

---

① Ong, Walter J. *Orality and Literacy: The Technologizing of the Word.* London, Methuen, 1982.

原则。就其功能而言，它显然是有利于歌手的现场创编。而且在我们的样例中，在绝大多数情况下，它还是与程式同一的。多行组合的程式，都是平行式的结构！

《铁臂萨布尔》里所包含的步格、韵式和句法问题，在这一章里进行了尝试性的探讨。现在我们已经对冉皮勒文本中词语和句法层面的基本诗学问题形成了一定的理论认识。

（选自《口传史诗诗学：冉皮勒〈江格尔〉程式句法研究》第五章，广西人民出版社 2000 年版）

口头诗学五题：四大传统的比较研究

引　言

在这篇文章中，我们将关注口头史诗的几个基本问题。我们的考察将跨越四个彼此在时间和空间上距离遥远的史诗传统。其中的两个，蒙古和南斯拉夫，现在依然是或者直到相当晚近都曾经是活形态的史诗传统，因而得以通过田野作业直接观察。另外的两个，古希腊和古英语传统，只以手稿形态遗存。诚然，任何比较研究皆难以包罗万象或到处适用，但我们相信这四个传统代表了相当的差异性，也便为我们提供了一个难得的机会，使我们有条件就口头史诗的可能模式给出切近事实的推断。特别欢迎来自其他领域的学者对我们的研究做出回应，因为在寻求理解作为世界现象的口头史诗上，我们的目标是一致的。①

为了能够给这一复杂的研究课题提供一个清晰的路径，这里的论述由五个部分组成，每个部分都由一个当代史诗研究中的重大问题所统摄。于是，文章就由这样一些提问组成，例如："什么是口头史诗传统中的一首诗？"学者们从不同的角度出发，对大型口头史诗的组合方式提出过各种各样的见解，例如认为那些较短小的故事可否应看作是某个较大故事的局部，就像那些玲珑的切割面最终属于整块的宝石？抑或它们只是一些独立的叙事，是收集者按照书面文学的规范将它们汇聚为一个"文集"？在另外稍微小一点的

---

① 特别参见晚近出版的 Honko, Lauri, Chinnappa Gowda, Anneli Honko, and Viveka Rai, *The Siri Epic as Performed by Gopala Naika*, Part I (Folk Fellow's Communications 65), Helsinki: Suomalainen Tiede-akatemia, 1998. Ibid. (Folk Fellow's Communications 266)，以及关于录音和出版口头史诗的系列文章 Honko, Lauri, *Textualization of Oral Epics*, Berlin: Mouton De Gruyter, 2000。

范围内，我们将要考虑的问题是："什么是口头史诗传统中的典型场景或主题？"这里将要集中探讨那些重复出现的片段，例如英雄的装备或者决战前的豪言壮语。这些片段在故事讲述的语汇中，是讲述者的"大词"（large word）。那么，在每一个传统中，这些"大词"究竟具有什么样的构造？在不同的情景中具有怎样的适应性？

从宏观进入微观，第三个问题是："什么是口头史诗传统中的诗行？"虽然初看上去这个问题似乎简单，但实际上却更加难以回答，因为答案五花八门。一旦我们离开古希腊—罗马的狭隘诗歌步格基准，例如音节标准或者词间停顿，我们就非得从其他特征获得诗行单元的定义。此外，还有所谓"表演中的诗行"，这是声音的诗行构造，它不同于那些通过手稿或者印刷页面而呈现出来并使我们接受的具有空间形态的诗行。在第四个部分里我们将要讨论的问题是："什么是口头史诗传统中的程式？"这里将集中研究那些反复出现的片语，也就是口头史诗诗人的辞典中为讲述所用的最小的"词"或者单元。以诗行——它同时是程式的载体——作为分析的基础，我们将要探讨这四个彼此间有很大差异的史诗传统，而目的不外是展示诗歌结构中最小的构成因子是如何既在它所寄身的传统之内，也在不同的传统之间发生着变化。

最后，在第五个部分中，我们试图回答的可能是所有问题中最为关键的："什么是口头史诗中的语域？"从这个视角出发，是由于我们要追问这些特殊化的诗歌语言的两个主要层面：一是它的总体结构（从史诗集群到故事范型，再到典型场景和程式）；二是这些结构层次所蕴含的意义，这后一点其实更关键。在这个部分里，我们将要对前面的四个问题做出总结，并追寻这些层面所蕴含的"传统指涉性"（traditional referentiality）的含义。我们如何理解在整个"集群"（cycle）语境中的蒙古《江格尔》的某个诗章？在古英语史诗中，决战前的夸口将会引出什么样的事件？荷马的片语"绿色的恐惧"（green fear）的含义超越了我们从辞典中所能够找到的含义了吗？简而言之，我们要追问的是：在口头史诗传统中的每一个"词"——从最小的片语到整个表演——的"传统指涉性"究竟是怎样的？

背景材料及说明

让我们首先对引述的口头史诗材料来源做出说明，这些材料将用来分析和论证我们所涉及的四个史诗传统，从而构成本文的随后五个部分。蒙古口头史诗的材料主要来源于已经出版的冉皮勒（1923—1994）所演唱的《江格尔》（D. 塔亚记音及整理）。冉皮勒是文盲，未受过正规教育，不能通过阅读而学习史诗。尽管如此，他还是能够演唱大约 20 个诗章的《江格尔》，总计有 20000 多诗行。这个集子至少有两点应当提及：它是作为《江格尔》故乡的新疆歌手中第一部个人演唱辑录；它也是我们所能够见到的第一部符合整理规范的、没有编辑者改动的集子。①

这部集子的出现本身就有传奇性。一个小姑娘给冉皮勒朗读经编辑出版的《江格尔》史诗，其中标明有冉皮勒和其他歌手的歌。他很不满意那些改动，说那不是他所唱的。所以，他就要 D. 塔亚——既是他的外甥，又是他们家庭里受到过足够正规教育能够完成他的心愿的人——按照他所唱的样子记录和出版那些歌，不做改动。

总之，冉皮勒是在中国所记录的最著名的文盲江格尔奇。他出生于1923 年，隶属土尔扈特部。现新疆维吾尔自治区和布克赛尔蒙古自治县人。他从七八岁就师从著名歌手胡里巴尔·巴雅尔，其曲目中的多数都来自他。信奉佛教的父亲将冉皮勒送到庙上当小喇嘛，但他着迷于英雄故事，对佛教经文则没有兴趣。他多少学过一点藏文，换过几个生活的地方，也接触到其他的江格尔奇，学习了更多的《江格尔》诗章。从十八岁开始，他就练习着在邻里间演唱《江格尔》。在 20 世纪 50 年代和 60 年代初，他曾经给乡亲们表演史诗。"文化大革命"中因家庭背景和他本人"宣扬民族旧传统"而被批斗。从 1980 年开始，他被重新发现和录音。他的演唱名声渐大，成为县政协委员，还获得文化部和新疆维吾尔自治区的奖励。1994 年 5 月 20 日，

---

① 《江格尔》史诗集群被视为卫拉特人的诗歌。它成熟于 15—17 世纪，或者换句话说，就是从卫拉特人抵达天山地区，到其中一部分出现在伏尔加河畔为止。另外的史诗集群，则当属由蒙古人和藏人共享的《格斯尔》或《格萨尔》。此外还有数百种篇幅长短不一的史诗作品。它们各自的流传范围也有较大差异。

七十一岁的冉皮勒在和布克赛尔县镇子上去世。[①]

　　庞大的南斯拉夫口头史诗传统是由不同地区、不同民族的史诗传统聚合而成的，它可以大略地分为穆斯林传统和基督教传统两个部分。毫无疑问，在过去的七八百年间，巴尔干半岛经历了巨大的动荡和社会变迁，其史诗传统可以追溯到有同源关系的保加利亚、俄罗斯和其他斯拉夫语属的传统之中。我们拟将讨论框定在一度被称作塞尔维亚—克罗地亚语，也就是现今居住在波斯尼亚、克罗地亚和塞尔维亚地区的居民所使用的语言所表演的穆斯林的和基督教的史诗传统之内。我们将尽力在遴选样例时涵盖这两种史诗传统，以求得整体呈现该传统的面貌。[②]

　　塞尔维亚的基督教口头史诗的主要收集工作是由卡拉季奇（Vuk Stefanović Karadžić）完成的，他是 19 世纪的民族志学家和语言学家，也曾对字母表进行过改革。经由众多乡间文书的协助，他搜集到大量歌手表演的抄本，尤其侧重于塞尔维亚英雄的英勇业绩的故事，还有关于那个唯利是图的马尔科王子（Prince Marko）的故事，和围绕着 1389 年科索沃战争的有关事件。就是在这次战争中，塞尔维亚人被奥托曼帝国击败。与几乎所有 19 世纪的田野调查者的做法不同，卡拉季奇在编辑过程中并不介入和干预。就一般情形而言，他只是将歌手所唱的内容出版，不做增加、削删和修订。我们有关基督教史诗的例子来自他的四卷"民间歌"（naroadne piesme）中的第二卷，这一卷被他冠以"最古老的英雄歌"之名。[③]

　　穆斯林口头史诗的规模最大和最详尽的搜集成果，是由米尔曼·帕里（Milman Parry）通过其学术调查来完成的。帕里是美国的古希腊史诗专家，他的助手艾伯特·洛德（Albert B. Lord）在以后的岁月中继续了帕里的研究方向。

---

　　① 参见朝戈金《口传史诗诗学：冉皮勒〈江格尔〉程式句法研究》，广西人民出版社 2000 年版，第 120—124 页改写。

　　② 关于穆斯林与基督教史诗传统关系的论述，参见 Foley, John Miles, *Immanent Art：From Stracture to Meaning in Traditional Oral Epic*, Bloomington：Indiana Universtity Press, 1991, pp. 61 – 134。

——*Homer's Traditional Art*, University Park：Pennsylvania State University Press, 1999, pp. 37 – 111.

——*How to Read an Oral Poem*, Urbana：University of Illinois Press, 2002.（www.oraltradition.org）

　　③ 其标准版本为 Karadžić, Vuk Stefanović, *Srpske narodne pjesme*, Vienna, 1841 – 1862. Reprinted Belgrade：Nolit, 1975。

他们的学术工作最终形成为著名的"口头程式理论"（Oral – Formulaic Theory）①。在前南斯拉夫从事田野调查期间，帕里和洛德进行了一些实验：他们试图将他们关于荷马史诗口头性质的推测，在南斯拉夫口头史诗传统这个"活的实验室"（living laboratory）中进行验证。为了这个目的，他们四处搜求穆斯林的长篇诗歌，其中以从波斯尼亚的 guslari（歌手）那里所获最多。我们关于这一部分穆斯林史诗的例子，都来自哈佛大学那个著名的"帕里口头文学特藏"（Parry Collection of Oral Literature at Harvard University）的档案材料。这部分材料有的出自业已出版的涵盖新帕扎尔（Novi Pazar）、比耶罗波列（Bijelo Polje）和比哈奇（Bihać）地区的《维尔维亚—克罗地亚英雄歌》（Serbo – Croatian Heroic Songs）演唱系列，也有的出自尚未印行的材料，采录自黑赛格维纳（Hercegovina）中部的斯托拉茨（Stolac）地区。②

　　至于另外两个与口传史诗有关联的传统，即古希腊史诗和古英语（或者叫盎格鲁—撒克逊）传统，我们将要分析的是仅仅以手稿形态流传到我们手上的诗歌。虽然这些诗作与口头传承之间有着相当紧密的，乃至决定性的联系，但它们被记录于中世纪的事实，就使得我们不能就这种联系的性质做出准确的评估。由于已无从做实地调查，尚有不少因素难以确定。不过，学术界总体而言支持在古希腊和古英语时期确实曾经存在着口头史诗传统的判断，而且我们也发现了不可辩驳的证据，不仅证明那时存在口头传承的事实，而且证明这种口头传承的性质对我们理解这些诗作有着极为关键的作用。

　　荷马史诗——假若历史上真的曾有过一位荷马，而不是由传说所创造的——大约是在公元前 6 世纪具有了初步的面貌，这是希腊字母创制后的大约两个世纪。但此后 1500 年间该史诗的传播和演化，我们就几乎一无

　　①　关于"口头程式理论"，见 Foley, John Miles, *Oral-Formulaic Theory and Research：An Introduction and Annotated Bibliography*, New York：Garland, 1985. （www. oraltradition. org）以及——*The Theory of Oral Composition：History and Methodology*, Bloomington：Indiana University Press, 1988. Reprinted 1922。

　　②　已出版的材料，见 SCHS, *Serbo-Croatian Heroic Songs Lsrpshohrvatske junač ke pjesme*, Collected, ed. , and trans. by Mlman Parry, Albert B. Lord, and David E. ynum, Cambridge, Mass：Harvard University Press and Belgrade：Serbian Academy of Sciences, 1953. 未出版材料，弗里在此感谢 Stephen Mitchell, 他是"帕里特藏"的馆长。

所知。换句话说，就是从该史诗的可能产生时间到首个全本《伊利亚特》手抄本在公元 10 世纪出现之间发生过什么，我们所知极少。抄本中包括的异文以及一些残破零碎地写在纸莎草纸上的片断（papyri，一种由叫作纸莎草的地中海芦苇的茎或髓制成的书写材料，尤其为古代埃及人、希腊人和罗马人使用），说明该史诗传统复杂曲折。尽管如此，学术研究却已然建立起荷马史诗文本口头性质的结构要素，构成了我们进而做分析的牢固基础。我们的例证将引自牛津版的《伊利亚特》《奥德赛》和其他相关作品，我们还将使用 *Thesaurus Linguae Graecae*，这是可搜索的数据光盘，包含有古希腊作品的原始语言文本，以作为解析荷马的修辞和叙事模型的工具。[1]

　　与荷马诗歌相似，古英语史诗也滋生于口头传统。另外与荷马相似的地方，是我们同样不知道在它们的产生时间和手抄本形成时间的跨度间（手抄本形成不晚于公元 10 世纪后半叶）这些口头诗歌与书面记录以何种方式互动。它们的再次发现并刊印出来是 19 世纪的事情了。总共有大约 32000 行的盎格鲁—撒克逊诗歌流传至今，其中只有《贝奥武甫》（*Beowulf*，计有3182 诗行）和残缺不全的《瓦尔迪尔》（*Waldere*）是真正的史诗。所有这些叙事诗歌——尤其以圣徒传和《圣经》的复述居多——其间充满相同类型的诗行，它们共同构成了整个遗存的叙事模型。这实际上等于说，某个类型可以轻易作用于其他类型。于是，片语和母题可以轻易便捷地从某种诗歌类型转移到其他类型中去。我们也会引用《贝奥武甫》和标准版本的《盎格鲁—撒克逊诗录》（*The Anglo‐Saxon Poetic Records*）中的其他相关诗作。拜辛格—史密斯（Bessinger‐Smith）对程式的分析也将进入我们的视野，以呈现片语和叙事单元的出现频率。[2]

---

① 参见 Monro, David B. and Thomas W. Allen, *Homeric Opera*, 3rd ed. 4 Vols, Oxford: Clarendon Press, 1969。

② 参见 Krapp, George Philip, and E. V. K. Dobbie, eds., *The Anglo Saxon Poetic Recorols*, 6rd. New York: Columbia University Press, 1931 – 1953. 以及 Bessinger, Jess B., Jr. ed., *A Concord to the Anglo-Saxon Poetic Records*, Programmed by Philip H. Smith, Ithaca: Cornell University Press, 1978。

问题一：何谓"一首诗"？

（1）蒙古

《江格尔》（*Janggar*）一直是蒙古史诗传统中名声远播的诗歌。《格斯尔》（*Geser*）史诗也同样，虽然后者是与藏族人共享的史诗。它们都是由许多互相间有密切关系的诗章构成的大型史诗传统。对这种规模庞大、面貌复杂的史诗传统中的单个诗章的性质和功能做出界定，就需要抓住其基本的构成要素。与那些独立的部分或者不完整的片段相比较，《江格尔》的"诗章"（bölög）同时具有两重属性：既是独立的故事，又是更大框架中的子故事。因而学者们称其 epic cycle（我们译为"史诗集群"①）其结果是这些诗章中的多数能够以不同的方式和顺序排列，而不需顾及真实世界中的时间逻辑，就像我们期待在长篇小说中所见到的时间线索那样。在《江格尔》中，人们永远年轻，四季皆如春天。此外，几乎所有的诗章都是大团圆的结局，而且在结尾时返回到该诗章开端的状态，也就是说多数诗章以欢聚宴饮作为开头和结尾的场景。

言及蒙古口头史诗传统中的一个诗章，就牵涉一系列复杂的假设。就一个方面而言，每个诗章都是一首诗，它讲述一个完整的故事，有起头，中间和结尾；它集中讲述一个或少数几个英雄的事迹，它也遵循有数的几个故事范型（战争、婚姻、结盟、个人成长故事）中的一个或它们的有限的结合。就另一个方面而言，它本身又不是完整的，因为它只是一个诗章，虽然歌手不见得会一口气连着演唱其他的诗章。这种大型的、网络复合的诗章——包括那些演唱出来的部分和没有演唱出来的部分——就构成了集群，它宛如尚未出版的包含许多章节的书，又如满天灿烂的群星，是由一颗一颗的星星组成的。②"一首诗"于是就成了一个变动着的和相对的术语。那些构成蒙古史诗传统的具体表演，也就指向一个尚未文本化的全体。一个诗章当然是

---

①　参见朝戈金《口传史诗诗学：冉皮勒〈江格尔〉程式句法研究》，广西人民出版社 2000 年版，"绪论"部分关于术语的阐释。

②　正如冉皮勒自己的演唱曲目所呈现的那样。又见 Vladimirtsov, B. Ya. "The Oirat-Mongolian Heroic Epic", trans. John Krueger, *Mongolian Studies*, 8, 1983 – 84, pp. 17 – 18。

"一首诗"，这毫无疑问，然而那个集群，就是单个的诗所汇聚成的整体，也同样是"一首诗"（a poem）。

从两个视角来观察——首先立足于故事，其次立足于科学——就会提供更进一步的证据，看清"一首诗"的局部和整体结构是如何并存和发生交互作用的。首先，那些属于该史诗集群的五花八门的诗章较少让江格尔作为主人公；更常见的情形是江格尔手下的某位英雄充当主要英雄，例如经常是洪古尔，去执行实际的使命或去涉险。江格尔只是时常现身而已。歌手的解释是（例如冉皮勒），他是其他那些行动中英雄的守护神。[①] 无论如何，对那些形形色色的人物而言，江格尔有聚拢作用，是焦点，是连接他们与他和他们之间关系的主要纽带；而且以他的名字命名的整个诗歌集群显示出了他所扮演的核心角色。比较而言，学者们在论及某个诗章或者整个集群时，他们也通常不将他们的研究对象视为单一独立的对象，或者某个序列，而往往引用江格尔的名字，指代的却是整个集群。江格尔在这里再次成为舞台的中心，成为整个系统的核心。显然，举证特定的版本是一回事，而指代那个史诗传统则完全是另外一回事。

（2）南斯拉夫

就某些方面而言，关于"什么是南斯拉夫史诗传统中的一首诗"问题的答案听上去也很相似。虽然每个表演就其自身而言是相对完整独立的，但它们同时又是从属的——它们属于更大背景上的众多故事和人物构成的画廊，同时又是特定的歌手和听众出场的特定演唱情境中的特定表演。这就是说，每首歌都和其他的歌有着千丝万缕的联系，任何出现在具体情境中的事情，都是属于那个具有无限可能性的整体。我们只能冒险将这类具有天然多样性的演唱进行文本化处理。

在"表演—文本"相对短小（很少能超过 250 诗行）的基督教传统中，一首诗表现得更像是一部没有写出来的"书"中的"章节"。总体而言，这些不同诗歌中的冒险故事互相间有松散的联系，但具体的故事在人物和事件

---

① 参见朝戈金《口传史诗诗学：冉皮勒〈江格尔〉程式句法研究》，广西人民出版社 2000 年版，附录《冉皮勒的〈江格尔〉观》。

上又没有与前后的"章节"直接相关联。或许说是局部的纠结构成了整体更恰当。这些"章节"之间的脉络要靠听众或者读者基于以往的积累勾画出来，因为传统在此点上模糊不清。你若是想要知道，在一首名为《马尔科在斋月饮酒》（*Marko Drinks Wine at Ramazan*）的诗中，马尔科王子（Prince Marko）为什么会对土耳其皇帝大为光火，挑衅地将他的靴子踏在这位穆斯林首领祈祷用的垫子上，那你就需要知道，马尔科生性暴躁，遇到挑战就会冲动；你还需要知道，他最乐意做的一件事情就是不服从他的首领，他受雇佣为他战斗，但并非心甘情愿。然而，在你阅读的这首诗中，这些信息一点都没有。若仅仅依赖这个"表演—文本"，你将对这位英雄的行为动机莫名其妙。只有将其他作为背景的"章节"也纳入你的视野中，将那些蕴含在整个传统中的隐含的信息附着在马尔科王子的形象上，你才能够理解他的行为。

穆斯林传统的史诗通常篇幅较大，可以达到一万行甚至更多，它们生存于由神话和故事构造出来的系统中。同样地，人物的塑造和事件的过程也超越了具体的"表演—文本"。如果我们忽略了那个更为阔大的未曾说出的语境，那么我们就同样不能完整地理解南斯拉夫的史诗传统，因为其他因素也参与其中发挥作用。在穆斯林史诗传统中，史诗歌不那么像一部未印行的书中的许多章节，这些书又在书架子上按照主题分类存放。穆斯林诗歌更加独立自足，而且遵循特定的故事范型（story-pattern），例如归来、营救、婚礼和攻城等。我们可以这样表述：这些诗歌属于一个巨大的故事系统。现在我们清楚地了解到，它们所隐含的主要关联或指涉并不在于他们互相之间，而毋宁说在于整个传统。演唱时的目的，当时的现实情形，再加上不同的歌手和听众，就使得这些篇幅稍长的史诗在结构内容上彼此交叉。于是，里卡的穆斯塔伊贝（Mustajbey of the Lika）就永远是背信弃义者，但是他具体的叛变行为要根据叙事背后的故事范型而定（当然也根据具体故事而定）。与此相似，《奥拉萨奇的故事》（*Tale of Orašac*）总是以懒惰、自私的小丑的面目出现，即使他能够准确地预言哪支土耳其军队将遭遇基督徒敌人，他仍然不能使我们因为某个具体"表演—文本"而改变对他的基本看法。在穆斯林史诗中，传统的制约力要在更大的范围里起作用。

(3) 古希腊

经由《伊利亚特》和《奥德赛》我们就进入了今天只以手稿形式幸存的口头史诗传统领地。换句话说,是历史的和诗歌自身的证据在在印证了它们是口头起源、口头传播的。不过我们已无从知晓我们所看到的诗作和它的传统之间关系的真实情形。有鉴于此,要回答"什么是古希腊口头传统中的一首诗"这个问题,就必须综合运用不同种类的材料:包括这两部主要作品和其他的诗作,一些断篇残简,和一些从两千年前流传至今的概要介绍材料等。

将各方面的证据综合起来就可以看出,从至少公元前1200年开始,到《伊利亚特》和《奥德赛》被用文字形式记录下来——也就是不早于希腊字母表在公元前775年创制出来——这个阶段里,史诗传统相当兴旺。有证据表明,还有其他诗歌涉及特洛伊战争,涉及众英雄参与该战争等。在古典作家的引述中,例如 *Cypria*,*theAethiopis*,*the Nostoi* 等,还有这些诗作的片断摘引留存下来。这些遗失的诗作,就构成了所谓的"史诗集群"(Epic Cycle)[①],有些学者认为它们是围绕着特洛伊战争精巧组织起来的相互联系的作品,另外一些学者则将它们看作是只有松散联系的繁星场面。它们是一些口头表演的故事,后来被用文字记录下来。联系到赫西奥德的诗作(特别是他的《神谱》和《工作与时日》)来看,所谓"史诗集群"表明,在古希腊史诗传统中,除了被我们归功于可能是传奇人物的荷马的《伊利亚特》和《奥德赛》之外,当时还有大量史诗演唱在进行。

自从书写技术被创造出来后的千百年间,我们大体可以这样推断,《伊利亚特》和《奥德赛》被奉为古希腊史诗的"圭臬"(canon),是逐渐得以形成的。原本是活形态的口头史诗传统,就演化为两块文本的化石,并且因此蒙蔽了我们的双眼,使我们看不到原来是充满活力的传承过程,还因此做出了一些不合宜的推论。直到米尔曼·帕里在20世纪30年代进行最初的考

---

① 参见 Davies, Malcolm, *The Epic Cyde*, Bristol: Bristol Classical Press, 1989. 以及 Foley, John Miles, "Epic Cycles and Epic Traditions", *Euphrosyne: Studies in Ancient Epic and its Legacy in Honor of Dimitris N. Maronitis*, Stuttgart: Franz Steiner, 1999, pp. 99 – 108. 关于集群的论述。

察，西方学界才开始意识到，这些诗歌原本是口头诗歌。以帕里的分析工作为起点，比较研究的方法迅速形成，并影响了全球众多形形色色的传统。尽管如此，关于荷马史诗具有口头起源和口传语境这一认识所蕴含的巨大冲击力，却许久都没有为人们所意识到。直到晚近才有学者抓住了事情的要害——应当对作为口头（或者说口头起源）诗歌的《伊利亚特》和《奥德赛》，做出另外的解释。它们诚然是个别的诗歌，但它们彼此之间，还有与其他诗歌例如荷马式赞美诗（the Homeric Hymns）之间①，共享着传统性因子和手法，例如程式、典型场景和叙事范型等。于是，要想理解古希腊传统中的个别诗作，与尝试通过化石以映射史前生活一样。我们所能够做到的，就是对我们已经认识到的程式、典型场景和叙事范型等特质格外关注。它们不仅充满活力，在表达上也十分有效。从活形态的口头传统——如蒙古和南斯拉夫——出发，进行类比研究，对此方向的学术而言，具有至关重要的意义。

（4）古英语

对着古英语或盎格鲁—撒克逊诗歌传统，提出"什么是一首诗?"这个疑问，就会激发起一长串的答案来。首先，就像前面简要提及的那样，古英语史诗衍生于从大约公元 450 年开始出现的日耳曼移民所带来的口头诗歌传统。但是，在手稿遗存和失传很久的口头传统之间曾有的确切关系的图谱，现在是难以厘清了。其次，较古希腊史诗传统更为特出的是，古英语诗歌材料在类型上彼此差别很大。就现存的 3200 诗行材料来看，我们发现了大约 10% 是史诗（主要是《贝奥武甫》），其余 90% 的材料属于挽歌、咒语、谜语、圣徒传记、历史、圣经故事和其他东西。就史诗而言，我们没有在古英语传统中发现与《贝奥武甫》相类似的诗歌，但却发现《贝奥武甫》与中世纪语言的日耳曼诗歌，例如古挪威语、古撒克逊语、古代及中古高地日耳曼语诗歌共享着神话传统和诗歌风格。从所有这些线索出发，我们似乎可以

---

① 例子见 Foley, John Miles, *The Singer of Tales in Performance*, Bloomington：Indiana University Press, 1995，pp. 136 – 180. 以及—— *Homer's Traditional Art*, University Park：Pennsy llvania State University Press, 1999，pp. 115 – 237。

得出这样的结论,《贝奥武甫》是泛日耳曼口头诗歌传统的一个组成部分,只是这个传统遗存甚少。

即使是这样,以较透彻研究过的古英语诗风而言,《贝奥武甫》的故事和诗歌类型也罕有同类。不像若干其他传统所呈现的那样,盎格鲁—撒克逊诗歌——无论属于哪个类型——都共享相同的步格,而且就某些方面而言,还共享着相同的诗歌句法。于是,那些传统单元,例如典型场景和程式,就现身于各种各样的叙事样式中间(例如《贝奥武甫》和圣经故事就共享着"航海"的题旨,还共享着关于船只、英雄的程式,如此等等)。甚至那些非叙事类的样式,如咒语或谜语等,也像史诗一样利用着相同的修辞手段。这样一来,就可以通过在其他类型中观察到的程式和叙事范型所构成的系统来考究《贝奥武甫》;换句话说,所有的样式都依赖着相同的传统语域(register,指具有某种具体用途的语言变体,它与社会或区域方言相对:在一个言语社区里,不同职业、阶层、年龄、性别等社会因素也存在语言的变体,这就叫作"社会方言";而同一个言语社区里的每一个人说话也不一样,这种个人变体叫作"个人方言",而人们在不同场合使用的语言也不同,这种言语变体就叫作"语域",有时也叫作"风格"。在社会语言学中,将这类语言变体联系各种社会因素进行研究;而在现代语言学里,则把这类语言变体看成是一个系统。史诗这种古老样式所用的语言,往往有异于人们日常用语,因而具有史诗的语域。史诗中的语域,往往不仅牵涉词汇,也牵涉句法)。就与蒙古、南斯拉夫和古希腊传统比较而言,古英语史诗既完整自足,又与更阔大的结构和指涉的构架血肉相连。

问题二:何谓"典型场景"或"题旨"?

(1)蒙古

艾伯特·洛德将"题旨"或"典型场景"(typical scene or theme)界定为具有多种形态的叙事单元,亦即"经常以传统歌的程式风格讲述一个故事时所运用的观念组"(洛德:1960:68)。以口头程式理论的观点来看,这些是建构故事的构件,可伸缩变形,可重新塑造以适应具体的叙事环境的要求。于是,相同的题旨就可以服务于许多歌手和许多的歌,就像口传史诗现场表演词汇表中的某种"词"（"words"）或单元一样。确实，正像我们将要看到的那样，南斯拉夫史诗歌手和其他传统中的相似表演者一样，都认为"词"是这种完整的单元，而不是辞典中逐个列出的单个词汇。简而言之，题旨就是"故事—字节"（story - byte），是故事讲述中的"增量"（increment）。

许多蒙古史诗遵循大体固定的事件排列顺序，常见的起首是提到时间——通常是古老的黄金年代，以及某个美好的地方，作为故事发生的时空场所。还会接着叙述英雄、他的无与伦比的骏马，以及他的助手或伙伴。然后，威胁以多种方式中的某一种降临，如恶魔袭击，敌人进犯等。依据特定的故事范型，可能会出现某女子。一旦这个女子被掠，英雄的家园遭到毁坏，则英雄一定要前往营救，并重建旧有秩序。与某个恶魔格斗，或者与其他英雄争雄的故事很常见，战胜了对手的故事可能会伴随着这个对手的归顺。婚礼有时会出现，并以英雄返回家园结束故事。

无论如何，那些单个的《江格尔》诗章却往往以我们暂且叫作"宫殿场景"的题旨或典型场景作为故事开端。若是出现例外，那也是因为包含这类信息的题旨是听众已经掌握了的背景知识。宫殿场景一般包括江格尔和他手下的十二个勇士外加上 6012 名战士在热闹的宴饮中，江格尔往往是坐在有四十四条腿的凳子上，按照歌手的惯常形容模式，他的脸盘如十五的满月。在某些诗章中，这个宫殿场景可能极为简洁；在另外的一些诗章中，歌手可能会极尽所能描绘宫殿大厅的巨大和华丽：它的雄伟的高度（有十五层高，几乎碰到天庭），它的异常珍贵的装饰，所用的材料包括动物的皮毛、宝石、金银等。其他有可能引入的描绘包括对江格尔身躯外貌的勾画，他童年的不幸遭遇和他经历中的其他事迹，以及他的无与伦比的骏马，骏马的来头有时也会交代。总之，宫殿场景的详略长短，由歌手的能力所决定，也由演唱当时的具体情景，以及听众的接纳过程所决定。

这里是两个关于宫殿场景的例子，繁简各一：

例（1）：

Arban tabun dabhur

Altan charlig bambalai dotora

Aldar noyan janggar ni tologailagad

Araja in naiman minggan bagatur – ud ni

Dagulaldun nairlaju baitala　　　　（Arimpil：64）

例（2）：

Aru beye gi ni

Arslang un soyoga bar

Sihan daramalan boshagsan

Emüne beye gi ni

öl manghan bugu

Jagan hoyar – un soyoga bar

Sihan daramalan boshagsan

Jegün beye gi ni

Usun sil iyer

önggelen boshagsan

Baragun beye gi ni

Badmaraga erdeni chilagu bar

Sihan daramalan boshagsan

Gadanahi dörben önchög i ni

Gal sil uglan barigsan. . .　　　　（Arimpil：18 – 19）

这种起始因素的惯常呈现方式表明，歌手和听众是如何认为这些单独的诗章同时隶属它背后那个完整的世界——具体情景连接着更大的背景——而不是自成一格的、独立不倚的故事。

在《江格尔》史诗集群中，相同的典型场景在不同歌手那里可能有很大的差异，出场的人物，修饰对象，甚至细节部分都不同，要看歌手在何时、演唱的是什么诗章而定。故事到故事之间的形态变异就更显著，不过，一个典型场景可以与一长串叙事模式相连接，从而构造出一个较长的诗章来，或者与一些相对较短的因素结合，从而产生出较短小的诗章。[1] 另外，

---

[1]　例如，以诗章《洪古尔的婚礼》的两个分别由宝苏高木吉和普日拜演唱的版本对照来看，很明显，两个版本大体上相似，但在长度上、在故事情节的顺序上，又有许多差异。进一步的讨论见仁钦道尔吉 1999：238 – 243。

典型场景所用的程式语言表达上的差异，在不同歌手之间的距离要大于在同一歌手的不同诗章之间。这就等于说，传统性修辞给了传统性"个人方言"（ediolects）以空间。如果说某个具体的歌手在演唱不同的部分或不同的诗章时，可能采用略微不同的措辞和句法表达相同的场景，那么，在不同的歌手之间的差异就多种多样了，构成特殊化了的史诗语言中的传统性方言的内容。①

在歌手的个人曲目单中，特定的典型场景总是与特定故事范型相联系的。举例来说，关于英雄变形为乞丐，英雄的骏马变形为长疥疮的两岁马的题旨，往往与求婚的故事范型相联系。这个典型场景于是就有了预示后面将要发生的事件的功能，它为史诗旅程提供了某种"地图"。再举例说，当唱歌欢饮的场合出现送信人，则经常预示后面的故事将要围绕着战争进行了。再联想到英雄或他的夫人经历梦魇的典型场景，它同样预示某种凶兆，后面经常是敌人入侵，故事当然就隶属征战史诗的基本范型。在上面这些情形中，典型场景就超越了一个符码的意义，超越了某种构造故事的手段，它预示未来事件，指明故事范型的发展方向。②

（2）南斯拉夫

前面给出的关于典型场景的轮廓很契合南斯拉夫史诗的实际情况。南斯拉夫史诗传统为"口头程式理论"提供了最初的材料。联系到蒙古叙事的情形，我们发现我们心目中的"词"或者reči这个术语的含义，不同于歌手或者guslar的认识和表达上的"词"，他们的"词"是"说话单元"（units of utterance），而不是印刷物上所界定的"词"。对南斯拉夫史诗歌手而言，"词"从来不是印刷出来的"词"的单元那么小和零碎，无论是中国字符或者欧洲的字母串。相反，reči是故事讲述中的单元，它小到一个片语，大到整个表演或者是成为叙事基础的故事范型，或者是以动作为核心的典型

---

① 例如"遭遇陌生人"的典型场景，冉皮勒的句子是"Nigur tala ban gal tai/ nidün tala ban chog tei"，而在 *Gants Modon Honogtoi* 里，是"nüürendee galtai/ nüdendee tsogtoi/shilendee ööhtei/shilbendee chömögtei"。详见朝戈金《口传史诗诗学：冉皮勒〈江格尔〉程式句法研究》，广西人民出版社2000年版，第207页。

② 进一步的论述，参见下面分析语域的部分。

场景。Guslar（歌手）以"词"（他们的含义）为基础进行创编，而不是以词（我们的印刷符号概念的词）为基础。[①]

在南斯拉夫史诗传统中，典型场景在长度、细节和可变通性等方面彼此差异极大。正如我们可以按照逻辑推演的那样，基督教传统中较为短小的歌，就意味着在其"文本—表演"中拥有较少的典型场景；这是由于这一类叙事在表演风格上简约和直接，那种在长度上往往超过数百诗行的典型场景，就不大可能用在创编中。在它们确实出现时，较短小的篇幅也要求更为简约的场景，这也在某种程度上限制了它们在不同的歌之间变异的跨度。简而言之，南斯拉夫基督教传统史诗的"词"较少与典型场景相联系，相反，倒是更为贴近诗行长度和表演长度。

穆斯林史诗传统却凸显出截然不同的面貌，它的风格导致它极为依赖那些归属于许许多多歌，而不是某个特定歌的叙事单元，而且这些单元由于受故事范型、特定故事、歌手和特定表演的制约，呈现为多种多样的形态。[②]例如，如果一个 guslar（歌手）演唱"归来歌"故事，他非得知道怎么用那些我们可以叫作"狱中哀号"和"备马"的"词"。狱中哀号说的是某个经年累月与他的家人和人民失去联络的英雄，每夜在狱中哀诉，其声音之响亮，使得整个城镇彻夜不能成眠。最成问题的是，他划破夜空的声音，使得擒拿英雄的统治者的男婴不能入睡，从而危及这个孩子的健康。这位统治者的妻子便威胁说，如果不能让这个囚徒安静下来，孩子就要有性命之虞，那么皇家的血脉也将由此中断。特定的故事会发展下去，不管这个囚徒是谁，统治者怎么样，或者发生了什么事情，也不管无法忍受的哀号具体进行了多少个夜晚，总之，这种特定形式的"狱中哀号"大体而言却是相类似的。在其表面上的差异之下，潜藏的是相同的"词"。

"备马"也与此相似，具体描述英雄怎样备马以准备他或她行程的场景，不仅出现在归来歌中，也出现在其他种类的穆斯林史诗中。这里，动作

---

①　关于史诗歌手心目中"词"含义的讨论，以及他们自己对该问题的看法，参见 Foley, John Miles, "What the Poets Say." *How to read an Oral Poem*, Urbana: University of Illinois Press, 2002. "What the Poets Say"。

②　进一步的论述，参见——*Traditional Oral Epic: The Odyssey, Beowulf, and the Serbo-Croatian Return Song*, Berkeley and Los Angeles: University of California Press, 1990, pp. 278 – 328. Reprinted 1993。

往往要从英雄到马厩里把马牵至庭院里开始，然后是一番彻底的清洁和梳理打扮。自然，歌手要用多少口舌形容这个程序，要视一系列条件而定，一般来讲常见的内容包括洗涤骏马的马衣，并在手上套上山羊皮袋子将马周身擦洗一番。做完这些初步的准备，还会继续描绘毯子、马鞍、笼头、缰绳等——通常就是按照这个顺序——在结束这个单元之前，还要提到骏马的能耐，它昂首腾跃，在无人乘骑和引领下，它会绕着庭院转圈。在演唱《穆斯塔伊贝之子别齐日贝的婚礼》①（*The Wedding of Mustajbey's Son Bećirbey*）的时候，歌手哈利利·巴日果利奇（Halil Bajgorić）为最后一个部分增加了一个明喻，将无人乘骑的马比作一位粗心的年轻牧羊女。然而，无论这个典型场景在这位或者那位歌手手上，在这个或者哪个场合中被演唱成什么样子，它的结构和内容都是合乎南斯拉夫史诗的一贯模式的。没有这种传统性的语汇，guslar（歌手）就不能流畅地编排他的歌，而听众也不可能完整理解这个歌，正如我们将要在回答关于"语域"的第五个问题时所看到的那样。

（3）古希腊

荷马史诗中的典型场景，可以提到重复出现的宴客、集结、英雄的武器装备、哀歌和其他种种。虽然我们所能够研究的只限于《伊利亚特》和《奥德赛》的大约二万八千诗行遗存，但作为样本它们也足够我们观察这类场景是如何呈现的。以宴客的典型场景做例子，它们在这两部史诗中出现了不少于三十五次，其中在《奥德赛》里就有三十二次。② 作为诗人创编词汇表中的"大词"，宴客每次出现都包含着四个可变通的部分：使客人就座的动作、上菜肴酒水、一两个诗行关于食客表示满意的话以及进餐结束，然后是难题的调停或者解决办法有了眉目。无论宴客发生在何处，无论宴客的主人和客人都是什么人，也无论是发生在故事进展中的那个特定瞬间，这四个要素总是会出现。像其他传统性单元一样，宴客场景也是一般模式和特定细节的结合；它既钩挂着可以预期的事件，又连接着特定的瞬间。

---

① 该演唱的一个版本，见于 Foley, John Miles ed. , *The Wedding of Mustajbey's Son Becirbey*, *by Halil Bajgoric*, Folklove Fellows Communications, Helsinki: Suomalainen Tiedeaka-temia, 2003。

② 进一步的论述，请参考——*Homer's Tradition Art*, University Park: Pennsylvania State University Press, 1999, pp. 171 – 187。

　　荷马史诗中另外一个可以在这里讨论的典型场景是挽歌，它在《伊利亚特》里出现了六次。① 在这个范式里，是某妇女悲恸哀悼某个阵亡勇士，死去的可能是她的丈夫或者儿子，也可能是与她长期保持密切关系的什么人。这个场景的基本程序包含三个部分：向阵亡勇士致辞，陈述他们共处的历程和他的死去给未来生活带来的影响，最后是再次对勇士致以亲密的致辞。这个范式涵盖了不同的挽歌，比如安德洛玛刻（Andromache）和海伦（Helen）哀悼赫克托耳（Hektor），或者布里塞伊斯（Briseis，荷马史诗《伊利亚特》中的美女，由阿伽门农从阿喀琉斯手中夺走）哀悼被杀死的Patroklos。由于每个哀悼者与死者的关系都是特殊的（死去的英雄也都不相同），所以该典型场景就要给变异留下足够的空间，而同时它又必须有内在的一致的，从而对创编和表达有帮助。我们将在后面回答第五个问题时看到，挽歌和宴客的典型场景都属于传统史诗语域的一个部分，它们也因此在出现时便带有传统性指涉的含义。

（4）古英语

　　在盎格鲁—撒克逊叙事类诗歌中，典型场景或题旨与其他三个诗歌传统相比有所不同。虽然典型场景如"航海""放逐""兽类战争"等表明，各类场景具有相似的观念组合，但是就具体的事例而言，它们之间的共同性则不似其余的三个传统所显示的那样。与在古希腊和南斯拉夫传统中所见典型场景不同，古英语中的典型场景在不同的场合中出现时带有更多的变异特点。这种变异可以归结到程式结构的不同种类上去。在古希腊和南斯拉夫传统中，程式的准确重复出现更多地与步格的影响有关。在古英语中，由于步格的自由度比较大，所以程式就不怎么表现为忠实地复现。这一点很关键，它提示我们不应当在不同的史诗传统中期望相同类型的典型场景。

　　在古英语诗歌传统中被探讨得最为充分的典型场景之一，是"放逐"。批评家指出，该场景包含四个基本要素：身份、剥夺、心境和被放逐。也就是说，该叙事范型始于描述某人物失去社会或家庭身份。需要在这里特别申

---

① Foley, John Miles, *Immanent Art: From Stucture to Meaning in Traditional Oral Epic*, Bloomington: Indiana University Press, 1991, pp. 168 – 174.

明：在盎格鲁—撒克逊社会中，与家庭或社会割断关系是致命的，等于丧失了一切可以标明身份的东西。在诗歌中，没有比这个更可怕的事情了。典型场景继之以详细陈述该人物失去了什么，这时通常使用这样一个盎格鲁—撒克逊程式系统"X*bidceled*"（"X 被剥夺了"）或者某个能够标示出该步骤的表述。第三个要素是关于被放逐人物的心境的，当然往往是充满悲伤和孤立无援。最后，该场景结束的标志是踏上放逐之旅的行为（总是不情愿的），此时主要人物的哀痛更烈，至少也是他或她的处境毫无改善可能。重要的一点是，该典型场景可以用在各类彼此极为不同的人物身上，如"船员"或"漂泊者"的主角，两首抒情诗中，以及《贝奥武甫》中的格伦德尔等。像有口头来源的盎格鲁—撒克逊诗歌中那许许多多的传统结构一样，"放逐"的典型场景也跨越了不同样式间的藩篱，既出现在史诗中，也出现在非史诗类样式中。

　　"航海"为我们提供了另外一个典型场景的例子。该场景主要见于《贝奥武甫》①，它包含五个因素。就逐行对照而言，其间可变异的幅度比较大。这五个部分是：（1）英雄带领他的手下登船；（2）船儿停泊着，等待；（3）人们装船，带着珍宝；（4）船只起程、航行、抵达；（5）船只停靠，众人碰上新陆地的海岸守卫者。该题旨在《贝奥武甫》中出现了两次，第一次是英雄从他家所在的 Geatland 驰往 Hrothgar 在丹麦的领地。第二次是英雄的回程。在每次出现时，该典型场景都为行为动作提供了基本结构，并使得英雄按照传统的和被认可的一系列动作横渡大海。第三个例子，似乎是出现在该诗最开头船葬 Scyld Scefing 的时候。Scyld Scefing 是传说中的英雄，出现年代远早于贝奥武甫。这里叙述盎格鲁—撒克逊的葬礼仪式，其中包括如何在行驶的船上出葬，如何在死者身边放置珍宝等，看来这些是《贝奥武甫》的作者运用了经过适当修改的同一个典型场景。在运用古英语传统剖析本文的第五个问题时，我们会发现，调用这个场景不仅仅是为了方便，拿现成的表述单元创编诗行，它还是某种明智的艺术技巧的运用。

---

　　① 进一步的论述，请参考 Foley, John Miles, *Traditional Oral Epic*: *The Odyssey, Beowulf, and the Ser-bo-Croatian Return Song*, Berkeley and Los Angles: University of California Press, 1990, pp. 330 - 331. Reprinted 1993。

问题三：何谓"诗行"？

（1）蒙古

以口头史诗韵律学的比较研究作为出发点，对蒙古史诗的诗行进行研究，这迄今是国际学界的盲区。事实上我们首先应当明确，在实际表演中，有时会出现散韵兼行的情况。这就与其他一些传统的情形形成对应了，在那些传统中这种混合被称作"散韵兼行"（prosimetrum）。[①] 作为一种惯例，若是歌手演技高超、富有经验并完全或几乎完全用韵文演唱的话，那么业余的、缺少经验的表演者就越倾向于在更大程度上利用散文文体。就那些具体的歌的结构肌理而言，那些高度传统性的要素，例如典型场景，就倾向于体现为诗体形式，不论它的演唱者究竟是谁，而散文的部分则出现在这些传统单元之间，成为表演者推进故事讲述的手段。从演唱传统的内部考察，诗歌常被理解为"原初的"媒介。江格尔奇钟高洛甫在接受访问时说，"在过去的日子里歌手们是唱他们的歌的，现在他们（以散文体）讲述故事"[②]。

蒙古史诗的诗法规则可以体现为多个层面，其中一些特征，例如韵律，是每个诗行都具有的；另外一些特征虽然经常出现，但是不构成每个诗行的必需条件。在必需的特征中，我们想提到声音和乐器的曲调，它们构成了在表演中的诗行的重要因素，尽管它们几乎从来不被转移到文本上去。在史诗《江格尔》演唱中，最为常见的乐器是陶布舒尔琴，一种两弦弹拨乐器，歌手在演唱史诗时以之伴奏。[③] 对于表演中的诗行来讲，乐器和乐曲的作用相当关键。一如在南斯拉夫史诗演唱中，将唱词从音乐语境中单独拿出来的话，就等于删除了界定诗行的一个关键的和决定性的尺度。囿限于给定的文

---

① 参见 Harris, Joseph, and Karl Reichl eds. , *Prosimentrum：Crosscultural Perspectives on Narrative in Prose and Verse*, London：D. S. Brewer, 1997。

② 参见朝戈金《口传史诗诗学：冉皮勒〈江格尔〉程式句法研究》，广西人民出版社 2000 年版，第 312 页。

③ 陶布舒尔，又作托甫秀尔，也有叫"二弦"的，蒙古族、满族弦鸣乐器，弹拨类。流行于新疆、内蒙古、东北地区。13 世纪《马可·波罗游记》中曾提及。琴体木制，龙首，弦轴左右各一。

本媒介阐发观点，我们就不得不在那些以页面能够呈现和讨论的范围内工作，但是在开始我们就已意识到，一些多么至关重要的特征在此没有得到讨论。

与音乐因素相伴的，也是出现在每个诗行的另一个要素，是诗行之间声音的停顿，停顿界定了表演单元的边界。在表演中蒙古史诗歌手以接续下一个诗行之前的短暂的停顿来制造清晰的诗行间歇。在美洲土著诗歌中，诗行的一个重要的结构尺度和内在完整性是由呼吸间歇界定的，也即叙事单元由停顿来决定。歌手的这种语词的中断和接续的节奏，与由语音和乐器所界定的语词接续是和谐的，这就是说，应将呼吸间歇和音乐单元理解为同一本体的不同的但又是相辅相成的特征。对于一个诗行及其界定而言，这两个维度是完全对等的。

事实上，几乎《江格尔》的每个诗行都与其邻近的诗行构成富有特性的平行式（parallelism），从而形成一种"添加式结构"（additive structure），这乃是许多口传史诗中常见的结构，在我们此处所讨论的诗歌传统中也不例外。这种并肩排列的诗行间平行结构，就导致了"跨行"（enjambement）的缺乏，在更大的组织结构中，诗行自身通常具有相对的完整性。若干诗行可能会以并列、扩展、递进等此类关系而接续到下一个诗行单元中。尽管如此，在每个诗行单元内部，都具有某种表达上的完整性。

在这些基本属性之外，诗行的界定还要依赖于那些虽非可以在每个诗行中都能观察到，但也反复出现的特性。在我们称作"次级特征"的特性中排列在首要位置的，是"声音范型"（sound-patterning），它也以若干不同的形式出现。最为显著的特征就是头韵（head-rhyme），或者叫作句首韵。这种声学的锁链，就把若干诗行连接成一个系列，就另外的方面看，它可能还有帮助记忆的功效：那些以押句首韵而结合起来的片段在表演和传播中，往往更为稳定、更少改动。下面的一段诗行就很好地说明了句首韵是什么形态的。

ama tai hümün	有嘴巴的人们
amalaju bolosi ügei	都不敢谈论［他］

hele tei yaguma	有舌头的万物
helejü bolosi ügei	都不敢嚼舌的
hümün nü nachin	人们中的鹰隼
hündü gartai sabar	铁臂萨布尔

相对而言，尾韵，或者说是诗行末尾连续押韵的特点，也具有标识诗行的特质。在此种情况中，尾韵与诗行末尾位置经常留给动词这一语法特点直接相关，相同的动词后缀就在形态上制造了韵律。

utalhula	横切的时候
ulagan chilagun boldag	变成红石头
chabchihula	竖砍的时候
chagan chilagun boldag	变成白石头

声音范型还可以呈现为一个诗行中的头韵法（intralinerar alliteration），可以在一个诗行中有多达四个词重复运用相同的韵律格式——

| Baga bichihan bagatur baina | ［是］年幼的小英雄一个 |

半韵，或者叫作类韵（assonance），以及内韵的声音范型，也具有通过重复出现的元音声音来组合一个诗行的作用——

| Arban lunn in chahilgan gilbaljan baiba | 十个龙的雷电闪耀 |

在与半韵有关的现象中，我们提请注意这个环节，即"元音和谐律"是蒙古语的自然语言特质。诚然，对于我们在这里所讨论的口头史诗传统而言，这也是个明摆着的、却往往凭经验法则而不予重视的方面：诗行的结构，以及与该结构共存共生的措辞（phraseology），都直接

受制约于那个它赖以产生的语言的性质。这就是为什么那些"普遍论者"（universalist）关于诗行和关于措辞的定义，在效用上往往是那么有限的原因。

　　从比较和对照的精神出发，让我们再提及某些西方诗歌中（特别是希腊—罗马）常见，但却不能兼容于蒙古史诗的诗歌特征。首先，就是诗行没有音节的约束。一个诗行可以拥有从四个到十一个音节（以我们的样例为据），具有彼此完全不同的配置方式，而又运用相同的格律和音调。其次，重音或者韵律重读也不起作用。与体现为扬抑格和抑扬格等以重音为基础的韵律格式不同，蒙古史诗遵循其语言本身所具有的词首重读的法则。也就是说，在连续语词的每个开始音节的语言重音，给人造成了蒙古诗歌是扬抑格的印象。而实际上，这种印象是不确实的。最后，蒙古史诗中词语的顺序与日常语言中的词语顺序之间，并无显著不同。这个问题还是需要联系着蒙古语的基本属性去理解。由于蒙古语基本上是分析型语言（analytic language），对固定词序的依赖程度要高于对词形变化的依赖程度，它无法不倾向于维持固定的顺序。若是排除掉了这些不适用的特征，像音节、重音，以及词序颠倒等，我们就可以更集中地关注那些对于《江格尔》的诗行而言是重要的因素：音乐、呼吸间歇、平行式和声音范型等。不仅如此，把握了这些特征，我们或许能够更有准备，从容面对来自南斯拉夫、古英语、古希腊史诗诗行的全然不同的定义。

（2）南斯拉夫

　　guslar（歌手）的英雄诗歌主要体现为所谓的 epski deseterce，也就是十音步。[1] 正如其名称所提示的，每个诗行包含有十个音节，但是十个音节不是其仅有的——甚至不是其最主要的——尺度。诗行的形式还具有内在的组合规则和表演特征，而这些环节又是理解诗歌之间复杂关系和传统措辞的至关重要的因素。

---

　　① Foley, John Miles, *Traditiional Oral Epic: The Odyssey, Beowulf, and the Serbo-Croatian Return Song*, Berkeley and Los Angeles: University of California Press, 1990, pp. 85 – 106. Reprinted 1993.

　　内在地看，十音步由两个部分构成，每个部分也被叫作"考伦"（co-lon)①。两个"考伦"按四个加六个音步组合而成。见下面的例子：

Rano rani Djedjelez alija	杰尔杰勒茨·阿利亚起身早
I Alija，careva gazija	甚至是阿利亚，沙皇的英雄

　　词中停顿总是出现在第四个和第五个音节之间，由一个停顿连接的这两个"考伦"往往又形成一个完整的语法单元。当然，它们可以并且事实上就是经常与其他"考伦"以各种方式结合，而每个"考伦"都是独立的，这使得它们可以与其他"考伦"结合起来。例如，歌手们可以运用这个韵律构造来介绍其他英雄——"Rano rani lički Mustajbeže"（"里卡的穆斯塔伊贝起身早"）或者是"I Alija，više Sarajeva"（"甚至是阿利亚，君临塞拉热窝"）都可以通过替换手法用相同的韵律模型来实现。

　　除了这个四个加六个音节的基础模式，南斯拉夫的诗行还呈现出其他的结构类型来。起初，学者们认为它是扬抑格（也就是有扬抑格重音的五个音步构造：/x），后来证明这不过是产生自不相关的希腊—罗马模式的臆测。实际上，重音主要发生在第三个和第九个音节上，其次稍少地发生在第一个和第五个音节上；而第七个音节通常不重读。这样，就在第三个和第四个音节之间，以及在第九个和第十个音节之间，形成了跨接关系，这里不容许有语词的停顿，也经常出现行内押韵的情况。举一个能够呈现这些特点的例子：

U beĆara nema hizmeĆara	对一个单身汉而言，没有女佣

　　第三个音节和第九个音节都是 +ar－，是该行重音的所在，它们同时还

----

① colon，复数形式为 cola，言词的节奏单位。具有两重含义：1. 希腊或拉丁诗从两个到最多不超过六个音步的一个系列，含有一个主要重音，并构成一行的一部分；2. 按意义或节奏对言词所作的划分，它的单位比句子小且不像句子那样独立，又比短语大而不像短语那样依附。——朝注

押韵。这里的重读不仅是必要的，而且具有标示南斯拉夫史诗诗行特征的作用。由于在第三音节和第四音节之间，第九音节和第十音节之间没有停顿，行内韵律就成为附加的特征了，它大约每隔五十诗行就会出现一次到两次。在格言中更是如此。

[X]　　Zavika djuliĆu nuhane　　　　　　［停顿］久里楚·努哈涅开始呼喊

作为十音步的典型特征，我们提到了分别为四个音节和六个音节的两个"考伦"，重读，以及跨接关系；其实还有来自音乐维度的限定。绝大多数穆斯林传统的史诗和相当数量的基督教传统的史诗，是由乐器古斯勒琴（gusle）伴奏着演唱的。古斯勒琴，单弦，有琴弓，造型似鲁特琴。歌手使用它不仅是为了营造气氛，还是为了引导表演。歌手的曲调要跟着乐器的曲调样式，旋律就构成了史诗的重要维度。举例来说，有时歌手在开始一个十音节诗行时要来个声音停顿，只让乐器的声音填补这个十音节诗行的第一个或者前两个音节，在此之后歌手才会接着演唱。下面的例子来自歌手哈利利·巴日果利奇的《穆斯塔伊贝之子别齐日贝的婚礼》（*The Wedding of Mustajbey's Son Beĉirbey*）：

DjuliĆu nuhane　　　　　　　　　　　　［停顿］开始叫喊

在绝大多数情形下，歌手都会以 I（"和"）或者 Tad（"然后"）作为诗行的开始，从而形成一个完整的十音节诗行。但另外的时候他们也像巴日果利奇那样做，在一个音节（或者更多）上做停顿，而同时利用乐器的曲调协助完成该诗行。对于我们中的那些被训练成将诗歌和诗行理解为文本现象，认为"文字是第一位的"的人来说，这是既难以理解又陌生的一课，可是在表演中，诗行的那些非文本的方面却常常起到不容忽视的作用。

（3）古希腊

荷马史诗中的诗行呈现的形态异常复杂，但是我们能够通过考察其"外在的"和"内在的"结构，从而迅速获得大体上的了解。① 从外在的观点看，它是长短格的六步格，也就是有六个步格，节奏为"—u u"，或"长—短—短"。极为偶然地，也会替换出现扬扬格（或"……长—长"）。这样一来，诗行就可能有数量不等的音节，理论上讲是从十二个到十七个，因为最末的步格总是一个双音节的扬扬格。从这个角度出发，我们可以认为诗行是由六个韵律单元构成的，在六步格的尾部是作为押韵标志的第五个步格，取扬抑格，而第六个步格则往往是扬扬格。由于没有相关韵律的或音乐的记录传世，我们也只能止步于这种文本解析了。

从内在的观点看韵律构造，问题就清晰多了。"口头起源"的古希腊史诗诗行是由四个不均衡的部分组成的。与六个步格不同，它包含有四个"考伦"，而每个"考伦"的长度，与荷马史诗程式大体相当。换句话说，在《伊利亚特》和《奥德赛》中"考伦"单元实际上是程式结构的韵律基础。尽管外在的六步格结构与传统句法系统不相配合，但由四个"考伦"演化生成的驱动力，就在事实上解释了诗行是怎样由 aoidoi（古希腊史诗歌手）创造出来的。下面这个简化了的公式说明四个"考伦"是如何发生作用的：

$$
-\ u\ u\ /\ -\ /\ u\ u\ -\ /\ u\ /\ u\ -\ /\ u\ u\ /\ -\ u\ u\ -\ -
$$

A1 A2　　　　　B1 B2　　　　　C1 C2

这里的斜线标明了诗行中词的分割点（word－divisions）。三个词间停顿（word－breaks）中的每一个，都将选择两个可能位置中的一个出现（六个斜线，标明了六个可能的停顿，而实际中只能有三个，第一个出现在 A1 或者 A2 上，第二个出现在 B1 或者 B2 上，第三个出现在 C1 或者 C2 上），归根结底，它受制约于每一个诗行中的三个节和四个部分。第一"考伦"就会从诗行起首延伸至 A1 或者 A2 位置上，而第二"考伦"从 A1 或者 A2 延伸到 B1 或者 B2 位置上，以此类推。荷马史诗的诗行是刚性结构和柔性变通的结合，它与希腊史诗的修辞之间似乎是配合很好的伙伴关系。而修辞正是

① Foley, John Miles, *Traditional Oral Epic：The Odyssey, Beowulf, and the Serbo-Croatian Return Song*, Berkeley and Los Angeles：University of California Press, 1990, pp. 68－84. Reprinted 1993.

我们在第四个问题里所讨论的话题。

（4）古英语

《贝奥武甫》的诗行与其他三个传统的诗行相比，有明显的不同。通过其间的差异我们可以看到，传统的规则就潜藏在不同的口头诗歌或有口头起源的诗歌之中，并呈现为不同的形态。[①] 究其大端，盎格鲁—撒克逊诗行并不以音节为据：《贝奥武甫》中的音节就从八个到十六个不等，而且其长短参差并无规律。这等于说"考伦"现象（如在古希腊和南斯拉夫）在此不起作用，更进一步说，此间所有来自音节方面的特征都无关宏旨。再者，虽然在《贝奥武甫》里提到了乐器，考古发现也证明了乐器的存在，但是我们还是对该传统中声音和乐器所曾起到的作用一无所知。

那么古英语诗行的特征究竟是什么呢？两个最主要的特征，一个是头韵法（alliteration），一个是重音。有点和蒙古诗行相似的，是盎格鲁—撒克逊的诗行单元部分地要靠头韵法。见下面的例子。我们以下划线标出了每行中押韵的词，在句后以方括号标出押韵的音（《贝奥武甫》第51—54诗行）：

Secganto soðe, selerædende, ［s］	说老实话，大厅中的谋臣
hæleð under heofenum, hwa pæm hlæste onfeng. ［h］	天下英雄，谁堪此任。
Dawæs on burgum Beowulf Scyldinga, ［b］	身居要冲，苏尔丁的贝奥武甫
Leof leodcyning longe prage ［l］	万民恒久爱戴之君

我们注意到，在每个半行诗中，诗人都至少用一个韵，且往往在前面的半行中用两个。无头韵法的诗行属于失范；故尔头韵法是诗行所必需，且高度参与程式的系统运用和创编。该例子也显现出诗行怎样被分为两半，而每半个诗行中都包含长短不等的音节。这种头韵体的步格，就体现在两个层面

---

① Foley, John Miles, *Traditional Oral Epic: The Odyssey, Beowulf, and the Serbo-Croatian Return Song*, Berkeley and Los Angeles: University of California Press, 1990, pp. 106 - 109. Reprinted 1993.

上：它既以半行也以整行为单元组构而成。

　　该头韵体步格的另外较重要的特征，是重音，或者叫重读（也即语言学家所谓"强音"ictus）。日耳曼语系语言总体上都有重音，古英语也不例外。一般是每个诗行有四个重音，而且往往遵循常见的诸范式。重音的规律性与音节数的不规则形成反差，并形成以重音而非音节序列或"考伦"为基准的构架。例如，前面所引诗行的首行重音在押韵音节上，也就是在 *ræced* 上，在 – *rædende* 的词根上：

　　　　　／　　　　　／　　　　　／　　　　　／

　　secgan to soðe,　　　　seleærædende,

　　两个主要特征——重音范式和头韵法——标定了史诗和非史诗样式的诗法。正如在讨论典型场景时所交代过的，盎格鲁—撒克逊传统的单元为不同样式所共享。

　　在头韵法和重音之外，古英语诗行的结构也常有并置关系、同位关系和跨行。诗人可以跨越单个诗行表述某个意思，并且往往是在相对独立且高度灵活的多行组合中，在一个片语后面接上另一个片语。显然，其独特的诗法规则就使其享有更大自由度，远远超过了南斯拉夫和古希腊诗法，也包括蒙古诗法所能提供的自由度。这个自由度对于程式结构的种类有重要影响，使之得以产生并保存于盎格鲁—撒克逊诗歌传统之中。

问题四："程式"?

(1) 蒙古

　　或许开始讨论程式、或曰传统片语的最直接的方式，以及它在蒙古史诗中的特性，就是引用帕里的奠基性定义："一组经常用来在特定的步格条件下表达一个给定的基本意思的词汇"。① 帕里用这个定义想要代表的，是一

---

　　① Parry, Milman, *The Making of Homeric Verse*: *The Collected Papers of Milman Parry*, Oxford: Clarendon Press, 1971 [1930], p. 272.

个演述的、或曰表达的合成单元，一个比我们所谓"词语"范围更大的单元。他所关注的其实是我们可能应当叫作"大词"（"large word"）的、以歌手的创作能力为基础的单元。这样一来，古希腊那些被反复用来称呼英雄的就是"名词性特性修饰语"程式（noun‑epithet formula），例如"飞毛腿阿喀琉斯"或者"灰眼睛的雅典娜女神"。这些词汇组合成的片语构成了单元，而且都能够恰到好处地安放在荷马史诗诗行的特定位置上，也都传达出了简明的意思（在上面的这两个例子里，简单而言就是"阿喀琉斯"和"雅典娜"）。

《江格尔》中的名词性特性修饰语包含的长度从一个诗行到五个诗行不等，这些多诗行的程式可以加进传统性的修饰片段中，进而可以产生出六行甚至更多诗行的修饰。这里呈现出的变通性就超过了我们这里还要讨论的其他三个史诗传统。下面就是一个单诗行特性修饰语程式，用来形容英雄洪古尔：

asar ulagan honggur	巨大的红色洪古尔

请比较用来形容同一个英雄的双行程式：

aguu yehe hüchütei	拥有伟大力量的
asar ulagan honggur	巨大的红色洪古尔

再请看扩展为五行的程式：

agchim un jagura du	眨眼的刹那之间
arban gurba hubil-gad	就会十三般变化的
amin beye düni ügei	灵魂不在身体上的
aguu yehe hüchütei	拥有伟大力量的
asar ulagan honggur	巨大的红色洪古尔

　　尽管歌手在表演中享有巨大的变通性，尽管这些程式看上去彼此之间有相当差异，但这几个片语还是共享着某些核心品质。首先就是"洪古尔"这个名字出现在每组的末尾诗行，不论该组程式由多少个诗行组成。这等于说，以出现的位置来看，这典型地属于那种在许多口头史诗传统中经常能够见到的"右边对齐"（"right－justified"）风格。其次，他们的每一组都以一个完整单元的形态出现，不论从诗行的角度看是多是寡，它都属于修饰这位英雄的传统性形容词。

　　关于英雄的修饰程式之外，在整个蒙古史诗中还有大量其他传统性片语。举个简单的例子，这里有个单诗行片语，字面的意思是他或她"声音洪亮地说道"（hüngginen helen baiba）。它的意思不只是表明将要引出讲话人的话语，它还提醒听众某种特定的话语要开始了。一般而言，这里的话语将是有力的，并包含重要的信息；具体而言，它很可能包含警告或威胁，以及预告某种事情将要发生。由于事实上这个片语可能连接无穷多的话题，它对歌手和听众而言，就具有双重的作用，既引入一段话语，又对这段话语做出标识。无论置身于什么具体情况，处于什么样的情形中，这个诗行所提供的，是一种听众熟知并能够引起共鸣的传统语境。

　　另一个例子，其字面的意思与前例相仿，但其习惯用法却不同。其意为"［声音］轰鸣着出来"（chünginen garba）。这个片语多出现在一种情景中，即当江格尔身处危境呼唤支援的时候。这呼唤声要进入什么人的一边耳朵，然后从另一边耳朵里轰鸣着出来。在某些情景下，求援的声音直接进入洪古尔的耳朵里，在另外的情景下进入江格尔夫人的耳朵里，然后由她叫醒洪古尔英雄，告诉他江格尔现在正需要他前往救援。其结果则是洪古尔应声前往。这个受声音驱使的程式的含义，也受调用时的具体语境制约。

　　围绕着这个动作的程式还有：江格尔的夫人被安排叫醒洪古尔，他之所以酒醉大睡，是由于他的几千勇士都向他敬酒造成的。为了使他从睡眠中醒过来，她使用了高度程式化的办法：使劲拉他的辫子：

malmagar hara shaluu gi ni	蓬松的漆黑发鬏①
hoisi ban tatan	朝后面拉拽
gurba dahigad	重复了三次

　　虽然是传统性措辞，但是三行中末尾的诗行却是平行式，并且是可以选择的；歌手可以在这个诗章中用它，而在另外的诗章中又不用。至于这个动作从这个点开始如何向后发展，则要看具体的故事而定。但是有一点是清楚的，就是故事的线索最终还是要导向为战斗做准备，备马，然后是洪古尔出征去支援江格尔。

　　另外，我们还应当提及，在史诗传统中，这种沉睡要被理解为英雄的睡眠，这是难以唤醒的沉睡。这很合逻辑，只有江格尔的夫人才能够拉拽小辫子来唤醒英雄洪古尔。另外一个能够帮助理解这个现象的，是一个广泛传播的描写英雄熟睡的程式，它是个两重的明喻：

suhai metü ulaigad	像红柳那样通红
sur metü sunugad	像皮条那样舒展

　　这个程式同样展示了在英雄史诗中程式长度的变化现象（两行程式相对于单行程式），以及它们各自的传播范围的差异（"拉拽辫子"可以说是具有地区色彩的程式，而"英雄沉睡"则传播范围遍及整个蒙古世界）。

　　要言之，蒙古史诗程式的作用就是"大词"，是在表演中以诗行韵律为基础的构成单元。它可以只有单行之短，或者有五行之长，而且一个程式还能够接续下一个，以组成更长的片段。而组合程式的决定权往往在歌手那里，他根据他的歌、听众和现场情景做出适应性调整。程式片语经常承载着相当大的习惯力量，例如引入特定种类的话语，或者大声呼唤求援，使声音能够传达到熟睡的洪古尔那里。歌手所能够操控的，就不仅仅是措辞的结构

---

　　①　发鬏。卫拉特蒙古人历史上有为小孩子留发鬏的习俗，从头顶留起一撮，结一小辫子，次年向外扩大一圈，新扩头发另结一小辫子，以此类推。随年龄增长小辫子亦增多。

和形态（当然还有支配规则的诗行），还有程式句法的传统性指涉。而这种传统性指涉就构成了我们所要探讨的第五个也就是最后一个问题。

（2）南斯拉夫

像蒙古史诗一样，南斯拉夫史诗也有"大词"，是一些复合的片语和一定的范式，歌手将其作为完整单元运用。[①] 在该传统中可能的最小程式单元是一个完整的"考伦"，它通常有四个或者六个音节，还有许多程式则是十个音节的整个诗行长度。那些 guslari（歌手）掌握着大量这种可变通的较大片段，并在它们打算讲述的故事中，通过结合和调整来运用它们。事实上，这些片段是某种特殊化了的语言，仅仅用在史诗演唱中。

南斯拉夫史诗中的许多程式，都可以归类到"名词性特性修饰语"（noun – epithet）片语中，也就是某英雄的名字加上某些形容词或名词，以传统上惯用的方式帮助说明他或者她的身份特性。这些语言成分加在一起构成一个六个音节的"字节"——单个的 reč，这是歌手对这种"词"的称呼——它占据某个诗行中第二个"考伦"的位置。下面几个例子是随机从该传统中抽取的，以说明这些相同的程式是怎样与不同的对象相结合从而构造出不同种类的完整诗行的：

a. rano rani mustajbeže lički	里卡的穆斯塔伊贝起身早
b. I besjeda mustajbeže lički：	于是里卡的穆斯塔伊贝向（他们）致词：
c. posle toga mustajbeže lički	在他之后里卡的穆斯塔伊贝
d. "pobratime mustajbeže lički"	"啊血亲兄弟里卡的穆斯塔伊贝"

这几个例子都是按照相同的方式组合的，即由第一个四音节的"考伦"和第二个六音节的"考伦"结合，从而产生一个诗行。但是把它们放在一起看，就显示出这种结合过程可以具有怎样宽泛的变通可能性，从简单地陈

---

① Foley, John Miles, *Traditional Oral Epic*：*The Odyssey*, *Beowulf*, *and the Serbo-Croatian Return Song*, Berkeley and Los Angeles：University of California Press, 1990, pp. 278 – 328. Reprinted 1993.

述某个事实（a），到引入讲话（b），再到交代人物座次（c），然后是其他人物的直接讲话（d）。

具有构造功能的片语也以其他方式发生作用。例如，整个诗行的模型中同时具有不变动部分和可变动部分的情况相当常见。在这类的程式中，是句法模式统御着十音步的诗行，这就与我们前面列举的名词性特性修饰语的程式有显著不同，这里的程式之间相似性更多。下面这组的三个句法的程式都遵循着相同的常规模型。它们描述英雄如何发誓要前往营救被掠去的女子，它们引自哈利利·巴日果利奇的《穆斯塔伊贝之子别齐日贝的婚礼》（诗行542—544）：

jO tako mi mačaji junaštva,	啊——以我的剑和我的英名，
vO tako mi mojega bjelana,	啊——以我的白色的骏马，
vO tako mi četer'es' godina!	啊——以我的十四年（战斗历程）！

这里所说的是个很著名的土耳其英雄 Djerdjelez Alija，正在发誓要找回被敌人掠去的姑娘交还给她的新郎，以接着进行他们已经计划好了的婚礼。他的起誓是程式化的，誓言以"啊——以我的"作为第一个"考伦"，然后在第二个"考伦"的位置上填上他的剑和英名，他的白色骏马，还有他十四年的战斗历程。从某种意义上说，这个模型与名词性特性修饰语程式的样式正好相反，它是第一个"考伦"重复出现而第二个"考伦"则发生变化。当然这种整行的句法模式程式也还有另外的特质，比如它从语法上把一组诗行结合了起来。

作为南斯拉夫史诗程式结构的最后一个例子，请允许我们列举使用一个片语，它正好是一个整行的长度。不能再对这个十音步的单元做进一步的划分了，那样就会伤害到它的传统性含义和它作为构造诗行之工具的效用。我们将排列出这个整行程式的几个略有不同的异文，以期展现它在不同的叙述情景中的适应性。

A1. A od tala na noge skočijo　　　他［原本坐着或躺着］跳脚站立起来

A2. A od tala na noge skočila　　　她［原本坐着或躺着］跳脚站立起来

B1. I skočijo na noge lagane　　　于是他跳起来

B2. I skočila na noge lagane　　　于是她跳起来

　　这四个诗行都展示了歌手们是如何运用两个基本的整行片语格式的。其中的每一个都可以按照性别的差异做调整。依据特定地域的方言特点，或者依据歌手个人的习语风格，他可以说"某人跳脚站立起来"（A1，A2），也可以说"于是某人跳起来"（B1，B2）；进一步而言，这四个程式中的任何一个，都可以调整为应对男性（A1，B1），或者是女性（A2，B2）。这一组程式就是以这种方式举例展示了句法的系统，这是个可变通的模式，对于歌手在表演中创编有巨大的效用。

　　很自然地，这里有限的例证不能完满地回答"什么是南斯拉夫史诗传统中的程式？"这个问题。更为透彻的分析和更宽范围的例证，则需要我们在另外的场合进行。① 但是，这或许已经开始指向了鉴赏程式结构的方向和途径：歌手和听众之间就通过这些"大词"来进行交流，而大词可能是一个"考伦"，一个完整诗行甚至是若干诗行。以蒙古史诗为例，我们就不能将那些片语集合构成的完整表述单元再做切分，这不仅是出于结构上的考虑，还因为它们是"大词"，承载着传统语境所赋予的特定含义。关于这些我们会在回答第五个问题时要加以讨论。

（3）古希腊

　　简而言之，荷马史诗步格和程式配合运作。它们是这个互相依存、互相包容的系统中的合作成员。正如前面所揭示的，古希腊史诗的诗行提供了可变通的结构，通过以程式配合步格范式，而让传统句法得以组合并延续。换

---

　　① 这里有重大的分别，虽然我们关注的是"产品"（那些实在的程式和诗行），但是传统的规则却控制着"过程"，因而更为基本。关于传统规则的作用，见 Foley, John Miles, *Traditional Oral Epic：The Odyssey, Beowulf, and the Serbo-Croatian Return Song*, Berkeley and Los Angeles：University of California Press, 1990, Chapter 4－6. Reprinted 1993。

句话说，诗行支持"大词"的构造，与它的步格范式相契合。这也有助于我们更好地理解《伊利亚特》和《奥德赛》，因为我们意识到正是由于这种契合，它的最为基本的单元就是传统的。

在一个诗行的四个"考伦"中，程式可能占据从一个到四个"考伦"不等。多个诗行的程式也会出现，但是学者倾向于认为它们不过是由若干单元合并而成的，并非是单独完整的多行构造。下面的几个例子说明某些经常出现的片语是如何占据各种单个或者多个"考伦"位置的：

all' age	起首 > A1	然而来了
tên d' êmeibet' epeita	起首 > B2	然后［他］回答她
glaukôpis Athênê	B2 > 末尾	明亮眼睛的雅典娜
poion se epos phugen herkos odontôn	A2 > 末尾	什么词语逃过你牙齿阻拦
hêos ho tauth' hormaine kata phrena kai kata thumon	整行	当他沉思这些事情就在他的脑海中和心灵里

这里引述的片语，都满足两个主要标准：它们占据着该诗行中的重要分节（一个或者多个"考伦"），并且多次出现在荷马史诗中，显示出它们对于创编着的诗人而言的效用。较短的程式，就是短于一个诗行的程式，具有与其他片语结合而构造整个诗行的亲和能力。

说明古希腊史诗中程式的系统特质，请允许我们再加上一组例子。下面的所有名词性特性修饰语都可以、事实上也确实与这样一个"合作"片语结合，这个片语就是"他/她/他们再次说道"（*ton/tên/tous/tas d' aute proseeipe*），从而构造出一个完整诗行。这个片语在荷马史诗中使用频率以数百计，都是要立即引出一段讲话。下面举出一些名字，它们的位置都是程式中可替换的部分：

polutlas dios Odusseus	B2 > 末尾	饱受磨难的奥德修斯神
thea glaukôpis Athênê	B2 > 末尾	明亮眼睛的雅典娜女神
megas koruthaiolos Hektôr	B2 > 末尾	伟大的头盔闪亮的赫克脱耳
anax andrôn Agamemnôn	B2 > 末尾	万众之王阿伽门农

Gerênios hippota Nestôr	B2 > 末尾　马人涅斯托尔

就说明古希腊史诗中这类程式具有怎样强大的功能而言，这里所展示的只是一个例子。仅仅是运用这么一个句式，诗人就能够引出众多神祇和人的讲话来。当我们想到还有很多这类句式和组合的时候，我们就能够推想在《伊利亚特》和《奥德赛》中，程式结构具有怎样的庞大系统和强大威力。

（4）古英语

正如前面所显示的，古英语诗行相当灵活：作为传统句法的"同谋"，它能够包容众多形态各异的程式结构。盎格鲁—撒克逊诗歌包含有大量程式系统，而不加改变和限制。词语是模式的成分，同时又享有变化的自由。一般来说，重音和头韵法才是稳定和恒常的因素，非重音和非头韵法的成分则倾向于变异。当然，也有每次出现时都完全相同的程式，诗人也使用这种程式，但大多数片语还是具有变异性质。

为说明古英语的程式语言如何运作，请看下面的"半行片语"，它们的意思都是"在从前"：

in geardagum（《贝奥武甫》第1行）	在年年岁岁中
on fyrndagum（《安德里亚》Andreas，第1行）	在过去的日子里
Te git on ærdagum（《丈夫的消息》第16行"Husband's Message"）	当你俩在早先

需要注意的是，不仅是前置词发生了变化（在前两个句子里从 in 变到 on），而且该片语的第一个成分也有变化，从"年"到"过去"，再到"早先"。从诗人的观点来看，这种变异性允许他既可以使用某个惯用的、现成的片语，也可以通过改动来适应当时的语境。第三个例子显示出更多的变异特性来：由于没有音节的限制，《丈夫的消息》的诗人就在一个半行中包容了更多的词，使它更为复杂，而同时保持了固有模式。总之，古英语的程式结构具有很大的变动自由度。

在格局之内变异的另外例子，体现在下面这组诗行里，它们选自古英语史诗和非史诗类诗歌：

Tæt wæs god cyning（《贝奥武甫》11）	那曾是位杰出君王
acTæt wæs god cyning（《贝奥武甫》863）	然而那曾是位杰出君王
Tæt wæs an cyning（《贝奥武甫》1885）	那曾是位出类拔萃之君
wæs ða frod cyning（《贝奥武甫》2209）	他曾是位贤明君王
pæt wæs god cyning（《贝奥武甫》2390）	那曾是位杰出君王
pæt is soð cyning（Juliana 224）	那就是位真正的君王
pæt is wis cyning（Meters 24. 34）	这就是个贤明君王
pæt is æðele cyning（Andreas 1722）	那就是个高尚君王
pæt wæs grim cyning（Deor 23）	那曾是个残暴君王
næspæt sæne cyning（Widsith 67）	那不曾是草率君王

"君王"（"cyning"）这个词，加上一个形容词（"杰出""贤明""出类拔萃""真正""高尚""残暴""草率"）就构成了程式的核心，而形容词承担在该半行中押韵的职责，并负责将该半行与另外的半行衔接起来，此外，该传统片语中包含有细微变化的"那曾是/就是"句法模式。总体而言，该程式为诗歌的创编者提供了现成的模式，以颂扬君王的美德，或批评君王的恶行。这个片语变成了惯用的表达模式，特别是对《贝奥武甫》的作者而言尤其有用，他至少使用该模式达五次之多，分别用来刻画 Scyld Scefing, Hrothgar（两次），贝奥武甫和 Hygelac 等人物。在另外的诗歌中，受到称赞的有 Guthhere, Eormanric，还有基督教上帝。显然，该程式具有宽泛的适用领地。

问题五：何谓"语域"？

迄今我们已经讨论了口头史诗传统中的四个彼此相关的问题：一首诗作的本质，典型场景或题旨单元，诗行的特性，以及程式的形态。这些环节在不同的史诗传统中呈现出不相同的面貌，一如我们所期待的那样。蒙古史诗的程式不简单地等同于荷马史诗的程式，而南斯拉夫的诗歌集群（poem - cycle）结构与蒙古《江格尔》的诗章集群也根本不是一码事情，荷马史诗中的典型场景却与古英语诗歌具有高度一致的性质。我们这里的课题于是就成为在诸传统内部和各传统之间进行细致理性的比较，也便含有对其间异同之处表示激赏的意思。

我们现在着手于这第五个，也即最后一个问题，它将多方面地为其他部分做出总结。从质询每个口头史诗传统的语域入手，我们将要涉及所有这四个方面——关于诗歌、典型场景或题旨、诗行以及程式——它们展示了史诗创编和接受过程中蕴含的法则。我们还要揭示这些不同的表述所具有的一般性质，它们是特殊化了的语言变体，这意味着它们不承载属于日常生活的领域宽泛的语言交际功能，而是专门通向史诗的世界。

人类学家戴尔·海默斯（Dell Hymes）认为，语域就是"与反复出现的情境类型相联系的主要讲述风格"①。我们赞同这个关于由语言的社会交际功用选定类型的定义，但要加上关于符号和含义的观念。也就是说，我们不会满足于罗列口头诗人在创编之际所运用的单元和模式的列表，我们还将在这些单元和模式在诗歌的传统背景之上表达了什么含义和怎样表达的问题上，花费同样多的力气。我们对习语的关注程度，将与对结构和形态的关注一样多。

（1）蒙古

就某些方面而言，《江格尔》的语域与当代蒙古人的日常用语之间，并无明显的不同。孩童喜爱它的故事，部分原因乃是他们发现它的语域有趣而又不太难懂。那些他们不能够理解领悟的东西，也能够通过经常反复聆听这些故事，有机会了解各类表达的技巧而迅速掌握。确实，在十岁之前就开始学习演唱《江格尔》的歌手并不罕见。如上所述，史诗的词序在许多方面与日常用语之间大体相同，语言形态也遵循相同的规则。但是，两者却也存

---

① 参见 Hymes, Dell, "Ways of Speaking", *Explorations in the Ethnography of Speaking*, 2nd ed. by Richard Bauman and Joel Sherzer, Cambridge: Cambridge University Press, 1989, p. 440。

在显著的差异，这种差异就为史诗的句法打上烙印，并提请听众这是特定的表演情境。

这类差异之一，就是古老词汇的使用。我们这里列举两个度量方面的词汇：bal 和 bere。前者用来描述火焰的热度，早已不在史诗以外的日常生活中使用，后者长度则比较模糊，有说大约相当于今天的两公里。对于歌手而言，这些术语所代表的距离究竟是多少并不重要，重要的是它象征性地并恰如其分地表达了史诗中的距离。它们合于惯例地成为史诗语域的一部分，以被认可的、被期待的方式标定了空间距离，并且通过符码而将单独的事例与其他事例结合起来。用 bal 和 bere 来讲述也就是用史诗语域流畅地讲述。

另一个差异之处介于惯常使用的字面意义与传统指涉所提供的特定含义之间的错位。一位不熟悉史诗语域的读者或者听众就不能够完全理解歌手的意思，这是由于他们对史诗语汇感到陌生，就好像是一位还没有入门的听众或读者需要一部合适的辞典一样。

下面这个三行的程式，就是关于这种专化符码语域的一个例子，它经常出现在冉皮勒演唱中：

ermen chagan hödege	无边无际的白色荒原
ejegüi chagan büürüg	没有人烟的白色戈壁
elesün sira tohoi du	漫漫黄沙的沙湾

无论是从听觉上，还是从语义上和比喻上，这都是一个由句首韵连接在一起的程式，不过它所蕴含的意义却远较从字面上能够解读到的要多。它通常与下面三个场景中的一个有关：漫长旅程中的歇息地，一个发生战争的场所，或一个让英雄琢磨他下一步该做什么的安静地方。需要注意的是，这几重含义一点都没有从这个三行程式的字面上泄露出来。尽管如此，任何熟知史诗语域——而不仅是日常语言——的人，都能够领悟这个符码的意思。这是由于史诗传统将这种口头标记与特定的、由歌手和听众共享的更深入层次的知识联系了起来。像这样一个结构上重要、效用上特殊的程式，它的核心价值在于给传统语境中的特定故事赋予了普遍的意义。

第二个程式句法的传统指涉的例子,是一个四行的片语,冉皮勒和其他歌手在口头演唱中将这个程式使用了无数回:

dugtui dotora baihula	在旗套里面的时候
dolbing sira in önggetai	发射出黄色亮光
dugtui eche ban garhula	从旗套里拿出的时候
dologan naran nu gereltei	闪耀着七个太阳的光芒

看上去这段描述集中在一面军旗上,说旗帜在旗套里和拿出旗套后分别是怎样的状况,并没有涉及其他事情。而实际上,它的意思要宽泛得多,也重要得多。这个片段几乎没有例外地指涉江格尔可汗和他手下的六千零一十二或者八千勇士的伟大军队(根据不同歌手的版本),进而指涉军队的位置和战阵。可以推想,一个老练的观众或读者将会立即联想到敌人已经出现,而且相当强大,需要大军压阵。不仅仅是精心锻造的诗句(请注意句首韵的d)或者是方便的"建构模块",这个精心锻造的程式由于其暗含的指涉而能够引起共鸣。

传统性指涉也在典型场景的层面发生作用,它赋予那些经常发生的动作以特定含义,这种灌注并丰富其内涵的过程不仅发生在字面意义上,也发生在暗含的意义上。这一类型的一个常见的结构性和表述性技巧的例子,我们名之为"疗救英雄"。当来自江格尔阵营的某个勇士受了伤,他通常会经历三道治疗:甘霖降落,圣水洗濯,以及药膏涂抹。甘霖常是由江格尔最重要的谋臣、会施法术的阿拉谭策吉召来,圣水用来洗濯受伤英雄的手脸,也要饮用。最后,"威音"① 药和"白药"直接涂抹在患处。

就一个方面而言,"疗救英雄"可以被理解为实用的结构手段,因为它能够用在来自江格尔队伍的英雄身上,无论他的伤来自与敌人恶斗,还是来

---

① "威音"的字面意思,无论是歌手还是学者都难以给出准确说明。这也是许多口头史诗传统语域的共同特点,即许多古老的语汇在废弃使用后很久都存活在程式片语中。进一步的讨论参见 Foley, John Miles, *Homer's Traditional Art*, University Park:Pennsylvania State University Press, 1999, pp. 23 – 24, 74 – 75, 80 – 83。

自与其他英雄的单打独斗。但是这里的传统性含义还与蒙古史诗传统中的英雄主义观念有更深层的关联，与之形成契合关系。所以这样说，是由于这个三重步骤的疗救方案从来没有失败过——总是能够将英雄从濒临死亡的边缘救治过来，并使他立即恢复正常——这类典型场景的符咒就保证了叙事得以进行下去。这种在动作与结果之间稳固的联系至关重要，它不是出现在某个故事中，而是出现在整个《江格尔》故事的集群中，因为在蒙古史诗传统中，英雄是永远不死的。我们确实可以这样说，在这个例子中，史诗语域的传统性指涉是维护蒙古式英雄主义特质的必要手段，它既体现为人物与角色的契合，也体现为总体上的理想主义倾向。

作为这种传统性指涉的最后一个例子，我们拟引用歌手结束一个诗章时的惯常手法。如前所述，一个诗章的开始和结束都与宫殿有关：无论中间是什么故事，都会用唱歌欢饮的场面架设一个框子。在一个诗章行将结束之际，总是会出现下面的诗行：

jira honog un jirgal hijuj	进行了六十天的享乐
dala honog un danggarai hiju	举行了七十天的酒宴
naya honog un nair hiju	操办了八十天的欢聚

在结构的层面上，这个固定的诗行组给出了结束的信号，完成了环抱具体故事的环形叙事的结构轮廓。这个环形结构的传统性指涉超越了它所能够涵纳的内容；比起许多表达性手段来，它被赋予的含义要宽泛得多。无论在开场时在宫殿场景出现了什么事件，也无论是谁成为行动的主角，这个三行的诗句都明白无误地宣告了故事的结束。

（2）南斯拉夫

在史诗传统的语境中一个"词"究竟意味着什么？一个程式、一个典型场景或者一个故事范型在特定的表演情景中拥有怎样的指涉？一位史诗歌手在与听众进行交流时，在字面的、以字典为基准的意义之外还传达了什么？这些问题是我们在考察南斯拉夫史诗时所必须谈论到的。①

首先，让我们回想一下在讨论第四个问题时，我们曾经用过的程式例子。这个整行程式有两个主要变体，为了简明起见，我们只引用男性格式："他跳脚站立起来"，也可以说"于是他跳起来"。当然，这个诗行有明确无误的字面意思，而歌手也在形形色色的歌和不同的场景中使用它。从文法的和创编的角度看，这个程式是歌手的史诗语言中最具有适应性和随处可用的单元之一。

然而这只不过是它的存在价值的一部分。作为史诗语域中的一个有机成分，这个程式在传统上的含义是"对一个需要首领立即注意的意外的或威胁性的形势变化给出的一个可敬的反应。"② 换一个说法，某个人跳脚的身体动作只是外在的含义，而远为重要的——虽然它是暗含的和形成惯例的而非直接表述出来的——则是这个事实：该程式连接并说明一个人们耳熟能详的传统情景。无论这个人物是谁，是谁做了这个跳脚动作，史诗语域都保证将要有一个英雄的使命要执行了，以回应某个可怕的或是未曾预料到的事件。某个人将要使他或她自己凸显出来了，并以众所周知的传统角色出现。于是，按照惯例，由该程式认定的该人物将要动身去执行一个有性命之虞的差事，去营救某个女子、参加某支军队、执行秘密侦察，或者其他什么行动。史诗传统并没有规定具体的使命和成果，但又确实分派给该人物以特定角色类型，也限定了其行为的特定种类。这里的"大词"提供了传统的语境，通过传统指涉，清晰标示出了后面将要发生的事情。

我们在上面讨论过的名词性特性修饰语，也同样在置身史诗语域中时蕴含有约定俗成的力量。像"里卡的穆斯塔伊贝"片语，它修饰和限定了人物（Mustajbey）和他的老家（里卡，介于土耳其人和基督教人领地的接壤地区），就其功能而言，它当然既准确也包含有信息。然而，我们再次发现，其字面的含义只是全部含义的一部分而已。不过在这个和其他相似的例子里，我们将会首先发现，分析该程式的出现时，我们没有找到任何能够赋予

---

① Foley, John Miles, *Homer's Traditional Art*, University Park：Pennsylvania State University, 1999, pp. 65 – 111.

② Ibid. , p. 108.

人物以特定含义的内容。穆斯塔伊贝的老家在里卡，这似乎与他本人没有任何关系，无论他在哪部具体的史诗中出现，都从事了哪些活动。其实，关键之处是他的命名和其他类似"大词"，都是在史诗语域中"传统"地生成的。当歌手运用这个片语时，他传达的是穆斯塔伊贝的整个特性，而听众对他的了解，也是来自他们的经验，来自史诗传统中关于他的整个冒险生涯，而不仅仅是正在被演唱的这首歌中的他。这个程式等于打开了一扇门，让人们认识到这就是穆斯塔伊贝，他是里卡大军的统帅，他英勇地与基督教的敌人作战，他有个儿子名字叫别齐日贝（Bećirbey），他虽然身份高贵却又经常背叛他的伙伴。所有这些属性都没有在程式"里卡的穆斯塔伊贝"的字面上表现出来，但是这些属性又都隐含在传统史诗语境当中了。

在南斯拉夫史诗中，并不因为创编和表达的需要，就用程式的格式给所有人物命名。短语"黑色布谷鸟"（*kukavica crna*）不是用来形容黑色的鸟，而是某个已经失去了丈夫、或者有即将失去丈夫危险的妇女。只要冠以这个程式的称呼，歌手就既调用了传统的含义，又为他正在描述的人物添加了属性——无论是在何种情形下，或在什么歌中——添加到史诗中歌手个人和他的听众所储备的其他"黑色布谷鸟"的阵容中。同样地，通过运用一个可以变化的"词"——"可是你应当看到……"在后面跟上某个即将出场的主要人物的名字，歌手就可以在事件之间的沟壑上搭接起桥梁。无论是歌手本人还是他的听众都知道，这是标示过渡的约定俗成的片语。歌手还可以从成百上千的谚语——它们都是十音步诗行格式——中挑选出一个，从而给某个叙事瞬间赋予传统性语境。这类谚语所具有的意蕴，会为某个独特的情景或事件涂抹上史诗传统的色彩。诗人富有成效地将谚语所专有的品质与作为整体的、反复出现的、约定俗成的传统现实结合了起来。

比程式大很多的叙事单元，也能够协助构造史诗语域，或确定讲述方式，并将个别的、显然是独一无二的场景与故事讲述的整个世界联系起来。凭借着运用承载着符码化含义的典型场景，歌手就能够将当前的描述与暗含的意义网络结合起来。前面提到的"备马"题旨可以在此举出。在一系列动作如清洁、修饰和给马披上马衣等之外，该典型场景还预示了装备英雄（那将是另外一个场景）的动作，以及随之而来的英雄或其他人代替他去出征的动作。这个"大词"不能精确地预示装备英雄时的准确图景，也不能暗示出征的准确动机缘由，那很可能是营救、战争、侦察或其他英勇行为。它所能够预示的，是一般的活动范式：备马、装备英雄，最后是远离英雄家园的生死较量。

我们也曾在前面讨论过"狱中哀号"这个典型场景的基本结构，它其实也为我们提供了传统史诗语境如何发挥作用的生动例子。这里我们集中讨论那个英雄的哀号如何搅扰得擒拿他的统治者的儿子不能入眠，从而威胁到皇家血脉的延续，直到某个权威的妇人（通常是统治者的夫人）出面干预，交涉释放囚犯。这一组人物和事件构成了该典型场景所承载的字面含义，但实际上它的含义要复杂得多。从一开始，从程式化地以动词 *cmiliti*（"尖叫出声来"）开始，"狱中哀号"的模式就预示了英雄一旦从长期囚禁中被释放，就要成功地返回家乡，测试妻子对他的忠诚程度。在路途中他要经历严峻考验；而他的妻子（或未婚妻）则要抵御那些求婚者，他们正争相要娶她为妻。但是在此后的某个时刻，他们就要面临事情的了结——无论是正面的还是负面的——无可回避。事情了结的场面一定会出现，毫无疑问。当歌手演唱起"狱中哀号"的典型场景时，这些故事元素就已经深深地潜藏在其中了。

（3）古希腊

古希腊口头史诗的传统语域也同样远不只是合用的创编手段；它还是精巧的表达手段。将约定俗成的指涉符码化后，荷马的"讲述方式"就传达出了远比字面含义多得多的内涵。[①] 无论是个别的片语还是典型场景，其内涵都与传统的观念系统相牵连，因而其含义必定比我们能够从字典辞典上所找到的要宽广得多，也深入得多。这也是《伊利亚特》和《奥德赛》何以能够以这种特殊化了的语言或者语域来流畅地讲述的缘由。

在程式句法的方面，名词性特性修饰语如"苦难深重的俄底修斯神"或者"眼睛明亮的雅典娜女神"也就不可以仅仅看作是填补音步空位的填充物，它们还承载着符码化了的信息：凭借着这个一目了然的和反复出现的

---

① Foley, John Miles, *Homer's Traditional Art*, University Park：Pennsylvania State University Press, 1999, Chapter 5 – 7.

形式，口头诗人可以将人物的名字和他的全部复杂的特性直接挂钩。将俄底修斯叫作"苦难深重"和"神"并无直接的必要；这些形容词并不适用于人物所现身的某些特定情景，不像问候语"哈罗"或者祝愿语"周末愉快"更适用于某个人生的特定时刻。它们是约定俗成的片语，是通向这个人物特性总和的路径，也是在更大范围内赋予人物特性的方法。这种符码化的姓名连接着传统的背景，从而使某个具体的片作由于具有了全局的、整个传统的指涉而丰富起来。

另外的程式也以相似的方式运作。最短小的片语 *all' age* 在荷马史诗中出现了一百四十九次，通常都有两个作用：（1）将讲话的某个部分与另外一个部分分隔开，提醒听众或读者关注焦点的转移；以及（2）引导一段命令或者祈祷。请注意这里修辞上令人印象深刻的节俭。两个词（或者按照我们的特定含义，叫作一个三音节"词"）承载着复合的、多层次的内涵；它组织所讲述的话，标志一个过渡，并预示下一个动作的性质。与此相似，感叹句"什么词语逃过你牙齿阻拦"（*poion se epos phugen herkos odontôn*）其功能也不仅是占据某个诗行的一部分，它也传达着由传统内置的含义。每当它出现，老练的听众或读者就知道，讲话人——某位长者或有较高社会地位的人——正在叱责某个较年轻的或者社会地位较低下的人，某个事情他应当知道或应当做好。这些意思远比该短语的字面含义要大得多，但更大的指涉就出自这个反复出现的框架。我们再次看到，歌手（*aoidos*）能够以多么节俭的手段交流。

大体来说，我们在《伊利亚特》和《奥德赛》的典型场景的使用中能够看到同样的手段。宴客场景不仅包含着常规的能够预期的要素构成的模式，它还包含着常规的能够预期的系列指涉。无论是在什么情景下，宴客的主人和客人都是什么人，宴客总是导致调停。换句话说，老练的听众或读者见到宴客场景就知道，马上跟着出现的，将是问题的解决，或至少是解决的努力。所以，以《奥德赛》第一部里的宴客为例，由忒勒玛科斯（Telemachos）主持的款待乔装的雅典娜的宴客场景，就导致了这个年轻人对他母亲的求婚者们说出不客气的话，并踏上去 Menelaos 和涅斯托耳（Nestor）的家乡的行程，这也就为后面他父亲俄底修斯的返回做了准备。根据同样的指涉模式，宴客还预示了 Kalypso 将囚禁的俄底修斯释放，Kirke 协助俄底修斯，以及其他一些情节。

最后，那个由三部分组成的"挽歌"典型场景——向阵亡勇士致辞，陈述他们共处的历程和他的死去给未来生活带来的影响，最后是再次对勇士致以亲密的致辞——其功能也不仅仅是提供一个方便的结构。[1] 尽管它确实为《伊利亚特》后半部分安德洛玛刻（Andromache）、海伦（Helen）、赫卡贝（Hekabe）和布里塞伊斯（Briseis）的哀痛致辞提供了"地图"，但实际上这个典型场景的作用要大于此。在史诗的第六部里，当赫克托耳在战斗的间歇里匆匆去看望妻子和孩子时，安德洛玛刻请求她丈夫不要再投入战斗，请他为了他们而保全自己。赫克托耳当然回绝了她的哀求，最终再次返回战场，并在那里死于阿喀琉斯之手。不过我们若是看史诗的特殊语言，它的语域，我们就会注意到，安德洛玛刻哀求她丈夫在特洛伊保全性命的话，采用的正是挽歌的典型场景的形式。如果我们是荷马的有经验听众，就会警觉到讲述事情的方式，就会意识到她已经在为丈夫的死哀悼了——虽然他还活生生站在她面前。这个，就是传统语域的威力。

（4）古英语

描述古英语传统里具有口头来源的诗歌语域的表述威力，我们有一个办法，就是检视我们在回答第三个和第四个问题时，所引述的关于典型场景和程式所具有的约定俗成的含义。这些单元承载着什么样的传统内涵？这些牢靠的、现成的结构除了帮助方便地构造故事的功能之外，歌手在运用这些大"词"讲述故事时，他究竟合于传统地传达出了什么？

就像我们已经提到的，"放逐"的题旨或典型场景在不同样式的不同诗歌中大量出现。它每次出现时，都带有这个意思：某个人物与他家族和社会的最基本的关系网割断了，而且这位马上就要在该诗歌中经受考验的人物，就形成与整个诗歌传统中其他放逐人物进行对照的潜在含义。凭借将这个特定人物与听众经验贮备中的一大群放逐人物并列对照，诗人在表述资源上就超越了单个诗歌而拥有了整个诗歌传统。举例来说，这一类的共鸣就有助于

---

[1]　对此点的充分论述，参见 Foley, John Miles, *Homer's Traditional Art*, University Park：Pennsylvania State University Press, 1999, pp. 188 – 198。

我们深入领会在那首叫 Deor① 的诗歌中的歌者，他是口头歌手，失去了在皇宫里的差事和位置。他的诗是哀歌，痛陈他的位置被一个新歌手赫奥兰达（Heorrenda）所顶替的事情，诗中还列举了在日耳曼口头传说中众所周知人物的悲惨境遇，以传达出他自己的失意和遭冷遇。当这个名字叫 Deor 的人物说，他对"放逐一清二楚"（第一行），并且"严冬般的放逐"（第四行）时，他就将自己放在那个传统的分类系统——认知上的某个位置上——听众则对此十分熟悉。Deor 不仅是遭到冷遇，他还顺理成章地成为日耳曼传统里的被放逐者，他的这个境遇对我们理解他的痛苦和哀伤有很大的帮助。

同理，在《贝奥武甫》中的三个航海的例子，结构上同一，而在表现上又很不同。② 那两次实际的航程——从 Gratland 到丹麦再返回——都相当简单明了：都是一个英雄率领着他的手下踏上旅程。至于第三个则甚至说不上是真正的航行，而是关于某个传说中英雄的船葬。首先，那位已死的英雄和他的手下上了船（因素一），船只停泊、等待（因素二）。他们装船、并将珍宝靠近船桅摆放成随葬品的形式（因素三）。隐喻地说这条船要离岸航行（因素四）。然而正是在这里显露出诗人运用这个典型场景的模式，并调用了听众期待的高明手法。这里没有惯常出现的航程终点到岸，海岸守卫现身等情景。相反，《贝奥武甫》的诗人在这里想要表达的，是"人没法知道，说老实话，大厅中的谋臣，天下英雄，谁堪此任"（第五十至五十二诗行）。典型场景在这里的作用就不单是个便利的结构，而且是策略手段。诗人在这里要说的是，没有人能够确定死后的 Scyld Scefing 到底怎样，他的终点在哪里，会受到什么样的款待，这都超出了我们的所知范围。这里，传统语域的内涵就为该诗增加了内容。

至于程式的约定俗成内容，作为语域的另外一个侧面，在我们前面讨论过的两个例子里，都有深入涉及。在片语"在 X – 日子里"，X 是可替换成分，以呼应头韵法，它参与更大的修辞单元，宣示某个叙事的开端并调用传统神话。通过与感叹词 Hwæt（"瞧!"或"听着!"）的结合，这个程式就表

---

① Foley, John Miles, *Homer's Traditional Art*, University Park：Pennsylvania State University Press, 1999, pp. 263 – 270.

② *Traditional Oral Epic：The Odyssey, Beowulf, and the Serbo-Croatian Return Song*, Berkeley and Los Angeles：University of California Press, 1990, pp. 336 – 344. Reprinted 1993.

明它开启了一个英雄的故事，并提供了由其他故事构成的背景，以反衬正要讲述的故事。许多盎格鲁—撒克逊叙事都以该组合的某种样式作为开端。[①]

半行程式"那是位 X 的君王"，其中的 X 同样是可替换成分，承担头韵法的押韵。该程式也在字面含义之外有传统含义。[②] 每次该程式出现，多是表明这人物是个杰出的领袖或保护人，他的人民和他的继承人都会颂扬他是理想君王。这个定位是传统所自动赋予的，无须争议或单独查证。于是，举例来说，Hrothgar 就被认定为杰出的君王（第八六三诗行），尽管在他的统治下，格伦德尔（Grendel）得以掠夺他的人民，在夜间随心所欲地屠杀他们。Hrothgar 的美德来自他早先的功业，这个片语认定，格伦德尔得以征服他的属民，只是由于这个恶魔有超常的力量且脾气狂暴。此外，这个片语也可以用在负面评价上，例如在 Deor 中诗人对残忍的君王 Eormanric 用了下面的句子："那曾是个残暴君王"（第二十三诗行）。运用的是传统性结构，但诗人翻转了惯常的期待，而当听众期待君王 Eormanric 有能力并爱护他的人民时，他们所听到或看到的却恰恰相反——他不仅不贤明，而且残暴。正是凭借对传统语域中固有含义的使用，Deor 诗人就创造出了令人难忘的人物特性。

结　论

这四个史诗传统——蒙古、南斯拉夫、古希腊和古英语——呈现出的差异所造成的巨大跨度。它们在地域上相隔遥远，从北亚到西欧；在时间上的跨度也有三千年之久。我们通过对这四个传统进行解析，在尝试回答五个问题的过程中，对其间的差异性有了更深入的体会。

我们在此超越了结构层次和传统意蕴的效用性层面。蒙古《江格尔》的诗章多以"宫殿场景"开端，以"宴饮"收场，这个框架结构包容了不同的故事进程。古希腊传奇歌手荷马，运用了"绿色的恐惧"来传递"超

---

① Foley, John Miles, *Immanent Art*: *From Structure to Meaning in Traditional Oral Epic*, Bloomington: Indiana University Press, 1991, pp. 214 – 223.

② Ibid., pp. 210 – 214.

自然的恐惧"。南斯拉夫的 guslari（歌手）称呼某个女人是"黑色布谷鸟"时，意指她就是或者将要是寡妇。而古英语的 scopas（歌手）通过说"那曾是个贤明的君王"来确认某个首领的英勇和才干。所有这些表述的片语或者单元都比它们乍看上去的含义要丰富得多，它们的传统的约定俗成的意蕴都比它们的字面意蕴要复杂得多。这四个传统也都以各自的方式完成言近旨远的表达。

在结束本文的时候，我们希望这里所进行的关于蒙古、南斯拉夫、古希腊和古英语口传史诗的比较研究，能够对不同领域的学者有所助益。我们还需要做许多，包括应当透彻地理解这些表演的结构，以便能够按照它们自身的规则解读它们；我们还需要编纂每个传统的"词"（如程式、典型场景和故事范型）的语汇表，还需要格外注意到这个事实，即无论我们在不同的传统中发现了多少相似性现象，那些差异仍然具有关键性的意义。简而言之，我们真诚希望自己能够成为更好的、更在行的史诗演唱的听众。①

引证书目

Bessinger, Jess B., Jr. Ed., *A Concordance to the Anglo - Saxon Poetic Records*. Programmed by Philip H. Smith. Ithaca: Cornell University Press, 1978.

朝戈金：《口传史诗诗学：冉皮勒〈江格尔〉程式句法研究》，广西人民出版社 2000 年版。

Davies, Malcolm, *The Epic Cycle*. Bristol: Bristol Classical Press, 1889.

Foley, John Miles, *Oral - Formulaic Theory and Research: An Introduction and Annotated Bibliography*. New York: Garland. Available online in searchable format with updates at www. oraltradition. org. 11985.

_____ *The Theory of Oral Composition: History and Methodology*. Bloomington: Indiana University Press, 1988. Reprinted 1992.（朝戈金译《口头诗学：帕里—洛德理论》，社会科学文献出版社 1999 年版）

---

① 口头史诗的电子媒介材料，可以通过密苏里大学口头传统研究中心的网页获得，其网址为 www. oraltradition. org。

_____ *Traditional Oral Epic*：The Odyssey，Beowulf，*and the Serbo – Croatian Return Song.* Berkeley and Los Angeles：University of California Press，1990. Reprinted 1993.

_____ *Immanent Art*：*From Structure to Meaning in Traditional Oral Epic.* Bloomington：Indiana University Press，1991.

_____ *The Singer of Tales in Performance.* Bloomington：Indiana University Press，1995.

_____ "Epic Cycles and Epic Traditions，" in*Euphrosyne*：*Studies in Ancient Epic and its Legacy in Honor of Dimitris N. Maronitis.* Stuttgart：Franz Steiner，1999. pp. 99 – 108.

_____ *Homer's Traditional Art.* University Park：Pennsylvania State University Press，1999.

_____ *How to Read an Oral Poem.* Urbana：University of Illinois Press. With web – page companion at www. oraltradition. org. 2002.

_____ Ed. ，*The Wedding of Mustajbey's Son Bećirbey*，*by Halil Bajgorić.* Folklore Fellows Communications. Helsinki：Suomalainen Tiedeakatemia，2003.

Harris，Joseph，and Karl Reichl Eds. ，*Prosimetrum*：*Crosscultural Perspectives on Narrative in Prose and Verse*，London：D. S. Brewer，1997.

Honko，Lauri，*Textualising the Siri Epic.* Folklore Fellows Communications，264. Helsinki：Suomalainen Tiedeakatemia，1998.

_____ *Textualization of Oral Epics.* Berlin：Mouton De Gruyter，2000.

_____ with Chinnappa Gowda，Anneli Honko，and Viveka Rai. *The Siri Epic as Performed by Gopala Naika.* Part I. Folklore Fellows Communications，65. Helsinki：Suomalainen Tiedeakatemia，1998.

_____ *The Siri Epic as Performed by Gopala Naika.* Part II. Folklore Fellows Communications，266. Helsinki：Suomalainen Tiedeakatemia，1998.

Hymes，Dell，"Ways of Speaking，" in*Explorations in the Ethnography of Speaking*，2[nd]ed. by Richard Bauman and Joel Sherzer，Cambridge：Cambridge University Press，1989. pp. 433 – 51，473 – 74.

Karadžić，Vuk Stefanović *Srpske narodne pjesme.* Vienna. Reprinted Belgrade：Nolit，1975［1841 – 1862］.

Krapp，George Philip，and E. V. K. Dobbie. Eds. ，*The Anglo – Saxon Poetic Records.* 6 vols. New York：Columbia University Press，1931 – 1953.

Lord，Albert B. ，*The Singer of Tales*，Cambridge，Mass. ：Harvard University Press，1960. Second ed. by Stephen Mitchell and Gregory Nagy，2000.

Monro，David B. and Thomas W. Allen，*Homeri Opera.* 3rd ed. 4 vols. Oxford：Clarendon Press，1969.

Parry，Milman，*The Making of Homeric Verse*：*The Collected Papers of Milman Parry.* Oxford：Clarendon Press，1971.

仁钦道尔吉:《江格尔论》，内蒙古大学出版社 1999 年版。

SCHS ，*Serbo – Croatian Heroic Songs（Srpskohrvatske junačke pjesme）*.Collected，ed. ，and trans. by Mlman Parry，Albert B. Lord，and David E. Bynum. Cambridge，Mass. ：Harvard University Press and Belgrade：Serbian Academy of Sciences，1953.

Vladimirtsov，B. Ya. "The Oirat – Mongolian Heroic Epic，" trans. John Krueger，*Mongolian Studies*，8，1983 – 1984.

（与约翰·弗里合作，原载《东方文学研究集刊》（1），湖南文艺出版社 2003 年版，第 33—97 页）